I0597730

FIDARSI DI SKYLAR

Silverstone, Libro 1

SUSAN STOKER

Titolo originale: *Trusting Skylar*
Traduzione dall'inglese: Well Read Translations

Versione inglese già pubblicata da Amazon Publishing

Meritare Ryleigh

Delta Duo
La forza di Gillian
La forza di Kinley
La forza di Aspen
La forza di Jayme
La forza di Riley
La forza di Devyn
La forza di Ember
La forza di Sierra

Armi & Amori: verso il futuro
Soccorrere Caite
Soccorrere Brenae
Soccorrere Sidney
Soccorrere Piper
Soccorrere Zoey
Soccorrere Avery
Soccorrere Kalee
Soccorrere Jane

Mercenari di Montagna
Difendere Allye
Difendere Chloe
Difendere Morgan
Difendere Harlow
Difendere Everly
Difendere Zara
Difendere Raven

Ace Security
Il riscatto di Grace
Il riscatto di Alexis

Il riscatto di Bailey
Il riscatto di Felicity
Il riscatto di Sarah

Forze Speciali alle Hawaii
Trovare Elodie
Trovare Lexie
Trovare Kenna
Trovare Monica
Trovare Carly
Trovare Ashlyn
Trovare Jodelle

Delta Force Heroes
Salvare Rayne
Salvare Emily
Salvare Harley
Il Matrimonio di Emily
Salvare Kassie
Salvare Bryn
Salvare Casey
Salvare Sadie
Salvare Wendy
Salvare Mary
Salvare Macie
Salvare Annie

Armi e Amori
Proteggere Caroline
Proteggere Alabama
Proteggere Fiona
Il Matrimonio di Caroline
Proteggere Summer
Proteggere Cheyenne

Proteggere Jessyka
Proteggere Julie
Proteggere Melody
Proteggere il Futuro
Proteggere Kiera
Proteggere i figli di Alabama
Proteggere Dakota

<u>Una raccolta di storie brevi</u>

Un momento nel tempo

Carson "Bull" Rhodes camminava lento e silenzioso verso l'edificio designato come bersaglio. Sapeva che i suoi compagni delle Delta Force lo seguivano a breve distanza. Gli coprivano le spalle, così come lui le copriva a loro.

Si erano introdotti in Pakistan per scovare ed eliminare un OP (Obiettivo Primario) che l'esercito aveva assegnato a loro. Fazlur Barzan Khatun, alla guida di un gruppo terroristico noto come Harkat-ul-Mujahideen, aveva rivendicato l'uccisione di quarantasette soldati, tra americani e inglesi, in un'imboscata avvenuta in Afghanistan l'anno prima. Il Dipartimento di Stato aveva anche scoperto che il gruppo stava attivamente pianificando attentati su vasta scala, negli Stati Uniti e in Francia.

Khatun era in cima alla lista dei ricercati dell'FBI.

Il cuore di Bull batteva al doppio del solito, si sentiva pieno di energia. Lui e gli altri erano bravi in quello che facevano. Erano il top del top e l'esercito non aveva esitato a mandarli come infiltrati in territorio nemico. La squadra era stata portata al confine con il Pakistan ventiquattr'ore prima e aveva raggiunto l'ultimo luogo dove Khatun era stato avvistato.

Bull fece un cenno a Smoke e Eagle, perché prendessero rispettivamente posizione a destra e a sinistra. Avevano proceduto in questo modo per controllare un edificio più volte di quante ne potessero ricordare. Con Gramps che copriva il gruppo da dietro, i quattro costituivano una macchina ben oliata. Si muovevano silenziosamente nell'edificio a due piani.

Sentivano delle voci provenire dal piano superiore; senza fare alcun rumore, i quattro cominciarono a salire le scale. Arrivati al secondo piano, Bull alzò un pugno, per segnalare agli altri di fermarsi; poi, accertatosi che il corridoio fosse sgombro, fece cenno di procedere.

Fermi fuori dalla porta, i quattro riuscivano a sentire che all'interno della stanza stava avendo luogo una discussione animata. Non importava che non capissero una parola. Il loro compito era di trovare Khatun, ucciderlo e andarsene. Le telecamere fissate alle loro uniformi avrebbero registrato la conversazione, che sarebbe poi stata tradotta a dovere.

Dopo aver guardato i migliori amici che avesse mai avuto, Bull fece un cenno a Eagle, che in situazioni come questa diventava il membro più importante della squadra, perché aveva una prodigiosa capacità di riconoscere chiunque, anche dopo averlo visto solo una volta di persona o anche solo in foto. Una memoria fotografica. Se Khatun era in quella stanza, Eagle l'avrebbe riconosciuto, anche con un diverso taglio di capelli o camuffato in qualche altro modo: nessuno fregava Eagle. In più di una missione, Eagle aveva impedito che uccidessero la persona sbagliata o che il bersaglio riuscisse a farla franca dicendo di essere qualcun altro.

Bull si puntò due dita agli occhi, poi le girò verso la stanza. Eagle annuì e alzò il fucile.

Voltandosi, Bull vide che Smoke e Gramps si erano avvicinati, raggiungendo Eagle alle spalle. La squadra era pronta per fare irruzione. Bull inspirò profondamente, per schiarirsi le idee. Nell'istante in cui sarebbero entrati nella stanza, si sarebbe scatenato l'inferno. Se i terroristi erano armati, con ogni probabilità avrebbero sparato a lui per primo, visto che era al comando della squadra. Ma non poteva preoccuparsene più di tanto. Aveva addosso il giubbotto antiproiettile e doveva portare a termine la missione che gli era stata affidata: uccidere Khatun.

Alzò una mano, tenendo su tre dita; poi fece il conto alla rovescia.

Tre. Due. Uno.

Bull aprì la porta con un calcio e tutti e quattro piombarono nella stanza.

Fu subito il caos.

Dentro la stanza c'erano circa dieci uomini, più qualche donna. Gli uomini si alzarono in piedi immediatamente, cercando di recuperare le armi appoggiate ai muri.

"Non muovetevi!" gridò Bull in tono perentorio. Nessuno lo ascoltò, così lui fece quello che sapeva fare meglio.

Prese la mira e sparò.

Bull si era guadagnato il suo soprannome durante l'addestramento base, in virtù dell'abilità che dimostrava al poligono di tiro. Nel corso di qualificazione come tiratore aveva ottenuto punteggio pieno. Non commetteva mai un errore, a prescindere dall'arma che usava. Pistola, fucile, persino le bombe a mano. Con la maschera a gas sul viso, nella prova notturna? Punteggio perfetto. Così avevano cominciato a chiamarlo Bullseye[1], che negli anni era stato accorciato a Bull.

Quella era la ragione per cui si trovava alla guida di un gruppo d'assalto, in una stanza piena di terroristi. Colpiva sempre il bersaglio. *Sempre.*

Con calma, Bull centrò la mano di un uomo che stava per afferrare la pistola, poi di un altro subito accanto, che aveva avuto la stessa idea. Gli spari risuonarono fragorosi nella stanza; urla e grida aumentavano la confusione generale.

Trascorsi quelli che a lui parvero dieci minuti, ma che in realtà furono meno di sessanta secondi, Bull alzò il pugno chiuso per dare agli altri il segnale di cessare il fuoco. Appena la situazione tornò a una specie di calma, Gramps raggiunse a grandi passi l'uomo più vicino a lui e lo spinse verso gli altri. Con l'aiuto di Smoke, tutti e dieci furono avvicinati e messi in ginocchio; sanguinanti, ma senza ferite mortali, guardavano Bull e gli altri con occhi truci.

"Fazlur Barzan Khatun?" sbraitò Bull, consapevole che il vigliacco non si sarebbe fatto avanti, ma comunque desideroso di dargli la possibilità di salvare la vita agli altri nove.

Come immaginava, nessuno disse nulla.

"Il terzo da destra," disse Eagle con un tono che a qualcuno poteva sembrare annoiato. Ma Bull sapeva bene che il suo amico era terribilmente serio. Nessuno si sarebbe messo a discutere con Eagle o avrebbe messo in dubbio la sua indicazione. Se diceva che quello era Khatun, quello era Khatun. Né Bull né gli altri ebbero il benché minimo dubbio.

Senza esitazione e senza dare all'uomo il tempo di negare di essere il terrorista più ricercato dall'FBI, Gramps sollevò il fucile e gli sparò un colpo in mezzo agli occhi.

L'uomo oscillò sulle ginocchia per un breve istante, poi cadde supino; i suoi occhi, ormai vuoti, restarono a fissare il soffitto.

Gli altri cominciarono subito a piangere a dirotto. Di fronte a tanto frastuono, a Bull venne da alzare gli occhi al cielo, soprattutto considerando che si trattava dei più stretti collaboratori di Khatun, gente che, come lui, aveva sparso fiumi di sangue.

La missione era stata portata a termine con successo, ma Bull non voleva andarsene prima di assicurarsi che tra gli altri non ci fosse qualche altro spietato assassino. "Eagle?" chiese, sapendo che l'interessato avrebbe capito al volo la richiesta.

I nove, ancora in ginocchio, lanciarono occhiate a Eagle, che si avvicinò a loro ed esaminò con cura i lineamenti di ognuno di loro, prima di indicare l'ultimo della fila. "Nabeel Ozair Mullah."

Se Bull in quel momento avesse guardato altrove, non si sarebbe accorto dello sguardo di sorpresa che attraversò il volto dell'uomo inginocchiato. Invece *lo vide* e gli fu subito chiaro come il sole che Eagle non si era sbagliato.

Anche Mullah era sulla lista dei ricercati dell'FBI, al sesto posto; ma i quattro soldati sapevano che, con la morte di Khatun, sarebbe stato lui a succedergli alla guida dell'organizzazione terroristica.

"No! Io no Mullah. Io Muhammad Amir. Io servitore," disse l'uomo in un inglese inaspettatamente comprensibile.

Eagle sbuffò. "E io sono il re d'Inghilterra."

L'uomo si mosse con sorprendente rapidità, anticipando tutti i quattro membri della squadra.

Si chinò e prese per un braccio una giovane donna che probabilmente era alla riunione solo come donna di servizio. Lei si mise a strillare e cercò di resistere all'assalto, ma non poteva nulla contro Mullah.

Gramps, Smoke e Eagle puntarono i fucili contro gli altri, intimando loro di restare fermi, mentre Bull si concentrò su Mullah e la donna, che aveva cominciato a piangere e che cercava disperatamente di respirare e liberarsi dal braccio che lui le stringeva intorno al collo.

"Io uccido lei!" minacciò Mullah; Bull sapeva che l'uomo era capace di farlo a mani nude.

"Lasciala andare," gli ordinò Bull, lasciando andare il fucile, che gli restò appeso al petto grazie alla tracolla, ed estraendo la pistola. Non temette nemmeno per un istante che gli altri terroristi potessero sparargli. I ragazzi lo coprivano. Il suo compito ora di far fuori il numero sei (appena diventato numero cinque) della lista, possibilmente prima che questo spezzasse il collo alla ragazza.

Mullah scosse la testa. "Voi no potete entrare Pakistan," disse.

"Eppure eccoci qui," ribatté calmo Bull.

"America pagherà per venire qui impicciarsi!" gridò Mullah.

"Tu e i tuoi compari non avreste dovuto uccidere i nostri compatrioti," tagliò corto Bull.

"Loro meritano. Non dovere venire qui," disse l'altro, poi aggiunse in tono di scherno: "Loro morti da codardi. Piangere come bambini!"

Nel frattempo, la ragazza nella stretta di Mullah aveva chiuso gli occhi e Bull capì che era sul punto di svenire. Non c'era più tempo per stare a sentire il bastardo denigrare gli uomini e le donne di valore dell'esercito alla cui uccisione Mullah stesso aveva partecipato. Mullah stava usando la ragazza come scudo umano, ma gli restavano scoperte svariate parti del corpo.

Con un colpo di pistola, Bull privò Mullah di un orecchio.

L'uomo gridò e, come Bull aveva previsto, si portò una mano nel punto colpito, da dove fuoriusciva un fiotto di sangue.

Appena questo cercò di muoversi, Bull sparò ancora, colpendolo alla mano e facendogli volare via diverse dita. Lui allentò la presa sulla ragazza, che prese la saggia decisione di gettarsi a terra e strisciare via dal suo aguzzino.

Mullah restò dunque completamente esposto ai proiettili di Bull, che sparò tre colpi consecutivi: due al cuore e uno in fronte. Mullah cadde come un sasso, di faccia sul pavimento

Gli altri uomini inginocchiati non emisero alcun suono, avendo capito che qualsiasi parola o gesto li avrebbe esposti alla furia di Bull. La stanza piombò in una quiete quasi sinistra.

"È ora," disse Smoke con tranquillità.

Annuendo, Bull rimise la pistola nella fodera e afferrò di nuovo il fucile. I quattro fecero in sincrono un passo indietro, verso la porta da cui erano entrati.

Nessuno degli altri fiatò. Nessuno mosse un dito.

Bull sapeva che Gramps avrebbe fatto le foto richieste come prova dell'eliminazione di due dei terroristi più pericolosi al mondo. Gli ordini che avevano ricevuto non includevano l'uccisione di Mullah; erano semplicemente stati fortunati a trovarlo lì. Così avevano tolto di mezzo due criminali anziché solo uno.

I quattro scesero in fretta le scale e lasciarono l'edificio. Si sentivano sirene lontane, ma visto che era notte fonda e che si trovavano in un quartiere residenziale, nessuno stava curiosando per strada.

Mentre lui e gli altri sparivano nella notte pakistana, Bull si sentì fiero del lavoro svolto. Quando era entrato nell'esercito, non pensava che un giorno avrebbe desiderato togliere la vita a un altro essere umano; ma dopo aver visto di persona ciò di cui uomini come Khatun e Mullah erano capaci e la scia di distruzione che si lasciavano alle spalle, non aveva alcuna difficoltà a uccidere per proteggere il suo paese e le tante vite innocenti che erano in gioco.

Non si faceva illusioni: *c'erano* delle vite innocenti in gioco. L'uccisione di Khatun e Mullah avrebbe attirato delle critiche, ma avrebbe anche ritardato di almeno un decennio nuovi attacchi terroristici sul suolo americano. Harkat-ul-Mujahideen doveva riorganizzarsi e darsi un nuovo leader, cosa che poteva benissimo richiedere anni. Ci sarebbero state dure lotte intestine per il potere e l'intera organizzazione avrebbe attraversato un periodo di confusione.

Bull sorrise. Già, avevano inferto ai terroristi un brutto

colpo, per riprendersi dal quale ci sarebbero voluti anni. E poco importava che a casa, negli Stati Uniti, sarebbero stati in pochi a venirne a conoscenza, o che se la squadra non sarebbe stata elogiata nel telegiornale della sera; lui e i ragazzi avevano comunque fatto il loro dovere di patrioti.

———

Bull era sull'attenti, in fila con Smoke, Eagle e Gramps; tutti e quattro cercavano di capire cosa diavolo stesse succedendo.

Come erano potuti cadere dalla vetta del successo di un mese prima a nientemeno che un'udienza presso la corte marziale?

Anziché congratularsi per l'esito della missione, il loro comandante era andato su tutte le furie per l'uccisione di Mullah. Secondo lui era stata un'azione insensata e più Bull e gli altri avevano cercato di spiegargli l'importanza strategica dell'eliminazione, più il pezzo grosso si era adirato.

Sembrava che un terrorista morto fosse accettabile, ma due in una volta? In un paese in cui l'esercito americano, almeno in teoria, non avrebbe nemmeno dovuto essere? La cosa destava sospetti. Il governo pakistano aveva accusato Washington di spionaggio e il Presidente non aveva apprezzato di essere stato tenuto all'oscuro dell'operazione.

In cuor suo, Bull pensava che il comandante fosse semplicemente seccato di non potersi prendere il merito per entrambe le uccisioni; ma non era che una congettura.

A causa delle loro azioni, Bull, Smoke, Eagle e Gramps erano stati accusati di aver disobbedito agli ordini e ora dovevano difendersi per quanto avevano fatto in Pakistan.

Era una faccenda assolutamente ridicola e Bull era *oltre* l'incazzatura.

"Dopo aver visionato i filmati ripresi dalle vostre telecamere incorporate, è stato deciso che, pur avendo portato a termine con onore la missione assegnatavi, le decisioni che avete preso in seguito hanno nociuto alla generale sicurezza del paese. Avete ucciso un uomo senza avere la certezza assoluta che fosse un terrorista; così facendo, avete messo a rischio le relazioni internazionali tra gli Stati Uniti e i paesi del Medio Oriente. Ci vorranno anni prima che uno qualsiasi dei paesi di quell'area ritrovi fiducia nell'esercito americano."

Bull strinse i denti e si impose di restare calmo. Il generale stava dicendo un mucchio di stronzate. Nella stanza lo sapevano tutti. C'era bisogno di un capro espiatorio e Bull e la sua squadra erano dei bersagli perfetti. Tutti erano elettrizzati all'idea che Mullah fosse stato fatto fuori, ma nessuno era disposto ad ammetterlo in pubblico. Bull si sforzò di mantenere la concentrazione sulle parole del generale.

"Dal momento che l'uomo che avete ucciso *era* Mullah, non sarete puniti con una riduzione di grado, né sarete congedati con disonore."

Dentro di sé, Bull tirò un sospiro di sollievo, ma si irrigidì di nuovo non appena sentì le parole successive del generale.

"Ma a causa della vostra condotta è stato deciso di sciogliere la squadra. Ognuno di voi sarà assegnato a una base diversa. In futuro, non potrete più entrare in squadre Delta Force e sarete invece integrati in varie unità di fanteria. Dovrete fare rapporto regolarmente agli ufficiali in carico nei vostri nuovi gruppi. Inoltre, mentre i vostri gradi non vi verranno tolti, non potrete acquisirne di nuovi per azioni meritevoli, né potrete arruolarvi di nuovo, una volta che il vostro attuale rapporto di lavoro con l'esercito sarà terminato. Avete domande?"

Bull non riusciva quasi a credere alle proprie orecchie. Sciogliere la squadra? Era uno scherzo? Non gli importava che lo avessero praticamente espulso dall'esercito; dopo quello che era successo, era comunque incline ad andarsene. Ma venire divisi era un brutto colpo.

"Se non ci sono domande, siete congedati."

Bull si voltò senza fare il saluto militare (si fotta, pensò, non merita questo onore) e uscì dalla stanza in fila con gli altri. Guardò i suoi amici e vide riflessi nei loro occhi la stessa scioccata incredulità che sentiva dentro di sé.

"Cazzo," disse Smoke tra i denti.

"Io non lo farò," aggiunse Eagle con decisione.

"Non abbiamo scelta," ribatté Gramps con un sospiro. "Nessuno di noi è al termine del servizio. Siamo in mano a loro finché non riusciamo ad andarcene."

Bull avrebbe voluto dire qualcosa di incoraggiante, da caposquadra quale era stato per tanto tempo, ma non gli uscì nemmeno una parola. Non riusciva a immaginare di non vedere più quei ragazzi ogni giorno. Aveva affidato loro la sua stessa vita e sapeva che non avrebbe più avuto un legame simile con nessun altro gruppo. Per quanto riguarda la punizione, il generale era andato oltre la privazione dei gradi e l'obbligo di svolgere servizi supplementari... e quel bastardo ne era ben consapevole.

Facendo del suo meglio per darsi un contegno, Bull respirò profondamente. "Stasera. Ci vediamo da Hank. Abbiamo bisogno di un po' di tempo per metabolizzare la cosa, poi discuteremo le nostre prossime mosse."

Gli altri tre annuirono e si salutarono con un cenno del capo, poi ognuno si diresse verso la propria auto.

Quattro ore più tardi, Bull, Eagle, Smoke e Gramps erano seduti a un tavolo appartato dell'Hank's Bar and Grill, vicino a Fort Hood. Era uno schifo di bar, in una parte schifosa della città; erano sicuri che lì non avrebbero incontrato nessuno della base. In effetti ai militari era proibito frequentare il bar, a causa delle risse e delle retate antidroga di cui era spesso teatro, ma a Bull e alla sua squadra non poteva fregare di meno. Avevano bisogno di discutere del loro futuro e quello era un posto come un altro.

"Che razza di stronzata," disse Eagle disgustato.

"Non possono farci questo," concordò Smoke.

"Invece sì, purtroppo. E lo hanno fatto," aggiunse Gramps, prima di bere una lunga sorsata di birra.

Bull avrebbe voluto dire loro che nelle ore precedenti aveva elaborato un piano, ma la verità era che non sapeva ancora che pesci pigliare. Tutti e quattro sapevano che nel giro di un paio di giorni avrebbero ricevuto l'ordine di trasferimento e sarebbero stati spediti agli angoli opposti del paese. Inoltre, essere messi in unità ordinarie di fanteria rappresentava un passo indietro. Visto che la nota di demerito prevedeva che non potessero acquisire nuovi gradi, non avrebbero potuto assumere il comando di quelle unità e sarebbero certamente finiti a ricoprire ruoli subalterni.

Anche in fanteria c'erano dei tipi tosti, ma non era come nelle Delta Force; era un po' come mandare un flautista professionista a suonare nell'orchestra della scuola.

Bull aprì la bocca per dire qualcosa, senza nemmeno sapere bene cosa, quando una voce lo interruppe. "Posso sedermi qui?"

I quattro alzarono gli occhi e videro un uomo in piedi vicino al loro tavolo. Indossava pantaloni neri con la piega e una camicia bianca quasi completamente abbottonata; solo il colletto era aperto. Scarpe scure lustre e nientepopodimeno che gemelli ai polsi. Il tizio era tanto fuori luogo in quel losco bar quanto lo sarebbe stato un senzatetto al country club.

"E tu chi cazzo sei?" chiese Gramps.

L'uomo non sembrò turbato di fronte al tono di Gramps; non fece altro che alzare un sopracciglio e fare un cenno verso la sedia vuota.

Bull fece un sorrisetto. Non aveva la più pallida idea di chi fosse quel tizio, ma doveva dargliene atto: era uno con le palle. Diede un calcio alla sedia e annuì.

"Grazie," disse l'uomo sedendosi, con l'aria di uno che non aveva la minima preoccupazione. Piazzò il suo drink sul tavolo (whiskey, avrebbe detto Bull a occhio) e si chinò in avanti.

"E così," disse l'uomo, "ho sentito dire che non è stato un giorno grandioso per voi."

Bull aggrottò la fronte. L'udienza non era una faccenda pubblica. Visto che si trattava di membri delle Delta Force, tutto ciò che era successo in quella stanza, in teoria, rientrava nell'ambito di informazioni riservate, in possesso solo di chi aveva la massima autorizzazione di sicurezza. Il fatto che il tizio sembrasse essere al corrente dell'accaduto era intrigante... e dannatamente allarmante.

Deciso a non far trapelare la sua agitazione, Bull si limitò a una scrollata di spalle.

L'uomo annuì, quasi compiaciuto della reticenza di Bull, poi gli piantò gli occhi addosso. "E se offrissi a voi quattro l'opportunità di continuare a lavorare insieme? Potreste fare quello che sapete fare meglio senza il governo che vi sta addosso e osserva e giudica ogni vostra mossa?"

"Ti risponderei che dici un sacco di stronzate," gli rispose Bull a tono.

L'uomo ridacchiò e bevve un sorso del suo whiskey. "Un cinico. Non mi sorprende."

"Vedi, o vieni subito al punto o è meglio che ti levi dalle palle," disse Eagle.

L'uomo si voltò verso di lui. "Ah, il nostro occhio d'aquila[2] non sa chi io sia. Immagino che la cosa mi debba rallegrare."

Ogni parola che usciva dalla bocca del tizio non faceva che intrigare ulteriormente Bull. L'uomo evidentemente sapeva chi erano loro, perché avevano quei soprannomi e quali erano le loro abilità individuali.

"Tu non hai ancora aperto bocca, Smoke," disse l'uomo inclinando la testa. "Nulla da dichiarare?"

Smoke si scrollò le spalle.

"E tu, Gramps? A proposito, mi sembra ridicolo che il tuo soprannome derivi dal solo fatto che sei il più vecchio della squadra[3]."

"Io aspetta ancora di sapere chi cazzo sei tu," ribatté Gramps.

L'uomo fece cenno di sì, guardando i quattro con occhi in cui Bull avrebbe giurato di intravedere rispetto. "Mi chiamo Gregory Willis. Lavoro per l'FBI. Servizi segreti. E prima di continuare lasciate che esprima apprezzamento per l'eliminazione di Khatun e Mullah, a nome dell'FBI e del Dipartimento di sicurezza nazionale. Ci siamo dati un bel po' da fare per farvi avere le informazioni sul nascondiglio di Khatun. Inoltre è stato elettrizzante sapere che Mullah è stato abbastanza stupido da farsi beccare con lui nello stesso momento. Bel colpo, Bull.

L'FBI...

A Bull non interessava nemmeno sapere come l'uomo li avesse trovati in un losco bar del Texas. Avevano deciso di andare da Hank soltanto *dopo* l'udienza.

"Ci stai dicendo che non solo ci hai visti al lavoro nel materiale filmato, ma sei anche quello che ci ha procurato le informazioni necessarie per la missione?" chiese Eagle scettico.

"Beh, non ve le ho procurate da solo, no. Se lo dicessi vi sembrerei dannatamente presuntuoso, non credete? Ma sì, ho visto i filmati e sì, ho contribuito a localizzare Kathun. Ammetto, tuttavia, che è stata *mia* l'idea di includere il dossier su Mullah nelle informazioni che vi sono arrivate prima di partire per la missione. Una cazzo di bella pensata, eh, Eagle? Non avresti saputo che il bastardo era lì se non avessi prima visto il nome e la foto."

Bull si appoggiò allo schienale e osservò l'agente dell'FBI. Altezza nella media, lineamenti del volto ordinari. Se non fosse sembrato un pesce fuor d'acqua per via dell'abbigliamento inadatto alla bettola in cui erano, probabilmente si sarebbe confuso tra gli altri clienti e tutti e quattro gli avrebbero dato solo un'occhiata veloce. Bull sentiva che questo Willis si era vestito così apposta. A guardarlo negli occhi si capiva subito che era un uomo intelligente.

"Ti ascoltiamo," gli disse Bull.

"Bene," disse Willis; ogni traccia di umorismo sparì all'istante dal suo viso. Prima di continuare, li guardò negli occhi uno a uno, lentamente. "Sono qui per proporvi di continuare a fare il vostro lavoro, ma non per l'esercito. È chiaro che voi quattro avete un'intesa che non può andare persa. Il modo in cui avete portato a termine la missione in Pakistan è stato semplicemente esemplare. Vi sarete detti sì e no dieci parole in tutto, eppure ognuno di voi sapeva esattamente cosa avrebbero fatto gli altri prima che lo facessero. Bull, la tua precisione con le armi è decisamente impressionante. Eagle, non ho mai conosciuto nessuno con la tua capacità di riconoscere i volti; è una dote che *non* va sprecata. So che Smoke è il fantasma del gruppo, uno che può sparire e riapparire quando vuole. Gramps, in ogni gruppo c'è bisogno di un paciere; Bull sarà anche il capo della squadra, ma tu sei il collante che la tiene unita."

"Già, è chiaro che hai fatto le tue ricerche," brontolò Smoke. "Procediamo."

"Giusto. Domani tutti riceverete i documenti per il trasferimento. Bull, tu andrai a Fort Bragg, nella Carolina del Nord. Eagle, tu sarai stazionato a Fort Lewis, nello stato di Washington. Smoke, per te la meta è Fort Carson, in Colorado. Gramps, tu sei diretto a Fort Benning, in Georgia... dove sarai impiegato come assistente istruttore per i Ranger."

"Fanculo," mormorò Gramps.

Willis proseguì come se non avesse appena fatto prendere un fottuto spavento ai quattro uomini seduti di fronte a lui. "Sono stato incaricato di sollevarvi da tutti gli incarichi che intende affidarvi l'esercito. Se accettate la proposta, sarete liberi di andare dove volete, in qualsiasi momento."

"Dov'è la fregatura?" chiese Eagle.

"Pazienta, ci arrivo," disse Willis con un sorriso. "Come ho detto, se accettate, da domani sarete liberi di andare dove volete e fare delle vostre vite quello che vi pare. Smoke, mi sembra di capire che tuo zio è deceduto di recente. Ti faccio le mie condoglianze. Credo ti abbia lasciato in eredità un'autorimessa chiamata 'Silverstone', a Indianapolis. Mi sbaglio?"

"Esatto, come immagino tu sappia," rispose Smoke insospettito.

"E so anche che ti ha lasciato più soldi di quanti tu ne possa spendere in questa vita. Sui cento milioni di dollari."

Bull si rese conto di aver spalancato gli occhi, ma non poteva farci molto. "È così? Buon Dio, Smoke, perché non hai detto nulla?"

"Perché non è importante," rispose Smoke. "Non avrei comunque voluto andarmene dall'esercito e lasciare la squadra."

"Dannazione, amico..." disse Gramps.

Smoke lanciò un'occhiata a Willis. "Qual è il punto?"

Era chiaro che i tre compagni di Eagle erano rimasti spiazzati dal suo segreto appena svelato, ma Willis continuò con un largo sorriso: "Il punto è che potete trasferirvi tutti e quattro a Indianapolis, riavviare l'autorimessa lavorare per conto vostro... con l'aiuto dell'FBI, naturalmente."

"E cosa dovremmo fare?" chiese Bull con il tono di chi rifà la stessa domanda per la centesima volta. Si stava stancando del tergiversare di Willis. D'altronde non poteva negare che la cosa fosse interessante. Dannatamente interessante. Molto più che andare al maledetto Fort Bragg senza la squadra.

"Esattamente quello che fate adesso. Trovare ed eliminare obiettivi di alto profilo."

Le parole di Willis sembrarono fluttuare a mezz'aria intorno al tavolo. Erano shoccanti e allo stesso tempo previste. Trovare ed eliminare obiettivi di alto profilo *era* il loro lavoro: scovare e uccidere terroristi determinati a far fuori chiunque pur di raggiungere i loro scopi su scala globale.

"Per chi lavoreremmo?" chiese Gramps.

"Beh, è una faccenda un po' complicata. Tecnicamente, lavorereste in proprio... che è la ragione per cui i soldi di Smoke farebbero al caso vostro. In realtà, l'FBI vorrebbe essere informata delle missioni che accettate. Noi siamo pronti ad assistervi nella raccolta di informazioni e, naturalmente, a darvi il supporto logistico necessario per le missioni al di fuori dei confini nazionali."

"Quindi passeremmo da lavorare per il governo a lavorare per il governo a nostre spese," riassunse Gramps con tono scettico.

"Sì e no," disse Willis. "Non si tratterebbe di lavorare per noi ma *con* noi. È diverso. Noi ci auguriamo che ci aiuterete a rintracciare gli uomini e le donne che sono sulla nostra lista dei dieci criminali più ricercati; ma non siamo tenuti ad aiutare *voi*. È chiaro che non potete andarvene in giro ad ammazzare chiunque vi guardi storto."

"Insomma, volete che diventiamo degli assassini," disse Eagle.

Willis scrollò le spalle. "Non mi interessa come vi definite. Ciò che mi interessa è che troviate ed eliminiate gli sfruttatori sessuali, i terroristi e i serial killer che sono in giro."

"Cosa ci guadagniamo?" chiese Gramps.

"La possibilità di continuare a lavorare insieme," rispose prontamente Willis, "e di fare ciò che vi riesce meglio: usare le vostre capacità per rendere il mondo un posto un po' più sicuro. Potrete lavorare, se non legalmente, almeno con il supporto del governo federale. Da parte nostra, noi saremo in grado di usare il nostro peso per farvi uscire ed entrare nel paese con tutta la potenza di fuoco di cui avrete bisogno. Vi daremo tutte le informazioni che vi serviranno. Ma soprattutto, da questo momento in poi non sarete più esposti ai capricci della situazione politica e dell'esercito."

"Se accettiamo, vogliamo l'immunità legale completa per qualsiasi cosa succeda durante le missioni," rispose Bull con la mente che già viaggiava ai mille all'ora.

"L'avrete... entro certi limiti," disse Willis. "Mi hanno autorizzato a farvi l'offerta in virtù degli speciali fondi 'sommersi' di cui dispone il Dipartimento di giustizia. I soldi provenienti da questi fondi non sono tracciabili, né dichiarati. Per quanto riguarda l'immunità, c'è qualche regola da seguire. Dovrete fornire prove dell'identità degli obiettivi che eliminate, attraverso le impronte digitali o un campione di DNA. Inoltre, nel caso in cui veniate catturati all'estero, la nostra linea sarà quella della negazione plausibile."

"Quindi, se ci trovassimo in un mare di merda senza nemmeno un salvagente, voi neghereste la nostra esistenza e ci lascereste al nostro destino," ribatté seccamente Gramps.

Willis fece cenno di sì.

"Non è molto diverso dall'essere nelle Delta Force," osservò Eagle con una scrollata di spalle. "Abbiamo sempre saputo che in buona sostanza eravamo soli."

I suoi commilitoni annuirono. In ognuna delle loro missioni, conoscevano bene i rischi che correvano.

I quattro fissarono Willis per un lungo istante, ognuno perso nei suoi pensieri.

Poi fu Bull a parlare: "Sembra troppo bello per essere vero. Perché dovremmo fidarci di te?"

A un certo punto della conversazione, Willis si era appoggiato allo schienale della sedia, con aria piuttosto noncurante. Ma alla domanda di Bull, si sporse verso di loro, improvvisamente scuro in volto. "Qualche anno fa, mia moglie e mia figlia sono state uccise in Francia. Erano uscite a fare spese, mentre io sono rimasto in hotel a sbrigare faccende di lavoro. Sono state rapite e tenute in ostaggio per due settimane. Alla fine i loro corpi sono stati ritrovati in un vicolo poco frequentato. Le avevano torturate e violentate ripetutamente. E perché? Perché qualche testa di cazzo lo ha trovato un modo divertente per colpire gli americani. Non si è preoccupato del fatto che Molly avesse solo tredici anni; né gli è fregato che mia moglie fosse diabetica e non avesse con sé le medicine, il che l'ha fatta soffrire ulteriormente."

"Ci sono voluti due anni per beccarlo, poi quando ci siamo riusciti abbiamo dovuto cortesemente consegnarlo alle autorità francesi, così che potessero processarlo. Sembrava uno scherzo del cazzo. Gli hanno dato quarant'anni, là non hanno la pena di morte. Così da allora trascorre una vita serena e salutare dietro le sbarre. Per lui è come essere in un Club Med. Merita di morire per il sangue di cui si è macchiato le mani. Ma io farò in modo che paghi per i crimini che ha commesso, a qualsiasi costo. Non lo farò solo per la mia famiglia, ma per *ognuna* delle vite che ha distrutto."

Bull annuì. *Quella* era una storia a cui poteva rapportarsi. L'uomo aveva subito un torto e voleva vendicarsi. Sembrò a tutti e quattro la motivazione più genuina che lui avesse potuto trovare. "Abbiamo bisogno di parlarne tra di noi," sentenziò Bull.

E così, all'improvviso, fu come se un interruttore fosse scattato all'interno di Willis. Rilassò le spalle e si appoggiò ancora sullo schienale, poi prese il suo drink e ne bevve un sorso. "Certo, capisco."

"Sarà meglio che non sia una trappola," disse Eagle. "Come sai, io non dimentico mai una faccia. Magari Gregory Willis non è nemmeno il tuo vero nome, ma se ci fotti, io ti troverò... e te la farò pagare."

Willis non batté ciglio, il che in qualche modo rassicurò i quattro. "So che lo faresti, ma questa non è una trappola, né ho intenzione di fottervi. Sappiamo tutti che nel mondo ci sono persone che incarnano il male allo stato puro e che perciò devono essere fermate. Se in passato fossero esistite squadre come la vostra, forse Hitler non avrebbe ucciso tutti quegli ebrei. Forse Stalin non sarebbe salito al potere e Pol Pot non avrebbe distrutto la civiltà cambogiana. Forse Osama Bin Laden non avrebbe assassinato più di tremila persone negli attacchi dell'undici settembre."

Con quelle parole, tirò fuori un biglietto da visita e lo mise sul tavolo, rivolto verso l'alto. Si portò il bicchiere alla bocca e si scolò il whiskey rimasto. Poi indicò con un cenno del capo il biglietto da visita. "Chiamatemi quando avrete preso una decisione. Potrei farvi avere i documenti per il congedo già domani... invece degli ordini di trasferimento. E potreste essere a Indianapolis e mettervi al lavoro alla Silverstone già dalla prossima settimana. Signori, è stato un piacere incontrarvi. E di nuovo congratulazioni per l'eliminazione di Khatun e Mullah."

Detto questo, Gregory Willis si alzò e si avviò a grandi passi verso l'uscita. Ma Bull lo guardava con occhi diversi, ora che aveva sentito la sua storia. Quell'uomo aveva perso la famiglia e quella perdita gravava su di lui.

Stranamente, nessuno nel bar importunò Willis mentre usciva, benché il suo abbigliamento fosse decisamente fuori luogo. Nessuno lo chiamò, lo prese in giro o mosse un dito contro quel tizio con l'aria da damerino che attraversava il locale.

Bull sapeva per certo che non era perché gli avventori non fossero inclini a farlo. Lo erano eccome, lui stesso aveva già visto un bel po' di brutte scene lì dentro. Piuttosto, era qualcosa che aveva a che fare con lo stesso Willis. L'uomo era circondato da una specie di aura di pericolo. Anche con i pantaloni con la piega e quei cazzo di gemelli, emanava vibrazioni che comunicavano un messaggio del tipo "giù le mani". Il che gli faceva guadagnare il rispetto di tutti.

Nel momento in cui la porta del locale si richiuse dietro Willis, Bull si voltò verso gli altri. "Quindi?"

"È appena successo quello che mi è sembrato essere successo?" chiese Eagle scuotendo la testa.

"Io voglio parlare dei cento milioni di dollari di Smoke," disse Gramps, piantando gli occhi addosso al suo amico.

Smoke alzò le mani in segno di resa. "Lo so, lo so, avrei dovuto dirvelo. Ma, davvero, per me non è importante. Non me ne sarei comunque andato dall'esercito e dalla squadra. Perché avrei dovuto dirvelo?"

"Perché siamo amici. Compagni d'armi. Non ci sono segreti fra di noi."

Smoke annuì, esprimendo accordo e dispiacere.

"Parlaci della Silverstone," disse Bull. "Se dobbiamo valutare quest'idea folle, è meglio sapere in che tipo di situazione ci stiamo infilando."

"A dire il vero, non ne so molto. Sapete che è stato mio zio a crescermi dopo che i miei genitori sono stati uccisi. Mi rendevo conto che i soldi non gli mancavano, ma non ne abbiamo mai parlato. Casa nostra era grande e lo zio aveva molto terreno. Ma io sapevo solo che lui lavorava in un'autorimessa... ed ero troppo preso dai miei casini per interessarmi alla situazione."

"Quindi c'è qualcuno qui che ne capisce di motori?" chiese Bull.

Nessuno disse una parola.

"La vedo dura a mandare avanti un'autorimessa senza avere un'idea di come si riparano le auto," disse Bull con aria disillusa.

"Per quanto ne so, l'autorimessa è chiusa da quando lo zio non c'è più," spiegò Smoke. "Non vedevo perché tenerla aperta dopo che lui è morto. Ho aiutato i dipendenti a trovare altri lavori e ho venduto quasi tutta l'attrezzatura."

"Perciò... la tua autorimessa non è più un'autorimessa," disse Eagle sbuffando.

Tutti restarono in silenzio per un po', poi fu Smoke a parlare: "E se aprissimo qualcosa di leggermente diverso da un'autorimessa?"

"Tipo?" chiese Gramps.

"Un'azienda di servizio carroattrezzi?" suggerì Smoke.

"In che modo sarebbe diverso da un'autorimessa?" chiese Eagle.

"Non dovremmo lavorare sulle auto, ma solamente trasportarle dal luogo dell'incidente allo sfasciacarrozze o all'autorimessa che ci indicano i clienti. Potremmo fare anche da gommisti, senza dover toccare la parte meccanica. Si tratterebbe solo di trasportare auto. Potremmo comprare un paio di carroattrezzi e cominciare da lì."

Era un'idea degna di considerazione e accese in Bull una scintilla di interesse. "Ci rimetteresti un po' di soldi all'inizio, prima che l'attività cominci a funzionare," fece osservare Bull a Smoke.

Smoke si limitò a una scrollata di spalle. "Non ho bisogno dei soldi. Non sarei mai capace di spendere tutta quella grana. Se questo ci evita di essere spediti ai quattro angoli del paese per dover rendere conto a qualche pivello di capitano, per me va bene. E poi ve lo immaginate Gramps ad addestrare aspiranti ranger per il resto della sua carriera? Sarebbe un disastro!"

Tutti sghignazzarono. Gramps aveva avuto un'infanzia difficile, il che lo aveva reso poco incline a tenere la bocca chiusa, quando aveva qualcosa da dire.

"Siamo davvero disposti a credere che l'FBI ci coprirà le spalle? Insomma... certo non lo farà se restiamo fregati in un paese non particolarmente eccitato all'idea di averci come ospiti; Willis ha detto chiaramente che dovremmo cavarcela da soli," disse Eagle. "Ma per quanto riguarda darci informazioni corrette e aiutarci a trasportare armi o altro all'estero? Voi vi fidate?"

"Sinceramente? Io non lo so. Ma nella misura in cui Willis sarà coinvolto, direi che ci sono buone probabilità che facciano la loro parte," disse Bull.

"Ci creerà problemi il fatto di essere assassini?" chiese Smoke tranquillamente.

Bull scosse la testa. "Non saremo assassini," rispose Bull con enfasi. "Siamo i proprietari dell'Assistenza Silverstone."

"Solo che di tanto in tanto dovremmo fare lunghi viaggi all'estero," aggiunse Eagle con una risata.

"Cosa succede se qualcuno di noi trova una donna con cui vuole passare il resto della vita? Cosa raccontiamo per giustificare le nostre assenze?" chiese Smoke.

"Non mettiamo il carro davanti ai buoi," disse Bull sbuffando. "Al momento non mi sembra che abbiamo file di donne fuori dalle nostre porte."

"È una buona domanda," ribatté Eagle. "Fatico a immaginare di avere una ragazza che accetti senza problemi le mie reticenze su dove vado e cosa faccio. Concluderebbe che la tradisco. D'altronde, non possiamo dire a nessuno che siamo dei sicari."

"Già, non possiamo. Ma a un certo punto dovremo essere sinceri," disse Bull. "Per quanto mi riguarda, non mi vergogno di quello che ho fatto con le Delta Force. Abbiamo appena eliminato due dei terroristi più pericolosi di sempre. Mi rifiuto di vergognarmene. Se e quando qualcuno trova una donna con cui vuole vivere, dovrà essere sincero con lei. Se lei non lo accetta, vuol dire che non è la persona giusta."

"Stai dicendo che se ti innamori di una che non accetta il fatto che te ne vai in giro ad ammazzare persone, tu la lasci semplicemente andare via?" chiese Gramps scettico.

"Sì," rispose Bull senza esitare.

I quattro si scambiarono sguardi per un lungo momento, poi Smoke disse: "Io ci sto. Userò i soldi che mio zio mi ha lasciato per avviare l'Assistenza Silverstone. A dire il vero... la cosa mi eccita abbastanza. Non dovremo guardarci sempre le spalle e dubitare degli ordini che riceviamo. Potremo scegliere i nostri bersagli. Secondo me, può funzionare."

"Ci sto anch'io," subentrò Eagle. "Ma prima di dare una risposta a Willis voglio fare una ricerca su internet, per vedere se lo trovo e se è chi dice di essere. Controllerò anche la storia della moglie e della figlia. Non dovrebbe essere difficile."

"Per me va bene," disse concisamente Bull.

Poi i tre guardarono Gramps.

Fece un sospiro, poi annuì. "Non posso lasciare che voi tre bifolchi lo facciate senza di me. Qualcuno dovrà pur tenervi d'occhio."

Tutti ridacchiarono.

Bull alzò la sua birra e propose un brindisi: "All'Assistenza Silverstone. E a una nuova, grande avventura."

"All'Assistenza Silverstone," dissero gli altri tre all'unisono, mentre le bottiglie tintinnavano.

CAPITOLO DUE

Cinque anni dopo

Bull si rimise al suo posto sul jet privato e sospirò. Lui e gli altri avevano appena portato a termine una missione a Lima, in Perù, per conto di un buon amico che avevano conosciuto dopo aver avviato l'Assistenza Silverstone... e dopo aver cominciato il loro lavoro part-time come squadra di eliminazione dei peggiori esseri umani sulla faccia della terra.

Non avevano ancora accettato di pensare a sé stessi come assassini. Evitavano il termine a ogni costo.

Negli ultimi cinque anni, Willis era stato determinante nell'aiutarli a organizzare logisticamente la loro nuova attività. All'inizio si erano concentrati solo sui criminali sulla lista dell'FBI, ma con il passare del tempo, i ragazzi avevano acquisito più fiducia in sé stessi e avevano cominciato a identificare da soli i propri bersagli. Avevano ucciso alcuni tra i più ricchi uomini del pianeta, ma anche dei poveracci. Avevano eliminato serial killer, sfruttatori sessuali, boss mafiosi, terroristi... chiunque avesse dato prova di essere malvagio nel profondo.

Del Rio era esattamente il tipo di persona per cui la squadra esisteva. Era un rifiuto umano, il capo di un'organizzazione di sfruttamento sessuale che non si faceva problemi a schiavizzare donne, bambine *e* bambini.

Dieci anni prima, aveva rapito una donna. Il marito aveva fatto tutto il possibile per ritrovarla, aveva persino messo insieme una sua squadra per salvare le donne e i bambini oppressi in giro per il mondo. Era miracolosamente riuscito a trovare sua moglie viva. Bull e gli altri erano stati felici di andare in Perù a finire il lavoro che il loro amico Rex non poteva completare, visto che era impegnato a portare sua moglie fuori dai confini peruviani.

Quella di Del Rio non era stata una morte serena; la Silverstone aveva fatto in modo che non lo fosse.

Stavano quasi per arrivare a casa, in Indiana, dove la loro azienda funzionava meglio di quanto loro non avessero potuto sperare. L'Assistenza Silverstone forniva uno dei servizi di trasporto vetture più affidabili e convenienti di Indianapolis. Arrivavano sul luogo dell'incidente in fretta e i loro prezzi non erano esorbitanti. Tutti, dalla polizia alle associazioni automobilistiche, si rivolgevano a loro regolarmente.

Avevano una dozzina di carroattrezzi e più di due dozzine di autisti; e probabilmente avrebbero dovuto assumere almeno altri sei autisti entro il semestre. L'autorimessa che lo zio di Smoke gli aveva lasciato era stata ampliata per tenere parcheggiati i costosi veicoli, che erano tutti di loro proprietà. La posizione non era particolarmente buona e a guardarlo dal di fuori, il garage non sembrava niente di speciale. Ma Smoke e gli altri avevano lavorato sodo per renderne l'interno confortevole e lussuoso.

Gli uomini e le donne che lavoravano per loro meritavano un luogo sicuro dove potersi rilassare tra una chiamata e l'altra. C'era una cucina all'avanguardia, delle camere da letto, due piccole sale multimediali dove poter giocare ai videogiochi e guardare film; c'era persino una tavernetta finita.

Nel complesso, l'Assistenza Silverstone era stata la cosa

migliore che potesse succedere ai quattro amici dopo che erano stati praticamente cacciati dall'esercito.

Il congedo li aveva lasciati amareggiati e disillusi; la nuova attività aveva dato loro quel senso di normalità di cui avevano bisogno tra una missione e l'altra.

Bull non si faceva problemi a dire chiaro e tondo a un uomo come Del Rio chi lo voleva morto e perché veniva torturato prima di essere ucciso; ma sapeva che se fosse tornato direttamente al suo freddo e anonimo appartamento, non sarebbe mai riuscito a dormire. "Passo dal garage quando atterriamo," disse ai suoi amici.

"Sei sicuro?" gli chiese Gramps.

Bull annuì. "Sì." Non c'era bisogno di spiegare, di dire ai suoi compagni che ultimamente si sentiva più inquieto dopo ogni missione. Se ne erano già accorti. Smoke aveva provato a parlargliene, ma Bull non si era dimostrato pronto. Non che volesse mollare o che cominciasse a farsi degli scrupoli morali su quello che facevano. Era solo che, dopo cinque anni così, sentiva di volere di più dalla vita. Non aveva idea di cosa fosse quel "di più", il che gli faceva sembrare la sua inquietudine ridicola, anche se allo stesso tempo la acuiva.

Smoke tirò fuori il telefono e controllò qualcosa prima di dire: "Pare che la serata sia stata movimentata. Al centralino c'è Bart e gli altri sono quasi tutti gli altri sono fuori."

"D'accordo. Dirò a Bart che sto arrivando, così mi può inserire nel turno. Qualcuno ha preso la vecchia Betty stasera?

La vecchia Betty era il primo carroattrezzi che avevano acquistato quando avevano avviato la Silverstone. Non era nuovo, come suggeriva il nome, ed era senza tutti quei fronzoli che avevano i veicoli più nuovi. Per lo più, i loro autisti preferivano prendere i mezzi più nuovi, cosa che a Bull andava bene. Lui preferiva la vecchia Betty, perché non lo aveva mai lasciato a piedi e perché c'era un certo nonsoché nell'odore di fumo, appena percettibile, che aveva lasciato il proprietario precedente e di cui loro non erano riusciti in nessun modo a liberarsi; e poi, quando ci si sedeva, il crepitio della pelle che rivestiva i sedili aveva su di lui un effetto calmante.

Eagle ridacchiò. "Come se ci fosse qualcuno che preferisce la vecchia Betty rispetto agli altri carroattrezzi."

Smoke annuì in segno di accordo. "Eagle ha ragione. È tutta tua."

Nell'azienda, tutti facevano i turni per prendere le chiamate. Cinque anni prima, quando avevano aperto, i quattro avevano discusso su cosa avrebbe potuto far funzionare bene la Silverstone. Buone paghe e bonus erano in cima alla lista. Era inoltre importante che tutti i dipendenti imparassero a svolgere ogni mansione. Stare al centralino non era il massimo per nessuno, ma ottenere i dettagli da chi chiamava, orientarsi nel sistema informatico e utilizzare bene le mappe rendeva tutti migliori autisti, a lungo andare.

Visto il trattamento che ricevevano (dai comfort messi a disposizione ai salari sopra la media, fino alla generosità delle ferie e dei permessi di malattia), i dipendenti erano molto leali. L'ultima volta che qualcuno si era licenziato era stato un anno prima, quando un giovane autista aveva dovuto trasferirsi a Chicago, visto che la sua fidanzata viveva lì. Non era contento di andarsene, ma la Silverstone gli aveva lasciato delle ottime referenze; il ragazzo li teneva aggiornati e diceva che se la passava bene nella nuova città.

Cinque anni prima, Smoke si era sobbarcato tutti i costi per avviare l'azienda. Ma Bull, Eagle e Gramps avevano reinvestito nell'attività i loro guadagni; ora i quattro erano soci alla pari. Ognuno faceva la sua parte e si alternavano a effettuare i trasporti e a prendere le chiamate, lasciandosi assorbire dalla quotidianità quando non erano in missione.

Quella sera, Bull aveva bisogno di distrarsi, per sentirsi...

normale. Aveva bisogno di relazionarsi a gente normale e di fare cose normali. A volte, andare a prelevare un'auto ferma poteva rivelarsi pericoloso: c'erano stati diversi episodi con gente che aveva cercato di rubare il carroattrezzi o rapinare l'autista. Ma Bull non si era mai sentito in pericolo quando era in giro con il carroattrezzi. In realtà, aiutare automobilisti rimasti bloccati sulla strada serviva in qualche modo a bilanciare l'altra metà della sua vita: quella sporca e oscura, popolata di omicidi, di terroristi e di gente che depredava i deboli e gli indifesi.

Un'ora dopo l'atterraggio e dopo aver salutato i suoi compagni d'armi, Bull era in piedi nel salone della Silverstone. Si guardò in giro e sorrise. Si sentiva a casa. C'erano dei piatti sporchi nel lavandino e il rumore gli diceva che la lavastoviglie era in funzione. Sapeva che il frigorifero era pieno di cibo, a disposizione degli autisti tra una chiamata e l'altra. Una coperta giaceva su uno dei divani in pelle, da cui era caduto un cuscino su cui si vedeva ancora l'impronta di una testa. Era chiaro che qualcuno aveva fatto un pisolino, poi era stato svegliato e aveva dovuto andarsene in tutta fretta per fare un intervento.

Bull si avvicinò al divano, piegò la coperta e raccolse il cuscino. Oltre ai due divani, nella sala c'erano anche due sedie reclinabili che non mancavano mai di conciliargli il sonno quando ci si stendeva. Il soffice tappeto sotto ai piedi, rosso e giallo, donava all'ambiente un tocco allegro e luminoso. L'odore di caffè aleggiava sempre nell'aria. Bull chiuse gli occhi e fece un profondo respiro. Il semplice fatto di essere in quell'ambiente gli allietava l'anima, rinsaldava il legame che aveva con la brava gente in giro per il mondo. Lui e i suoi amici si confrontavano regolarmente con i rifiuti della società; aveva bisogno di respirare... bontà.

Negli ultimi tempi, a parte sentirsi inquieto, Bull aveva

anche cominciato a essere un po' cinico. Nessuno al di fuori di loro quattro sapeva cosa facevano e comunque nessuno avrebbe capito. Li avrebbero chiamati assassini e li avrebbero voluti vedere in galera, dopo aver buttato via le chiavi delle loro celle.

A nessuno poi sarebbe importato di tutte le ricerche che i quattro facevano prima di scegliere un bersaglio.

Solo i peggiori tra i peggiori meritavano la loro personale versione di giustizia. Per decidere se uno apparteneva *davvero* a quell'infima categoria, i ragazzi studiavano immagini e raccoglievano notizie e testimonianze dirette sui crimini attribuiti ai loro potenziali bersagli.

Vedere uomini, donne e bambini che subivano le torture più terribili, leggere delle scie di orrore che quei mostri si lasciavano alle spalle, stava segnando Bull profondamente.

La sua vita era piena di male e dopo cinque anni faticava a fare esperienze positive che gli garantissero una sorta di equilibrio morale. Non sapeva dove ritrovare l'innocenza e la bellezza nel mondo, ma sapeva di averne bisogno.

Respirò profondamente e attraversò la sala silenziosa, poi il lungo corridoio che portava al centralino. Aprì la porta, facendo abbastanza rumore da attirare l'attenzione di Bart, poi gli si avvicinò. L'uomo aveva tre grandi schermi davanti a lui: su uno scorrevano le immagini di *Die Hard*: su un altro c'era la mappa di Indianapolis, dove lampeggiavano puntini che indicavano l'attuale posizione degli autisti della Silverstone; il terzo mostrava la pagina del sistema informatico dove il centralinista e gli autisti inserivano le note su spostamenti e operazioni effettuate.

Bart, che aveva in testa cuffie e microfono, si girò verso Bull con un largo sorriso stampato in volto. "Ehi, capo," lo salutò con entusiasmo, "non mi aspettavo di vederti qui stasera."

"Mi conosci... mi annoiavo," gli disse Bull.

I dipendenti della Silverstone non sospettavano che quando i loro capi si assentavano per diversi giorni di fila, in realtà andassero a liberare il mondo da qualche malfattore. I ragazzi avevano deciso fin da subito di tenere la loro doppia vita nascosta a tutti: le loro famiglie, gli amici, i dipendenti. Le uniche persone a cui poterlo rivelare sarebbero state le donne con cui avrebbero deciso di trascorrere le loro vite, donne che al momento non avevano, ma che speravano di incontrare.

"Beh, sono contento di vederti," disse Bart. "Stasera abbiamo dovuto sbatterci più del solito. Sembrava una serata lenta e piacevole, ma venti minuti fa ho mandato fuori Alice e adesso abbiamo due veicoli in attesa."

"Di che si tratta?" chiese Bull, felice di poter tornare subito al lavoro e magari anche di smetterla di pensare alle ombre che cominciavano a impossessarsi della sua anima.

"La polizia è sulla scena di un incidente con omissione di soccorso; la macchina è distrutta e stanno portando la vittima in ospedale. Poi c'è una donna sulla 465, fuori dall'aeroporto; la sua macchina ha cominciato a fare le bizze e lei ha accostato, non volendo peggiorare la situazione. Aspetta un carroattrezzi che la porti in officina."

"Vado io dalla donna," disse Bull senza esitare. Il solo pensiero di una donna sola, ferma in macchina di notte in autostrada, attivò il suo istinto di protezione. Probabilmente la donna stava bene ed era in grado di prendersi cura di sé, ma Bull aveva già visto troppi casi di gente disperata e senza scrupoli che cercava di approfittarsi di qualcuno con l'auto in panne.

Bart sorrise. "Immaginavo che avresti preso quella. La vecchia Betty è in garage al solito posto che ti aspetta. Ti mando sul cellulare la posizione della donna."

"Ottimo, grazie."

"Figurati."

"Come si chiama?"

"La pupa? Skylar qualcosa."

Bull voleva alzare gli occhi al cielo, sapendo che Bart conosceva il nome completo della donna, ma era incline a dispensare solo le informazioni che riteneva fondamentali, che tipicamente non comprendevano i cognomi delle persone.

Ma il capo si limitò ad annuire, poi uscì dalla stanza. Raggiunse con una leggera corsetta la porta del garage dove si trovavano i mezzi. L'azienda aveva in tutto tre garage, ma la vecchia Betty era sempre in quello adiacente agli uffici.

Prese le chiavi, appese a un gancio vicino alla porta, e sorrise mentre si avvicinava al vecchio carroattrezzi. Si fermò pochi istanti, il tempo necessario per infilarsi la tuta da lavoro, con la toppa della Assistenza Silverstone cucita in alto a sinistra; poi salì la scaletta ed entrò nell'abitacolo. Girò la chiave e mise in moto, sollevato dal fatto che il motore partisse subito. Si guardò intorno con calma, accertandosi che fosse tutto in ordine; lo era, il che lo indusse ad annuire contento. Aprì con il telecomando la saracinesca del garage e uscì nella scura notte dell'Indiana.

Impiegò una ventina di minuti per raggiungere la posizione di Skylar. Quando arrivò sul posto, non fu affatto felice di ciò che vide.

La Toyota Corolla di colore marrone, che sembrava avere sì e no dieci anni, aveva le luci di emergenza accese, ma era a malapena fuori dalla striscia che delimitava la carreggiata. Inoltre, la macchina era ferma vicino a un bosco fitto ed esteso. La parte di Bull più incline a considerare il fattore sicurezza gli suggerì immediatamente che sarebbe stato facile, per qualche malintenzionato, trascinare la donna nel bosco per poi farle cose orribili.

A causa del suo lavoro alla Silverstone, ma soprattutto del

fatto che aveva spesso a che fare con i reietti della società, Bull tendeva sempre a pensare al peggio; in qualsiasi situazione, la sua mente correva subito alle immagini terrificanti che aveva visto in tanti, troppi dossier sui criminali. Il che costituiva parte del suo problema.

Facendo un profondo respiro, Bull si sforzò di concentrarsi sul suo lavoro. Parcheggiò in modo tale da impedire che qualche automobilista distratto travolgesse la macchina in panne a lato della strada. Poi accese gli abbaglianti del suo mezzo, illuminando l'auto ferma e l'area circostante come se fosse giorno.

Si avvicinò alla Corolla dal lato del passeggero, mantenendosi però alla dovuta distanza.

Prima che lui potesse bussare sullo sportello, la donna (che Bull diede per scontato essere Skylar) uscì dal lato del guidatore, alzando una mano per ripararsi gli occhi dagli abbaglianti della vecchia Betty.

"Ehi! È un vero piacere vederti! Mi sembra di essere seduta qui da una vita, anche se so che in effetti non è passato poi tanto tempo..."

"Ferma," le disse Bull con tono burbero, vedendola girare intorno alla macchina per avvicinarsi a lui.

Lei si bloccò e lo guardò incerta su come reagire.

"Dovresti accertarti che io sia chi tu pensi che io sia, cioè quello del servizio carroattrezzi che hai chiamato."

Lei lo guardò perplessa, poi spostò lo sguardo sulla vecchia Betty e infine ancora su di lui. "Tu sei arrivato con un carroattrezzi," gli disse con aria confusa.

"Sì," concesse Bull, "ma potrei essere uno che passava di qui per caso e ha deciso di fermarsi vedendo la tua auto in panne. Potrei essere uno che cerca di fregare il lavoro a quelli che hai chiamato o, peggio, uno che vuole farti del male."

Lei inspirò profondamente. "La gente fa *davvero* di queste cose?"

L'ingenuità della donna colpì Bull con la forza di una mazza. Si accorse di guardarla quasi con disprezzo, ma non poteva farci niente. Come si poteva essere *tanto* sprovveduti? "Già, purtroppo sono cose che succedono."

"Ok. Non ci avevo pensato. Ma so che starsene seduta su una macchina ferma sul ciglio della strada non è la cosa più sicura del mondo. È da quando ho accostato che sono nervosa. Vederti arrivare mi ha fatto tirare un sospiro di sollievo... ma ora sto pensando che tu sia una mezza carogna. Chiamerei un altro servizio carroattrezzi, ma è già un'eternità che aspetto qui."

Bull non riuscì a trattenere un sorriso. Le piaceva che quella donna sapesse farsi rispettare. Fece un profondo respiro. "Mi dispiace di aver subito sparato a zero. È solo che... Non sopporto che ci si approfitti delle persone o le si ferisca, specialmente se si tratta di donne."

Si fissarono a lungo, poi lei disse: "Suppongo che tu sia chi dici di essere, visto che mi stai mettendo in guardia contro chi potrebbe farmi del male."

"Sì. Ma in ogni caso faresti meglio a chiamare la Assistenza Silverstone e chiedere al centralinista di descriverti l'autista che ti ha mandato. Chiedigli se gli risulta che l'autista sia arrivato. Su ogni mezzo c'è un localizzatore satellitare, in modo che si sappia dove siamo."

La donna lo guardò per qualche istante, poi annuì e tirò fuori da una tasca il telefono, abbassando lo sguardo per far partire la chiamata.

Lui aspettò mentre lei telefonava. Bull apprezzava il fatto che la donna fosse tornata verso lo sportello del guidatore e mantenesse le distanze mentre parlava con il centralinista. Avrebbe ancora potuto coglierla di sorpresa e trascinarla nel bosco vicino, ma almeno lei stava cercando di tenersi al sicuro.

Bull si prese il tempo di osservarla, mentre lei parlava al

telefono con Bart. Era minuta, soprattutto se paragonata al suo metro e ottanta di statura, a occhio gli sembrava sul metro e sessantacinque. Indossava pantaloni neri eleganti e una camicetta color crema, con le maniche ampie e un collo a V che lasciava intuire un seno generoso. Bull notò anche che portava le scarpe col tacco, il che lo costrinse a rivedere la sua stima dell'altezza di almeno cinque centimetri.

Portava i capelli raccolti in uno chignon alla base del collo; Bull ebbe il bizzarro impulso di slegarglielo per vedere quanto fosse lunga la sua chioma. Inconsciamente, fece un passo verso di lei, come mosso dal desiderio di sapere di più di lei, un desiderio improvviso, che prevalse sul suo buonsenso.

Lei alzò gli occhi e sorrise timidamente. "Ha detto che dovresti essere qui," lo informò.

"E infatti ci sono," confermò Bull. Camminò verso di lei porgendole la mano. "Forse possiamo ricominciare dall'inizio. Non credo di aver fatto la migliore delle impressioni. Io sono Bull."

La ragazza arricciò il naso. "Bull?"

Lui accennò un sorriso. "Il mio vero nome è Carson, Carson Rhodes, ma nessuno mi chiama così."

"Nemmeno tua madre?" chiese lei, stringendogli la mano.

Bull ebbe un leggero sussulto, provocato dalla scossa che sentì attraversargli il corpo nell'istante in cui i loro palmi si toccarono. La mano della ragazza gli parve liscia e incredibilmente morbida contro la sua, dura e callosa. "Non ho mai conosciuto mia madre," le disse, senza quasi sentire le sue stesse parole. "Se n'è andata quando ero molto piccolo. Sono cresciuto con mio padre. È morto quando avevo diciassette anni."

"Oddio," disse lei, spalancando gli occhi di fronte alla gaffe. "Mi dispiace."

"Non c'è problema. È successo molto tempo fa," la tranquillizzò Bull.

"Beh, comunque è stata un'uscita inopportuna da parte mia. Avrei potuto evitare."

Bull era ben cosciente che lei non aveva ancora ritratto la mano dalla loro stretta; certo non sarebbe stato lui a toglierla per primo, interrompendo quella che gli sembrava un'inaspettata connessione tra loro due. "E tu come ti chiami?" le chiese; lo sapeva già, naturalmente, ma le regole della conversazione andavano seguite.

"Oh, mi chiamo Skylar. Skylar Reid."

"Piacere, Skylar," disse Bull, desideroso di sentirle pronunciare il suo nome.

"Piacere, Carson."

Si sorrisero per un breve attimo, poi lei ritrasse la mano con delicatezza; con una certa riluttanza, Bull mollò la presa.

"Quindi..." disse lei, voltandosi verso la sua macchina.

"Cos'è successo?" chiese Bull, cercando di riportare la conversazione su un livello professionale. Ma non riusciva a smettere di pensare a quando gli era piaciuto il suono del suo stesso nome, quando era uscito dalle labbra di Skylar.

"Non lo so," rispose lei, nella voce una chiara nota di afflizione. "Stavo tornando a casa dopo il lavoro e..."

"Dal lavoro? Così tardi?" Bull non riuscì a trattenersi dal chiedere.

Lei annuì. "Già. Insegno alla scuola materna di Eastlake e oggi c'era il ricevimento dei genitori. Sono dovuta restare più del solito perché alcuni tra i genitori dei miei alunni smettono di lavorare solo dopo le sei."

"Sei un'insegnante," osservò Bull. "A che classi insegni?"

Sapeva che stava facendo la figura dell'invadente, ma gli parve di non poter resistere alla curiosità.

Skylar scrollò le spalle. "All'asilo."

Bull inspirò profondamente. *Certo* che era una maestra d'asilo. Per un breve istante, Bull considerò l'ipotesi di chiederle un appuntamento; magari avrebbero potuto uscire insieme un paio di volte. Ma quanto era ridicola l'idea di *lui* con una maestra d'asilo? Sapeva bene che lo stereotipo della maestrina pura e innocente era altrettanto ridicolo, ma non poté fare a meno di sentirsi di gran lunga troppo disincantato per lei.

"C'è qualcosa che non va nel mio lavoro?" chiese lei con aria vagamente difensiva.

Accorgendosi che a lei non era sfuggita la sua reazione, Bull fece del suo meglio per retrocedere. "Certo che no. Assolutamente."

"Già. Meglio così," disse lei prima di girarsi dall'altra parte.

Quel gesto rese Bull ancora più nervoso. Non era saggio, da parte della ragazza, dare le spalle a uno sconosciuto; soprattutto se si trattava di farlo al buio, bloccata sul ciglio della strada e senza possibili vie di fuga. "Non darmi le spalle," le disse lui con tono autoritario.

Lei gli lanciò un'occhiata da sopra una spalla. "Mi stai davvero dando ancora ordini?"

Per quanto potesse, Bull cercò di parlare con un tono più gentile e, senza essere certo di riuscirci, le spiegò: "Non dovresti girarti di spalle quando sei con uno sconosciuto. Soprattutto in questa situazione, per strada, al buio e a nemmeno novanta metri da un bosco nel quale sarebbe facile trascinarti."

Gli occhi della ragazza si spalancarono ancora; Bull li vide alzarsi e puntare la macchia di vegetazione che era alle sue spalle. Lei si leccò le labbra e Bull soppresse un gemito che era sul punto di uscirgli dalla bocca. Non si era mai sentito attratto da una donna appena conosciuta... ma con Skylar gli stava succedendo esattamente questo. Non avrebbe saputo dire cosa gli piacesse tanto di lei. Forse la sua vulnerabilità? Il fatto che lei fosse così bisognosa del suo aiuto? O il debole che lui aveva sempre avuto per le donne minute?

Non ne aveva idea, ma la situazione lo metteva a disagio.

Invece di attaccarlo per essere stato maleducato e per averla spaventata, Skylar Reid piegò la testa da un lato e lo fissò a lungo negli occhi. Quando parlò, ci mancò poco che la sua domanda gli facesse perdere l'equilibrio.

"Hai visto un sacco di cose brutte nella tua vita, non è vero?"

Bull si limitò a un cenno affermativo, non sapendo se la sua voce avrebbe funzionato.

"So di non essere molto navigata," disse lei. "Ho vissuto tutta la mia vita da queste parti. Non sono mai uscita dagli Stati Uniti e ho visitato solo qualche altra regione del nostro paese. Ma la mia parte di cose brutte l'ho vista anch'io. Ragazzini che a casa vengono picchiati e vengono a scuola pieni di lividi, insistendo che va tutto bene. Bimbi tanto affamati da rubare la merenda ai compagni di classe, tutte le volte che ne hanno l'occasione. Ho degli alunni che indossano gli stessi vestiti ogni santo giorno. Inoltre, che tu ci creda o no, il bullismo comincia all'asilo."

Bull annuì di nuovo, senza essere minimamente sorpreso di quanto lei gli aveva appena detto.

"Ma ho anche visto il buono che c'è nelle persone. Quei bimbi a cui viene rubata la merenda? Il giorno dopo portano qualcosa da mangiare in più, da dare ai loro compagni che non ne hanno. Poi, quando qualche alunno arriva a scuola portando gli stessi vestiti che aveva il giorno prima, gli altri sono felici di aiutarlo a scegliere qualcosa dall'armadietto dei 'vestiti extra' che tengo in classe, così che gli abiti sporchi che ha indosso possano essere lavati entro la giornata."

"E per il bullismo che fai?" chiese Bull.

Skylar alzò le spalle. "Cerco di estirparlo alla radice, ma non posso fare più di tanto."

"Nella vita reale, non penso di aver mai sentito dire a nessuno 'estirpare alla radice'," le disse Bull.

"Non importa," mormorò Skylar. "Ciò che sto cercando di dire è che, anche se sotto molti punti di vista sono ingenua e anche se di certo non ho fatto tutte le tue esperienze, so riconoscere un uomo buono quando ne vedo uno."

Bull sbuffò e scosse la testa. "Dolcezza, tu non ti rendi conto..."

Nel profondo, lui sapeva che Del Rio e la missione appena portata a termine in Perù erano gli ultimi dei suoi pensieri. In quel momento, era concentrato su Skylar al cento per cento. In virtù della sua sola presenza, lei era in qualche modo riuscita a mettere in secondo piano le cose orribili che lui aveva visto e fatto negli ultimi due giorni.

"Forse no," ribatté lei. "Ma dal momento in cui hai aperto bocca, mi è sembrato che tu non cercassi di fare altro che proteggere i miei interessi, anche se lo hai fatto in modo un po' da mezza carogna. Che tu mi attacchi e mi trascini nel bosco per violentarmi è tanto improbabile quanto lo è che io faccia del male a un bambino."

Il fatto che uno stupro fosse la sorte peggiore a cui lei potesse pensare la diceva lunga, come tutte le altre cose che aveva detto. Skylar Reid era innocente fin nel profondo.

E Bull si sorprese a voler fare tutto ciò che era in suo potere perché lei rimanesse così.

"Quindi stavi guidando verso casa dopo aver finito il tuo lavoro all'asilo e la macchina si è fermata?" le chiese Bull. Sentiva l'urgenza di tornare alla faccenda del soccorso stradale, se non altro per togliere la ragazza dal ciglio della strada; certo non gli sfuggivano le auto che sfrecciavano di fianco a loro ai centotrenta o più.

Lei annuì, acconsentendo al cambio di argomento. "Già. Ho cominciato a sentire una specie di ticchettio e temevo che si sganciasse una ruota, che il motore esplodesse o qualcosa del genere. Così ho accostato. Ho questa macchina da diversi anni ed è sempre stata affidabile. Ho immaginato che fosse meglio chiamare aiuto piuttosto che continuare a farla arrancare, con il rischio di peggiorare le cose." Accennò una smorfia. "Decisamente non potrei permettermi una nuova auto in questo momento."

Bull aveva sentito quelle parole più volte di quante non potesse ricordarne. "Conosci un'officina dove vuoi che porti la piccola?" disse Bull facendo un cenno verso la Toyota.

Skylar sorrise di nuovo. "Perché voi uomini fate sempre così?"

"Facciamo cosa?"

"Riferirvi alle auto come se fossero femmine."

Bull fece una risatina. "È solo un modo di dire."

"Immagino di sì. A ogni modo.... C'è un'autofficina non troppo distante da casa mia, direi che possiamo portarla lì. Si chiama Carrozzeria Jim."

"Nah," le disse Bull con fermezza.

"Cosa? Perché?" chiese Skylar. "È comoda."

"Ma Jim è un imbroglione. Non esiste che ti porti lì."

Skylar sospirò. "Non conosco nessun altro posto. Mio padre di solito porta la mia macchina dal suo meccanico, ma bisognerebbe andare fino a Carmel. Non posso permettermi di lasciare la macchina così lontano da dove lavoro."

"Tu vivi vicino all'autofficina di Jim?" le chiese Bull, raccontandosi che la domanda scaturiva da un interesse puramente professionale, ma sapendo che non era così.

"Sì, vivo nel complesso residenziale di Southpoint."

Bull la guardò incredulo.

Lei alzò una mano. "Non cominciare. Me l'ha già detto mio padre. So che non è il miglior quartiere della città e che gli appartamenti del complesso sono un po' squallidi; ma è vicino all'asilo e costa poco."

"Non sono un po' squallidi," la corresse Bull, "sono squallidi, *punto*."

Skylar lo fissò senza dire altro.

"Ok. Conosci la Autovetture Stanley? È a metà strada tra Eastlake e casa tua. Hanno qualche auto sostitutiva; se ce n'è una disponibile, potrai usarla mentre riparano la tua."

"Temo che mi verrà a costare troppo," osservò Skylar.

Bull restò impassibile. Già, il servizio non era a buon mercato, ma Stan era una persona onesta, uno che faceva tutto il possibile per aiutare i suoi clienti; era persino pronto ad andare dallo sfasciacarrozze per cercare ricambi per i modelli di auto più datati, così da far spendere al cliente il meno possibile.

Avrebbe detto a Stan che intendeva aiutare la ragazza a pagare per la riparazione... con discrezione, naturalmente. Bull sentiva che la ragazza, grintosa com'era, non avrebbe mai accettato il suo aiuto. "Stan è un bravo ragazzo," le disse lui. "Sarà onesto con te e non ti addebiterà riparazioni che non servono."

Skylar era esitante; si mordicchiava le labbra, indecisa sul da farsi. Bull non le fece fretta. Per quanto volesse accelerare i tempi per togliere lei e la macchina dal ciglio della strada, lasciò che lei si prendesse il tempo necessario per decidere da sola.

"Probabilmente tu ti intendi un sacco di macchine," gli disse lei.

Bull scosse la testa. "Nah. Sono in grado solo di cambiare una gomma e controllare il livello dell'olio. Ma *so* quali officine sono oneste e quali sono gestite da stronzi."

"Perché cerchi di aiutarmi?" chiese lei. "Voglio dire... Ti sono grata, non fraintendermi. Ma non credo che tu ti comporti così con ogni persona che soccorri sulla strada."

"E perché no? Magari è proprio quello che faccio," insisté Bull.

Skylar fece segno di no muovendo la testa. "Secondo me, di solito fai esattamente come dicono i clienti, anche se sai che si sbagliano. Immagino che tu non vada molto d'accordo con gli sciocchi e che se qualcuno fa il gradasso con te, tu lo lasci lì dov'è e basta."

Ci aveva azzeccato, cosa che quasi spaventò Bull.

"Forse è solo che mi dispiace per te," le disse, mentendo spudoratamente: la compassione era l'ultimo dei sentimenti che Skylar gli suscitava.

"Forse," concesse lei. "Ma accetterò il tuo consiglio. Le autofficine sono il tuo campo, non il mio."

Bull tirò un sospiro di sollievo. Avrebbe portato l'auto da Jim, se lei avesse insistito, ma la cosa non gli sarebbe piaciuta. Indicò la vecchia Betty. "Sarei più tranquillo se tu aspettassi sul camion mentre carico la macchina," le disse.

Skylar annuì. "Posso prendere la mia roba prima?"

"Certo," rispose Bull.

Lei girò intorno all'auto e aprì lo sportello del passeggero, poi si chinò per raccogliere le sue cose. Alla vista del fondoschiena di Skylar, ci mancò poco che Bull non inghiottisse la sua stessa lingua. La ragazza era attraente e formosa; fu già tanto se lui riuscì a trattenersi dall'allungare le mani per palparle le natiche carnose.

Per quel che poteva vedere, Skylar aveva un corpo perfetto. Era leggermente sovrappeso, ma i chili in più erano distribuiti nei punti giusti, sulle sue curve, e la facevano sembrare morbida; cosa che lui apprezzava, visto che anche lui era tutt'altro che smilzo.

Skylar si rialzò, il che in qualche modo rasserenò Bull. Indulgere in fantasie su di lei *non* era una buona idea. Primo, perché si trattava di una cliente; secondo, perché sarebbe stato rude da parte sua; e terzo, perché l'aveva appena conosciuta. Ma la libido di Bull non sembrava incline a sentire queste ragioni. Lei lo intrigava e accendeva in lui una scintilla. Era molto tempo che una donna non catturava in questo modo la sua attenzione. Peraltro, lui sapeva bene che Skylar non stava facendo niente di particolare per suscitare in lui quella reazione... e questo lo eccitava *ancora di più*.

Lei si mise a tracolla un borsone che sembrava più pesante del suo stesso corpo. Bull vide dei fogli di carta che spuntavano fuori dal borsone e la cosa lo fece sorridere. Per poter trasportare contemporaneamente la borsetta, Skylar se l'era appesa alla testa; in una mano stringeva un mazzo di fiori selvatici piuttosto rovinati.

Notando lo sguardo perplesso di Bull, gli disse: "Me li ha regalati uno dei miei alunni. Se li lascio in macchina moriranno."

Bull voleva dirle che i fiori sembravano già mezzi morti, ma tenne la bocca chiusa. Camminarono insieme verso la vecchia Betty e lui sorrise quando apparve chiaro che lei aveva sottovalutato l'altezza dell'abitacolo del camion. Dopo essersi voltata verso di lui e aver arricciato il naso, disse ridendo: "Ah, gli uomini e i loro camion!"

Lui non poté non sghignazzare. "È un carroattrezzi, deve essere grande per fare bene il suo lavoro."

"Scommetto che hai anche un'enorme pick-up parcheggiato sul vialetto di casa."

"Perderesti la scommessa," le disse Bull, completamente a suo agio nel condividere informazioni private. Di regola, parlando con una donna che aveva appena conosciuto, non dava mai dettagli sulla sua vita privata, ma vicino a Skylar era come se non riuscisse a tenere la bocca chiusa. "Vivo in un appartamento, come te, anche se si trova in un quartiere più sicuro. Ho una Nissan Altima del 2015."

Lei sbatté le palpebre più volte. "Ma è una macchina... normale."

A Bull sfuggì una sonora risata. Dopo essersi ricomposto, le chiese: "Ti fa stare meglio se ti dico che è rossa?"

Skylar sorrise. "Sì, in effetti."

"Avanti, ti aiuto a salire," le disse Bull tendendole la mano perché la usasse per farsi leva.

Lei la afferrò senza esitazione e si lasciò sospingere per salire.

Bull le aprì lo sportello e poté vederla meglio, una volta che lei si sedette nella luce dell'abitacolo. Solo in quel momento notò i suoi capelli di un bellissimo biondo rame e gli occhi verdi, che gli parvero scintillare mentre lei lo guardava salire.

Bull la fissò e prese una decisione. Le avrebbe chiesto di uscire. Non sapeva se avrebbe accettato o meno, ma moriva dalla voglia di passare del tempo insieme a lei, per capire se fosse in grado di continuare a farlo sentire così spensierato come si era sentito nei venti minuti che erano trascorsi da quando l'aveva conosciuta.

Non aveva idea se l'attrazione che sentiva verso Skylar fosse dovuta alla bontà che lei emanava e che lui sentiva l'urgenza di sperimentare, a causa della missione da cui era appena rientrato; o se si trattasse di qualcosa di più importante. Ma voleva scoprirlo.

"Va tutto bene?" chiese lei con incertezza, vedendo che indugiava fuori dall'abitacolo e la fissava senza dire una parola.

Tra sé e sé, Bull scosse la testa in segno di disapprovazione e si rimproverò. "Tutto a posto," disse, poi chiuse lo sportello e raggiunse con una corsetta il lato del guidatore. Salì al suo posto, mise in moto e fece manovra per avvicinarsi alla Corolla. "Resta qui," disse a Skylar. "Vado ad agganciare la tua auto e ce ne andremo in men che non si dica."

Senza aspettare un cenno di riscontro, saltò di nuovo giù dalla vecchia Betty, sbattendo lo sportello. Aveva un compito da svolgere e bisognava darsi da fare.

Ma per tutto il tempo che ci mise ad agganciare l'auto, Bull non pensò ad altro che al modo migliore per chiedere a Skylar di uscire... e si chiese se lei sarebbe stata abbastanza coraggiosa, o stupida, da dirgli di sì.

CAPITOLO TRE

Skylar si mise una mano sul petto e cercò di imporre al suo cuore di rallentare. Sin da quando aveva visto quell'uomo imponente di fianco alla sua macchina, le era sembrato che le mancasse il respiro. Aveva tentato di ripetere a sé stessa che era quel suo fare intimidatorio a metterla in soggezione, ma lei sapeva bene che non era così.

Dall'istante in cui gli aveva stretto la mano, si era sentita in sintonia con lui. Non sapeva nemmeno bene perché; lui era stato piuttosto duro con lei, l'aveva trattata come un'ingenua, questo le era chiaro. Ma nello sguardo di quell'uomo c'era qualcosa che la attraeva, qualcosa che di tanto in tanto aveva visto negli occhi dei suoi alunni: un bisogno disperato di connettersi a qualcun altro.

Ma Carson non era un bambino. Era un uomo, in tutto e per tutto.

La sovrastava, il che non era certo una novità. Ma stare in piedi vicino a Carson l'aveva fatta sentire capace di liberarsi di tutte le sue preoccupazioni. Forse erano i muscoli di quell'uomo, o forse la sensazione di protezione che lei aveva percepito fin dalla prima volta che lui aveva aperto bocca.

Qualsiasi fosse la ragione, Skylar si sentiva a suo agio accanto a lui.

Lui aveva i capelli corti, benché lunghi abbastanza da essere un po' arruffati, come se non vedessero un pettine da parecchio tempo. La barba gli conferiva un aspetto ancora più trasandato. Ma i suoi occhi erano davvero dolci.

Skylar era certa che sarebbe sembrata pazza a chiunque avesse potuto ascoltare i suoi pensieri. Occhi dolci?

D'altronde, lei sapeva bene di non essere pazza. Lavorando a scuola e vivendo in un quartiere piuttosto malfamato, Skylar entrava spesso in contatto con alcolizzati, tossicodipendenti o semplicemente gente arrabbiata con il mondo; perciò aveva imparato a riconoscere dallo sguardo i tipi fuori di testa, così da potersi tenere alla larga da loro.

Quando aveva guardato Carson negli occhi, ci aveva visto uno struggimento acuto, che anziché spingerla ad allontanarsi da lui, *la attirava*. Voleva scoprire quali fossero esattamente i demoni che lo infestavano e scacciarli via. Il che le sembrava ridicolo, visto che Carson non sembrava un uomo incline a consentire che qualcuno combattesse *per lui*. Al contrario, dava l'impressione di uno che sa difendersi da solo.

Skylar scosse la testa e mormorò: "Calma, Sky. Lo hai appena incontrato. Ha caricato la tua auto sul carroattrezzi. Sta facendo il suo lavoro."

Si girò sul sedile e attraverso il vetro posteriore vide Carson che agganciava la piccola auto al camion per trasportarla alla Autovetture Stanley. Non era certa di come avrebbe fatto a tornare a casa, una volta raggiunta l'autofficina, ma se ne sarebbe preoccupata a tempo debito.

Mentre osservava l'interno dell'abitacolo, nel tentativo di distrarsi dal pensiero dell'uomo intrigante che era venuto in suo aiuto, Skylar notò dietro ai sedili un seggiolino da auto. Le sembrò fuori luogo e non poté fare a meno di chiedersi come mai fosse lì. Notò anche altri particolari. Gli interni erano pulitissimi. Nemmeno una cartaccia. Inalò profondamente e sentì una traccia di odore di fumo stantio, molto più debole, però, del profumo di bucato fresco che dominava l'ambiente. La cosa la stupì, visto che si aspettava che l'interno di un carroattrezzi puzzasse di olio per motori, sporcizia varia e fumo, forse sì, ma in maniera più pronunciata.

Lo sportello del guidatore si aprì all'improvviso e Carson si sedette di fianco a lei, interrompendo bruscamente i suoi pensieri. Lei ebbe un sussulto, quasi uno spavento, e strinse il mazzo di fiori moribondi che teneva in mano.

"Tutto ok?" le chiese, avendo evidentemente notato il suo scatto.

"Sì. Sei stato veloce."

Carson piegò le labbra in un mezzo sorriso. "È da un po' che faccio questo lavoro, dolcezza. Non è difficile agganciare una macchina. Pronta?"

Avrebbe dovuto dirgli che chiamarla *dolcezza* era impertinente, visto che si erano appena conosciuti, ma invece non fece altro che annuire.

Carson indicò con un cenno la cintura di sicurezza. "Allacciala."

Immaginando di scuotere la teste, Skylar fece come lui diceva. Era strano che non l'avesse allacciata subito, lo faceva sempre. Sempre. Persino sullo scuolabus, dove c'era solo quella che si allacciava alla vita. Per sua natura, Skylar era una persona cauta; il fatto che quell'uomo grande e grosso al suo fianco avesse dovuto ricordarle di allacciare la cintura di sicurezza in qualche modo la stupiva.

"Da' qua, te li tengo io," disse Carson, allungando una mano verso il bouquet di fiori che lei ancora stringeva. Nel prendere i fiori, l'uomo strisciò le dita contro quelle di Skylar e lei riuscì a malapena a sopprimere il brivido di reazione che quel secondo contatto le provocò. Quando prima lui si era presentato e le aveva stretto la mano, a lei era sembrato di aver afferrato a mani nude un cavo scoperto. Una scossa l'aveva attraversata e le aveva fatto quasi perdere l'equilibrio.

Si allacciò la cintura e riprese i fiori dalla mano di Carson, facendo attenzione a non toccarlo, stavolta. "Per la cronaca," sbottò lei, "di solito non sono così sbadata, quando si tratta della mia sicurezza."

Lui sbatté le palpebre, sorpreso da quelle parole, poi scrollò le spalle.

"È solo che la situazione mi ha messo in agitazione," aggiunse lei per spiegarsi meglio.

Carson accese le luci lampeggianti e si avviò lungo la corsia d'emergenza. Appena prese velocità, si immise nella carreggiata principale. "Quando uno è agitato e incerto dovrebbe fare ancora più attenzione."

Skylar avrebbe voluto mostrarsi irritata, ma sapeva che lui aveva ragione. "Lo so. Grazie per avermi incoraggiato a chiamare la Silverstone per accertarmi che ti avessero mandato loro."

Non era sicura di come Carson avrebbe reagito a quel ringraziamento. Forse le avrebbe consigliato di essere più prudente in futuro, o qualcosa del genere. O forse le avrebbe detto che era contento che tutto fosse andato per il meglio. Ma qualsiasi cosa lei si aspettasse, la risposta che ricevette la stupì.

"Nel mondo ci sono troppe persone che cercano di approfittarsi di quelli che ritengono più deboli, persone che per ottenere ciò che vogliono sfruttano, derubano e impauriscono chiunque capiti sotto il loro tiro, sbattendosene delle conseguenze."

Quelle parole risuonarono pesanti nell'abitacolo, senza che Skylar sapesse bene cosa dire.

Ma non doveva dire nulla.

"Mi dispiace," mormorò Carson. "Le ultime ventiquattr'ore sono state lunghe."

E anche quest'uscita le parve stramba. Non le aveva detto che era stata una lunga giornata, ma che le ultime ventiquattr'ore erano state lunghe. La differenza tra le due frasi era sottile, ma c'era.

"Da quanto tempo non dormi?" gli chiese gentilmente. Era seduta accanto a lui e i loro occhi erano più o meno alla stessa altezza, così riusciva a vedergli le occhiaie.

"Sono abbastanza sveglio da poter guidare," le disse anziché rispondere alla sua domanda. "Non metterei mai a rischio la tua vita, o quella di nessun altro."

Skylar annuì. Ciò che aveva detto non era una risposta; d'altronde, in un certo senso, lo era.

"Parlami dei tuoi alunni," chiese lui poco dopo.

Stupita, Skylar reagì con una domanda: "I miei allievi?"

"Già. Hai detto che insegni all'asilo. Scommetto che in classe hai dei marmocchi simpatici."

Di solito, lei non parlava dei suoi allievi. Aveva verso di loro un istinto protettivo e non tutte le persone interessate ai bambini lo erano in modo innocente, come lui stesso aveva detto prima. Ma Skylar non poteva fare a meno di fidarsi di Carson. Non sapeva cosa ci fosse in quell'uomo che le ispirava fiducia, forse perché si era esposto per renderla più consapevole dell'importanza di preoccuparsi della propria incolumità; in ogni caso lei non esitò nemmeno un istante e gli rispose.

"Ho quattordici bambini in classe. Vengono tutti da famiglie a basso reddito, com'è naturale che sia, visto che la scuola è a Eastlake. Ma i loro genitori li sostengono molto, più di quanto non sia accaduto con le mie classi degli anni precedenti. Sono famiglie che non hanno quasi nulla più del necessario che serve loro per vivere, ma questi genitori vogliono tutti le stesse cose per i loro figli: che siano felici, che si sentano amati e che ricevano un'istruzione così da poter trovare un buon lavoro e, possibilmente, uscire dalla condizione di svantaggio in cui sono nati.

"È una buona cosa," osservò Carson a voce bassa.

Skylar vide che Carson la ascoltava con interesse e continuò. "Quest'anno in classe c'è un bel mix di etnie diverse. C'è più o meno lo stesso numero di ispanici, afroamericani e caucasici, il che mi piace, perché così posso sperare di insegnare ai bambini che non è il colore della pelle che determina la qualità di una persona, ma quello che si ha dentro."

Carson annuì. "Hai qualche alunno preferito?" le chiese.

"Certo che no," rispose prontamente Skylar. "Tengo a tutti allo stesso modo."

Lei non poté fare a meno di sorridere di fronte al suo sguardo scettico.

"Capisco, quella è la versione ufficiale... ma dai, ce ne deve essere qualcuno che ti pizzica le corde del cuore più degli altri," la stuzzicò Carson.

"Se lo dici a qualcuno, negherò tutto," lo mise in guardia lei con aria austera, per quanto dentro di sé volesse ridere.

"E a chi potrei dirlo? A Stanley? Non credo che gli interessi sapere chi è il cocco della maestrina."

"Va bene. Vediamo... ci sono Chad e Brodie, che sono super adorabili. Chad è di colore, mentre Brodie è bianco, ma entrambi sono convinti di essere gemelli. Sono inseparabili e fanno tutto insieme. Un giorno indossavano due magliette blu scuro, molto simili; sono venuti da me tenendo l'uno il braccio sulle spalle dell'altro e mi hanno detto: "Guardi, signorina Reid, siamo gemelli! Scommettiamo che non riesce a distinguerci?" Così per tutto quel giorno sono stata al gioco e li ho chiamati con i nomi invertiti, colpendomi la fronte quando mi dicevano che mi ero sbagliata. È stato bello, esilarante... soprattutto perché Brodie ha i capelli di un rosso acceso, mentre Chad ha una delle pelli più scure che io abbia mai visto."

Diede un'occhiata a Carson per vedere se lo stesse annoiando e lui annuì, facendo un lieve sorriso, così Skylar continuò. "I genitori di Ignacio sono messicani e, per quanto ne so, sono arrivati negli Stati Uniti illegalmente, ma il bambino è nato qui. Loro sono grandi lavoratori e lui è uno dei più svegli della classe. Le circostanze non gli sono certo favorevoli, ma io sento che arriverà lontano nella vita. La mamma di Gwen fa la spogliarellista di notte e la cameriera di giorno; è una ragazza madre e trascorre ogni secondo del suo tempo libero con sua figlia, a sentire Gwen. La bimba sta facendo fatica a imparare a leggere, ma credo sia solo perché in famiglia non hanno molti soldi per comprare libri. Ogni centesimo che la madre guadagna serve per tenere un tetto sopra le loro teste e un po' di cibo nelle loro pance."

"Fammi indovinare... sei riuscita a trovare dei libri da darle," disse Carson.

Skylar alzò le spalle. "La biblioteca organizza sempre delle svendite per liberarsi delle giacenze, alcuni libri sono praticamente regalati; non è un problema per me comprarne qualcuno da regalare ai miei alunni." Le piacque il calore con cui lui la guardò.

"Comunque sia... Karlee e Marisol sono pappa e ciccia; se succede qualche casino, loro di solito sono coinvolte. Sono entrambe intelligentissime e io non posso a fare a meno di ridere di fronte ai loro tentativi di fare le innocenti, quando vengono prese con le mani nel sacco. Zahir viene dall'Afghanistan e anche se parla ancora poco inglese, io lo vedo migliorare di giorno in giorno. Durante la prima settimana di asilo, Cedric lo prendeva per mano e gli faceva vedere l'area giochi, mostrandogli ogni giostra e spiegandogliene il funzionamento. Ora giocano sempre insieme.

"Keilani è hawaiana, la sua famiglia si è trasferita l'anno scorso quando il padre ha trovato un lavoro qui a Indianapolis. Penso che a tutti loro manchi la spiaggia. Keilani ha sempre freddo e io sono contenta di rannicchiarmi vicino a lei quando è l'ora del pisolino. Poi c'è Sandra..."

"Sandra?" la incoraggiò Carson visto che lei si era fermata.

Skylar sospirò. "Sua madre è morta l'anno scorso ed è suo padre che la sta crescendo. Il problema è che lui lavora sempre. I genitori di lui non si vedono mai, mentre i nonni materni di Sandra, che sono benestanti, non hanno mai accettato che loro figlia abbia sposato un bianco, così si rifiutano di aiutarlo in qualsiasi modo. Non hanno nemmeno mai incontrato Sandra. Il padre fa tre lavori; per quanto ammiri la dedizione con cui cerca di provvedere a sua figlia, sono in pensiero, perché lei passa troppo tempo da sola. Frequenta il tempo pieno, per i figli di genitori che lavorano. Ma è sempre l'ultima che vengono a prendere. Spesso resto con lei fino a sera, per non lasciarla sola mentre aspetta che suo padre finisca di lavorare e la passi e prendere. Sembra abbastanza felice, ma guardandola negli occhi si capisce che è ansiosa. È troppo piccola per avere tutte le preoccupazioni che ha."

"Che lavori fa suo padre?"

"L'ho incontrato solo una volta. Non riesce a venire negli orari di ricevimento perché lavora sempre, ma all'inizio dell'anno scolastico mi ha spiegato la situazione. La mattina fa il cuoco in una tavola calda, poi torna nel complesso residenziale dove vivono per fare il giardiniere: taglia l'erba, spala la neve e fa qualsiasi altra cosa di cui ci sia bisogno. La sera, dopo essere passato a prendere Sandra e averle preparato la cena, comincia il suo terzo lavoro, come addetto alle pulizie."

Carson fischiò. "È un bel carico di lavoro. La sera lascia la figlia a casa da sola?"

"Sì, credo. Ma succede a un sacco di alunni," gli disse scuotendo leggermente la testa. "So quanto ama sua figlia. Lei mi ha detto che lui l'ha portata dalla parrucchiera, perché le ragazze che lavorano lì gli insegnassero a farle la treccia. Sandra è mulatta e immagino che assomigli molto a sua madre, che era afroamericana; di sicuro i capelli li ha presi dalla madre. Parla sempre di suo padre con affetto. Non viene trascurata materialmente, anche se secondo me ha bisogno di più attenzioni."

"Mmmh... Lui come si chiama?" chiese Carson.

"Il padre di Sandra?"

"Già."

"Uhm... Shawn Archer. Perché?"

Carson alzò le spalle. "Tanto per sapere."

"Comunque sia... c'è qualche altro studente nella classe, ma io li adoro tutti. È un privilegio essere la loro maestra ed è eccitante vederli crescere e diventare ragazzi e ragazze formidabili. Vado sempre alla cerimonia finale degli alunni dell'ultimo anno e mi commuovo quando vedo i miei bimbi procedere verso il passo successivo della loro vita."

Guardò Carson che, anche se concentrato sulla guida, sorrideva ancora. "Che c'è?"

Lui si voltò verso di lei per un istante, poi tornò a guardare la strada. "Niente."

"No, davvero, a cosa pensi?"

"Spero che quei bambini sappiano quanto sono fortunati ad avere te dalla loro parte."

Skylar si rese conto di stare arrossendo e si augurò che l'oscurità celasse la sua reazione. "Sono bambini in gamba. Non sono nati in famiglie benestanti, ma ciò non significa che i loro genitori non siano presenti o che loro non meritino la migliore istruzione possibile. Hanno già abbastanza problemi, semplicemente non voglio che la loro educazione, o il fatto che ne ricevano una scadente, ne rappresenti un altro."

"Come ho detto, sono fortunati. E tu? Dove sei cresciuta? Hai detto che hai passato tutta la vita in quest'area."

"Già, è così. Sono cresciuta poco a nord di Indianapolis, a Carmel e mi sono laureata alla Purdue University Indianapolis, in centro. Non ho mai vissuto altrove e adoro questo posto. E... sì, ero una bambina privilegiata, cosa di cui sono grata."

"I tuoi genitori vivono qui?"

"Sì, abitano ancora a Carmel."

"Cosa ne pensano che la loro bambina vive e lavora in un quartieraccio di Indianapolis?"

Skylar arricciò il naso. "Mio padre sarebbe disposto a pagarmi l'affitto, se mi trasferissi in un'altra zona. Ma a me piace la gente che vive vicino a me, anche se so che il complesso residenziale dove vivo non è il massimo. A Eastlake cerchiamo tutti di guadagnarci da vivere e di vivere la vita meglio che possiamo. All'inizio i miei vicini diffidavano di me, per via del colore della mia pelle; del resto, anch'io diffidavo di loro. Poi c'è stato un incendio nell'edificio di fianco al mio... e questo in qualche modo ci ha uniti. Avrebbe potuto succedere a noi. Da allora, ci prendiamo cura gli uni degli altri."

"Hai fratelli o sorelle?"

"Nah, sono figlia unica. Papà mi prende in giro dicendo che non avrebbero potuto gestire un altro figlio dopo che sono nata io. Dovevo essere un piccolo terremoto."

"Carson ridacchiò. "Beh, quella è una cosa che abbiamo in comune."

"Eri un terremoto anche tu?" gli chiese Skylar, stuzzicandolo.

"Intendo dire che anch'io ero figlio unico. Mia madre non era entusiasta di avermi avuto; andandosene, fece capire chiaramente che non voleva avere nulla a che fare con me e papà."

Skylar sobbalzò, poi appoggiò una mano sul braccio di Carson. "Giuro che fare gaffe del genere non è una mia abitudine. Mi dispiace."

Lui la guardò, poi spostò lo sguardo sulla mano che lei gli teneva sul braccio. Ci appoggiò sopra la sua e la strinse con delicatezza.

A vederla, Skylar non fece una piega. Ma la sensazione di quella mano calda e callosa sulla propria le fece stringere le cosce e le provocò un nodo allo stomaco. La mano di Carson faceva sembrare la sua minuscola; lei ebbe l'istinto di girarla per intrecciare le dita a quelle di lui.

Era un pensiero assurdo.

Una follia.

Una cosa ridicola.

O no?

Ma quando lui riprese a parlare, lo fece come se fosse inconsapevole del fatto che teneva ancora la mano sopra la sua. Non fece alcuna allusione. Continuò semplicemente il suo discorso, come se non stesse in effetti tenendo per mano una donna che aveva appena caricato dal ciglio della strada.

"Non dispiacerti per me," le disse. "Mio padre è stato un grande. Mi manca ogni giorno. Non è mai stato un uomo rancoroso, nonostante mia madre lo trattasse come uno zerbino e l'abbia abbandonato con un bambino urlante. Si è messo a fare il padre come se fosse la cosa più facile di questo mondo. Quando ero piccolo non avevamo molti soldi, ma stava con me per tutto il tempo che poteva. Andavamo spesso a campeggiare in giro, soprattutto perché era gratis. Non dimenticherò mai quelle gite. Eravamo solo io, lui e il cielo immenso sopra di noi."

"Mi diceva che la vita era dura e che se mi aspettavo che fosse una passeggiata, sarei rimasto deluso e disilluso. Mi ha insegnato che avere dei veri amici conta più che avere soldi e che trattare gli altri con rispetto è ciò che distingue una brava persona. Più di ogni altra cosa, mi ha insegnato che quando sarebbe arrivato il momento giusto e avrei trovato una donna con cui voler trascorrere il resto della mia vita, il mio compito sarebbe stato di proteggerla... non perché è debole, ma perché per me è tanto importante da meritare di essere protetta."

Skylar lo fissò. Lo aveva appena conosciuto, ma per qualche ragione le sembrava di averlo per amico da una vita.

Non sapeva se l'ultima frase che lui aveva detto, quella sul proteggere la propria donna perché è importante, fosse una presa in giro, ma lei sentiva che non lo era.

Carson proseguì, come ignaro di averla appena lasciata senza parole.

"Avevo diciassette anni quando papà morì. Me la vidi brutta per qualche tempo, ma poi mi rimisi in carreggiata, finii le superiori e mi arruolai nell'esercito. Mentre ero lì ho conosciuto i migliori amici che potessi sperare di avere e ho imparato, o meglio ho avuto conferma del fatto che mio padre aveva ragione: avere dei veri amici conta più di qualsiasi altra cosa."

"Sei ancora in contatto con loro?"

Lui la guardò e le fece un sorriso onesto e genuino, che sembrò illuminarlo dall'interno. "Oh, sì. Siamo comproprietari della Assistenza Silverstone."

Skylar spalancò gli occhi. "Tu sei il *proprietario* della Silverstone? Pensavo che ci lavorassi e basta. Perché mai te ne vai in giro a recuperare automobilisti rimasti a piedi?

Lui le strinse la mano che ancora le teneva, tacitamente rispondendo alla domanda che lei si era posta, se lui si rendesse o meno conto che la stava toccando; ma Skylar ebbe l'impressione che, se lei avesse accennato il più lieve movimento, lui avrebbe immediatamente mollato la presa. "Il modo migliore per assicurarsi che tutto fili liscio è buttarsi in trincea, se mi passi l'espressione," le spiegò. "E poi... stasera avevo bisogno di distrarmi."

Skylar voleva chiedergli perché, ma Carson cominciò a rallentare per uscire dall'autostrada. Lui le lasciò andare la mano, portando la propria sul volante. "L'autofficina di Stanley non è molto distante da qui. L'ho chiamato mentre agganciavo la tua auto e mi ha detto che ci saremmo visti da lui per firmare i documenti e per darti le chiavi dell'auto sostitutiva."

"Wow, davvero?"

"Già."

"Stavo per prenotare una corsa con Uber o qualcosa del genere."

"Neanche per sogno," disse Carson scuotendo la testa. "Se hai pensato anche solo per un secondo che ti lasciassi a piedi all'autofficina, hai preso un granchio."

"Beh... grazie, lo apprezzo."

"Prego."

"Posso farti una domanda?"

"Certo. Chiedimi quello che vuoi," rispose lui.

"Che ci fa un seggiolino per auto qui dietro?"

Lei lo guardò con attenzione per vedere se tradisse senso di colpa o se cercasse di mentirle, ma l'espressione di Carson non cambiò minimamente. "Ci sono seggiolini su circa metà dei mezzi che abbiamo e chi è al centralino è preparato a chiedere se ci sono bambini da trasportare. Vogliamo solo essere attrezzati nel caso ci siano dei marmocchi da caricare."

Era una buona risposta. Molto buona.

"E sotto al tuo sedile c'è una borsa piena di animali di peluche," continuò lui. "Spesso ci chiamano sulla scena di incidenti stradali, dove a volte ci sono bambini spaventati e scossi. Se i vigili del fuoco o i poliziotti non hanno ancora dato loro un giocattolo, abbiamo l'onore di farlo noi."

"È... magnifico."

Carson scrollò le spalle. "Fa parte dell'essere una persona perbene. Preoccuparsi del prossimo. Io e i miei amici volevamo che la Silverstone fosse un buon posto dove lavorare e che offrisse un servizio sicuro a chi ha bisogno d'aiuto. Il più delle volte le persone che ci chiamano non hanno avuto una giornata grandiosa. Facilitare loro la vita offrendo un posto a sedere o dando ai loro figli un pupazzo rende la loro esperienza con noi migliore. O almeno è quello che speriamo."

Poi sorrise. "E se la loro esperienza con noi è positiva,

magari lo diranno ai loro amici, così l'azienda continuerà a crescere e prosperare."

Skylar ridacchiò. "Direi che la vostra strategia funziona. La Silverstone è la prima ditta di carroattrezzi a cui ho pensato quando ho avuto il problema all'auto."

"Bene. È quello che vogliamo." Carson mise la freccia e in un batter d'occhi raggiunsero l'autofficina. Manovrava il carroattrezzi con l'auto agganciata dietro con la facilità con cui si guida una berlina di piccole dimensioni. Fermò il mezzo di fronte all'entrata dell'officina e disse: "Aspetta, vengo dall'altra parte." Poi aprì lo sportello e saltò giù.

Skylar scosse la testa mentre si slacciava la cintura di sicurezza. Poteva benissimo scendere dal camion da sola. Aprì la porta e...

D'accordo, forse non poteva. Sapeva che l'abitacolo era in alto ma si rese conto di *quanto* fosse in alto solo quando guardò giù dallo sportello aperto.

Carson comparve subito di fronte a lei, sfoggiando un sorriso compiaciuto. "Lascia che ti aiuti," le disse, evitando di commentare sul fatto che lei evidentemente non gradiva doverlo aspettare per scendere.

Incerta su come lui intendesse aiutarla, Skylar fu colta di sorpresa e strillò quando lui allungò le braccia e la afferrò per la vita, sollevandola dal sedile in un gesto di notevole fisicità. Lei riuscì a tenere in mano i fiori anche mentre si appoggiava ai suoi bicipiti per bilanciarsi, quando lui la rimise a terra.

"Grazie," gli disse con un leggero affanno.

"Prego," le rispose lui.

Nessuno dei due si mosse per un lungo momento. Carson le teneva ancora le mani intorno alla vita, mentre lei continuava ad appoggiarsi alle sue braccia, guardandolo, con la mente completamente vuota.

"Ehi!" li chiamò una voce forte e allegra, facendoli trasalire entrambi.

Ma invece di abbassare le braccia, come se fosse stato scoperto mentre faceva qualcosa di inopportuno, Carson semplicemente cambiò posizione. Si mise di lato a lei e spostò alla base della schiena una delle mani che le teneva sulla vita.

La cosa avrebbe potuto inquietarla: un uomo che praticamente era uno sconosciuto le metteva le mani addosso. Ma non la inquietò affatto.

"Ehi, Stan," disse Carson, allungando la mano per stringerla all'altro. "Grazie per essere venuto qui a quest'ora."

L'uomo di colore, piuttosto corpulento, scrollò le spalle e strinse la mano a Carson. "Hai detto che era importante e so che non quando lo dici, non lo dici tanto per dire. E così eccomi qui."

"Non era poi *così* importante," protestò Skylar.

Entrambi ignorarono il commento. "Skylar insegna all'asilo di Eastlake e la sua macchina ha cominciato a fare le bizze sulla 465. Rumori strani. Lei ha accostato e il resto lo puoi immaginare. Ha bisogno di un mezzo per muoversi in sicurezza da Eastlake al suo appartamento a Southpoint, finché la sua macchina non sarà pronta."

"Ho un nipote che va all'asilo di Eastlake," disse Stan.

"Sì? Che classe fa?" chiese Skylar.

"La quarta elementare. Si chiama Terrell Johnson."

"Conosco Terrell!" disse Skylar sorridendo. "All'asilo non era nella mia classe, ma ho sentito dire che è un bambino molto sveglio."

Stan sghignazzò. "Un po' troppo sveglio. Ma io lo adoro. Tu vivi a Southpoint?" le chiese.

Skylar annuì. "Sì. E prima che tu dica qualcosa di negativo su quella zona, sappi che a me piace. Ho degli ottimi vicini, ci prendiamo cura gli uni degli altri."

"Non stavo per dire niente di negativo," disse Stan con un sorriso.

Skylar alzò gli occhi al cielo.

"Andiamo, mentre Bull sgancia la tua auto tu puoi firmarmi qualche pezzo di carta, poi ti faccio scegliere quella che userai mentre io lavoro sulla tua."

"Oh, una qualsiasi andrà bene, non sono di gusti difficili in fatto di auto."

Skylar si voltò mentre lei e Stan raggiungevano l'ufficio e vide che Carson non stava sganciando la macchina e, anzi, continuava a fissarla. Pur sentendo la pelle d'oca sulle braccia, alzò le sopracciglia e lo guardò con aria interrogativa.

Lui le sorrise, cosa che le piacque. Aveva avuto l'impressione che lui non fosse uno che sorrideva spesso; vedere che lei era in grado di farlo sorridere le dava una bella sensazione. Carson le fece un cenno di saluto con la testa, poi si avviò verso il rimorchio.

Dopo dieci minuti di scartoffie e battute da parte di Stan, Skylar torno con lui nel piazzale esterno, dove vide la sua macchina posteggiata di fronte al garage. Aveva lasciato la chiave inserita nel blocco di accensione e diede per scontato che Carson l'avesse portata lì.

"Ti avevo detto che potevi scegliere tu l'auto, ma ho cambiato idea," disse Stan alzando una coppia di chiavi. "Prendi la Volvo."

A Skylar non interessava quale macchina le desse, nella misura in cui fosse in grado di portarla da casa a scuola senza problemi. Ma quando vide il mezzo in questione, non poté fare a meno di sussultare. Era un vecchio modello di colore bianco, un'auto che decisamente aveva visto giorni migliori. La verniciatura si stava sfaldando ed era arrugginita in diversi punti. Aveva l'aspetto di un catorcio, ma non lo avrebbe mai detto a Stan.

"Mai giudicare un libro dalla copertina," le disse Carson, che evidentemente aveva notato il suo sconcerto. "Sembra un rottame, ma ti garantisco che viaggia che è una meraviglia. Stan ha molta cura delle auto che dà in prestito."

"Sono certa che andrà benissimo," gli disse Skylar con cortesia.

I due uomini ridacchiarono.

"Le ho messo un motore nuovo un paio di mesi fa," Stan la rassicurò. "Le ho fatto una revisione completa. Ti do la mia parola che non guiderai mai nulla di così morbido. E poi, considerando che vivi a Southpoint, non sarebbe saggio andarsene in giro su una Mercedes. Avresti troppi occhi addosso. Invece nessuno noterà questa carretta. Non cercheranno di rubartela, perché penseranno che non funzioni bene. Ora sali e mettila in modo, vedrai tu stessa che non è così."

Skylar si trovò d'accordo con il ragionamento, anche se le rimaneva il dubbio che la macchina potesse cadere a pezzi mentre la guidava. Ma quando Carson tese una mano per tenerle il mazzo di fiori, lei non ebbe altra scelta che dare alla Volvo una possibilità. Sorrise a Stan e salì a bordo, poi infilò la chiave e mise in moto. Il motore si accese e lei fu sorpresa del suono che sentì.

I due ridacchiarono ancora.

"Te l'avevo detto," commentò Stan.

"È davvero poco rumorosa!" esclamò Skylar.

"Già. Ti porterà sana e salva dove devi andare... e lo farà con discrezione; del resto non hai bisogno di attirare più attenzione di quanta già non ne attiri."

Skylar chiese, corrucciandosi: "Cosa vorresti dire?"

Invece di risponderle, Stan si rivolse a Carson: "Davvero non se ne rende conto?"

Carson fece cenno di sì. "Già."

"Wow. Ok. Ho il tuo numero, ti do un colpo di telefono domani dopo che ho dato un'occhiata alla tua auto," le disse Stan.

Skylar notò che i due si scambiarono uno sguardo, ma non riuscì a interpretarlo. Aveva l'impressione che le stesse sfuggendo qualcosa, ma decise di non fare domande. Cogliere le allusioni non era mai stato il suo forte, così lasciò perdere.

"Va bene," disse a Stan. "Grazie tante per averci incontrato stasera."

"Figurati. Bull è un bravo ragazzo. Uno dei più bravi che conosca. Se a scuola vedi Terrell, digli che mi hai incontrato e che voglio che si comporti bene," ribatté lui. Poi si girò e si diresse verso la porta dell'ufficio. La chiuse a chiave e girò l'angolo dell'edificio, dove probabilmente aveva parcheggiato la sua auto.

"Tutto a posto?" le chiese Carson restituendole il mazzo di fiori. Prese anche il borsone che aveva prelevato dalla Toyota e glielo passò.

Dopo aver appoggiato i fiori e il borsone sul sedile di fianco a lei, Skylar guardò in alto verso di lui; seduta in auto e con lui così alto lì vicino, si sentì svantaggiata.

Come se fosse riuscito a leggerle nel pensiero, Carson si accovacciò di fianco allo sportello, portando i loro sguardi più o meno allo stesso livello.

"Sto bene," rispose lei. "Grazie per essere venuto."

"Figurati." Fece una pausa, poi continuò: "Ti seguo con il carroattrezzi fino al tuo appartamento. Non perché sono uno svitato, ma perché voglio assicurarmi che arrivi a casa senza problemi."

"La Volvo di Stan non è così affidabile come lui dice?" chiese lei.

"No, non è quello. Questa macchina non avrebbe nessun problema a portarti in California e a riportarti qui. Voglio solo assicurarmi che non ti succeda niente. Si è fatto tardi e..."

"...e a te non piace il posto dove vivo," Skylar completò la frase.

Lui scrollò le spalle.

"Non è tardi," protestò lei, "saranno più o meno le nove."

"Ciò nonostante..." ribatté Carson.

"Non posso dire nulla che ti faccia cambiare idea, vero?" chiese lei.

Carson rimase serio. "Se mi dici sinceramente che la cosa ti mette a disagio e che non vuoi che ti segua, lo rispetterò. Ma giuro che ti accompagnerei solo per il tuo bene."

"Va bene, puoi seguirmi," gli disse.

Lui accennò un sorriso.

"Ma di regola non faccio stare a casa mia i gatti randagi che mi vengono dietro," disse lei con tono scherzoso.

Il piccolo sorriso di Carson si ingrandì, il che le riempì il cuore.

"Cosa mi risponderesti se uno di questi giorni ti invitassi a bere un caffè?"

Skylar restò immobile. Non poteva credere che quell'uomo affascinante le stesse chiedendo un appuntamento. Ad alcuni poteva sembrare uno che ci provasse con tutte quelle che soccorreva con il carroattrezzi, ma lei aveva l'impressione che non fosse solito fare inviti del genere. L'impressione le fu confermata quando lo fece attendere un po' più del dovuto per avere una risposta: una specie di maschera sembrò posarsi sul viso di Carson, come se non stesse provando nulla, come se la riposta, positiva e negativa che fosse, non potesse sconcertarlo.

Quella maschera la indispettiva, più di quanto lei non volesse ammettere, soprattutto dopo una serata in cui lei aveva visto Carson ridere e sorridere più volte. Gli appoggiò una mano sull'avambraccio che lui teneva intorno al ginocchio. Al tocco di Skylar, Carson sentì i muscoli del braccio che si irrigidivano.

"Mi piacerebbe. Ma potrei solo nel fine settimana... perché, sai... noi insegnanti..."

"Non fai una pausa pranzo a scuola?"

"Sì, ma di solito mangio con i bambini. Così ho l'occasione di chiacchierare un po' con i miei ex alunni o di dare un po' di affetto in più ai bambini che ne hanno bisogno; è un ottimo momento per farlo senza che la lezione o le altre faccende di classe mi distraggano."

Lui tacque per un lungo momento.

"Carson?" chiese lei con esitazione. "Va bene per te? Non ti sto dando un due di picche."

"Lo so," le disse lui. "Scommetto che sei un'insegnante eccezionale. I tuoi studenti sono fortunati ad avere te come maestra."

Skylar si rese conto di essere arrossita ancora una volta. "Questo non lo so."

"Lo so io," disse lui con fermezza. "E se sei libera questo sabato, sarò felice di portarti fuori a pranzo."

Sabato. Sarebbe stato tre giorni dopo. Skylar non era certa di poter aspettare tanto, ma si sforzò di improvvisare un sorriso pacato. "Direi che va bene."

La maschera di vuoto sparì dal viso di Carson, rimpiazzata da un'espressione rilassata e nuovamente felice. Un'espressione che a lei piacque molto.

Prima che lei potesse chiedergli il numero di telefono o dargli il suo, lui sollevò la mano di lei dal suo braccio, ne baciò il dorso e si rialzò in piedi. "Guida con prudenza," le disse, poi chiuse lo sportello.

Skylar lo guardò disorientata avvicinarsi a grandi passi al carroattrezzi. Non era sicura di come avrebbero fatto a mettersi d'accordo per l'appuntamento. Non sapeva dove sarebbero andati, a che ora si sarebbero visti, o altro.

Ma anche se conosceva Carson da pochissimo tempo, sentiva che lui si sarebbe preso cura della cosa. Lui sapeva dove lei lavorava e quella sera, seguendola, avrebbe anche visto dove viveva. Inoltre lui conosceva l'uomo che aveva la sua macchina. Insomma, Carson avrebbe saputo come trovarla.

Pensò che avrebbe dovuto preoccuparsi un po' di più del fatto che Carson sapesse molte cose di lei, mentre lei sapeva ben poco di lui; ma quell'uomo emanava vibrazioni che le davano un senso di sicurezza, a prescindere.

Decisa a lasciare che le cose andassero come dovevano andare senza preoccuparsi, almeno fino a sabato, di come lui l'avrebbe rintracciata, Skylar uscì dal parcheggio, poi aspettò che il grande carroattrezzi fosse dietro di lei e partì verso casa.

Stan aveva ragione: l'auto sostitutiva andava benissimo e lei non aveva mai guidato con tanta facilità.

Sorridendo a sé stessa, Skylar pensò che, per quanto quella serata non fosse cominciata nel migliore dei modi, era maledettamente contenta di come alla fine erano andate le cose.

CAPITOLO QUATTRO

Bull e i suoi tre amici erano seduti nel bunker sotto la Assistenza Silverstone. Era venerdì, due giorni dopo il loro ritorno dal Perù; era ora di rimettersi al lavoro. Ogni mattina, i quattro facevano una riunione per scorrere le notizie provenienti da tutto il mondo e per esaminare le relazioni dell'FBI e del Dipartimento di sicurezza nazionale, relazioni che Gregory Willis inviava loro elettronicamente, senza rischi.

Cinque anni prima, quando avevano discusso della ristrutturazione dell'autofficina, tutti e quattro avevano concordato che si sarebbero sentiti meglio se avessero avuto a disposizione uno spazio in cui sentirsi sicuri al cento per cento. Si era rivelata una delle loro decisioni migliori. I dipendenti sapevano del bunker, visto che si trovava nel piano interrato dell'edificio, ma ignoravano cosa succedesse all'interno.

C'era un tavolo rotondo all'entrata, sulla sinistra, dove si svolgevano quasi tutte le riunioni. Il tavolo era abbastanza grande da poterci aprire sopra le mappe; era lì che discutevano le relazioni mandate da Willis. La stanza non aveva finestre, ma sulla destra c'erano un lavandino, un forno a microonde e un piccolo frigorifero. Gli armadietti sopra il piccolo angolo cottura erano pieni di razioni individuali di cibo pronto all'uso e altri viveri a lunga conservazione.

Un armadio appoggiato al muro nero conteneva brande e coperte da usare se c'era la necessità di pernottare nel bunker, o quando le riunioni si protraevano più del dovuto e le stanze di sopra erano occupate, o i ragazzi preferivano non andare a casa. Dietro un'altra porta, c'era anche un piccolo bagno.

C'erano diversi computer nella stanza, tutti con gli schermi girati in modo tale che, se qualcuno fosse entrato senza autorizzazione nella stanza, non avrebbe comunque visto su cosa stavano lavorando.

In definitiva, la stanza era piuttosto funzionale. Non c'era nessuna traccia dei comfort che si trovavano nelle stanze superiori o anche fuori dalla porta del bunker, nella parte finita del piano interrato. Era un ufficio dove si parlava di faccende estremamente importanti.

Bull si mise comodamente seduto al tavolo, per quanto fosse possibile farlo, poi scorse gli ultimi documenti ricevuti.

I ragazzi della Silverstone stavano tenendo d'occhio un paio di uomini e una donna. Il nome che al momento era in cima alla lista delle persone che loro volevano eliminare era Abubakar Shekau, il capo di Boko Haram, un'organizzazione terroristica jihadista che operava nella Nigeria nordorientale. Aveva anche legami con Al Qaida. Boko Haram era salito agli onori della cronaca dopo che i militanti avevano rapito più di duecento studentesse perché ritenevano che le donne dovessero essere mogli e schiave e dunque non avessero bisogno di alcuna istruzione.

La cosa era di per sé inaccettabile, ma quell'uomo era finito sulla lista della Silverstone dopo che si era sparsa la notizia che lui e il suo gruppo stavano pianificando un altro rapimento. Tutta questa faccenda dava a Bull il voltastomaco e lui era certo che i suoi amici fossero altrettanto disgustati.

"Allora..." cominciò Eagle, "Bart mi ha detto che hai fatto

un intervento appena tornato dal Perù e sei rimasto fuori un sacco di tempo... poi quando sei rientrato gli hai detto che per quella sera avevi chiuso e sei sparito. Ti va di dirci cosa succede?"

Bull sapeva che il suo amico stava cazzeggiando. Voleva bene a Eagle e agli altri come se fossero suoi fratelli e in passato avevano parlato tra loro delle donne con cui uscivano, ma per qualche ragione, stavolta gli sembrava una situazione diversa. Skylar non era come le donne che gli erano interessate in passato e non era facile per lui ammetterlo. Quindi alzò le spalle e disse: "Avevo solo bisogno di rilassarmi. Ho caricato la macchina di una ragazza e l'ho portata al garage di Stan, mi sono assicurato che arrivasse a casa sua senza problemi, poi mi è salita la stanchezza tutta in una volta; sono tornato a casa e sono crollato."

La spiegazione lasciava molto a desiderare, ma Bull non era sicuro di essere pronto a parlare di Skylar con gli amici.

D'altro canto, loro non erano pronti a lasciar perdere.

"Ti sei assicurato che arrivasse a casa senza problemi?" chiese Smoke inarcando un sopracciglio. "Non è da te. In effetti, ricordo che abbiamo detto ai dipendenti che non c'è tempo per fare cose del genere quando si sta lavorando."

"Già... beh, in quanto comproprietario, io non devo sottostare alle stesse regole dei dipendenti, giusto?" chiese Bull con un tono leggermente più difensivo di quanto la situazione non richiedesse.

"Certo," disse Gramps. "Puoi fare quello che ti pare, e lo sai. Sono certo che avevi una buona ragione per volerti assicurare che lei rincasasse sana e salva." Sul finire della frase, Gramps inclinò la testa con fare interrogativo.

Bull sospirò. Continuava a non sentirsi pronto ad aprirsi su come Skylar lo avesse fatto sentire, ma quelli erano i suoi compagni. La sua famiglia. Se non poteva parlare con loro, con *chi* poteva parlare?

"Lei vive a Southpoint," disse.

Gli altri tre annuirono, come se quell'informazione bastasse a spiegare tutto. Ma Bull sapeva che la preoccupazione riguardo a dove Skylar vivesse era solo la punta dell'iceberg delle emozioni che lei gli aveva provocato. "Sostiene di sentirsi sicura lì, che i vicini si prendono cura gli uni degli altri; ma tutti sappiamo che quel complesso residenziale non ha un'ottima reputazione."

Eagle annuì. "Il registro della polizia diceva che a Southpoint ci sono stati degli spari ieri sera. Gli sbirri hanno indagato ma non hanno scoperto nulla."

Quelle parole fecero venire a Bull un nodo allo stomaco, ma proseguì comunque con la sua spiegazione. "Skylar insegna all'asilo della scuola elementare di Eastlake. La sua auto ha cominciato a fare strani rumori mercoledì sera, mentre lei tornava dai colloqui con i genitori. Era buio pesto e lei era ferma in mezzo alla strada. So che per noi non è nulla di nuovo, visto che ogni giorno vediamo gente in situazioni del genere. Ma qualcosa in lei ha fatto sì che volessi accompagnarla a casa."

"È minuta?" chiese Smoke, conoscendo i gusti di Bull in fatto di donne.

"Sì, sul metro e sessantacinque. Ma non è quello che mi ha colpito." Ben sapendo che ammettere che Skylar gli piaceva significava esporsi alle torture dei suoi amici, Bull spiegò velocemente: "Mi ha colpito l'aura di innocenza che l'avvolgeva come un velo. Se ne stava lì, di fianco alla sua macchina in panne, sul ciglio della strada; c'era un bosco alle nostre spalle e le auto sfrecciavano ai centotrenta all'ora, ma lei si comportava come se ci stessimo conoscendo a un fottuto aperitivo. Sarebbe salita sul mio camion senza telefonare per sapere se lavoravo per la ditta che aveva chiamato. Avevamo appena finito con Del Rio... sapere cosa aveva fatto e quanto facilmente era riuscito a mettere le mani sulle donne che schiaviz-

zava, comprese quelle che aveva rapito qui negli Stati Uniti...
mi urtava. Molto."

"E...?" chiese Gramps.

"E cosa?" ribatté Bull.

"Non fraintendermi. Del Rio era un pezzo di merda e si
meritava la fine che ha fatto. Ma la maggior parte della gente
che soccorriamo per strada è sprovveduta come questa donna.
Non pensano di chiamare in ditta per verificare che siamo chi
diciamo di essere. Cosa la rende tanto diversa?"

Bull non se la prese, era certo che Gramps stesse sinceramente cercando di capire la situazione. Il problema era che
Bull non era sicuro di riuscire a spiegare a parole ciò che di
Skylar lo aveva colpito così nel profondo. "Non so dirtelo,"
rispose con una certa fiacchezza. "Capirete quando la cono-
scerete. È solo che c'è qualcosa in lei che mi spinge a volerla
proteggere dal male di questo vecchio mondo. Lei è...
speciale. È una maestra d'asilo, dannazione."

"Questo non significa niente," fece notare Eagle. "Per un
periodo, anch'io sono uscito con una maestra d'asilo. La tipa
più perversa con cui abbia mai avuto a che fare. A letto era
insaziabile. In effetti mi sono trovato a dovermi inventare
delle scuse per non vederla più, perché mi stremava. Bull,
insegnare ai bambini non significa automaticamente essere
innocenti."

"Lo so," concesse Bull. E lo sapeva davvero. Dentro di sé
sapeva che il lavoro che una persona fa non determina se
quella persona è buona o cattiva, innocente o navigata. "Ma
Skylar è diversa. Lei *è* innocente. Fa parte del suo fascino.
Non mi ha mangiato con gli occhi, come fanno un sacco di
donne quando salgono sul camion. Al contrario, si è sforzata
di *non* incrociare il mio sguardo. Poi avreste dovuto sentirla
parlare dei suoi alunni. Vuole bene a ognuno di loro per quello
che è, non in base al colore della pelle o all'intelligenza dimo-
strata in classe. Lei cerca di aiutare i genitori dei suoi alunni,

se sono in difficoltà, e lo fa semplicemente perché le sembra la cosa giusta da fare. Vive in uno squallido complesso residenziale, ma ha voluto che sapessi che conosce uno a uno i suoi vicini e che tra di loro si aiutano come in una piccola comunità. Voi conoscete i *vostri* vicini?"

I tre amici alzarono le spalle contemporaneamente. Bull stesso non aveva idea di chi vivesse negli appartamenti vicino a lui. Quando tornava a casa, non gli andava di socializzare con degli estranei. Non gli fregava niente di chi fossero i suoi vicini, bastava che fossero poco rumorosi e non dessero alle fiamme il condominio.

"Le hai chiesto di uscire?"

Bull fece cenno di sì. "Domani a pranzo."

"Sembri avere intenzioni serie con lei," commentò Gramps. "Hai pensato alle implicazioni di un rapporto di lunga durata con lei? Hai preso in considerazione la possibilità che quello che fai sia un po' troppo per la sua delicata sensibilità?"

Bull avrebbe voluto irritarsi perché Gramps aveva sollevato la questione, ma non poteva negare che ci aveva pensato un sacco, fin da quando si era allontanato dall'appartamento di Skylar dopo averla accompagnata a casa. Nessuno di loro quattro aveva avuto una relazione seria, da quando avevano lasciato l'esercito e avevano messo in piedi l'Assistenza Silverstone... o il loro secondo lavoro. In tutta franchezza, a Bull sembrava ridicola l'idea di dire a Skylar la verità riguardo alla loro losca doppia vita come mercenari per il governo.

Ma non aveva smesso di pensare a lei negli ultimi due giorni. Non era mai stato infatuato di una donna al punto di pensare a lei giorno e notte. Non faceva che chiedersi cosa stesse facendo e se stesse avendo una buona giornata.

Per suo padre, l'amore non aveva funzionato, ma questo non significava che non l'avesse voluto, che non avesse insegnato a Bull come vanno trattate le donne.

"C'è la possibilità che lei non ne voglia sapere," ammise Bull.

"Ma questo non ti fermerà, non è vero?" chiese Smoke.

Bull annuì. "Già. Ho il presentimento che valga la pena conoscerla. Magari mi rifiuterà appena saprà quello che faccio, ma è un rischio che devo correre."

"La porterai qui e ce la farai conoscere, giusto?" chiese Eagle.

"Sì. Comunque... era molto scettica quando Stan le ha mostrato l'auto sostitutiva che le avrebbe dato. Gliel'ho letto in faccia senza sforzo. Non riusciva a credere che avrebbe dovuto guidare quel catorcio."

Gli altri tre sghignazzarono. "Stan adora quel trucco," disse Gramps. "Prendere una carretta che sembra sul punto di disintegrarsi e farla andare meglio di un'auto nuova di zecca."

"Esatto. Quando lei l'ha messa in moto è rimasta sbalordita. Una scena esilarante. Quindi non vedo l'ora di mostrarle la Silverstone," disse Bull prima di accennare un sorrisetto malizioso.

"È perché dal di fuori sembra sul punto di crollare, mentre dentro è piuttosto opulento?" chiese Eagle sorridendo.

"'Opulento'?" ripeté Smoke. "Da quando in qua parli come un cazzo di libro stampato?"

"Fanculo," lo apostrofò Eagle.

"Oh... c'è un'altra faccenda di cui volevo parlarvi, ragazzi," disse Bull prima che i due prendessero troppo gusto a insultarsi a vicenda. "Skylar mi ha raccontato di una sua alunna... non ha la madre, il padre non se la passa bene. Fa tre lavori e non gli resta molto tempo da passare con sua figlia."

"Che lavori fa?" chiese Gramps.

"Cuoco in una tavola calda la mattina, giardiniere il pomeriggio e addetto alle pulizie la sera."

Smoke, Eagle e Gramps si guardarono e Bull capì immediatamente che erano giunti alla sua stessa conclusione.

"Mi sembra uno che sarebbe utile avere qui in giro," disse Smoke.

"Già. Nessuno qui sa davvero cucinare e io sono stanco di sentire puzza di bruciato tutte le volte che metto piede in questo posto," concordò Eagle.

"E per quanto facciamo tutti del nostro meglio per tenere pulito, a volte nell'aria c'è odore di spogliatoio delle scuole medie," intervenne Gramps.

"A me non crea problemi il fatto che l'erba e i cespugli siano piuttosto incolti," riprese Bull, "ma l'altro giorno mi sono cadute le chiavi nel prato e ho fatto fatica a ritrovarle."

"Quando pensi che potrebbe cominciare?" chiese Smoke.

Bull sorrise. Adorava quei ragazzi. Visti dal di fuori, erano ossi duri. Avevano tutti ucciso senza provare il minimo rimorso, ma non esitavano mai quando c'era da aiutare qualcuno in difficoltà. Smoke aveva finanziato l'Assistenza Silverstone per i primi due anni, ma ora la ditta guadagnava bene. Molto bene. Tra il fondo pensione, l'assicurazione e gli stipendi al di sopra della media, non spendevano poco per i loro dipendenti; ma erano soldi spesi bene. Gli uomini e le donne che lavoravano per loro erano leali e si davano molto da fare. Era una collaborazione vantaggiosa per entrambi le parti.

"Non lo so. Dovrò parlare con Skylar per saperne di più sul padre della sua alunna. Dovremo anche fare qualche ricerca sui precedenti di quell'uomo e organizzare un colloquio, naturalmente... sempre che a lui interessi il lavoro," disse Bull.

"Gli interesserà," ribatté Eagle.

Bull sapeva che era vero. Per quell'uomo, il lavoro avrebbe significato poter passare più tempo con sua figlia e mettere da parte qualcosa per la pensione, guadagnando gli stessi soldi che guadagnava prima con tre lavori, se non di più. Sarebbe stato folle da parte sua rifiutare l'offerta della Silverstone.

"Sono felice per te," disse Gramps con tono pacato.

Bull sbuffò. "Non esserlo. Io e Skylar non siamo nemmeno ancora usciti insieme."

"Sì, ma io ti conosco. Se sei così preso dopo averla incontrata una sola volta, sono certo che lei *è* speciale. Accetta un consiglio da me: se te la lasci sfuggire senza nemmeno cercare di capire cosa potete costruire insieme, lo rimpiangerai."

Bull guardò il suo amico. I quattro erano *molto* legati tra loro... ma Bull non ricordava di aver sentito Gramps parlare di una sua relazione finita male. Quando Gramps distolse velocemente lo sguardo, Bull capì che non era il momento di fare ulteriori domande. "Vedo se riesco a trovare una scusa per farla passare di qui sabato dopo pranzo."

"Noi ci saremo," lo rassicurò Eagle.

"Ora... possiamo parlare un po' di Abubakar Shekau e del suo piano di sequestrare altre ragazzine?" chiese Smoke.

Tutti annuirono e ripresero in mano le relazioni che Willis aveva spedito loro.

Ma Bull si concesse un altro momento per pensare a Skylar... e alla sorpresa che le avrebbe fatto quello stesso pomeriggio.

———

Skylar era in piedi dietro a Sandra e la spingeva sull'altalena nell'area giochi sul retro della scuola. Era un'area giochi piccola rispetto a quella principale ed era usata soprattutto dai bambini più piccoli. Erano le cinque e tre quarti e il padre di Sandra era in ritardo... di nuovo. Ma visto che a Skylar non pesava affatto giocare con Sandra, non sarebbe riuscita a irritarsi nemmeno se avesse voluto.

Mentre spingeva Sandra sempre più in alto, cominciò a pensare a Carson, come del resto aveva fatto spesso negli ultimi giorni. Mercoledì sera, arrivata a casa, aveva aperto la porta d'entrata e si era girata per salutarlo. Lui aveva alzato due dita dal volante e le aveva fatto un cenno, prima di sparire a bordo del grande carroattrezzi.

Da allora non faceva che pensare a lui. Era da molto tempo che non era tanto emozionata all'idea di uscire con un uomo.

D'accordo, in parte era perché era una vita che un uomo non le *chiedeva* di uscire. Ma per la prima volta da quella che le sembrava un'eternità, voleva davvero che le cose funzionassero. Si ripeteva che a pranzo con lui non avrebbe detto stupidaggini, né gli avrebbe dato una buona ragione per non invitarla a uscire una seconda volta. Sapeva che avrebbe potuto chiedergli *lei* di uscire, ma in questa come in altre faccende, lei era una ragazza vecchio stampo; ma, soprattutto, non era una che faceva pressioni, se capiva che la controparte non era interessata.

"Signorina Reid, la smetta di spingermi!" gridò Sandra, riportando Skylar alla realtà. "Voglio andare a giocare là!"

Skylar afferrò le catene dell'altalena, fermandola, poi rise quando Sandra saltò giù dal seggiolino e corse a tutta velocità verso il confine dell'area giochi, dove si appese alla scala orizzontale. Sapendo che la bambina avrebbe trovato qualcos'altro con cui tenersi impegnata nel giro di un paio di minuti, non la seguì. Vide da lontano una delle ultime macchine uscire dal parcheggio riservato al personale scolastico, dietro l'area giochi. Quasi tutti se n'erano andati, diretti verso i loro fine settimana, ma Skylar era abituata a essere una delle ultime a lasciare la scuola.

Si aspettava di non vedere l'ora di tornare a casa, ma non c'era proprio niente di interessante ad aspettarla nel suo piccolo appartamento. Nessuno. Niente grandi piani per il venerdì sera. Sperava che Carson si fosse fatto vivo prima del loro appuntamento, ma fino a quel momento lei non aveva ricevuto nessuna mail, SMS, messaggio su Facebook o telefonata. Certo, i due non si erano effettivamente scambiati i contatti...

Con un sospiro, guardò Sandra cadere sulle ginocchia, poi rialzarsi in un millisecondo e alzare il pollice verso la sua maestra. Skylar ricambiò il gesto, sorridendole.

Con la coda dell'occhio le sembrò di vedere qualcuno in piedi dietro al parcheggio del personale.

Sandra scelse quel momento per fare un urlo. Skylar si voltò verso la sua alunna, poi verso il parcheggio, ma la persona, se c'era stata, se n'era andata.

Alzando le spalle e dando per scontato di essersi sbagliata o di avere le allucinazioni, Skylar indicò a Sandra la porta dell'edificio; in base a quanto le aveva detto la segretaria della preside, il padre di Sandra sarebbe arrivato tra venti minuti. Lei doveva aiutare la bambina a prepararsi, il che includeva infilarle nello zaino qualche libro per tenerla impegnata durante il fine settimana. Shawn, il padre, avrebbe sicuramente lavorato e per quanto Skylar ritenesse la bambina troppo piccola per rimanere a casa da sola, sapeva bene che l'uomo non poteva permettersi una babysitter.

Molte delle cose che succedevano ai suoi alunni non le piacevano affatto, ma questo non significava che potesse cambiarle.

Sandra corse verso di lei e le gettò le braccine intorno alla vita. Alzò gli occhi per guardare la sua maestra e le disse: "Mi mancherà questo fine settimana. Mi piacerebbe venire a scuola tutti i giorni!"

Skylar non poté che sorridere. Una settimana lavorativa di sette giorni sarebbe stata un inferno per lei, ma capiva il desiderio di Sandra. La bambina passava i fine settimana sola, chiusa in casa, mentre suo padre era in giro a lavorare. Sola e probabilmente anche in ansia.

"Lo so, mi mancherai anche tu," le disse Skylar mentre camminavano verso l'edificio. Tenendo una mano sulle spalle della bimba, le disse: "Ho qualche bel libro per te, puoi portarli a casa. Ma devi trattarli bene. Riuscirai a farlo per me?"

Sandra annuì con aria solenne.

Era una ragazzina straordinariamente sveglia; a eccezione di quando scorrazzava in giro per l'area giochi, era solita comportarsi in modo maturo per la sua età. La difficile situazione finanziaria della famiglia metteva sulle sue giovani spalle non poche responsabilità.

"E sai un'altra cosa?"

"Cosa?" chiese Sandra.

"Domani ho un appuntamento."

Sandra si fermò e guardò in alto verso la sua maestra con occhi pieni di stupore. "Con un *maschio?*"

Skylar fece una risatina. "Sì. Si chiama Carson, ma i suoi amici lo chiamano Bull."

Sandra arricciò il naso. "Che nome strano!"

"Sono d'accordo con te. Non so perché lo chiamino così."

"Ha un anello al naso come Ferdinando?"

Skylar rise ancora. In classe avevano appena letto *La storia di Ferdinando*[1] e ovviamente Sandra stava pensando all'anello che il toro protagonista aveva al naso. "No," le rispose.

"Ha le corna?"

Stavolta Skylar fece una risata sonora. "No. Facciamo così... gli chiederò perché i suoi amici lo chiamano così e lunedì te lo dirò."

"Ok!" esclamò Sandra allegramente.

In passato Skylar aveva già fatto promesse del genere ai suoi alunni, dando per scontato che durante il fine settimana se ne sarebbero scordati; con sua grande sorpresa, il lunedì mattina i bambini se ne ricordavano sempre. Appena la vedevano le chiedevano la risposta che lei aveva promesso loro. Sapeva che anche Sandra se ne sarebbe ricordata, così si fece l'appunto mentale di chiedere a Carson da dove venisse quel soprannome... E se per qualche ragione lui avesse mandato a monte l'appuntamento, lei avrebbe dovuto inventarsi qualcosa per soddisfare la curiosità della bambina.

Una volta entrata in classe con Sandra, l'aiutò a mettere nel suo zainetto di seconda mano tanti libri quanti ne potesse contenere. Skylar infilò dentro anche qualche snack; ne teneva sempre in classe, per gli alunni che la mattina arrivavano senza aver fatto colazione e per quelli che avevano bisogno di mettere qualcosa sotto i denti durante la lezione. Voleva sempre dare un aiuto in più. Si sarebbe offerta di fare la babysitter gratis per le famiglie che non potevano permettersene una, ma sapeva che staccare durante il fine settimana per lei era una necessità. Sandra ce l'avrebbe fatta. Era una bambina sveglia e non disubbidiva mai a suo padre.

Alle sei meno un quarto, Skylar portò Sandra in segreteria, dove il padre veniva sempre a prenderla dopo aver avvertito la segretaria. Quella sera, tuttavia, quando le due entrarono nell'ufficio, videro che c'era un altro uomo insieme al signor Archer.

Il secondo uomo si voltò e Skylar ebbe un sussulto. Era Carson.

Lei non aveva idea di cosa lui ci facesse lì, ma vide che i due uomini si strinsero la mano. Shawn aveva un sorriso che gli arrivava da un orecchio all'altro e che s'ingrandì ancora appena vide sua figlia.

"Come sta la mia ragazza?" chiese alla bambina aprendo le braccia.

Sandra gli corse incontro e balzò nel suo abbraccio, gridando di felicità quando lui la sollevò e le fece fare una giravolta. Per quanto Sandra fisicamente assomigliasse a sua madre, con il padre indubbiamente aveva un legame speciale.

Skylar la seguì con un certo contegno e sorrise al signor Archer.

"Mi dispiace, sono in ritardo anche oggi," disse l'uomo.

"Non c'è problema. Siamo state fuori a giocare un po'. Ho dato a Sandra qualche libro extra e degli snack."

"Le sono grato per tutto quello che fa, signorina Reid,"

"È un piacere," disse lei, sforzandosi di non risultare agitata agli occhi di Carson, che letteralmente si sentiva addosso.

"Spero che presto la fortuna girerà dalla mia parte, così la smetterò di disturbarla," continuò lui lanciando uno sguardo enigmatico a Carson, per poi guardare Sandra.

"Non mi disturba affatto," gli disse Skylar in tutta sincerità. Era vero che restare dopo il lavoro per badare agli alunni non faceva parte dei suoi doveri, ma non era esattamente un disturbo. Il suo affetto per Sandra era genuino.

"Pronta per andare a casa, tesorino?" chiese Shawn alla figlia.

Sandra annuì con entusiasmo. "Sono cascata giù e mi sono sbucciata le ginocchia," Sandra lo informò.

"Sì? Scommetto che vuoi un cerotto, eh?"

Sandra scosse la testa. "La signorina Reid me ne ha già dato uno con sopra Elsa di *Frozen*!"

"Bello," disse il padre, poi, mentre si avviava con sua figlia verso la porta, si voltò di nuovo verso Skylar e le disse *grazie* con il labiale.

Skylar li salutò con la mano prima di girarsi verso Carson. "Ciao," gli disse con una qualche incertezza.

"Ciao," rispose lui; la sua voce profonda la smosse dentro.

"Conosci il signor Archer?" gli chiese, ricordando di aver visto poco prima i due uomini stringersi la mano.

"L'ho appena conosciuto," disse Carson tranquillamente.

Skylar lasciò perdere. "Che ci fai qui?" lo incalzò, vedendo che lui non parlava.

Lui guardò la segretaria, che li osservava dall'altra parte della stanza con impazienza e un po' troppa curiosità. "Stai per tornare a casa?" le chiese, anziché rispondere alla domanda.

"Già. Devo solo tornare in classe a prendere la mia roba." Dopo una breve esitazione, aggiunse: "Vuoi venire a vedere dove passo la maggior parte del mio tempo?"

"Pensavo che non me l'avresti mai chiesto," rispose lui, accennando un sorriso.

Non era un sorriso pieno, ma a Skylar poteva bastare.

"Sandra era l'ultima alunna rimasta," intervenne la segretaria. "Io andrei... se non è un problema."

"Mi spiace che abbia dovuto aspettare anche tu," le disse Skylar. "Ci vediamo lunedì!"

"Ciao!"

Carson guardò la donna recuperare il soprabito e uscire dall'ufficio. Poi si girò verso Skylar. "Ti capita spesso di essere l'ultima che se ne va, non è vero?" le chiese.

Skylar alzò le spalle mentre camminavano nel corridoio in direzione dell'aula. "Già. Per lo più gli altri insegnanti sono sposati e hanno figli, quindi vogliono tornare a casa dalle loro famiglie il prima possibile.

"Non è sicuro trovarsi nel parcheggio da sola quando è buio."

Skylar annuì. "Lo so, ma non ho scelta."

"Non c'è un servizio di sicurezza?"

"In una scuola elementare? No. Le scuole medie e superiori hanno qualche guardia, ma di solito non ne vengono assegnate alle elementari. Comunque il parcheggio sul retro è ben illuminato e io cerco di non mettere l'auto in fondo, vicino agli alberi, dove è più buio." Lo guardò mentre camminavano. "So di essere una piccoletta... e di essere donna; ma il mondo non è così spaventoso come lo immagini tu."

"Sbagliato," le disse nel tono più serio con le avesse mai parlato. "Anzi, è persino più spaventoso. Ma non posso che adorare il fatto che tu ignori questo aspetto del mondo. Spero che tu non lo scopra mai. Hai almeno una torcia? Uno spray antiaggressione? E il telefono a portata di mano, con il 911 già selezionato, mentre ti avvicini alla macchina?"

"Oh... tengo il mazzo di chiavi in mano e ne lascio uscire una dalle dita chiuse a pugno, a mo' di arma," rispose lei.

Carson scosse la testa. "Non basta. Se dovessi colpire qualcuno tenendo le chiavi così, faresti più male a te stessa che al tuo aggressore. Meglio che ti procuri lo spray."

"Non mi sentirei a mio agio con quel coso nella borsa. Ho paura di spruzzarlo accidentalmente e di dover evacuare l'aula per non farlo respirare ai miei alunni."

"Guarda che le bombolette hanno una sicura," insisté Carson.

"Già, una sicura che probabilmente è a prova di bambino e che non mi faciliterebbe nel caso in cui mi trovassi a dover usare lo spray contro qualcuno in un parcheggio. Finirei per gettare in terra quell'aggeggio e subire comunque l'aggressione," ribatté lei. Skylar non sapeva il perché di tanta foga nell'opporsi al suggerimento di Carson. Semplicemente, non riusciva a immaginare di andare in giro con uno spray antiaggressione nella borsa. "Ho dei problemi persino ad aprire quegli stupidi flaconcini di aspirina a prova di bambino. Per non parlare dei tappi dei contenitori di detergente. Una volta che riesco a svitarli, non li riavvito più."

Vide che le labbra di lui si piegarono ancora e fu felice di aver ottenuto un altro quasi-sorriso.

"Va bene. Che ne dici dello spray contro le vespe?"

Skylar lo guardò stupita mentre raggiungevano l'aula. "Cosa?"

"Spray contro le vespe. Lo puoi comprare dappertutto e suppongo che non ti spaventi come lo spray antiaggressione."

Lei aggrottò la fronte. Non mi spaventa lo spray, mi spaventano le vespe."

"Sbagliato," disse ancora Carson. "Voglio dire, non

riguardo alle vespe... odio quei piccoli mostri. Ma lo spray contro le vespe è tanto efficace quanto quello antiaggressione. È concepito per mirare da lontano, così puoi beccare l'aggressore in faccia, o almeno al petto, ben prima che ti raggiunga. È corrosivo e provoca un dolore lancinante, il che ti dà l'occasione di fare rumore per attirare attenzione, chiamare la polizia o semplicemente dartela a gambe. Ora che mi ci fai pensare, faresti bene a tenerne una bomboletta in classe, nel caso in cui si presenti un pazzo armato."

Skylar non poté fare a meno di scuotere la testa. "Vuoi che ogni sera vada alla macchina con lo spray contro le vespe?"

Ma Carson non accennò alcun sorriso. "No. Voglio che tu sia al sicuro, che tu faccia il necessario per proteggerti. Mi sembra di capire che passi la maggior parte del tempo a preoccuparti per i tuoi alunni e per le loro famiglie, senza preoccuparti abbastanza di te stessa."

"Me la cavo bene, Carson," disse lei gentilmente; per la prima volta si rese conto che lui era serissimo riguardo alle questioni di sicurezza. Non scherzava nemmeno un po'. Non parlava tanto per parlare.

"Voglio solo che continui a cavartela bene," ribatté lui.

"Sarei una stupida se non mi preoccupassi dei miei alunni. Vorrei poter dire che nessun pazzo armato arriverà mai a Eastlake e comincerà a fare il tiro al bersaglio, ma purtroppo non posso. Devo ammettere che tenere una bomboletta di spray contro le vespe in classe mi metterebbe meno a disagio che tenere qualsiasi altra arma di difesa."

"Bene," disse lui annuendo. "Ci inventeremo qualcosa anche per quando devi andare alla macchina nel parcheggio al buio, qualcosa che ti metta a tuo agio ma allo stesso tempo ti torni utile se qualcuno ti assale."

Skylar non voleva pensare di poter essere assalita, quindi cambiò argomento. "Non ero sicura che avessi detto sul serio riguardo al nostro appuntamento di domani. Non ti sei più fatto sentire," gli disse in modo brusco.

"Oh, dico sul serio," ribatté con aria *molto* seria. "Non volevo assillarti con messaggi del tipo *non vedo l'ora di vederti* o *attendo sabato con ansia*."

"Ma non hai nemmeno il mio numero," disse lei un po' scioccamente, dopo che erano entrati in classe.

Carson sorrise, il che gli illuminò il volto. Skylar capì che in futuro avrebbe fatto qualsiasi cosa per farlo sorridere in quel modo.

Lui tirò fuori il telefono dalla tasca posteriore dei pantaloni e ci armeggiò per un lungo momento, con le dita che si muovevano veloci sullo schermo.

Dall'altra parte della stanza, dentro la borsa di Skylar, il telefono suonò, avvertendola che aveva ricevuto un messaggio.

"Ho il tuo numero," la informò Carson.

Skylar non riusciva a distogliere gli occhi dai suoi. "Oh. Capisco." Certo. Lei aveva dato il suo numero di telefono al centralinista della Silverstone quando aveva chiamato per il ritiro dell'auto.

"Dannazione, sei carina," le disse Carson, rimettendole dietro l'orecchio una ciocca di capelli che le si era spostata. "Quanti anni hai?"

"Vuoi dire che non sei riuscito a trovare quest'informazione durante le tue ricerche?" gli chiese Skylar con una certa sfacciataggine.

Il sorriso di Carson s'ingrandì. "Nah. Volevo che fossi *tu* a dirmi di te."

"Trentadue," rispose subito lei, apprezzando il suo tono sincero e il fatto che preferisse conoscerla *parlando* con lei. "Prima che sia tu a dirmelo: so che non li dimostro. Credo sia perché non mi trucco e sono una piccoletta. E tu quanti anni hai?"

"Vai bene così come sei," la rassicurò lui. "Io ho trentasei anni. Sono alto uno e ottanta e sono comproprietario della Assistenza Silverstone da cinque anni."

"Prima eri nell'esercito, giusto?" Skylar sapeva che avrebbe fatto meglio a prendere le sue cose, così avrebbero potuto andarsene dalla scuola; ma davvero non riusciva a trattenersi dal fare domande. Voleva conoscere quanto più possibile l'uomo che era in piedi davanti a lei. Inoltre, quando sarebbero usciti di lì, lei sarebbe dovuta tornare al suo noioso appartamento. Parlare con Carson le sembrava molto più interessante ed eccitante.

"Sì. Io e i miei amici eravamo commilitoni."

Skylar annuì. "Sono grandi e grossi come te?"

La risposta le arrivò con una risatina. "Io sono quello piccolo."

"Oddio," disse Skylar sospirando.

Carson guardò in giro per l'aula, mentre lei tratteneva il respiro. Si sentiva folle a volere che il suo luogo di lavoro lo colpisse. Ma del resto aveva lavorato molto per rendere quel posto accogliente e attraente per gli alunni, facendolo allo stesso tempo sembrare un luogo di studio e apprendimento.

"Ci sono un sacco di camion," osservò lui.

Skylar sorrise. "Già. In classe quest'anno è sbocciato l'amore per ogni sorta di camion. I bimbi ne sono quasi ossessionati. All'inizio dell'anno scolastico ho letto loro *Il camioncino blu*[2] e ora vorrebbero leggere solo di camion dei pompieri, camion della spazzatura, camion con il rimorchio... persino i furgoni vanno bene. Li adorano tutti."

"Ai bambini... o a te... piacerebbe se portassimo qualcuno dei nostri carroattrezzi?" chiese Carson. "Potrebbero farsi un'idea di come sono nella realtà. Non so come funzionino queste cose o che tipo di autorizzazioni servano. Potremmo parcheggiarli sul retro, così che gli alunni possano salirci... magari agganciamo anche l'auto di qualcuno, per fare vedere ai bimbi come funziona... sempre se tu pensi che per loro sarebbe divertente."

Skylar lo guardò con grandi occhi. "Dici sul serio?"

"Beh, sì..." rispose lui con una scrollata di spalle. "Altrimenti non te l'avrei proposto."

"Ai bimbi piacerebbe *da impazzire!*" esclamò Skylar entusiasta. "Potrei preparare una lezione completa sulla sicurezza stradale, insegnando loro perché è importante allacciare le cinture di sicurezza... sai, come comportarsi in caso di incidente. Potremmo coinvolgere anche i vigili del fuoco della stazione qui vicino e la polizia. Scommetto che anche gli insegnanti delle elementari saranno interessati! Tu potresti parlare agli studenti più grandi di come funziona il tuo lavoro."

Skylar si rese conto di aver parlato a macchinetta, il che la mise a disagio; poi però guardò Carson e vide che lui non sembrava minimamente irritato.

"Ne parlerò a Eagle, Smoke e Gramps. Sono certo che saranno felici di partecipare."

"Sono i tuoi amici?" chiese Skylar.

"Già... E anche i miei soci alla Silverstone. Presto li conoscerai."

"Mi piacerebbe molto," disse lei con sincerità.

"Avanti," la incalzò lui, appoggiandole una mano al gomito. "Prendiamo le tue cose, così possiamo andare a casa."

Lei notò l'uso del plurale, ma non disse nulla. Skylar prese la sua borsa dalla cattedra. L'aula era piuttosto incasinata; di solito la metteva in ordine prima di andarsene, così da non doverlo fare la mattina prima della lezione, ma pensò che l'avrebbe fatto lunedì. In quel momento, voleva dedicarsi a Carson.

Mentre lei recuperava la borsa, lui l'aveva aspettata sulla porta, seguendola sempre con gli occhi, come lei del resto aveva notato. Non l'avrebbe mai ammesso nemmeno a sé stessa, ma tornando verso Carson i suoi fianchi avevano oscillato un po' più del solito.

Quando lei gli passò accanto uscendo dall'aula, lui non la sfiorò, ma poi le stette molto vicino mentre camminavano lungo il corridoio per raggiungere il parcheggio del personale sul retro dell'edificio. Stando di fianco a lui, Skylar riusciva a percepirne il calore corporeo.

Carson aprì la porta per lei, che s'infilò sotto al suo braccio teso per uscire dall'edificio. Nell'istante in cui lei alzò la testa per guardare il parcheggio, non poté non sussultare.

"La mia macchina!" esclamò. Poi si voltò verso Carson e gli disse: "Come ci è arrivata qui? Stan aveva detto che non sarebbe stata pronta prima della prossima settimana."

"Ha mentito," spiegò Carson. "Ieri ho parlato con lui e a quanto pare non c'era molto da fare. Quindi ha finito il lavoro e io ho chiesto a Eagle di portarla qui. Se mi dai le chiavi riporto a Stan l'auto sostitutiva."

"Ma... non ho ancora pagato per le riparazioni," ribatté Skylar in ansia. "Che guasto c'era? Andrà bene ora? Devo preoccuparmi che mi lasci di nuovo a piedi?"

"Pensi che te l'avrei riportata se non fosse al cento per cento sicura da guidare?" le chiese Carson quasi indispettito.

Skylar lo guardò. "Beh... io non ti conosco a fondo, né tu conosci me. Perché dovresti tenere a me?"

"Ci tengo," disse lui subito e con tono assertivo. "La dannata ragione non la so, visto che effettivamente ti conosco poco. Ma ci tengo. E poi non importa che guasto avesse l'auto. Ora è riparata."

Skylar socchiuse gli occhi. "Non avrai fatto una di quelle cose da super-macho tipo dire a Stan di sostituire il motore per poi dirmi che quel rumore era dovuto solo a una perdita d'olio o a qualcosa del genere... vero?"

"Hai bisogno di un'auto affidabile," le disse, evitando di rispondere alla domanda. Carson non fece una piega, ma

Skylar in qualche modo ebbe la certezza che lui avesse fatto proprio fatto una cosa del genere.

Lei sospirò. Avrebbe potuto arrabbiarsi, puntare i piedi ed esigere di sapere in che cosa consisteva la riparazione e quanto era costata, ma aveva il presentimento che Carson non glielo avrebbe detto.

Non era un buon momento per sborsare una fortuna. Suo padre l'avrebbe sicuramente aiutata, ma a lei non piaceva dipendere da lui. Era adulta e suoi genitori l'avevano già aiutata più del dovuto. "Domani chiamerò Stan e pagherò la riparazione," disse.

Carson annuì, il che la sorprese.

Lo guardò perplessa: "Intendi dire che non hai già pagato per me?"

Lui piegò le labbra e Skylar capì di essere nei pasticci: con un sorriso Carson riusciva a farsi perdonare qualsiasi cosa.

"Nah. Immaginavo che se lo avessi fatto ti saresti arrabbiata."

"Grazie per avermela riportata," gli disse lei.

"Ho pensato che se te la portavo stasera non avremmo perso tempo domani."

"A proposito di domani... Dove andiamo? A che ora? Come mi devo vestire? Dove ci si incontra? Devo portare qualcosa in particolare?"

Carson fece una risatina. "Ci hai pensato su un bel po', vero?"

"No," rispose subito Skylar, poi arricciò il naso. "Forse. Sono una che pianifica. Sono fatta così."

"Riguardo al posto, preferirei che fosse una sorpresa, se non è un problema. Pensavo di passarti a prendere sulle undici e trenta, se per te va bene. Per il vestito, mettiti qualcosa di comodo. E a parte te stessa, non devi portare altro," disse lui.

"Vanno bene i jeans?" chiese Skylar. "Visto che al lavoro

non li metto mai, nei fine settimana tendo a optare per cose casual. Ma posso indossare un vestito o la gonna, se è il caso."

Adorava il modo in cui Carson la guardava. Era come se lui non riuscisse a credere di averla lì davanti agli occhi, come se in quel momento lei rappresentasse la cosa più importante al mondo. Non si guardava intorno, benché lei avesse l'impressione che lui tenesse sotto controllo ogni auto che passava e ogni cartaccia che il vento muoveva nel parcheggio.

"I jeans saranno perfetti," la rassicurò.

"Ok. Undici e mezza. Posso farcela," disse lei un po' nervosamente. Cavoli, avrebbe accettato anche se le avesse chiesto di vedersi alle sei di mattina.

"Avanti," disse lui appoggiandole la mano in fondo alla schiena e incoraggiandola a salire in macchina.

Skylar sentì il calore della sua mano attraverso il tessuto della camicetta e le sembrò che il calore la scottasse, anche se in modo piacevole. Di fianco a lui, si sentiva al sicuro. Non doveva guardarsi in giro, né preoccuparsi che qualcuno si nascondesse dietro la sua auto o fosse in qualche modo riuscito a introdurvisi e la aspettasse sul sedile posteriore. Sapeva che Carson la riteneva ingenua e in effetti lo era sotto diversi aspetti, ma era sempre molto cauta quando saliva in macchina dopo il lavoro o dopo essere andata a fare shopping.

Lui aprì lo sportello dalla parte del guidatore; la Corolla sembrava nuova di zecca e lei ci salì con un sorriso stampato in volto. Una volta a bordo, ebbe un sussulto quando si accorse che sembrava nuova di zecca *anche dentro*. C'era un profumo fresco di pulito e non le sembrava affatto la sua vecchia e malconcia Toyota.

"Wow, è splendida," disse lei.

"Mettila in moto," la invitò Carson.

Lei infilò la chiave e la girò; la facilità con cui partì il motore e il rumore discreto che produceva le allargarono il sorriso. "Wow." Skylar si voltò verso Carson. "Stan ha *veramente* sostituito il motore?"

Lui sghignazzò. "Non che io sappia. L'ha solo pulito un po' e ha sostituito le candele e quant'altro."

Skylar era certa che la riparazione non si era limitata a quello, ma non poteva sentire altro che gratitudine. "Grazie," disse dopo aver fatto un profondo respiro.

"Io non ho fatto niente," cercò di sviare Carson..

"Tu mi hai portata da Stan. E sono pronta a scommettere che gli hai parlato della riparazione almeno una volta, che è la ragione per cui ora va così bene. Poi me l'hai portata, risparmiandomi l'incomodo di andarla a prendere. *E ora* riporterai a Stan l'auto sostitutiva. Quindi... grazie."

"Prego," disse Carson. "Va bene se ti accompagno a casa per accertarmi che non ci siano problemi con la macchina?"

Skylar non aveva dubbi sul fatto che lui avesse già fatto all'auto i dovuti controlli, ma non le dispiaceva che lui la seguisse... ancora. "Sì," rispose.

"Grande. Guida con prudenza. Ci vediamo domani alle undici e mezza," le disse prima di chiuderle lo sportello e dirigersi verso la sua Altima rossa parcheggiata poco più in là.

Quindici minuti dopo, Skylar era di nuovo sulla porta di casa sua che salutava Carson con la mano. Lui alzò due dita, come aveva fatto la prima volta, e si allontanò. Appena entrata in casa, Skylar si ricordò del messaggio che Carson le aveva mandato quando erano insieme in classe. Non l'aveva ancora letto.

In piedi vicino alla porta d'entrata già chiusa a chiave, tirò fuori dalla borsa il cellulare.

Non vedo l'ora di uscire con te. A domani.

Sorrise. Lui le aveva detto che non aveva voluto assillarla con messaggi che dicevano esattamente questo tipo di cose. Gli scrisse una breve risposta e salvò in rubrica il suo numero.

***Skylar*: Anch'io.**

Era venerdì sera e lei lo avrebbe trascorso ancora una volta da sola nel suo appartamento, ma la cosa non la preoccupava. Rimise il telefono nella borsa e andò a mettersi in pigiama. Il giorno dopo aveva un appuntamento. Con un uomo che più conosceva più le piaceva.

Skylar sapeva che nessuno è perfetto. Di certo, *lei* non lo era. Ma per la prima volta dopo tanto tempo aveva la speranza che forse, solo forse, con lui avrebbe potuto funzionare.

CAPITOLO CINQUE

Bull svoltò per entrare nel complesso residenziale dove viveva Skylar, erano le undici e un quarto, era in anticipo, ma aveva già fatto tutto il possibile per temporeggiare ed evitare di arrivare ore prima dell'appuntamento. Quando si era svegliato, il suo primissimo pensiero era stato che finalmente avrebbe avuto l'occasione di trascorrere qualche ora con Skylar.

La sera prima aveva ricevuto il messaggio che lei gli aveva inviato; per quanto fossero solo due parole, leggere la risposta di lei sul telefono lo aveva fatto stare davvero bene. Si sentiva ridicolo. Per quel che ne sapeva, Skylar avrebbe potuto rivelarsi una pazza, anche se lui credeva di no.

Il giorno prima, Carson aveva incontrato Shawn Archer e lo aveva sentito parlare di quanto la signorina Reid fosse fantastica e di come lui non sarebbe in grado di lavorare se lei non l'avesse aiutato con Sandra; Bull aveva avuto la conferma che con Skylar non si era sbagliato.

Non c'era stato tempo per parlare a fondo della situazione di Archer, ma Carson gli aveva brevemente accennato al fatto che alla Silverstone stavano pensando di assumere qualcuno che fosse un po' un factotum. Ad Archer si erano illuminati gli occhi e aveva detto che la cosa senza dubbio lo interessava. Bull gli aveva chiesto il numero di telefono, dicendogli che sarebbero rimasti in contatto. Dovevano ancora fare qualche ricerca su di lui, per controllare che avesse la fedina penale pulita; ma in base a come ne aveva parlato Skylar e al fatto che l'uomo si stava ammazzando di lavoro per garantire alla figlia un tetto e cibo sufficiente, Bull sentiva che Archer sarebbe stato perfetto per la Silverstone.

Ma al momento il pensiero di assumere Archer era al secondo posto nella mente di Bull, e molto distanziato dal primo. Non riusciva a pensare che a Skylar. Era nervoso per l'appuntamento. Lui, *nervoso*. Una cosa folle. Era un ex membro operativo delle Delta Force, uno che si era trovato nelle peggiori situazioni e aveva combattuto in ogni angolo del pianeta, faccia a faccia con i più spietati criminali.

Bull non sapeva come potesse innervosirlo tanto l'idea di uscire con una donna. Ma questo non cambiava le cose. Aveva pensato e ripensato ai piani per la giornata. Non voleva darle l'impressione di cercare di piacerle a tutti i costi, ma d'altro canto non voleva neanche passare per uno che era poco interessato.

Alzando mentalmente gli occhi al cielo e rimproverandosi di essere davvero ridicolo, Bull spense la macchina e fece un profondo respiro. Avrebbe potuto restare seduto nella macchina parcheggiata per una decina di minuti, per poi salire le scale e bussare alla porta di Skylar; ma gli sembrava un'idea sciocca. Ormai era lì; non voleva aspettare un solo secondo in più prima di rivederla.

Scendendo dalla sua Altima, Bull respirò forte un'altra volta e cominciò a salire la rampa di scale che portava al secondo piano. A Southpoint, tutti gli appartamenti avevano l'entrata sul corridoio esterno. Sembrava quasi un motel, con le porte affacciate sul parcheggio.

Mentre passava accanto a una delle porte prima dell'appartamento di Skylar, questa si aprì e ne sbucò la testa di una donna ispanica di mezza età.

"Tu devi essere Carson," gli disse sorridendo. Le mancava un incisivo, ma la cosa non diminuiva l'aria amichevole che aveva la donna.

"In persona," le disse lui annuendo educatamente.

Poi si aprì anche la porta dell'appartamento dopo quello di Skylar e ne uscì una donna afroamericana. Era magrissima e alta almeno un metro e ottanta . "Sei Carson?" gli chiese con tono meno socievole della prima.

Bull ignorava come mai quelle donne sapessero il suo nome, ma visto che erano le vicine di Skylar, decise di non reagire in modo scortese. Si ricordò che Skylar gli aveva raccontato di come tra i vicini si fosse instaurato un clima di comunità. "Sì," rispose alla seconda donna.

Lei incrociò le braccia sul suo seno, piuttosto prosperoso, e piantò gli piantò gli occhi addosso quando lui si fermò davanti alla porta dell'appartamento di Skylar.

"Sky è una brava ragazza," gli disse, cosa che Bull già sapeva. "Magari a volte è un po' ingenua riguardo a quello che le succede intorno, ma è una brava ragazza. Trattala bene o dovrai risponderne a *noi*."

Prima che Bull potesse rispondere, Skylar comparve dalla porta di casa sua. "Tiana, lascia in pace Carson. L'ultima cosa che voglio è che lo spaventi prima ancora che usciamo insieme." Poi si girò verso l'altra donna. "Maria, sei stata educata con lui?"

La donna alzò le mani. "Ehi, gli ho solo chiesto se era l'uomo con cui devi uscire. Probabilmente ti è andata bene che Susan non sia a casa," disse Maria, indicando la porta vicino alla sua. "Quella è persino più protettiva di noi altre. E poi è Tiana quella con il caratteraccio."

"Anche tu hai un caratteraccio... e lo sai," ribatté Tiana.

Bull cominciò a sentirsi come in mezzo a due cani che girano intorno a un succulento osso. Il suo sguardo faceva la spola tra le due donne intente a punzecchiarsi a vicenda.

"Forse sì, forse no... almeno io non sono saltata addosso al ragazzo nel momento in cui l'ho visto!"

"Mi sto solo assicurando che la tratti bene. È una vita che Skylar non esce con qualcuno e l'ultima cosa di cui ha bisogno è un bastardo che cerchi di infilarsi nelle sue mutande al primo appuntamento."

"Voglio morire," bisbigliò Skylar. Bull smise di guardare le altre due donne e si concentrò su quella a cui non riusciva a smettere di pensare. Indossava un paio di jeans che fasciavano ogni curva delle sue gambe. Calzava sandali con le zeppe, che le facevano guadagnare quasi dieci centimetri di altezza. Sopra aveva una camicetta smanicata color verde bosco che metteva in risalto la sua pelle lattea e lentigginosa; Bull avrebbe voluto sfiorarla con le labbra per sentire se era tanto soffice come sembrava.

I capelli biondo rame le scendevano fino alle spalle. Era la prima volta che Bull li vedeva sciolti dallo chignon in cui li teneva raccolti le altre due volte che l'aveva vista. Le ciocche di capelli incorniciavano il suo bel viso... Bull avrebbe voluto passare le dita tra quelle ciocche e baciarla appassionatamente.

Sentiva, come in lontananza, che Tiana e Maria stavano ancora battibeccando, ma lui non aveva occhi che per Skylar. "Sei bellissima," le disse.

Lei alzò lo sguardo per incrociare il suo. "Grazie. Anche tu non sei niente male."

Bull aveva optato per un paio di jeans, i suoi classici stivaletti da lavoro neri e una polo blu scuro. In base ai suoi standard, si trattava di un look elegante.

Era ansioso che l'appuntamento vero e proprio cominciasse, ma prima di tutto voleva alleggerire Skylar del disagio che le si leggeva negli occhi. Si voltò verso Tiana e la interruppe mentre parlava. "Immagino che conosciate bene Skylar e che vogliate il meglio per lei," disse rivolgendosi a entrambe le donne.

Loro lo fissarono per una frazione di secondo, poi annuirono.

"Bene. Quindi sapete che la state mettendo in imbarazzo. Il che non è il massimo. La sto portando a pranzo, non a un *tête-à-tête* erotico in un motel a ore. Chiacchiereremo un po' e ci conosceremo meglio. Spero che lei stia bene, così accetterà quando la inviterò di nuovo a uscire. Ma se voi le fate venire un complesso sul fatto stesso di uscire con me, lei potrebbe pensare che non vale la pena di rivedermi. Sono certo che vi racconterà tutto di me e di com'è andata oggi appena tornerà a casa."

"Ci puoi scommettere," ribatté Tiana.

"Volevamo solo farti capire che Skylar ha delle persone che tengono a lei," aggiunse Maria.

"Questo è evidente. Ma per quanto mi faccia piacere sapere che lei ha chi le guarda le spalle, il fatto che stiamo qui a parlare di lei mentre lei è qui la mette a disagio. So che lei tiene a voi e che qui vi prendete cura gli uni degli altri. Ma ora bisogna che la smettiate, altrimenti dovrò dire delle cose che irriterebbero Skylar e che ci farebbero partire tutti con il piede sbagliato."

Tiana e Maria sorrisero e lui si sentì sollevato.

"Può andare," disse Tiana. "Divertiti, Sky. Parliamo quando torni."

"Non fare niente che non farei io," intervenne Maria.

Entrambe fecero un cenno con la mano prima di rientrare nei loro rispettivi appartamenti.

"Wow... mi dispiace," gli disse Skylar appena rimasero soli.

Bull sapeva che le due donne molto probabilmente li stavano spiando da dietro le tende delle loro finestre. "A me no," disse lui. "Sono contento che tu abbia buone amiche che si preoccupano per te."

Skylar ridacchiò. "Dici che è questo che fanno? A me sembrava che stessero cercando di impossessarsi di te."

Bull era contento che lei riuscisse a scrollarsi di dosso l'imbarazzo che aveva provato poco prima. Per lui non era un problema rassicurarla che Tiana e Maria non l'avevano importunato, ma se lei avesse continuato a scusarsi per il comportamento delle due vicine, non sarebbe stato un buon inizio per la loro relazione.

Sì, lui aveva già cominciato a pensare che lui e Skylar avrebbero avuto una relazione.

"Pronta per andare?" le chiese.

Lei annuì. "Sì. Hai intenzione di dirmi dove?"

"Non ancora," le rispose mentre lei si girava per chiudere a chiave la porta.

Bull aprì la bocca per dirle che non era saggio voltare le spalle a un uomo appena conosciuto, perché avrebbe potuto spingerla in casa e sopraffarla, ma le parole gli si fermarono in gola. Prima, guardandola dal davanti, aveva pensato che i jeans le stessero bene, ma non c'era paragone con la vista che gli si presentò in quel momento. Skylar aveva un fondoschiena pieno e perfetto; Bull dovette fare ricorso a tutto il suo decoro per non allungare le mani.

Quando lei si girò, lui capì di essere stato colto in flagrante a guardarle il sedere, ma non si scusò; né lei gli disse nulla, anche se le guance le si tinsero di un lieve rossore.

Bull la invitò con un cenno a precederlo e non si trattenne dallo sfiorarle la parte bassa della schiena mentre camminavano verso le scale. Una volta raggiunta l'auto, lui le aprì lo sportello e attese che lei si accomodasse all'interno, per poi richiuderlo e girare intorno alla macchina per mettersi al volante.

Quando fu seduto, anziché accendere subito il motore, si

girò verso Skylar. "Scusami, sono arrivato in anticipo," le disse. "Non ce la facevo più ad aspettare."

Lei gli sorrise. "Va bene così. Sono pronta da circa un'ora e mezza e camminavo su e giù per l'appartamento in attesa che tu arrivassi."

Bull annuì, tirando un sospiro di sollievo. "Per quel che vale, mi piacciono le tue amiche."

Skylar scosse la testa. "Sono piuttosto esuberanti, ma hanno il cuore buono."

"Sei fortunata ad avere un bel rapporto con i tuoi vicini."

"Sai, non è che usciamo a divertirci o cose del genere. Si tratta più di parlare quando ci vediamo per caso e di raccontarci le cose che ci succedono."

"Io non so nemmeno *chi siano* i miei vicini," le disse Bull. "Credo che uno sia un anziano signore e l'altra una donna che lavora decisamente troppo, visto che non la vedo mai."

"Carson?"

"Sì?"

"Su una cosa Tiana aveva ragione... è un sacco di tempo che non esco con un uomo. Passo la maggior parte del mio tempo in compagnia di bambini di cinque anni. Se faccio o dico qualcosa fuori luogo, potresti passarci su ed evitare di pensare che sono una svitata, per favore?"

Bull fece una risatina. "Anche per me è passato un sacco di tempo dall'ultima volta. Perciò ho pensato di mantenere un profilo basso oggi. Niente cose esagerate, niente acrobazie per fare colpo su di te. C'è una tavola calda non molto lontano dal mio garage, servono dell'ottimo cibo. Pensavo che potremmo andare lì e poi, sempre che ti interessi, ti faccio vedere la Silverstone. Ma se devi tornare subito a casa, non c'è problema."

La guardò e la vide decisamente più rilassata. "Sembra un bel piano."

Bull non voleva fare altro che stare lì a guardarla, ma si

impose di mettere in moto l'auto e uscire dal parcheggio. Sapeva che probabilmente i vicini li stavano guardando. Si sentì un po' come quando alle superiori voleva pomiciare in macchina con la ragazza con cui era uscito, ma sapeva che il padre o i fratelli di lei li stavano tenendo d'occhio dalle finestre della casa.

I due parlarono del più e del meno durante il viaggio verso la tavola calda. Mentre parcheggiava, Bull diede un'occhiata al posto ed ebbe un sussulto. Il tetto aveva bisogno di essere riparato e l'insegna sopra l'entrata aveva visto giorni migliori. Erano particolari che di solito non lo infastidivano o nemmeno notava. Comunque, non aveva mentito a Skylar: la tavola calda di Rosie era uno dei migliori posti dove mangiare nelle vicinanze. Lui lo sapeva bene, ci aveva mangiato un sacco di volte.

Appena fermò la macchina, Bull scese e con una corsetta arrivò dall'altra parte dell'auto in tempo per aiutare anche Skylar a scendere, sostenendola un gomito. Richiuse lo sportello e si guardò in giro per assicurarsi che nel parcheggio non ci fossero vagabondi, poi camminò con Skylar verso l'entrata, restando leggermente più indietro. Aprendo la porta, Bull si preparò all'accoglienza che sapeva di ricevere.

"Bull!" lo chiamò una voce chiassosa e vivace appena entrò dietro Skylar. Una donna alta e magra si precipitò fuori dal bancone. Prese Bull per le braccia e gli diede due baci che gli sfiorarono le guance. "È una vita che non ti fai vedere... più o meno una settimana, no?"

"Simpaticona." Bull sorrise. Poi indicò Skylar. "Rosie, voglio presentarti una persona. Lei è Skylar. Fa la maestra all'asilo di Eastlake. Skylar, ti presento Rosie Spencer... è la proprietaria del locale e lo gestisce con il pugno di ferro."

"Oh, tu..." disse Rosie, dando a Bull uno schiaffetto sul braccio. Bull di irrigidì leggermente. Rosie era come le vicine di Skylar: non andava molto per il sottile. Se le piacevi, non ne faceva mistero con nessuno. Ma se la prendevi per il verso sbagliato, finiva lì. Non dava a nessuno una seconda possibilità e non si faceva problemi a dirti in faccia che eri sulla sua lista degli antipatici.

Ma quella di Bull era una preoccupazione inutile.

"Sono felice di conoscerti," esordì Skylar prima che Rosie potesse aprire bocca. "Carson mi ha parlato benissimo di questo posto e ora so che era assolutamente sincero: a giudicare dal profumo che sento, credo che vorrò portare un materasso e stabilirmi qui per il resto della mia vita."

Rosie ridacchiò e Bull capì che con un paio di frasi Skylar si era guadagnata un'altra fan. "Carson, eh?" chiese Rosie, sorpresa di sentire chiamare Bull con il suo vero nome. Gli lanciò un'occhiata di sbieco, poi si girò ancora verso Skylar: "E così sei una maestra?"

Skylar annuì. "Sì, alla scuola di Eastlake."

"Non è un bel quartiere," osservò Rosie.

"In tutta sincerità, non so perché tutti dicano così," si lamentò bonariamente Skylar. "Voglio dire, sì, è un quartiere che ha avuto una serie di problemi, ma i bambini non c'entrano. Sono molto svegli e assorbono ogni informazione che viene data loro. Se la gente riuscisse a guardare al di là del colore della pelle e dei conti in banca dei genitori, o delle case in cui vivono, non penso che troverebbe delle differenze tra loro e i bambini di Carmel, dove sono cresciuta io, per esempio."

Rosie annuì e si girò verso Bull. "la ragazza mi piace. Avanti, Bull, scegli un tavolo e appena possibile manderò qualcuno a prendere l'ordine. Sono contenta di rivederti."

"Grazie, Rosie," le disse Bull, senza esitare ad appoggiare ancora la mano sulla parte bassa della schiena di Skylar. Era troppo presto per tenerle la mano o metterle un braccio intorno alle spalle, quindi per il momento doveva accontentarsi di sostenerla mentre la accompagnava verso un tavolo con divanetti sul lato della tavola calda.

Bull aspettò che lei fosse seduta, poi la guardò, tenendo i gomiti appoggiati sul tavolo; non poté trattenersi dal percorrere con lo sguardo tutta la sua figura.

"Pare che tu conosca Rosie molto bene," disse lei.

"Vengo qui da cinque anni, da quando abbiamo aperto la Silverstone. Come hai visto, dal di fuori non sembra niente di speciale. Ma una volta sono passato qui davanti in macchina e ho sentito un profumino delizioso, così sono stato costretto a fare inversione e a venire a provare il cibo; mi ha conquistato al primo pasto."

"Bull è come un gatto randagio di cui non riusciamo a liberarci," intervenne la donna che era appena arrivata di fronte al tavolo.

Lui la guardò e sorrise; poi, dopo averla abbracciata, si rimise seduto.

"Skylar, questa è Julie, una delle cameriere che lavorano qui."

"Ciao," disse Skylar, "piacere di conoscerti."

"Piacere mio," ricambiò Julie. "Sai già cosa vuoi mangiare?"

"Oh!" esclamò Skylar sorpresa. "Non ho ancora avuto occasione di dare un'occhiata al menù."

"Dovresti lasciar fare a Bull. Ha mangiato ogni piatto che serviamo qui. Ti consiglierà bene."

"Julie, è il nostro primo appuntamento," intervenne Bull. "Sono certo che Skylar preferisce ordinarsi il cibo da sola. Non so nemmeno ancora cosa le piace e cosa no."

"Hai delle allergie?" chiese Julie a Skylar.

"No."

"Sei vegetariana?"

"No."

"Sei celiaca? Mangi pochi carboidrati? Sei a dieta?"

"No, no e no," rispose Skylar sorridendo.

"Vai pure," disse Julie a Bull.

Sapendo che la donna se ne sarebbe andata solo dopo aver preso l'ordine, Bull si arrese. "Per me acqua e il numero quattro del menù. Penso che la signorina gradirà un numero dieci."

"Ottima scelta," disse Julie, poi chiese a Skylar: "E da bere?"

"Un tè freddo, per favore."

"Arriva subito," disse Julie. Non aveva con sé nulla su cui prendere nota; si girò e andò a comunicare al cuoco il loro ordine e a preparare le bevande.

"Allora, cos'hai ordinato per me?" chiese Skylar.

"Mi dispiace," disse Bull, "forse venire qui non è stata una grande idea. Avrei dovuto portarti da Chili's, da TGI Fridays o in un posto del genere."

Lei allungò una mano sul tavolo e la appoggiò sulla sua. "Va bene qui. È grandioso. Non sono schizzinosa quando si tratta di mangiare e so che ciò che hai scelto per me mi piacerà."

"Per me ho preso un gyros con salsa tzatziki e per te sono andato sul sicuro: Philly cheesesteak[1]."

"Gnam gnam," commentò Skylar. "Hai davvero assaggiato ogni piatto che hanno sul menù?"

"Già," rispose Bull. "È tutto delizioso."

Si guardarono per un istante, poi arrivò Julie con l'acqua e il tè freddo.

Appena fu lontana, Bull si chinò di nuovo verso Skylar. Avrebbe potuto guardarla per sempre. Pensò che non si sarebbe mai stancato di studiare quel viso.

"Chiedimi quello che vuoi," le disse.

"Cosa?"

"Chiedimi quello che vuoi," ripeté lui. "Non voglio che ci

sia imbarazzo tra di noi. Voglio che con me tu ti senta libera di parlare di qualsiasi cosa stuzzichi la tua fantasia."

Lei ridacchiò. "Stuzzicare la mia fantasia? E chi lo dice?"

"Credo di averlo appena detto io," le disse Bull.

"E va bene. Perché ti chiamano Bull? Sandra mi ha chiesto come mai hai questo soprannome bizzarro e le ho dovuto rispondere che non lo sapevo. Le ho promesso che te lo avrei chiesto e glielo avrei detto."

Bull si rese conto che di fronte a quella domanda stava sorridendo come un pazzo, ma non poteva farci niente. Vicino a Skylar, sorrideva come non aveva mai fatto. Quella donna aveva una sorprendente capacità di prenderlo in contropiede. Lui sperava che questo non cambiasse mai. "Hanno cominciato a chiamarmi *Bullseye* quando ero nell'esercito. Ho buona mira. Centro sempre il bersaglio[2]." Scrollò le spalle. "Poi *bullseye* è diventato semplicemente 'Bull' e mi è rimasto addosso."

"Direi che questa spiegazione è migliore di quelle che aveva immaginato Sandra."

Dopo che Skylar gli ebbe raccontato le ipotesi fatte da Sandra, Bull ne convenne.

"Ora sta a te," disse lei.

"Sta a me a fare cosa?"

"A farmi una domanda. Non è così che funzionano queste cose?"

"Per 'queste cose' intendi gli appuntamenti?" chiese Bull.

"Già."

"Beh, visto che è un sacco di tempo che non ne ho uno, non saprei dirti. Non voglio che questa conversazione assomigli a un quiz," ammise lui.

"Se anche *tu* mi fai domande, mi sento più a mio agio a fartene *io*," disse Skylar.

"Hai sempre voluto fare la maestra?" chiese subito lui, deciso a non farla sentire a disagio neanche per un secondo.

Quella domanda ruppe definitivamente il ghiaccio. Julie portò da mangiare e loro continuarono a farsi domande mentre pranzavano, conoscendosi meglio... e più Bull conosceva Skylar, più si sentiva in subbuglio.

Era simpatica, carina, con i piedi per terra; sembrava non avere lati negativi. Bull non trovava nulla di lei che non lo intrigasse.

Quanto a lui, le stava nascondendo un enorme segreto. La cosa non gli piaceva, ma del resto non poteva semplicemente dirle che lui e i suoi amici erano sicari. Aveva la sgradevole impressione che rivelare quell'aspetto della sua vita avrebbe stroncato sul nascere la loro relazione. E certo lui non voleva mandare tutto a rotoli proprio quando le cose con Skylar sembravano essere cominciate nel modo giusto.

Alla fine decise che avrebbe tenuto per sé quel segreto fino a quando non avrebbe avuto la certezza che la loro relazione poteva funzionare. Chi poteva dirlo? Nel giro di un paio di settimane o di qualche mese magari avrebbero scoperto che non erano così compatibili come a lui sembrava in quel momento. Il fatto che non trovasse nulla di lei in grado di spingerlo nella direzione opposta non significava che il destino avesse in serbo per loro una relazione duratura.

Non c'era bisogno di dirle quello che riteneva essere il suo vero scopo nella vita... non ancora.

"Non vedo l'ora di incontrare i tuoi amici. Devono essere uno spasso. Puoi parlarmi ancora di loro?" chiese Skylar.

Bull bevve un gran sorso d'acqua, ripulendosi la bocca dagli ultimi residui di gyros prima di accomodarsi sullo schienale della sedia. "Kellan, che chiamiamo Eagle, ha la mia stessa età ed esteticamente è il mio opposto. Lui è la luce e io il buio... i capelli biondi e gli occhi azzurri lo fanno sembrare un surfista, mentre io somiglio piuttosto a uno dei tirapiedi di Dart Fener[3].

"In effetti hai un po' l'aspetto da ragazzaccio," disse Skylar sorridendo. "Ma non è forse vero che alle donne piace quel genere di uomo?"

"Non lo so... è così?" chiese Bull.

"Alla presente donna non dispiaci," rispose un po' timidamente Skylar.

Restarono fermi a guardarsi negli occhi per un istante rovente, poi Bull riprese a parlare dei suoi amici. "Eagle ha la capacità unica di riconoscere chiunque abbia visto in foto, anche solo una volta. È sbalorditivo, davvero."

"Wow, affascinante. Scommetto che farebbe un figurone in un confronto di sospetti o come testimone di un crimine."

Non sapeva quanto avesse ragione. Bull proseguì. "Smoke, il cui vero nome è Mark, ha trentotto anni; quando lo incontrerai, capirai la ragione del suo soprannome. Ha un aspetto assolutamente ordinario. Sul metro e ottanta, con i capelli e gli occhi di un anonimo marrone: potrebbe confondersi in qualsiasi folla. Ha quasi la facoltà di sparire."

"Come una nuvola di fumo, giusto?[4]" chiese Skylar.

Bull annuì. "Già. Un momento è lì accanto a te e il momento dopo non c'è più. Non giocare mai a nascondino con Smoke... perderesti," rispose Bull con un sorriso.

"Capito. Niente nascondino. Me lo segno," scherzò Skylar. "E di Gramps che mi dici? Immagino sia il più grande del gruppo."

"Esatto," disse lui. "A quarantacinque anni, è un nonnetto. È entrato nell'esercito tardi, ma si è subito distinto, visto che è piuttosto imperturbabile e resta calmo nella stragrande maggioranza dei casi. Prima che tu me lo chieda, il suo vero nome è Leonardo. I suoi genitori sono emigrati dal Messico e lui è cresciuto a El Paso. Lui va fiero delle sue origini, anche se i suoi genitori non sono messicani al cento per cento. Dopo lo riconoscerai subito, col suo metro e novantacinque è il più alto di tutti."

"Oddio. Mi sento quasi sempre bassa, ma tra voi quattro mi sentirò un tappo," disse Skylar con un gemito.

"Sei perfetta così come sei," le disse Bull in tutta onestà.

"Grazie. Anche mia mamma è bassa, più o meno come me. Ma mio padre è quasi uno e ottanta. Mi ci è voluto un bel po' di tempo ad accettare che non diventerò più alta di così e che resterò bassa e grassottella per tutta la vita."

Bull le prese la mano e la guardò negli occhi con intensità. "Non sei grassottella," le disse con un po' troppo fervore. "Sei formosa... e credimi, è una cosa buona. *Molto* buona."

Skylar si passò la lingua lungo le labbra e Bull non poté non seguire quel movimento con gli occhi. Gli ci volle tutto il suo autocontrollo per non tirarla a sé attraverso il tavolo e controllare di persona quanto fossero morbide e umide quelle labbra.

"Grazie," disse lei dopo qualche accaldato secondo.

"Ragazzi, avete finito?" chiese Rosie arrivando al tavolo.

Bull percepì lo scatto di sorpresa di Skylar, ma lui aveva già visto che Rosie si stava avvicinando. Era una delle poche ragioni che lo trattennero dal baciare Skylar. Le tenne la mano finché non capì che si era calmata, poi si fece indietro e allungò una mano per prendere il portafoglio che teneva nella tasca posteriore dei pantaloni.

"Sì," disse a Rosie. "Hai con te il nostro conto?"

Come Bull immaginava, Rosie alzò gli occhi al cielo. "Non devi pagare nulla, Bull," gli disse lei quasi rimproverandolo.

"Rosie..." la ammonì lui.

"Nah. Niente da fare. Tu e la Silverstone avete fatto per questo locale più di quanto tu non voglia ammettere. Ci avete aiutati a rimetterci in carreggiata dopo quell'incendio in cucina. Avete fatto un sacco di donazioni per sfamare i senza-tetto. E sappiamo tutti che tu e i tuoi amici mettete una buona parola per noi con chiunque sia pronto ad ascoltarvi; se gli affari vanno così bene oggi è soprattutto grazie a voi. No, non pagherai nulla, né oggi, né *mai*."

Bull brontolò sottovoce.

"Guarda che non mi spaventano i tuoi ringhi. Basta che dici 'Grazie, Rosie.' Ora prendi la tua ragazza e portala in un posto migliore di questo buco," disse la donna con tono perentorio.

Rosie si illuminò e Bull capì che Skylar aveva trovato un'amica per la vita, senza nemmeno sforzarsi di averla cercata. Parlare bene del Rosie's Diner era come dirle che sua figlia era la più bella bambina del mondo.

"Va bene. Ora alza i tacchi," continuò Rosie. "E di' agli altri di farsi vivi, è un sacco che non vengono a farsi una bella scorpacciata."

"Sissignora," disse Bull.

Rosie gli strizzò l'occhio, poi si voltò e si diresse al bancone. A quell'ora la tavola calda si era riempita e Bull conosceva molti dei clienti che erano venuti a pranzare lì. Per lo più si trattava di proprietari di attività della zona. Erano tutti in grado di riconoscere del buon cibo quando ne assaggiavano e il Rosie's Diner decisamente serviva buon cibo.

"Ti va di passare alla Silverstone o ne hai avuto abbastanza di me?" le chiese Bull.

"Oh, certo che mi va," rispose Skylar. "I tuoi amici saranno lì?"

"Probabilmente sì." Bull sapeva che ci sarebbero stati di sicuro. Li aveva informati che pranzava con Skylar e che dopo voleva farle fare un giro del capannone; tutti e tre avevano detto che volevano conoscerla. Erano curiosi di vedere che tipo di donna era riuscita ad attirare così tanto l'attenzione di Bull. Ognuno dei tre aveva avuto delle donne, ma nessuno aveva avuto una relazione seria. Per questo, l'interesse di Bull verso Skylar li incuriosiva.

Si alzò e porse la mano a Skylar. Proprio come quando si

erano incontrati la prima volta, gli sembrò che quando lei mise la mano nella sua, ne scaturissero scintille. Quando lei si fu alzata, Bull prese il portafoglio e ne estrasse cinquanta dollari, che mise sul tavolo come mancia per Julie. Era una specie di gioco che facevano lui e Rosie: lei si rifiutava di fargli pagare il conto e lui lasciava mance generosissime. A Julie come alle altre cameriere qualche soldo in più faceva decisamente comodo. Il tacito accordo andava bene a tutte le parti coinvolte: a Bull, che ci guadagnava un ottimo pasto; alle cameriere, che sapevano di ottenere laute mance; e a Rosie, perché un dipendente soddisfatto è un dipendente felice. Era una situazione vantaggiosa per tutti."

Skylar gli sorrise quando vide quel gesto, ma non commentò.

Una volta in macchina, quando già erano in viaggio verso la Silverstone, gli disse: "Grazie per il pranzo."

"Prego."

"Hai davvero fatto tutte quelle cose che ha detto Rosie?" gli chiese.

Bull scrollò le spalle. "Già. Ma le hanno fatte anche Eagle, Smoke e Gramps. Non corro in giro per la città a fare il buon samaritano da solo."

Skylar fece una risatina e Bull ne amò il suono.

"Ora avrò quest'immagine scolpita nella mente fino a sera: tu con la calzamaglia e il mantello che semini banconote da cento dollari."

Bull si unì alla sua risata. "Ho qualche dubbio sulla calzamaglia," scherzò, il che amplificò la risata di Skylar. Era così impegnata a sbellicarsi che chiaramente non si era resa conto di quanto fossero vicini alla Silverstone.

"Eccoci," Bull le disse mentre raggiungevano il garage.

Skylar guardo in alto e spalancò gli occhi, mossa da un sussulto.

"Cosa?" chiese Bull, preoccupato del perché lei avesse reagito così.

"Siete una gang di motociclisti in segreto, non è vero?" si lasciò sfuggire lei.

"Cosa? No... Perché dici così?" le chiese.

Skylar gesticolò in direzione del garage senza dire una parola.

Bull guardò l'edificio della Silverstone e cercò di immaginare come lo vedeva lei. Poi ridacchiò. In effetti, poteva far pensare in qualche modo alla sede... di un club di motociclisti scalmanati dediti ad attività nefaste. "Aspetta di vederlo dentro," disse lui, poi fermò l'auto vicino al muretto sormontato da filo spinato che circondava la proprietà. Digitò un codice su una piccola tastiera all'esterno della rete e aspettò che il cancello si aprisse, poi entrarono.

CAPITOLO SEI

Skylar non riusciva a distogliere lo sguardo dalla brutta immagine che le si era presentata davanti. Aveva avuto l'impressione che a Bull e ai suoi amici gli affari andassero bene. In base a quello che lui le avevo detto riguardo ai tanti carroattrezzi che possedevano, alla reputazione che la Silverstone aveva, a come Rosie aveva parlato delle sue inclinazioni filantropiche e alla mancia generosa che lui aveva lasciato a Julie, Skylar si era fatta l'idea che l'attività fosse prosperosa.

Ma quello che vedeva raccontava tutt'altra storia.

Non solo per via dell'alto muretto che circondava la proprietà. Intorno ai vari edifici c'erano erbacce alte fino alle cosce e la vernice del garage era tutta scrostata. Le pareti in cemento armato a vista certo non miglioravano la situazione.

Una grande insegna su quello che lei immaginò essere l'edificio principale proclamava che il nome dell'attività era **Assistenza Silverstone**. La seconda *S* di Silverstone era piegata e aveva l'aria di voler cadere da un momento all'altro. C'era una moto parcheggiata a casaccio di fronte alla porta principale, ma Skylar non vedeva macchine. Pensò che i mezzi dei dipendenti fossero parcheggiati dietro l'edificio.

"È... grande," disse diplomaticamente.

Sapeva che Carson avrebbe riso della sua reazione, ma non riusciva a nascondere la sorpresa. Avrebbe voluto mostrarsi colpita, ma era difficile per lei conciliare quello che le sembrava un capannone losco e cadente con tutto ciò che aveva sentito dire sulla Silverstone fino a quel momento.

Carson parcheggiò di fianco alla moto e spense il motore, poi si voltò verso di lei. "Ti sei fidata di me quando è stata ora di ordinare il pranzo. Riesci a fidarti anche adesso?"

Skylar fece tutto il possibile per sorridergli in modo rassicurante. "Certo."

Ma naturalmente Carson mangiò la foglia. "Lo so che non ha un gran bell'aspetto. Ma guardati in giro... vedi che questa zona non è il massimo?"

Skylar si voltò per osservare l'area circostante e capì cosa lui intendesse. Il quartiere in cui si trovava la sua scuola non era certo il più bello della città, ma era un paradiso al confronto di dove si trovavano in quel momento. Dall'altra parte della strada c'era una stazione di servizio in disuso, da cui i distributori di benzina erano probabilmente stati rimossi molto tempo prima. I vetri dell'edificio erano in frantumi e i muri ricoperti di graffiti.

"Non lo abbiamo mandato in malora noi, se è questo a cui stai pensando," disse Carson. "Era già abbandonato quando abbiamo aperto, cinque anni fa, come pure lo erano le strutture ai lati dell'edificio principale. Le abbiamo comprate, abbiamo costruito il muretto e i garage per i carroattrezzi; così la Silverstone è diventata quello che vedi."

Skylar annuì e s'impegnò a mettere da parte la sua prima impressione. Si guardò di nuovo in giro. Ora che sapeva che i garage avevano solo qualche anno, notò che sembravano molto solidi. Il cemento armato non era verniciato o ricoperto, ma in quello più vicino vide grandi catenacci argentati sulle saracinesche e sulla porta. Non c'era alcun graffito sulla parte interna del muretto. Notò ancora la tastiera che Bull aveva usato per aprire il cancello; aveva dovuto digitare almeno dieci numeri e sarebbe stato impossibile per qualcuno indovinare il codice e aprire il cancello per entrare nella proprietà.

Skylar si rese conto di essere stata davvero scortese e di essere saltata subito a conclusioni affrettate. Aveva commesso uno degli errori che odiava di più: aveva giudicato la Silverstone in base all'apparenza, senza guardare la sostanza.

"Mi dispiace," disse con gentilezza.

"Non hai niente di cui dispiacerti," la rassicurò Carson con voce ferma. "Hai visto esattamente quello che vogliamo che la gente veda: una proprietà fatiscente, una ditta sul punto di chiudere i battenti... un posto dove a nessuno sano di mente verrebbe voglia di venire a rubare."

All'improvviso, tutto ciò che vedeva assunse un senso chiaro. "Caspita," disse Skylar sottovoce, "è come con l'auto sostitutiva di Stan. Ingegnoso."

"L'idea è di Smoke. Una volta la proprietà era di suo nonno, poi la ereditò lo zio, che ne fece un'autofficina, proprio come quella di Stan. Lo stabile poi è rimasto inutilizzato per un qualche tempo e quando siamo usciti dall'esercito abbiamo deciso di rimetterlo in sesto. Visto che nessuno di noi quattro ci capiva molto di macchine, abbiamo dovuto cambiare un po' il piano d'impresa e... *voilà*! L'Assistenza Silverstone è nata così. La posizione in realtà è perfetta, siamo vicini alla 465 e alla superstrada 65 e da qui si arriva in città facilmente. È una buona casa base e ai clienti non interessa dove si trova la nostra sede... a loro interessa solo se riusciamo a raggiungerli il prima possibile."

"Verissimo," disse Skylar.

"Andiamo," la incalzò Carson, "non vedo l'ora di mostrarti com'è dentro."

"Scommetto che non c'entra nulla con l'esterno, vero?" chiese lei.

"Entra e lo vedrai da te," rispose Carson.

Lui era appena fuori dallo sportello quando lei scese dall'auto, così lei gli si accostò; Carson le appoggiò la mano sul fondo della schiena. Skylar adorava quando lui le metteva la mano lì, le sembrava che le sue dita spaziassero per tutta la zona lombare. Il calore emanato dalla mano di Carson penetrava attraverso la camicetta e lei avrebbe voluto sentire il suo tocco direttamente sulla pelle.

Scuotendo la testa, Skylar fece del suo meglio per mantenere un contegno, mentre Carson allungava un braccio intorno a lei per raggiungere un'altra tastiera, di fianco alla porta dell'edificio. Digitò un altro codice; dopo un click, aprì la porta e la tenne aperta per lei.

"Dopo di te."

Inspirando profondamente, Skylar entrò.

La stanza dove si ritrovò era anonima e disadorna. Lungo un muro c'erano un divano malconcio e alcune sedie che avevano visto tempi migliori. Skylar buttò l'occhio alle riviste che si trovavano su un tavolino e notò che erano vecchie di qualche anno. Si voltò verso Carson e inarcò un sopracciglio.

Lui sorrise senza dire nulla, poi raggiunse la porta sul fondo della stanza e digitò per la terza volta un codice su una tastiera. La porta si aprì e lui fece cenno a Skylar di procedere.

"Perché mi sento come la mosca invitata nella ragnatela?" scherzò Skylar.

Carson scoppiò a ridere e lei trasalì.

Non poté non guardarlo incredula. Aveva riso. Una vera *risata*. Forte. Gloriosa.

"Credo che resterai piacevolmente stupita da ciò che vedrai al di là da questa porta," le disse.

Consapevole che avrebbe fatto qualsiasi cosa lui le avesse

chiesto, a patto di continuare a vederlo sorridere, Skylar oltrepassò Carson e attraversò un piccolo corridoio. Fu ciò che vide alla fine di quel corridoio che le fece spalancare la bocca dallo stupore: "Accidenti!"

"Te l'avevo detto," le disse Carson con un certo autocompiacimento. "Avanti, ti faccio fare un giro."

Skylar non sapeva da dove cominciare a guardare. Le sembrava di essere entrata nella casa di un miliardario. I pavimenti erano in legno e i divani in pelle dovevano essere incredibilmente confortevoli. Appese a una parete c'erano un'enorme TV e una gigantografia di un garage con l'insegna **SILVERSTONE** che sporgeva sulla strada. Lei immaginò che fosse la vecchia autofficina, prima che Smoke la rilevasse.

Ma a catturare la sua attenzione fu soprattutto la cucina professionale che era su un lato dello stanzone. Elettrodomestici in acciaio inox, piani di lavoro in granito... ogni particolare sembrava di qualità superiore. Dopo aver capito che l'esterno della proprietà era trascurato di proposito, si aspettava di trovare l'interno più carino, ma ciò che aveva davanti agli occhi andava al di là della sua immaginazione.

"Questa è la stanza principale," le disse Carson mentre si dirigeva verso il davano, dove sistemò un cuscino spiegazzato e raccolse dal tavolino un bicchiere vuoto. "Quando i nostri dipendenti non sono di turno, a volte si rilassano qui. Fanno turni di otto ore e possono vedere quello che vogliono alla TV o mangiare qualcosa. Mi piacerebbe poter dire che i fornelli sono spesso accesi, ma purtroppo non è così." Sbuffò. "Ma chi voglio prendere in giro? Qui nessuno sa davvero cucinare, quindi mangiamo un sacco di panini e cibo surgelato. Avanti, continuiamo il giro, c'è altro da vedere," le disse facendo con la testa un cenno verso un altro corridoio.

Skylar lo seguì come in stato confusionale. Altro?

Là ci sono le stanze più piccole che abbiamo aggiunto quando abbiamo aperto. In alcune ci sono dei letti, mentre in altre Playstation e Xbox. Così chi vuole farsi un pisolino o svagarsi con i videogiochi può farlo. All'inizio sfruttavamo queste stanze molto più di, perché non eravamo impegnati come ora." Carson scrollò le spalle. "In fondo al corridoio c'è il centralino. Non so chi sia di turno lì oggi, ma vorrei presentarti."

A Skylar girava la testa. Sbirciò in una di quelle stanze e vide che non avevano molto da invidiare allo stanzone principale. Anche lì c'era una grande TV, anche se un po' più piccola della prima; c'erano anche una poltrona in pelle e un divanetto a due posti. Era un po' in disordine rispetto alla stanza grande, c'era una tazza e degli involucri di cibo da fast food; ma non era affatto sporca.

Carson aprì la porta in fondo al corridoio e si fece indietro per farla entrare. Nella stanza c'era una scrivania sulla destra, di fronte a una grande finestra da cui penetrava la luce del sole. Una donna era seduta di fronte a tre grandi schermi di computer; quando li sentì entrare, si girò per salutarli.

"Bull! Ehi! Non mi aspettavo di vederti oggi. Va tutto bene?" chiese.

"Tutto a posto. Skylar, questa è Leigh Coleman. Leigh, lei è la mia amica Skylar."

"Ciao!" disse Leigh allegramente, alzandosi e tendendo la mano.

Skylar gliela strinse, un po' sorpresa dall'affabilità di quella donna. Non che se l'aspettasse antipatica o particolarmente scorbutica, ma era un bellissimo sabato di sole e la donna doveva passarlo dietro a un computer.

"Come procedono le cose?" le chiese Carson.

"C'è molto da fare, come al solito," disse Leigh mentre si rimetteva seduta. "Abbiamo otto mezzi fuori, ma per il momento non siamo intasati, che è una cosa buona. Bart e Thomas sono in pausa e torneranno al lavoro fra una mezz'oretta. Christine è sulla scena di un incidente, ma ha quasi finito. Rob se n'è appena andato dal deposito auto della polizia e si sta dirigendo sulla superstrada I-65, dove c'è una macchina con una gomma a terra. Jose ha comunicato poco fa che sta portando a casa una signora e sua figlia; le ha caricate nella parte est della città e ha già scaricato l'auto al concessionario della Ford. E Shane è andato a fare un intervento per uno che è stato beccato a guidare con la patente sospesa."

Skylar cercò invano di registrare tutte le informazioni date da Leigh. Si chiedeva come la donna riuscisse a tenere tutto sotto controllo.

Proprio allora la radio riprese vita e Leigh si rigirò verso gli schermi dopo essersi congedata dai due con un piccolo sorriso.

"Wow," disse Skylar alzando gli occhi verso Carson.

"Un buon centralinista sa sempre dove sono i suoi autisti. Per ragioni di sicurezza, ogni carroattrezzi è localizzato con il GPS, ma la situazione si può complicare nel giro di pochi secondi; nel caso in cui debba mandare la polizia, Leigh deve sapere esattamente dove ognuno sta operando."

"E la situazione si complica spesso?" chiese Skylar leggermente agitata.

"In realtà, no," rispose Carson con una scrollata di spalle; ma la risposta non la tranquillizzò del tutto.

"Sembra che sia contenta del suo lavoro," osservò poco dopo Skylar, con più tranquillità.

"Tutti a turno gestiscono il centralino," le disse Carson. "Non si scappa. Fa parte del lavoro di autista alla Silverstone. All'inizio ci sono state obiezioni, ma dopo un po' tutti hanno capito. Stare alla radio li rende autisti migliori. Inoltre, lavorare in questa stanza aumenta la loro pazienza dietro al volante. È una situazione ideale."

"Turni di otto ore, pause, questo splendido posto... sembra che non sia niente male lavorare qui," disse Skylar, rivolgendosi più a se stessa che a Carson.

In ogni caso, fu Leigh a intervenire. "È il miglior posto dove io abbia *mai* lavorato," disse. Si era girata ancora sulla sedia e li guardava. "Bull, Eagle, Smoke e Gramps hanno davvero cura di noi dipendenti. Per loro non siamo nomi su un pezzo di carta. Sanno tutto di noi. Non è vero, Bull?"

Lui sorrise. "Com'è andato Larry nel compito in classe di matematica di questa settimana?"

Leigh alzò le sopracciglia e guardò Skylar come per dirle *vedi?* Poi disse: "È passato a pieni voti, grazie alle ripetizioni che gli hai dato l'altro ieri." La donna si rivolse ancora a Skylar: "Grazie al mio lavoro qui, sono riuscita a trasferirmi in una zona della città più sicura. La paga è decisamente più alta di qualsiasi impiego che potrei trovare senza un diploma di scuola superiore. Mi pagano il fondo pensione e ho le vacanze pagate una volta e mezzo in più del salario normale; senza contare il cibo gratis durante l'orario di lavoro e il fatto che i capi sono brave persone. Magari c'è gente che mi guarda dall'alto in basso perché faccio l'autista di carroattrezzi, ma io ringrazierò sempre di aver trovato questo lavoro."

Skylar non aveva dubbi sul fatto che Leigh fosse stata assolutamente sincera. Non era una messinscena architettata da Carson. Non era stato lui a istruirla a dire tutte quelle belle cose sulla ditta. Al contrario, la donna era davvero grata per la possibilità di lavorare lì... e si sentiva.

"Grandioso," disse Skylar.

"Mi dispiace," si scusò Leigh facendo una smorfia. "Tendo a esagerare quando parlo della Silverstone. È solo che sono in pena per tutti quelli che si spaccano la schiena per paghe da fame senza nemmeno ottenere rispetto. Come la maestra di mio figlio, per esempio. Arriva a scuola alle sei della mattina e non se ne va prima delle sei di sera. Tutto il santo giorno deve avere a che fare con bambini ingrati e genitori che non collaborano. Io guadagno almeno diecimila dollari più di lei all'anno *e* lavoro solo otto ore al giorno, senza contare tutti i vantaggi aggiuntivi."

Skylar si sentì a disagio e cambiò posizione.

"Leigh," la chiamò Carson con tono ammonitore.

"Dico tanto per dire," continuò lei, ignara dell'imbarazzo di Skylar. "Gli insegnanti sono solo un esempio. Il padre di un amico di Larry lavora come impiegato all'università e persino lui guadagna più della maestra. Lei ha una laurea! Io prima lavoravo come cameriera in uno squallido bar e facevo fatica ad arrivare a fine mese e a vedere mio figlio... non posso non compiacermi almeno un po' del fatto che ora mi pagano persino il fondo pensione e ho trovato la stabilità! Non c'è nessuno scontento che se ne va via, qui alla Silverstone. Nessuno che riesce a farsi assumere se ne vorrebbe andare."

"Skylar è un'insegnante," la interruppe bruscamente Carson.

Leigh impallidì. "Oh, merda. Mi dispiace. Non volevo insinuare niente. Ho solo detto che voi insegnanti lavorate un sacco e dovreste essere pagati di più..."

"Non ti preoccupare," le disse Skylar, imbarazzata per l'imbarazzo *dell'altra donna*. "So cosa intendevi."

"Ci tenevo solo a farti sapere che Bull è un bravo ragazzo. Il migliore. E anche i suoi amici. Hanno cambiato la mia vita in meglio. È chiaro che mi sono spiegata nel modo sbagliato, ma mi devo sorbire di continuo amici e familiari che non capiscono perché io lavori qui e mi dicono che dovrei trovarmi un 'lavoro vero'... sono parole loro, non mie."

Proprio allora la radio riprese a parlare e Leigh si rimise al lavoro.

"Andiamo," disse Carson.

Skylar lo seguì fuori dalla stanza del centralino. "È stato un piacere conoscerti," disse piano a Leigh, prima di chiudere la porta dietro di sé. Leigh alzò la mano in segno di saluto, ma non le disse nulla, visto che stava parlando alla radio con un autista.

Quando furono nel corridoio, Carson la fermò. "Tutto bene?" le chiese.

Skylar lo guardò sorpresa. "Sì... perché?"

"Beh, la mia dipendente ti ha appena insultato di brutto."

"No, per niente," protestò Skylar. "È solo stata sincera. Adora lavorare qui ed è chiaro che trattate bene i vostri dipendenti. Non è un insulto. Forse *anch'io* dovrei fare domanda di lavoro alla Silverstone," scherzò.

"No," disse Carson serio; per un istante, Skylar *si sentì* insultata, a causa della brusca reazione. Ma poi lui continuò.

"Vai bene dove sei. Sei una brava insegnante. Ti prendi cura dei tuoi alunni, molti dei quali hanno decisamente bisogno di qualcuno che si prenda cura di loro in quel modo. Trascorri più tempo con loro di quanto non facciano i loro genitori... lo dico senza voler sminuire quelle mamme e quei papà: può essere massacrante guadagnare abbastanza per crescere un figlio. Io odio il fatto che nella nostra società il valore degli insegnanti non venga sufficientemente riconosciuto. Dovresti guadagnare il doppio del tuo attuale stipendio. Forse, se cominciassero a pagare gli insegnanti il giusto, la media dei voti si alzerebbe, potremmo tenere in classe solo gli educatori migliori e i ragazzi diventerebbero più rispettosi e grati di avere la possibilità di studiare."

Skylar voleva piangere a quelle parole. Per lei non era stato facile scendere a patti con il fatto che la sua professione non fosse abbastanza rispettata. In passato c'erano stati genitori che le avevano gridato contro quando lei li aveva invitati a leggere insieme ai loro figli. Altri le avevano detto che non era capace di fare il suo lavoro solo perché i loro figli non erano andati bene in un compito in classe, nonostante lei avesse fatto i salti mortali per aiutarli a prepararsi. Un paio di volte, dei padri arrabbiati le avevano persino sputato addosso.

Ma nel profondo amava il suo lavoro. Amava scoprire quelle piccole facce contente di vederla ogni mattina. Amava quel momento in cui un alunno *capiva* quello che lei stava cercando di insegnare. Amava sentire le risate di gioia quando i bambini giocavano. Sì, la paga era indecente. Sì, c'erano un sacco di grattacapi e le giornate al lavoro erano lunghe. Ma Carson aveva ragione: lei si sentiva al suo posto dov'era.

"Grazie," gli disse con sincerità.

"Vuoi vedere il resto e conoscere i miei amici? Altrimenti posso portarti a casa..."

"C'è altro da vedere?" chiese Skylar sorpresa.

Ancora una volta, fu premiata dalle labbra di Carson che si piegarono in un piccolo sorriso. "Il piano interrato è appena stato finito. È anche il posto dove i dipendenti possono rifugiarsi se fuori le cose si mettono male."

Skylar spalancò gli occhi. "Ce n'è mai stato bisogno?"

"Una volta," rispose lui. "C'è stata una sparatoria in un condominio lungo la strada. È arrivata la polizia e la situazione è degenerata. Per sicurezza, i tre dipendenti che erano qui sono andati di sotto. Alla fine non è successo nulla di grave, ma io mi sento meglio sapendo che abbiamo un posto sicuro dove andare, nel caso in cui qualcosa andasse di traverso."

"Sono certa che anche loro si sentono meglio," disse Skylar con semplicità. Carson non si era spostato e lei riusciva a sentire il profumo del bagnoschiuma che lui aveva usato per la doccia mattutina. Lui la sovrastava e lei non avrebbe voluto fare altro che appoggiargli la testa sul petto e abbandonarsi a lui. Ma visto che lui non l'aveva ancora nemmeno presa per mano una volta, accoccolarsi a lui le sembrò un po' prematuro.

Quasi riuscisse a leggerle nel pensiero, Carson salì con la mano lungo il suo braccio, per poi posargliela dietro al collo. La massaggiò con delicatezza, il che fece venire a Skylar la voglia di sciogliersi in una massa gelatinosa ai suoi piedi. Lei chiuse gli occhi e si concesse al suo tocco.

"Ti piace?"

Lei fece cenno di sì.

"Sei tesa," mormorò lui.

"È stata una lunga settimana," gli disse.

"Cosa avresti fatto oggi, se non fossi uscita con me?" le chiese. "Com'è un tuo tipico sabato?"

"Dormo fino a tardi, poi vado in giro a fare qualche commissione prima che le strade si riempiano di pazzi. Dopodiché in genere ozio nel mio appartamento, guardando la TV o leggendo. Di norma telefono ai miei genitori almeno una volta durante il fine settimana e a volte vado a trovarli a Carmel. Se ci vado, resto da loro a cena, altrimenti mi preparo qualcosa a casa e poi mi avvolgo in una coperta e mi rilasso. La domenica sera lavoro al piano lezioni per la settimana."

"Mi dispiace aver alterato la tua routine," le disse lui.

Skylar riaprì gli occhi e alzò lo sguardo verso di lui, consapevole del fatto che le teneva ancora la mano sulla nuca. "A me no. Ho trentadue anni e una vita noiosa. Preferisco essere qui con te, vedere dove lavori e conoscere i tuoi amici, piuttosto che trascinarmi per il supermercato in cerca di cibo spazzatura e aspettare stasera per guardare *Live PD*[1]."

Si guardarono per un lungo istante. Poi Carson inclinò leggermente la testa.

A Skylar sembrò che il cuore le si fermasse in petto. Stava per baciarla? *Fa' che stia per baciarmi.*

"Sky?" sussurrò lui.

"Sì," disse lei trepidante, dando il suo consenso a qualsiasi cosa lui volesse fare. Si alzò sulle punte dei piedi per mostrarsi prontissima al suo bacio.

Lui passò le labbra sulle sue, in una specie di leggera carezza. Per quanto fosse grande e grosso, Carson si stava rivelando estremamente delicato con lei. Era da tanto tempo che Skylar non desiderava un uomo come in quel momento desiderava lui. Anche se era minuta, un po' più di audacia da parte di lui non l'avrebbe certo mandata in frantumi.

Anche lei portò la mano più in alto, raggiungendogli la nuca con il palmo; adorava la sensazione dei suoi capelli corti contro la pelle e gli premette leggermente la testa per averla più vicina a sé.

Lui non si fece pregare e piegò ancora la testa, poi le mordicchiò il labbro inferiore. Skylar ebbe un sussulto e lui colse l'occasione per infilarle la lingua in bocca.

Gemendo, lei intensificò il bacio.

Skylar non si rese conto di quanto tempo rimasero nel corridoio a baciarsi, ma quando Carson alla fine ritrasse la testa, lei ansimava e quasi aveva le vertigini.

Carson Rhodes sapeva baciare. *Dannazione* se sapeva baciare.

Lei si passò la lingua lungo le labbra e si compiacque di come Carson seguì con gli occhi il movimento, mentre continuava a strisciarle il pollice sulla pelle sensibile del collo. Skylar si rese conto che mentre si baciavano si era appiccicata al suo petto, o forse era stato lui a tirarla a sé... non lo sapeva, né le interessava saperlo.

Gli teneva una mano dietro la testa e l'altra spalmata contro i pettorali; lui ne aveva una ancora dietro la sua nuca, mentre l'altra era scesa fino ai lombi, con le dita a riposo proprio sopra il suo fondoschiena.

Inspirando profondamente, Skylar non sentiva altro che il profumo *di lui*. Era eccitata e riusciva solo a fissare Carson.

"Dobbiamo fermarci," le disse lui dopo un momento.

"Perché?" chiese lei di scatto, senza pensare, tanto che arrossì consapevole della propria irruenza.

Carson le sfiorò una guancia con la punta delle dita. "Perché qui alla Silverstone ci sono le telecamere. Probabilmente Eagle, Smoke e Gramps ci stanno guardando e stanno valutando la mia prestazione. L'ultima cosa che voglio è metterti in imbarazzo."

"Ops," disse Skylar, poco preoccupata del fatto che qualcuno avesse visto Carson darle quel bacio mozzafiato.

"Già, ops," ripeté Carson con tono serio. "Nel caso dopo mi dimentichi di dirtelo, sono stato bene con te oggi e vorrei uscire con te di nuovo."

"Ok," gli disse senza esitare.

"Cazzo," imprecò Carson.

Skylar non aveva di cosa ci fosse da imprecare, ma visto che lui non sembrava avercela con lei, decise di non darci peso.

Nessuno dei due si mosse. Restarono lì nel corridoio, come avvolti l'uno nell'altra.

CAPITOLO SETTE

Cazzo, pensò Bull tra sé e sé mentre stringeva Skylar fra le braccia. I loro corpi gli sembravano combaciare perfettamente. Sentiva il seno di lei premuto contro il proprio petto. Si era aperta a lui tanto fiduciosamente che avrebbe voluto fare l'amore con lei lì sul pavimento del corridoio.

L'innocenza con cui lei aveva reagito al suo bacio aveva ulteriormente rimarcato le loro differenze. Come diavolo avrebbe potuto funzionare tra di loro? Lei era una maestra d'asilo, dannazione, mentre lui...

Chi era lui? Il comproprietario di una ditta ben avviata, ma alla fin fine era un killer a pagamento. Aveva le mani così sporche di sangue che non gli sarebbe bastato il resto della sua vita per lavarle. Lui era un portatore di morte e lei un angelo bellissimo e innocente.

E tutto ciò a cui riusciva a pensare era farla sua.

Non avrebbe mai funzionato. Qualsiasi cosa ci fosse tra di loro, lui doveva fermarla subito.

Ma in quel momento Skylar gli si appoggiò sul petto con una guancia, sospirando di contentezza. Era spacciato. Lei attorcigliò le dita alla sua camicia, come se non volesse staccarsi da lui; Carson sapeva che non si sarebbe tirato indietro. Avrebbe preso tutto quello che lei aveva da offrirgli e quando sarebbe arrivato il momento di dirle quello che lui e i suoi amici facevano, lui glielo avrebbe detto e forse lei sarebbe stata così innamorata di lui da poterlo accettare. Lei lo avrebbe accettato per quello che era e avrebbero vissuto per sempre insieme, felicemente.

Cazzo, ripeté mentalmente Bull. Oddio, era solo il loro primo appuntamento e lui stava praticamente pianificando il loro matrimonio. Si sentì un idiota. Con ogni probabilità, lui avrebbe fatto una delle sue stupidate prima che la relazione diventasse davvero seria e tutto sarebbe finito lì.

"Carson?" lo chiamò lei incerta.

Lui capì di essere rimasto in silenzio troppo a lungo, era ora di scendere al piano interrato, dove i suoi amici probabilmente li stavano aspettando con impazienza. "Sì?"

"Sei un uomo buono."

Quelle parole gli colpirono un nervo scoperto. In realtà, lui non era buono. Ma cercava di porvi rimedio aiutando gli altri per quanto poteva. Pensava che non sarebbe mai stato in grado di dare alla sua vita un tale colpo di spugna da meritarsi di essere chiamato *buono*, ma faceva quel che poteva. "Se non andiamo giù, credo che Eagle verrà a prenderci a grandi passi," le disse, cambiando agilmente discorso.

Bull si fece indietro e sentì una fitta allo stomaco a causa dello spiffero di aria fredda che gli passò sulla parte del corpo che era stata appiccicata a Skylar. Si lasciò cadere le braccia ma le afferrò le mani, poi sorrise, stringendogliele, e si voltò verso la vicina porta che conduceva alle scale.

Scesero la scalinata disadorna, poi passarono attraverso una pesante porta tagliafuoco ed entrarono nel sotterraneo della Silverstone. C'erano un tavolo da ping pong, un calcetto, un flipper e un vecchio Pac-Man cabinato da sala giochi; più qualche comoda sedia sparsa qua e là.

Eagle, Smoke e Gramps erano seduti a un tavolo che giocavano a ramino. Bull incoraggiò Skylar a procedere in direzione del tavolo. I tre si alzarono, aspettando pazientemente che lui facesse le presentazioni.

"Skylar, vorrei presentarti i miei migliori amici: Eagle, Smoke e Gramps."

Lei strinse la mano a tutti e tre. "Molto piacere di conoscervi." Si rivolse a Gramps. "Direi che ti è andata male con il soprannome. *L'ultima* cosa che mi viene in mente guardandoti è *uomo vecchio*."

Il ghiaccio si era rotto e tutti risero.

Gramps le prese il braccio e la tirò delicatamente a sé, facendole piegare la schiena sul suo braccio. "Scappa con me, signorina Skylar. Posso prendermi cura di te meglio di quanto non possa fare questo giovinastro insolente."

Per un momento, Bull ebbe paura che Skylar andasse nel panico o che il gesto del suo amico l'avesse comunque messa a disagio. Ma si rilassò subito quando la vide alzare gli occhi al cielo e dare un colpetto sulla spalla a Gramps.

"Lo farei, ma temo che tu sia troppo alto per me."

Gramps ridacchiò e rimise Skylar dritta. Era almeno trenta centimetri più alto di lei, in effetti, e Skylar accanto a lui sembrava davvero piccola.

"Dannazione," disse Gramps con aria melodrammatica.

Bull non esitò a rivendicare Skylar per sé. Le mise un braccio intorno alla vita e la tirò dalla sua parte. Si sentì sollevato quando anche lei lo strinse con un braccio, spostando parte del proprio peso su di lui.

"Cosa c'è dietro quella porta?" chiese lei indicando la fine del corto corridoio.

Bull s'irrigidì, ma fece del suo meglio per mantenere rilassato il tono della voce. "Un altro bagno, un ripostiglio, un armadio... cose così." Omise di dirle che si trattava di una stanza di sicurezza, protetta da una serratura biometrica. Era lì che lui e la sua squadra facevano ricerche e discutevano le loro missioni. Si fidava di Skylar, ma un primo appuntamento non era l'occasione ideale per vuotare il sacco fino in fondo.

"Ok," disse lei annuendo.

"Sai giocare a ramino?" le chiese Eagle, richiamando l'attenzione.

"Non so solo giocare," rispose Skylar. "Praticamente sono una giocatrice professionista."

"Professionista, eh?" ripeté Eagle tirando fuori una sedia da sotto il tavolo. "Voglio proprio vedere."

Gli altri sghignazzarono e Bull fece un sorrisetto compiaciuto. "Vuoi qualcosa da bere?" chiese a Skylar mentre tutti prendevano posto al tavolo.

"No, grazie," gli rispose lei. "Sono pronta per dare a qualcuno una lezione di ramino."

Un'ora più tardi, Bull si ritrovò con un sorriso sciocco stampato in volto, ma non poteva farci niente. Aveva sperato che Skylar e i suoi amici andassero d'accordo, ma non andavano semplicemente d'accordo: era come se si conoscessero da una vita. Skylar stava effettivamente stravincendo a ramino e a ogni mano che giocavano lei gongolava di più.

"Come diavolo è possibile che tu sia così brava?" si lamentò Eagle.

Skylar sorrise e scoprì quattro otto. Bull fece una smorfia dentro di sé. Aspettava di pescare un otto per completare il progetto di scala che aveva in mano. Dannazione.

"Mio padre mi ha insegnato a giocare quando avevo nove anni," rispose lei a Eagle, sorridendo. "Giochiamo tutte le volte che ci vediamo. In famiglia, nessun altro osa più sedersi al tavolo con noi."

"Capisco il perché," brontolò Smoke. Scoprì un tris di due e li guardò imbronciato.

"Bull ci ha detto che sei cresciuta a Carmel," disse Gramps mentre continuavano a giocare.

"Sì."

"Cosa fanno i tuoi genitori?" le chiese.

Bull sapeva che la domanda non era innocente come sembrava. Mise in guardia Gramps con un'occhiata, ma il suo amico la ignorò.

"Mio padre è il direttore finanziario dell'ADESA, un'azienda che organizza aste di veicoli usati, mentre mia madre, che è andata in pensione quest'anno, lavorava per l'Assembly Biosciences, un'azienda farmaceutica."

Smoke fischiò. "Wow, niente male."

Skylar alzò le spalle. "Già. Ma per me sono sempre stati mamma e papà."

"Abbiamo comprato uno dei nostri carroattrezzi tramite l'ADESA," disse Smoke. "Le loro aste sono bene organizzate e i prezzi che propongono sono onesti. Il carroattrezzi non ci ha dato nessun problema, cosa che apprezziamo; vuol dire che non vendono bidoni."

"Mio padre non si occupa delle aste," spiegò Skylar. "È quello che gestisce i soldi."

"Cosa faceva tua madre alla Assembly Biosciences?"

"Non è una scienziata, quindi frenate l'entusiasmo. Era nel settore della raccolta fondi. Aiutava a trovare gli sponsor e a organizzare le serate di gale, le celebrazioni e altri eventi. Ora è felice di poter restare a casa, anche se papà le rimprovera di passare il tempo a cercare di pianificargli la vita. Si vedono con i loro amici molto più di quanto non abbiano mai fatto, semplicemente perché mamma deve tenersi impegnata."

Era di nuovo il turno di Skylar e pescò una carta dal mazzo, poi fece un grande sorriso.

Scoprì le sue carte e disse allegramente: "Ramino."

"Cazzo," mugugnò Smoke.

"Merda," gli fece eco Eagle.

"Maledizione!" imprecò Gramps.

Bull si limitò a sorridere e gettò le sue carte al centro del tavolo. Adorava vedere quello scintillio di gioia negli occhi di Skylar. Li aveva battuti per la terza volta, senza barare.

Lei appoggiò i gomiti sul tavolo e chiese, senza rivolgersi a nessuno in particolare: "E così voi quattro vi siete conosciuti nell'esercito?"

"Già," le rispose Eagle. "Eravamo stazionati a Fort Bragg, nella Carolina del Nord. Eravamo nella stessa unità e quando è stata ora di rinnovare il contratto abbiamo chiesto di restare insieme, così ci hanno spostati tutti a Fort Hood, in Texas."

"Vi piaceva?"

"Amavamo stare nell'esercito," le disse Smoke.

"Perché?"

"Non è facile da spiegare," intervenne Bull. "È qualcosa che ha a che fare con il pericolo; ti fa sentire davvero unito ai tuoi compagni di squadra. Sapere che ci si guarda le spalle a vicenda è una sensazione incredibile. Senza parlare dell'obiettivo comune di proteggere il nostro paese."

Lei annuì. "Immagino che vi abbiano inviato in missione... giusto?"

Bull e gli altri si scambiarono uno sguardo. "Sì, più di una volta."

"Oh, dev'essere stata dura. Grazie per quello che avete fatto. So che oggigiorno lo dice un sacco di gente, ma io parlo dal profondo del cuore."

"Prego," dissero tutti e quattro all'unisono.

"Se vi piaceva così tanto, perché ne siete usciti?" chiese.

Questa era una domanda un po' più difficile, anche perché Bull non voleva mentirle. Poteva aggirare la verità, ma una bugia bella e buona non gli sembrava il modo migliore per cominciare una relazione. E più le stava vicino, più voleva che quella relazione cominciasse.

Prima che lui potesse rispondere, Gramps disse: "Lo zio di Smoke è morto, lasciandogli la Silverstone; tutti e quattro abbiamo deciso di riavviarla. L'esercito è un padrone spietato:

ti mastica e può sputarti fuori senza troppi complimenti. E l'aspetto burocratico stava cominciando a impegnare la maggior parte del nostro tempo. Volevamo prendere delle decisioni da soli, non dipendere da ufficiali che ci dicevano cosa dovevamo fare."

"Beh, mi sembra che ve la passiate bene," commentò Skylar con un sorriso, accettando senza esitazioni la spiegazione. "Penso che sia grandioso che siate rimasti amici e che ora lavoriate insieme."

"C'è chi ritiene che sia una cosa bizzarra," disse Eagle.

"Non io," ribatté Skylar con enfasi. "Se io avessi degli amici così affiatati come sembrate essere voialtri, anch'io vorrei averli come soci d'affari e trascorrere con loro tutto il mio tempo. La famiglia non si basa necessariamente su legami di sangue; è fatta di persone che sono disposte a fare i salti mortali per aiutarti, in qualsiasi momento e anche se devono fare migliaia di chilometri per raggiungerti."

"Non hai amici del genere?" le chiese Smoke. "Sembra che tu sappia quello che dici."

Per la prima volta, Bull vide una piccola ombra attraversare la luce naturale di Skylar. "Purtroppo no. Voglio dire... sono in buoni rapporti con i miei colleghi a scuola, ma loro sono presi dalla vita familiare e durante la giornata siamo tutti impegnati con le nostre classi. Quando sono rimasta a piedi con la macchina, avrei chiamato un amico, se ne avessi avuto uno abbastanza stretto. Invece ho chiamato la Silverstone."

La sua voce era così triste che Bull non poté fare a meno di metterle una mano sul braccio. Aspettò finché lei non si girò per guardarlo e le disse: "Hai chiamato la Silverstone e hai trovato *me*."

Capì che quelle parole avevano colpito nel segno, perché lei, dopo una pausa di un istante, annuì. "Ho trovato te," concordò.

"E noi," intervenne Gramps. "Vedi, il fatto è che noi

siamo una specie di pacchetto. Non nel senso che vogliamo scambiare la saliva con te, sederci insieme tutti nudi o cose del genere. Ma se per caso non riesci a trovare Bull, puoi contare anche su di noi. Non importa a che ora ci chiami, noi per te ci saremo."

Skylar assunse un'espressione stranita e guardò uno a uno tutti gli uomini seduti al tavolo.

"Che c'è che non va?" le chiese Bull.

Lei lo guardò negli occhi. "Questo è il nostro primo appuntamento," gli rispose.

"Quindi?" la incalzò lui.

"Sono solo... confusa. Di solito le cose non vanno così ai primi appuntamenti."

"Non mi interessa come vanno di solito," ribatté Bull con fermezza. "Io e te siamo diversi."

Lei deglutì a fatica e fece cenno di sì.

"Sky, la vita è fottutamente breve per ignorare quello che ci sta succedendo. Non ti sto chiedendo di sposarmi. Ma siamo già d'accordo che usciremo ancora insieme. Ci metteremo d'accordo sul giorno in cui io e i ragazzi verremo a Eastlake a far divertire un po' i bambini e possibilmente a insegnare loro qualcosa sulla sicurezza stradale. Tu hai conosciuto la mia famiglia," disse Bull indicando con un cenno del capo i tre uomini che li guardavano silenziosamente, "e io voglio conoscere la tua. La vivremo giorno per giorno."

"Ma riconosco una cosa buona quando ne vedo una. Sarei un completo idiota se non investissi tempo ed energie in questa relazione. E credimi, Sky, io non sono un idiota. Né lo sono i miei amici. Sanno che questa è una situazione speciale, che *tu* sei speciale. Quante persone pensi che lasciamo entrare qui nelle sacre stanze della Silverstone?"

Skylar si morse un labbro e guardò ancora una volta i tre, poi si girò verso Bull e alzò le spalle.

"A parte i familiari dei nostri dipendenti, che sono sempre

i benvenuti, nessuno viene a visitare la ditta. Vogliamo che questo sia un posto sicuro dove chi lavora qui possa rilassarsi senza sentirsi a disagio," le disse Bull. "Non te lo dico per spaventarti, ma per spiegarti perché Eagle, Smoke e Gramps ti stanno offrendo amicizia e supporto così velocemente e con tanta facilità. Mi rendo conto di essere un po' assillante e le cose tra di noi sembrano procedere rapidamente, ma... insomma, spero che tu provi almeno un decimo di quello che provo io, quando siamo vicini."

Gramps spinse indietro la sedia e si alzò. "Vi lasceremo da soli per un po', ragazzi," disse.

Anche Eagle e Smoke si alzarono, ma Skylar si voltò di scatto verso di loro e chiese: "Quante volte avete salvato la vita a Carson?"

Tutti e tre la fissarono sorpresi e confusi dalla brusca domanda. "Oh... non abbiamo tenuto il conto," rispose Gramps.

"Ma *gliel'avete* salvata," pressò lei.

"Sì. E lui ha salvato le nostre," disse Smoke.

"Allora, per quel che mi riguarda, avete il diritto di rimanere qui," concluse lei.

Eagle si avvicinò a Skylar e le porse una mano. Lei la prese e lasciò che Eagle la aiutasse ad alzarsi dalla sedia. Poi lui le diede un veloce abbraccio. Smoke fece la stessa cosa, poi fu il turno di Gramps.

"Ci piaci, Skylar," le disse Eagle. "Fai bene a Bull e, francamente, fai bene anche a noi. Era un sacco di tempo che non ci sedevamo a un tavolo semplicemente per giocare, come abbiamo fatto oggi. Quindi grazie per essere la persona che sei."

Con quelle parole, si voltò e si diresse alle scale, seguito da Smoke e Gramps.

Appena rimasero soli, Bull si avvicinò a Skylar e le accarezzò una guancia. "Sei spaventata," le disse a bassa voce.

Lei scosse la testa, poi alzò le spalle. "Un po'. Voglio dire... mi piaci, Carson, mi piaci molto. Ma questa è la prima volta che passiamo del tempo insieme e... sono solo un po' confusa."

Bull avrebbe voluto sedersi e stringerla forte, per cercare di farla sentire meglio, ma sapeva che il risultato sarebbe stato quello di confonderla ulteriormente. E l'ultima cosa che voleva era vederla ritrarsi da lui. Sapeva quanto lei fosse speciale e capiva che sarebbe stato un idiota a lasciarsela scappare; ma lei non aveva visto quello che aveva visto lui, non aveva visto il male che sembrava prevalere nel mondo. A lui piaceva il fatto che Skylar fosse tanto innocente e avrebbe fatto tutto ciò che poteva per tenere il male alla larga da lei. Se questo voleva dire rallentare e darle più spazio, lo avrebbe fatto.

"Mi dispiace," le disse, togliendole la mano dal viso. "Ti sto venendo incontro con troppa irruenza, lo so. Farò del mio meglio per andarci piano."

"Non che non voglia uscire con te," cercò di spiegare lei. "Lo voglio, ma..."

"...ma non sei pronta a presentarmi mamma e papà... o non vuoi cominciare con tanta intensità," la aiutò a finire.

Lei si mordicchiò un labbro e annuì.

"Capito," le disse. "Vuoi ancora che io e i ragazzi veniamo a scuola con il carroattrezzi?"

"Sì," disse senza nessuna esitazione. "Gli alunni si divertiranno un mondo. Parlerò con la preside e con gli altri insegnanti per vedere se riusciamo a organizzare una "settimana del camion" o qualcosa del genere."

"Bene. E per quanto riguarda quel secondo appuntamento? La mia voglia di correre non ti ha fatto avere un ripensamento, vero?"

Lei fece cenno di no con la testa. "No. Voglio rivederti."

Bull tirò un sospiro di sollievo e le restituì il piccolo

sorriso che lei gli aveva fatto. "È ormai tardo pomeriggio. So che hai da fare e ho già monopolizzato abbastanza il tuo sabato," le disse.

"Sono stata benissimo," ribatté lei. "Non ricordo l'ultima volta che ho avuto un primo appuntamento così carino."

"Bull trattenne una smorfia. *Carino* non era esattamente l'aggettivo che avrebbe voluto sentire, ma annuì comunque.

"Carson?"

"Sì?"

"In passato sono rimasta scottata da un rapporto che all'inizio sembrava troppo bello per essere vero. Mi sono innamorata perdutamente ed è successo in fretta. Mio padre ha cercato di dirmi di rallentare, ma io non l'ho ascoltato. Volevo un matrimonio. Volevo una famiglia. Volevo l'intimità che si può avere solo con un marito amorevole. Ma alla fine, lui non era quello che sembrava."

"Ti ha fatto del male?" ringhiò Bull, che trovava insopportabile anche solo l'idea che qualcuno mettesse le mani addosso a Skylar.

"No. Non fisicamente. Ma mi ha mentito su tutto. Mi ha detto che era un orfano, ma i suoi genitori erano vivi e in salute a Chicago... solo che non voleva presentarmeli. Mi ha detto che non era mai stato sposato, che poi si è rivelata un'altra bugia. Aveva *due* ex mogli. Mi ha detto che lavorava alla fabbrica della Subaru vicino a Lafayette, che era la ragione per cui non potevamo vederci durante la settimana, visto che è lontano da qui. Ma anche quella era una bugia. È stata... una pillola amara da ingoiare."

Bull si avvicinò di nuovo a lei e le appoggiò una mano sulla spalla. "Io non sono mai stato sposato. Non so dov'è mia madre e in ogni caso non voglio saperlo, non dopo che lei ha abbandonato me e mio padre. Papà è morto davvero. E l'ultima cosa che voglio è vivere a scrocco. Senza offesa, ma credo di avere in banca molti più soldi di te."

"Sei diverso da tutti quelli che in passato hanno provato interesse per me. Io non penso di essere una brutta persona o cose del genere, ma tu mi dai l'impressione di essere su un altro livello. Non sono nemmeno sicura del perché io ti piaccia," gli disse.

"Vorrei tanto abbracciarti," ribatté lui, ormai incapace di resistere all'impulso di stringerla fra le braccia. D'altro canto, in quel momento non voleva fare nulla che potesse metterla in imbarazzo.

Lei annuì e fece un passo verso di lui, poi appoggiò il capo sul suo petto. Sentì le braccia di Bull chiudersi intorno alla schiena; a lui parve che il calore di quel corpo gli penetrasse fin dentro le ossa. "Non credo di potertelo spiegare," le disse.

"Provaci," ribatté lei seccamente.

Bull fece una risatina. "D'accordo. Nel poco tempo che ho passato con te, tu mi hai fatto ridere e sorridere più di quanto io non abbia fatto da un anno a questa parte. Mi ricordi che il mondo è pieno di gente buona e non solo di chi sfrutta e ferisce il prossimo. Di certo c'è anche il fatto che mi attrai fisicamente. Sei formosa e io *vado matto* per le curve, cazzo. E i tuoi capelli mi fanno venire voglia di avvolgerci le mani e non toglierle da lì mai più. Emani un'innocenza che vorrei poter imbottigliare e mettere al riparo dal mondo. Ma più di tutto... mi sento un uomo migliore quando sono vicino a te."

"Wow," bisbigliò lei, "direi che ti sei spiegato benissimo."

Bull si scostò leggermente, ma non la lasciò andare. "Ti sto solo chiedendo di darmi l'opportunità di conoscerti. Voglio sapere cosa ti fa ridere, cosa ti fa piangere... voglio la possibilità di rendere la tua vita migliore. Voglio guardarti mentre interagisci con i bambini a scuola e mentre stracci ancora i miei amici a ramino."

Lei lo fissava; incapace di leggere i suoi pensieri, Bull sperò di non aver appena rovinato tutto.

"Sei diverso da tutti gli uomini con cui sono uscita," disse lei dopo un momento di pausa.

"È una cosa buona o cattiva?" chiese lui.

"Non lo so ancora," rispose lei con sincerità. "Mi sento a mio agio con te. Il che mi spaventa un po'. Voglio dire... eccomi qui, nel sotterraneo della tua azienda. Nessuno sa che sono qui e tu potresti sopraffarmi e fare di me tutto ciò che vuoi; non avrei modo di scappare. Ma invece di provare paura o insicurezza, sono assolutamente certa che non mi farai del male."

"Infatti non te ne farò," ribatté lui con enfasi.

"Forse è per via di come ci siamo incontrati, del fatto che la prima cosa che mi hai detto è stata di controllare che tu fossi chi dicevi di essere. Anche se sei stato un po' scortese nel farlo, con me sei stato aperto e sincero fin dall'inizio. Io mi fido di te, Carson."

"Puoi confidare nel fatto che io faccio ciò che ritengo essere nel tuo interesse," le disse, sentendosi a disagio di fronte a quanto Skylar aveva detto riguardo alla sua apertura e sincerità; Bull sapeva bene che le stava nascondendo un segreto enorme.

"Per la cronaca, anch'io provo attrazione per te. Dovrei essere morta per non sentirla," disse lei con una risatina. "Sei una montagna di muscoli e per qualche ragione mi eccita l'idea che potresti sollevarmi con facilità ma non mi faresti mai del male. Ma ti chiedo di avere pazienza con me. Non è nella mia natura saltare nel letto di un uomo che ho appena conosciuto, cosa che in passato mi ha creato qualche problema."

"Non ti farò mai alcuna pressione," la rassicurò Bull.

"Vedi... i ragazzi di solito dicono così, poi due settimane dopo affermano di avere le palle gonfie e mi accusano di essere una che stuzzica ma non va al sodo," disse lei con una nota di sarcasmo.

"Dolcezza, so come usare la mia mano. È un anno che non faccio sesso e non morirò tutto raggrinzito se non faccio l'amore nell'immediato futuro."

"Un anno?" chiese lei spalancando gli occhi.

Lui annuì. "Già. Sono stato occupato con altro. E tu?" Bull non riusciva a credere di averglielo chiesto, ma non sarebbe riuscito a trattenersi, neppure a rischio della vita.

"Uhm..." Lei distolse lo sguardo.

Bull le appoggiò due dita sotto al mento e le spinse leggermente in su la testa, di modo che lei non avesse altra scelta che guardarlo. "Non sono qui per giudicarti, Sky."

"Più o meno nove mesi. Ma è stata una cosa di una sola volta. Il tipo si è rivelato un cretino. Non ha nemmeno aspettato che venissi, ha fatto i suoi comodi e si è girato dall'altra parte quando ha finito."

Bull fece una smorfia, poi le promise: "Se mai mi lascerai entrare nel tuo letto, o deciderai di entrare nel mio, ti *garantisco* che resterai soddisfatta."

"Non so perché, ma ti credo," gli disse lei con voce pacata.

"Fai bene. Ti do la mia parola che non farò pressioni perché tu faccia sesso con me. Procederemo al ritmo che decidi tu. Se e quando arriveremo al punto di andare a letto insieme, vorrà dire che io sarò completamente preso dalla nostra relazione, che per me è una cosa seria. Sono troppo vecchio per essere interessato a fare sesso solo per avere un orgasmo."

Lei si leccò le labbra e lui ingoiò un gemito. Bull avrebbe voluto chinarsi e baciarla, più di ogni altra cosa. Ma le aveva appena promesso di rispettare i suoi tempi. Non voleva cominciare la relazione dando a Skylar l'impressione di essere uno che non mantiene la parola data.

"Quindi la vivremo giorno per giorno?" chiese lei.

"Assolutamente sì. So che lavori ogni giorno della settimana, ma vorrei vederti nei fine settimana, per quanto possibile. So anche che la domenica devi preparare le lezioni, ma magari posso stare con te mentre lo fai? E posso portarti le borse quando vai a fare le tue commissioni, se mi porti con te."

"Questo credo che mi piacerà," disse lei.

"Anche a me," ribatté lui. "Adesso probabilmente è ora che ti riporti a casa, così avrai modo di pensare a tutto quello che ci siamo detti. Sono un tipo intenso," le disse con onestà, "ma devi sapere che ti tratterò sempre con riguardo. Voglio vedere come si evolvono le cose tra di noi."

"Va bene, Carson, lo voglio anch'io."

Lui annuì e ritrasse malvolentieri la mano dal viso di Skylar. Poi indicò le scale. "Dopo di lei, mia signora."

Lei alzò gli occhi al cielo, ma lo precedette sulle scale e poi nello stanzone principale. Lì videro due autisti seduti sul divano che guardavano la TV. Eagle e Smoke erano in cucina, discutendo animatamente su quello che stavano facendo, qualsiasi cosa fosse. Di Gramps, nessuna traccia.

"Bull!" gridarono all'unisono Jose e Shane.

"Chi è la pupa?" chiese Shane.

"La mia ragazza, Skylar, e ti devo chiedere di essere educato, o mi toccherà darti una ripassata," gli rispose Bull.

Shane rise ma annuì cortesemente a Skylar. "Mi scusi, signorina."

"Oddio," ribatté Skylar. "Così mi fai sentire vecchia... Skylar andrà benissimo."

"Vai via subito? Prima di darci l'opportunità di conoscere la tua ragazza?" chiese Jose a Bull.

"Già, lei ha da fare," rispose lui.

"Forse tornerò e potremo giocare a ramino insieme," disse Skylar con un sorriso maligno.

"Oh... ti insegnerò tutti i trucchi e i segreti per vincere," disse Jose.

Eagle e Smoke, che lo sentirono dalla cucina, scoppiarono a ridere.

"Che c'è? Cosa ho detto?" protestò Jose.

"Ne sarò felice," disse Skylar, facendo del suo meglio per celare un sorriso, senza però riuscirci.

Bull la accompagnò alla porta. "Torno subito," disse ai suoi amici. "Dite a Leigh che può inserirmi nel turno quando torno."

"Sarà fatto," lo assicurò Eagle.

I due uscirono e raggiunsero l'auto di Bull; poco dopo erano per strada in direzione dell'appartamento di Skylar.

"Vai davvero d'accordo con i tuoi dipendenti, non è così?" gli chiese lei.

"Sì," rispose. "Mi piacciono. Lavorano sodo e sono tutte brave persone."

Lei tacque per tutto il resto del viaggio in macchina, ma il silenzio fu gradevole anziché imbarazzante. Bull parcheggiò e scese dall'auto per accompagnarla su per le scale, fino alla porta dell'appartamento.

Stavolta le vicine di casa non spuntarono fuori dalle loro porte, ma lui si chiese se li stessero comunque guardando.

"Sono stata bene," gli disse Skylar quando si fermò di fronte alla porta.

"Anch'io."

Lei lo fissò, mordicchiandosi nervosamente un labbro.

"Ti chiamo più tardi, se per te va bene," si offrì Bull.

Lei annuì. "Mi farebbe piacere."

"Buon proseguimento di giornata. Rilassati, goditi il tuo sabato," le disse.

"Lo farò."

Per quanto volesse abbracciarla forte e darle un bacio appassionato, Bull si forzò a chinarsi per baciarla con delicatezza sulle labbra. Fu un bacio casto e ci mancò poco che lui non gemesse quando lei subito dopo si leccò labbra, come per sentire il sapore che le aveva lasciato.

"Fai attenzione," le disse lui, con parole che sembrarono spuntare dal nulla. Poi si avviò, camminando all'indietro così da poter continuare a guardarla mentre si allontanava. Vide che lei non si muoveva e così aggiunse, facendo un cenno verso la porta ancora chiusa: "Entra a casa, dolcezza, così saprò che sei dentro, al sicuro."

Lei fece cenno di sì e aprì la porta. Si voltò verso di lui ancora una volta. "Ciao," gli disse.

"Ciao," ricambiò lui sollevando il mento. Poi si impose di girarsi e dirigersi verso le scale. Avrebbe voluto entrare a casa sua e continuare a chiacchierare con lei, per sapere dei suoi anni alle superiori, del rapporto che aveva con i suoi genitori, o per sentire altre storie dei suoi alunni... ma continuò a camminare. Avrebbe avuto tempo per tutto questo. O almeno così sperava.

Entrò in macchina e alzò gli occhi verso l'appartamento di Skylar. La porta era chiusa e lei non si vedeva più. Poi un messaggio fece vibrare il suo telefono. Prima di uscire dal parcheggio, controllò il messaggio.

Skylar**: Grazie per la grandiosa giornata. Non vedo l'ora di sentirti dopo.**

Era felice che lei non avesse esitato a scrivergli e che sembrasse non aver voglia di fare giochetti. E che da *appuntamento carino* fosse passata a *giornata grandiosa*. Le rispose subito.

Bull**: Miglior appuntamento di sempre.**

Bull**: Ti chiamo dopo.**

Bull**: Goditi il resto della giornata.**

Poi appoggiò il telefono sul sedile accanto a lui e sorrise. Skylar Reid era la cosa migliore che gli fosse mai successa... e avrebbe fatto tutto ciò che era in suo potere per convincerla di quel fatto.

CAPITOLO OTTO

Domenica sera Skylar era seduta sul suo divano, lo sguardo perso nel vuoto. Carson l'aveva chiamata la sera prima, come aveva detto che avrebbe fatto. Avevano parlato di nulla in particolare per circa un'ora. Poi l'aveva cercata ancora quel pomeriggio, con una videochiamata su FaceTime. Anche in quel caso, avevano solo chiacchierato del più e del meno, ma non c'era stato un solo momento in cui la conversazione le fosse parsa lenta o lei si fosse sentita impacciata.

In realtà, benché lo conoscesse solo da pochi giorni, era più a suo agio con Carson di quanto non lo fosse stata con uomini con cui era uscita per settimane. Lui sembrava interessato al suo lavoro a scuola, le chiedeva degli studenti e delle lezioni che stava preparando per la settimana. Avevano parlato di quando lui e i suoi amici della Silverstone sarebbero potuti andare alla scuola a mostrare i carroattrezzi. Più Skylar gli parlava, più lui le piaceva.

Quella mattina, mentre lei rientrava dopo essere stata a fare la spesa, Tiana e Maria l'avevano messa all'angolo, tempestandola di domande sull'uscita con Carson. Le avevano anche detto che a loro il ragazzo andava a genio. Non lo avevano conosciuto a fondo, ma dopo aver ascoltato il resoconto di Skylar dell'appuntamento, e soprattutto dell'episodio della mancia alla tavola calda, erano rimaste piacevolmente colpite.

Quando il telefono squillò, Skylar sobbalzò, improvvisamente sottratta ai suoi pensieri. Ridendo di sé stessa, lesse sullo schermo del telefonino il numero di casa dei suoi genitori.

"Ciao, mamma," salutò Skylar.

"Sai, poteva essere tuo padre," disse Dayana con una risatina.

"Mamma, da quando mi sono trasferita mi chiami ogni domenica sera. Sapevo che eri tu."

"È vero. Come stai? Hai passato un buon fine settimana?"

"Sto bene. Il fine settimana è stato grandioso," le disse Skylar, incapace di nascondere la contentezza.

"Sì? Che è successo?"

"Ho incontrato qualcuno."

"Qualcuno tipo... un ragazzo?" le chiese la madre.

Skylar fece una risatina. "Beh, sì. In realtà l'ho incontrato la settimana scorsa, quando sono rimasta a piedi sulla 465."

"Stai bene?" chiese Dayana preoccupata, dimenticando per un istante la faccenda del ragazzo.. "Che problema ha la tua auto? Perché non hai chiamato papà?"

"Mamma, sto bene. Papà ci avrebbe messo una vita ad arrivare qui e non avrebbe potuto farci nulla, comunque. Ho chiamato il carroattrezzi."

"Spero non si sia trattato di una di quelle ditte poco raccomandabili," disse la madre con tono circospetto. "Dov'è ora la tua macchina? Te ne serve una finché non l'hanno riparata?"

"La ditta non era poco raccomandabile e l'auto è già stata riparata."

"Davvero? Che problema c'era?"

Skylar non voleva ammettere di non saperlo. Quando Carson le aveva riportato l'auto alla scuola, non le aveva detto nulla di specifico riguardo alle riparazioni. Poi, quando aveva chiamato Stan per saldare il conto, lui le aveva chiesto una somma misera, che lei sapeva non poter essere corretta. Lei gli aveva chiesto ulteriori spiegazioni, ma lui si era messo a parlare di filtri d'aria intasati e altre questioni tecniche di cui lei non aveva idea. Alla fine le era sembrato più facile ringraziarlo, pagarlo e non pensarci più.

"Niente di serio," rispose. "Ma l'uomo che ho incontrato è uno dei proprietari della ditta di carroattrezzi che ho chiamato. È quello che è venuto a caricare la mia macchina."

"Davvero? Dimmi di più," la incoraggiò Dayana.

Skylar ridacchiò. "Si chiama Carson e la sua ditta è la Assistenza Silverstone. È alto con i capelli scuri, è stato nell'esercito ed è molto generoso con le mance."

"Mmmh... sembra un tipo interessante, ma ti tratta bene?"

"Sì," le rispose Skylar. "In effetti sono quasi preoccupata che sia *troppo* carino con me."

"In che senso?"

"Non so... voglio dire, siamo usciti insieme solo una volta per il momento, ieri a pranzo. Ma alla Silverstone sembra piacere molto a tutti ed è molto rispettato. Ho conosciuto i suoi amici, che sono anche i suoi soci d'affari, anche loro sono stati molto gentili con me. Grazie a papà, li ho stracciati a ramino e loro non se la sono nemmeno presa. Ho avuto l'impressione che trovassero esilarante il fatto che io sia così brava a giocare. Comunque sia... con Carson sono solo uscita a pranzo, ma... mamma... in tutti e due è scattato qualcosa, davvero."

"Gli hai parlato dopo che siete usciti?"

"Sì. Mi ha chiamato ieri sera e oggi ci siamo visti su FaceTime." La madre tacque così a lungo che Skylar pensò che fosse caduta la linea. "Mamma?"

"Ci sono," disse Dayana.

"A cosa pensi?"

"Penso che *tu* pensi troppo a questo ragazzo. Non devi decidere se sposarlo o meno così, subito. Uscite, divertitevi, vedete come procedono le cose."

"E se mi fa soffrire?"

"E se ti fa soffrire? Skylar, sei adulta. Il fatto che un ragazzo in passato ti abbia fatto soffrire non significa che succederà di nuovo. Sei abbastanza grande da dirgli se e quando esagera o fa qualcosa che non ti piace. Sai anche tu che un po' di sofferenza è inevitabile anche nelle relazioni più felici. Il punto fondamentale è il modo in cui ti ci relazioni. E non sto parlando di sofferenza fisica. Se questo Carson ti dovesse fare anche solo un graffio, dovresti gettarlo via come una patata bollente. Ma se il dolore è causato da problemi di comunicazione o di comprensione, allora dovrete parlarne da adulti."

"Sei stranamente incoraggiante," osservò Skylar. "In passato, quando sono uscita con degli uomini, mi hai sempre messo in guardia, raccomandandoti che ci andassi piano, che non cercassi una relazione solo perché mi sentivo sola o perché tutti intorno a me erano già sposati."

"È vero," Dayana disse a sua figlia. "Ma questo tipo è diverso."

Skylar le chiese stupita: "E tu come lo sai?"

"Lo sento nella tua voce," le rispose la madre con certezza. "Non è la prima volta che un uomo ti chiama dopo un appuntamento, ma la cosa ti seccava. Pensavi che stessero bruciando le tappe. Pensavi che ci eri uscita solo una volta e non eri sicura di volerli rivedere. Questo Carson ti ha già chiamato due volte, ma non sei seccata, anzi, sei elettrizzata."

"È vero," ammise Skylar.

"Cosa lo rende diverso?"

Lei pensò per un istante alla domanda della madre, poi sospirò. "È difficile da dire. Lui sembra... incerto. So che suona strano, perché decisamente non è incerto riguardo al desiderio di uscire con me. Credo che se avessimo fatto come voleva lui, già indosserei la giacca con le sue iniziali e avrei al dito il suo anello."

La madre ridacchiò, lasciando proseguire Skylar. "È semplicemente una cosa che sento: lui vuole stare con me, ma c'è qualcosa che lo trattiene, come se per qualche ragione non si sentisse degno di me, o qualcosa del genere. Non lo so.

"E cos'è invece che *sai* di lui?" chiese la madre.

"Sua madre l'ha abbandonato quando era piccolo e suo padre è morto quando aveva sedici anni. Dopo le superiori si è arruolato nell'esercito, dove ha conosciuto i suoi amici. Ne sono usciti tutti insieme e hanno aperto l'Assistenza Silverstone. Mi sembra che uno dei suoi amici abbia ereditato un bel gruzzolo ed è così che sono riusciti ad avviare l'attività. Ma, mamma, dovresti vedere che posto... L'esterno è bruttissimo, l'edificio è malmesso, si direbbe un'attività prossima al fallimento. Ma dentro è davvero bello. E intendo *davvero*. Cucina completa di tutto, videogame per i dipendenti, camere da letto... e tutti i dipendenti con cui ho parlato sembravano molto felici di lavorare lì. Credo proprio sia grazie a Carson, ai suoi amici e al modo in cui mandano avanti l'attività. È impressionante."

"Lui è mai stato sposato? Ha dei figli?"

"Mi ha detto che non si è mai sposato; per quanto riguarda i figli, penso di no, ma non so, abbiamo appena cominciato a conoscerci," rispose Skylar un po' sulla difensiva.

"Non stavo criticando," puntualizzò sua madre con gentilezza. "Sai che io e papà vogliamo che tu sia felice, e questo ragazzo sembra adorabile. Sai anche che non sarei la tua mamma se non ti dicessi che devi essere sicura di aver capito com'è lui nel profondo, prima di prendere per buono quello che vedi in superficie. Sarà anche muscoloso e attraente, ma se nasconde un cuore nero, non importa quanto sia carino."

"Lo so," disse Skylar. E lo sapeva. Stimava l'opinione di sua madre più di quella di chiunque altro.

"Ce lo presenterai?" chiese Dayana, sorprendendola.

"Wow, dici sul serio?"

"Sì. Non ti ho mai sentita così emozionata dopo aver conosciuto un uomo. Se Carson ha fatto così colpo su di te dopo un solo appuntamento, allora io e papà vogliamo conoscerlo il prima possibile."

"Mi piacerebbe venire con lui a cena da voi fra qualche tempo, ma non so ancora quando."

"Lui lavora molto?"

Skylar ci pensò su. Non era nemmeno sicura di *questo*. Sì, era venuto a soccorrerla lui quando lei aveva chiamato la Silverstone, ma l'impressione che si era fatta era che Carson e i suoi amici lavorassero quando volevano, senza orari prestabiliti. "Non lo so per certo. Voglio dire... credo di sì, visto che è uno dei proprietari."

"Ok. Beh, se ha un fine settimana libero, basta che ce lo fai sapere e saremo felici di invitarvi a pranzo o a cena."

"Grazie, mamma."

"Figurati. Ti vogliamo bene e vogliamo solo il meglio per te. E se Carson è il meglio, allora saremo elettrizzati anche noi. Ora... Come va al lavoro? Come stanno i tuoi adorabili alunni?"

Per i venti minuti o giù di lì che seguirono, Skylar aggiornò sua madre su come procedevano le cose a scuola. Le disse che la situazione di Sandra non era cambiata. Per mantenere la famiglia, il padre lavorava ancora moltissime ore al giorno, quindi la piccola doveva sempre restare a scuola fino a tardi, in attesa che lui la venisse a prendere. Il doposcuola finiva alle cinque e Skylar faceva compagnia a Sandra nell'area giochi finché non arrivava Shawn, di solito non prima delle cinque e mezza.

Le disse che nel negozio dell'usato Goodwill aveva

trovato due magliette abbinate e le aveva regalate a Chad e Brodie e che i due erano orgogliosi di indossarle perché pensavano che dimostrassero che erano gemelli. Le disse che Kailani aveva insegnato a tutti alcuni passi base della danza *hula* che aveva imparato alle Hawaii e che Zahir stava imparando a leggere così velocemente che secondo lei sarebbe diventato il miglior lettore della classe entro la fine dell'anno scolastico.

"Sono davvero felice che tu abbia trovato la tua vocazione," disse la madre quando Skylar ebbe finito i racconti sugli alunni. "È evidente che non sei solo brava in quello che fai, ma lo ami anche."

"È vero," disse Skylar. "A quell'età i bambini sono tutti innocenti. Non sono stupida, so che gli episodi di bullismo si verificano sempre prima, ma almeno nella mia classe non ce ne sono, quest'anno. Adoro vedere Gwen che aiuta Zahir a colorare e la settimana scorsa sono stata molto fiera di me quando Cedric ha confortato Marisol dopo che lei era caduta giocando. Vorrei che restassero innocenti per sempre."

"Anche io volevo che tu restassi innocente," disse la madre.

"Sono abbastanza sicura che Carson pensi che io sia ancora assolutamente ingenua," ribatté Skylar. "Deve averne viste di tutti i colori quando era nell'esercito e credo abbia sofferto molto per essere rimasto senza genitori così presto."

"Siamo tornate a parlare di Carson, eh?" Dayana disse ridacchiando.

"Oh, mi dispiace..." rispose Skylar timidamente.

"E perché? Mi piace sentire quanto ti emoziona. Se sei un po' ingenua è perché sei cresciuta dove e come sei cresciuta: senza problemi di soldi, con il cibo sempre in tavola e un tetto sempre sopra la testa. Ma a me non dispiace. Se Carson è l'uomo giusto, farà tutto quello che può per preservare lo guardo roseo con cui guardi mondo."

"So che il mondo può essere un brutto posto," protestò Skylar. "Lo vedo ogni giorno con i miei alunni."

"Lo vedi, ma non lo vivi," disse Dayana. "C'è una differenza."

"Lo so, mamma," ribatté Skylar irritata.

"Sto solo dicendo che sono felice che Carson capisca chi sei. Adoro il fatto che tu riesca a vedere il bello che c'è nelle persone, che tu sia in grado di provare compassione per il prossimo. Hai un cuore buono. Da sempre."

Skylar sapeva che sua madre aveva ragione. Si commuoveva sempre quando vedeva famiglie di senzatetto che mendicavano. A volte faceva volontariato presso un centro di accoglienza in centro, ma il fatto che non potesse fare di più per quelle persone la deprimeva. Cercava di dare mance generose, quando poteva, e non esitava mai a dare il suo tempo per aiutare gli altri... come faceva con gli Archer, per esempio. Credeva fermamente nel karma, nell'idea che chi si impegna seriamente verrà premiato, mentre chi ferisce gli altri avrà la punizione che si merita, un giorno o l'altro. "Ti voglio bene, mamma."

"Anch'io, Sky. Tienimi aggiornata sul tuo giovanotto, ok?"

"Lo farò. Di' a papà che gli voglio bene."

"Contaci. So che devi preparare le lezioni, visto che è domenica, quindi ti lascerò andare. Passa una bella settimana."

"Anche tu."

"Ciao."

"Ciao." Skylar chiuse la chiamata e fissò il vuoto per qualche minuto. Parlare con sua madre la faceva sempre sentire bene riguardo a quello che le succedeva nella vita.

Fece un profondo respiro e allungò un braccio per prendere il suo computer portatile, poi se lo mise sulle ginocchia. Doveva mettersi al lavoro per definire il piano lezioni per la settimana. Non riusciva mai a rispettare i piani lezione che preparava... e come avrebbe potuto, con quattordici bambini in età da asilo da gestire? Ma senza un piano, il caos tendeva a prendere il sopravvento. Così aveva imparato a fare il possibile per pianificare ogni giornata di lezione, per poi cercare di rispettare il programma.

Pensando al prossimo futuro, Skylar decise di chiedere ai colleghi se nella settimana successiva volessero concentrarsi sui camion. Avrebbero avuto tempo a sufficienza per procurarsi i libri da far guardare agli alunni, per preparare dei cartelloni e in generale per trasformare le classi in rimesse per camion. Il giorno dopo avrebbe parlato a tutti per sapere cosa ne pensavano, dopodiché avrebbe chiamato Carson per sapere la sua disponibilità.

Più pensava ai grandi carroattrezzi che arrivavano a Eastlake, più l'idea la entusiasmava. I bambini, i più piccoli come i più grandi, si sarebbero divertiti un mondo. E anche lei. Avrebbe visto Carson durante la settimana.

Godendosi quel senso di attesa e sperando che la sua promettente relazione con Carson funzionasse, Skylar si volse al computer per concentrarsi sul piano lezioni.

———

Il mattino seguente, Bull era seduto nel bunker con i suoi amici.

"Ci piace," disse Eagle andando dritto al sodo.

Bull non sentiva il bisogno dell'approvazione dei suoi amici, ma non poté non essere sollevato nel riceverla.

"La ragazza ha fegato," osservò Smoke.

"Capisco cosa intendevi quando parlavi della sua ingenuità," aggiunse Gramps. "E non lo dico in senso negativo."

"Lo so," lo rassicurò Bull.

"Intendo che è davvero una boccata d'aria fresca. Le sue emozioni sono visibili sul suo viso, pronte per essere lette. Era incerta riguardo al fatto di incontrarci, ma nonostante ciò è stata amichevole e aperta. E non sembrava guardare dall'alto al basso questo posto perché ci lavorano delle persone semplici, gente comune," continuò Gramps.

"Beh, non avete visto la sua reazione quando è arrivata all'esterno..." disse Bull con una risatina. "Il lavoro di mimetizzazione sembra aver funzionato."

"A proposito, le erbacce stanno sfuggendo al nostro controllo," si lamentò Smoke.

"Per non parlare del fatto che il posto era un casino quando siamo arrivati questa mattina," aggiunse Eagle. "Ieri sera nessuno ha lavato i piatti e la puzza che veniva dal bidone dell'immondizia si sentiva da un chilometro. Qualcuno ha mangiato cinese e non ha finito il cibo. I gamberi nel bidone puzzavano da morire quando sono entrato."

"Perché poi qualcuno ha comprato del cibo da asporto quando abbiamo un frigorifero pieno zeppo di roba da mangiare?" chiese Smoke.

"Beh... abbiamo fatto la spesa la settimana scorsa, ma a quanto pare noi e i dipendenti ci siamo mangiati quasi tutto; le scorte vanno esaurendosi," spiegò Gramps.

Bull era lieto che non stessero più parlando di Skylar; ce l'aveva in mente quasi tutto il tempo, ma comunque non voleva che i suoi amici si mettessero ad analizzare la loro relazione.

"Cazzo, io odio andare a fare la spesa," disse Eagle.

"Forse ho una soluzione per la mancanza di cibo, le erbacce fuori controllo *e* il disordine che c'è in giro," disse Bull.

Improvvisamente si sentì addosso le tre paia di occhi.

"Sì?" Eagle lo incoraggiò a continuare, evidentemente interessato.

Bull spiegò loro cosa aveva in mente e meno di dieci minuti dopo i quattro avevano elaborato un piano. Bull si sarebbe attivato subito e Eagle si sarebbe messo al computer a fare qualche ricerca.

Decisero di posticipare al pomeriggio la loro consueta riunione. Nel frattempo, Gramps e Smoke avrebbero pulito le aree comuni e cominciato a lavare le lenzuola di tutte le camere da letto. Con un po' di riluttanza, Eagle si offrse di fare un salto al supermercato per rifornire la dispensa e il frigorifero, mentre Bull si sarebbe occupato di accertarsi che in ogni camion ci fosse la borsa con i giochi per i bambini, che i sedili non avessero problemi e che in ogni mezzo ci fosse liquido tergicristalli a sufficienza.

Mentre Bull usciva, la sua mente corse a Skylar ancora una volta... contro la sua volontà. L'aveva chiamata due volte durante il fine settimana; per un uomo che non parlava mai al telefono, gli era piaciuto starsene seduto a chiacchierare con lei.

Skylar era divertente. Sveglia. E lo faceva sentire una persona normale.

Bull sapeva di non essere *mai* stato normale. Riusciva a fingere bene, aveva imparato a farlo nelle Delta Force e di certo aveva affinato la tecnica nei cinque anni trascorsi da quando era uscito dall'esercito. Ma lui e i suoi amici erano sempre pronti a lasciarsi la normalità alle spalle.

Sapeva bene che durante la settimana Skylar non poteva pranzare o anche solo parlare con lui, ma questo non significava che lui dovesse evitare di farle sapere che la pensava. Più rifletteva, più l'idea lo stuzzicava.

Prima di concentrarsi sui camion, decise di darle un colpo di telefono.

Durante la pausa pranzo avrebbe avuto tempo a sufficienza per passare a Eastlake e lasciarle un piccolo regalo, prima di tornare al lavoro alla Silverstone. Inoltre, nel caso avesse fatto un po' tardi, a Eagle e agli altri non sarebbe importato. La flessibilità era una delle cose che apprezzava di più dell'avere la propria attività.

———

Skylar aveva appena portato i suoi alunni nell'aula di musica e aveva trenta minuti per sé. Stava per tornare nella sua classe, per godersi un po' di pace e tranquillità, quando la segretaria la raggiunse nel corridoio. "C'è stata una consegna per te, è in ufficio."

Skylar arricciò il naso. "Sei sicura?"

"Sì. È sulla mia scrivania. Io scappo per un pranzo veloce."

Skylar la ringraziò e andò nella direzione opposta, verso l'ufficio all'entrata.

"Ah, già... Skylar?"

Lei si girò. "Sì?"

"L'ha portata uno che aveva l'aria di un angelo custode."

Dopodiché, la segretaria si affrettò verso la sala del personale.

Sentendo le farfalle nello stomaco, Skylar proseguì verso l'ufficio. Vide il pacco appena aprì la porta. Sulla scrivania c'era una borsa di carta marrone con su scritto il suo nome a grandi lettere. Si avvicinò e anziché guardare dentro, staccò la piccola busta che era stata fissata alla borsa con una puntatrice e la aprì.

Ho pensato che questo forse ti aiuterà a stimolare la curiosità dei tuoi alunni verso i camion.

-Bull

Dopo l'indizio datole dalla segretaria, si era immaginata che il mittente fosse Carson e non si era sbagliata. Ma non le aveva portato il pranzo o un piccolo dono, come lei aveva pensato. Aprì la borsa e le si inumidirono gli occhi.

Tirò fuori uno dei biscotti avvolti nel cellophane. Era decorato con zucchero di colori accesi e aveva la forma di un carroattrezzi. Chiunque fosse l'artefice di quei biscotti, aveva fatto un ottimo lavoro, non avrebbero potuto essere più realistici di così.

Carson aveva portato un regalo per i suoi *alunni*, non per lei.

Niente avrebbe potuto conquistarla di più.

Rimise il biscotto nella borsa e la portò in classe, maneggiandola con cura, come se contenesse gioielli.

Carson non sapeva che Ignazio era celiaco e non poteva mangiare nulla che contenesse glutine. O che Karlee era diabetica. Aveva solo cercato di fare un gesto carino per lei... e per i suoi alunni. In passato, Skylar aveva avuto ragazzi che le avevano regalato dei fiori. Uno le aveva comprato una collana. Ma nessun regalo aveva lo stesso significato delle due dozzine di biscotti nella semplice borsa di carta marrone che lei teneva tra le mani in quel momento.

Nella mattinata, Skylar aveva parlato agli altri insegnanti e l'idea della settimana dei camion era piaciuta molto a tutti. Avrebbe solo dovuto organizzarsi con le stazioni dei pompieri e della polizia che erano nelle vicinanze, per vedere se potevano venire a scuola la settimana successiva; tutto sarebbe stato perfetto.

Avrebbe introdotto l'argomento agli alunni, con tanto di biscotti a forma di carroattrezzi. Questo implicava che quel pomeriggio sarebbero stati più vivaci del solito, ma a Skylar non importava.

Sistemò i biscotti sui banchi, attingendo alla sua scorta per metterne uno senza glutine per Ignacio e uno a basso contenuto di zuccheri per Karlee. Aspettando, guardava l'orologio con impazienza. I bambini stavano per rientrare in classe e Skylar non riusciva a smettere di sorridere.

Bull stava studiando la scheda informativa del Dipartimento di giustizia su Jehad Serwan Mostafa, quando il suo telefono squillò. Anche Eagle, Smoke e Gramps stavano cercando informazioni su Mostafa, un cittadino americano arruolatosi in un'organizzazione terroristica attiva in Somalia. Era cresciuto a San Diego, ma si era unito ad Al-Shabaab dopo che il suo credo islamico si era radicalizzato.

Secondo le segnalazioni, Mostafa era stato identificato e viveva in una piccola città in Kenya. A causa del suo coinvolgimento con Al-Shabaab, era finito sulla lista dei dieci criminali più ricercati dall'FBI. Aveva preso parte attivamente ad atti terroristici; se nessuno lo avesse fermato, avrebbe continuato ad agire indisturbato. Se alle ultime informazioni che i ragazzi avevano ricevuto fosse seguita la fase di pianificazione vera e propria, era probabile che la Silverstone sarebbe stata mandata a eliminarlo in un futuro prossimo.

Ma quando Bull vide il nome di Skylar sullo schermo del suo telefonino, tutti i pensieri sul prossimo bersaglio vennero spazzati via dalla sua mente.

"Va tutto bene?" chiese lui invece di salutarla.

"Grazie," esordì subito Skylar. "Il tuo regalo è bellissimo."

Bull fece quel che poteva per rallentare il battito del suo cuore. Non avrebbe dovuto agitarsi così, quando aveva visto la chiamata di Skylar, ma per qualche ragione era in allarme. "Prego."

"Dico sul serio. Non avevo pianificato di dire subito ai bimbi della settimana dei camion, ma i biscotti sono stati un ottimo modo di introdurre l'argomento e stimolare il loro interesse."

"Bene. Non molto tempo fa abbiamo soccorso una signora che gestisce un negozio di dolciumi e ho pensato che potesse preparare qualche biscotto a forma di carroattrezzi. Mi ha fatto un grande sconto, visto che era la prima volta che li preparava; ma a mio parere è stata proprio brava."

"Erano perfetti," gli disse lei dolcemente.

"Dove sei adesso?" chiese Carson guardando l'orologio. Erano le sei e un quarto. Non si era reso conto che lui e i ragazzi avevano trascorso così tanto tempo nel bunker, concentrati sulle informazioni che avevano ricevuto su Mostafa.

"Sono ancora a scuola. Per la precisione, sto guardando Sandra che si diverte nell'area giochi. Suo padre ha chiamato per dire che oggi farà persino più tardi del solito; era a una riunione che è durata più del previsto e ora sta cercando di finire un lavoro di giardinaggio."

Bull sentì una fitta di senso di colpa, che quasi gli fece confessare come erano davvero andate le cose nel pomeriggio; ma decise di non rivelare nulla finché la faccenda non avrebbe potuto dirsi conclusa. "Mi dispiace che tu sia ancora a scuola."

"Fa parte del mio lavoro," disse lei, senza sembrare nemmeno minimamente seccata. E Bull si rese conto che in effetti non era seccata. A lei davvero non dispiaceva restare a scuola dopo l'orario di lavoro per assicurarsi che uno dei suoi alunni fosse al sicuro.

"Ho finito di preparare le lezioni mentre Sandra era al doposcuola. Non mi pesa farle compagnia per un po' dopo le cinque. Ti ho chiamato per ringraziarti. Non dovevi."

"Lo so. Ma volevo," disse Bull.

"E hai fatto colpo sulla segretaria," aggiunse Skylar.

"Non abbiamo parlato molto," ammise lui. "Ha guardato nella borsa per accertarsi che non ci fosse nulla di pericoloso... Per il resto, le ho detto che era per te e lei mi ha assicurato che te l'avrebbe fatto avere. Fine."

"Beh, non succede tutti i giorni che qualcuno porti a scuola un regalo per tutta una classe. Voglio dire... qualcuno che non sia un parente di un alunno."

"I bimbi sono importanti per te," disse Bull, "quindi lo sono anche per me."

Lei tacque per un lungo momento.

"Sky?"

"Ci sono. È solo che... mi spaventi a morte, Bull."

Bull alzò gli occhi e vide che i suoi amici lo stavano guardando, senza nemmeno fingere di lasciargli il suo spazio. Uno del gruppo che faceva sul serio con una ragazza *era* una novità... per tutti e quattro.

"Non hai nulla da temere con me," le disse in tutta sincerità.

"Lo so." Lei emise un suono a metà tra una sbuffata e una risatina. "A parte che mi spezzerai il cuore quando ti stancherai del fatto che lavoro così tanto e faccio da spalla a un manipolo di bimbi di cinque anni."

"Anch'io lavoro," le ricordò. "E non riesco a trovare le parole per dirti quanto sono colpito dalla tua determinazione nel fare in modo che la vita di quei bimbi cominci bene. Il più delle volte, ciò che una persona diventa dipende molto da com'è la sua infanzia. E con te dalla loro parte, i tuoi alunni hanno davanti agli occhi un esempio dannatamente buono."

"Grazie, Carson."

"Prego. So che ora sei impegnata a tenere d'occhio Sandra e probabilmente Archer verrà presto a prenderla. Guida con prudenza e fammi sapere quando arrivi a casa, ok?"

"D'accordo."

"Ti va di parlare un po' stasera?" non riuscì a fare a meno di chiederle. "Non ti terrò sveglia fino a tardi. Voglio solo parlare, chiacchierare ancora un po'."

"Mi farebbe piacere," gli disse lei. "Di solito vado a letto verso le nove e mezza, quindi... forse possiamo sentirci sulle nove?"

Bull fece del suo meglio per non pensare a Skylar in un letto. "Perfetto. A dopo, allora."

"Ok. Ciao, Carson."

"Ciao, dolcezza."

"Mossa scaltra," commentò Smoke appena Bull chiuse la telefonata.

"Biscotti per gli alunni. Dannazione... sai come muoverti, fratello," aggiunse Eagle con un sorriso compiaciuto.

"Fottetevi," ribatté Bull a entrambi.

"Che altro hai pianificato?" chiese Gramps.

Bull non fu sorpreso dalla domanda dell'amico. Gramps gli era sempre parso uno che pensava in anticipo; inoltre, conosceva Bull meglio di quanto lui stesso non conoscesse se stesso. "Oh, un po' di quello, un po' di questo..."

"Cazzo, dovrei prendere appunti," disse Eagle. "Io probabilmente mi sarei limitato a mandare fiori o cose del genere."

"Volevo fare qualcosa di diverso."

"Lei sa di Archer?" chiese Smoke.

Bull scosse la testa. "Non voglio creare aspettative prima che la cosa sia certa."

"Ma lui sembrava interessato quando oggi gli hai parlato, vero?" chiese Gramps.

"Oh, sì. Specialmente quando gli ho detto che qui lavorerebbe otto ore al giorno e quaranta ore a settimana, per uno stipendio che è il doppio di quello che prende adesso facendo tre lavori; *più* i benefici aggiuntivi. È decisamente interessato. Oggi ha firmato le carte per il controllo dei precedenti e mi ha detto che è pulito. Io gli credo. Nessuno che abbia problemi di droga o che si ubriachi regolarmente può passare tutto il tempo a lavorare sodo come fa lui."

"Con un po' di pazienza sapremo l'esito del controllo sui precedenti e avremo le risposte alle domande che abbiamo fatto ai suoi attuali datori di lavoro," disse Smoke.

"Vero," confermò Bull. "In effetti lui ha chiesto di poter continuare per un po' con i lavori che ha. Vuole licenziarsi dando un buon preavviso, così da non piantare in asso nessuno, soprattutto quelli della tavola calda. Sembrava molto preoccupato di lasciare quel posto senza un cuoco per le colazioni."

"Capacità di lavorare sodo e lealtà. È una buona combinazione," osservò Gramps.

"L'ho pensato anch'io," disse Bull. Gli ho detto che per noi non è un problema, che può continuare i suoi lavori finché non gli hanno trovato un rimpiazzo, anche se ci vorrà un po' di tempo. Gli ho anche detto che può passare di qui quando vuole: anche se non è ufficialmente assunto, fa già parte della famiglia Assistenza Silverstone. Decideremo sugli orari che farà quando sarà pronto per essere assunto"

"Skylar vorrà dirti un grazie *molto* personale per aver assunto il padre della sua alunna," disse Eagle muovendo le sopracciglia su e giù in modo allusivo.

"Non lo faccio per entrare nelle sue grazie," puntualizzò Bull. "Lo faccio perché è la cosa giusta da fare: per la Silverstone, per Archer *e* per sua figlia. Non dovrebbe passare tutto quel tempo da sola. Skylar mi ha detto che il padre la sveglia alle tre e mezza di notte, quando lui va a lavorare alla tavola calda, per portarla a dormire dalla loro vicina, che poi la risveglia più tardi e la prepara in tempo per prendere lo scuolabus. La piccola non vede mai suo padre e questo semplicemente non è giusto."

"Sono d'accordo," disse Smoke. "Penso anche che sia una buona idea dirlo a Skylar solo a cose fatte."

Bull annuì. Sapeva che era una buona idea. E non aveva mentito quando aveva detto che non voleva aiutare Archer per entrare nelle grazie di Skylar... o nelle sue mutande.

"Non so a voi, ragazzi," disse Gramps, "ma a me viene una gran rabbia a leggere questa roba. Le informazioni su Mostafa sembrano corrette."

"Mi fa incazzare che sia cresciuto qui negli Stati Uniti, sia andato al college a San Diego e *ora* stia istruendo terroristi su come ammazzare americani," sbottò Eagle con un certo disgusto.

"Ed è assurdo che sia invischiato in brutte faccende anche laggiù: cospira con altri gruppi terroristici ed è stato ripreso in quel video che è stato divulgato, dov'è in un campo di addestramento e fa allegramente esplodere i suoi connazionali," aggiunse Smoke.

"Quindi siamo tutti d'accordo che va eliminato?" chiese Bull.

Gli altri tre annuirono.

"Parlerò con Willis," disse Gramps. "Vediamo cos'altro può procurarci. Se dobbiamo andare in Africa a scovare il bastardo, abbiamo bisogno di molte più informazioni. Non possiamo ritrovarci là a vagare senza una meta precisa. Andare e tornare; è il motto di questa missione."

"Non è lo scopo di ogni missione?" chiese Eagle con un largo sorriso.

"Già, ma sai cosa intendo," rispose Gramps, ricambiando con un ghigno.

"Io lo so. E non c'è nient'altro che possiamo fare stasera. Andiamocene a casa e riparliamone domani pomeriggio, dopo che Gramps ha contattato Willis," suggerì Smoke.

Alzandosi in piedi, Bull si portò una mano sulla parte bassa della schiena e si piegò indietro, con un lamento. Era rimasto seduto a lungo e il suo corpo glielo stava comunicando.

Salutò gli amici e si diresse verso le scale. Più tardi avrebbe parlato con Skylar e non vedeva l'ora. Sperava che sarebbe stato l'inizio di un'abitudine, per loro. Non poteva immaginare nulla di più bello che sentire la voce di lei prima di addormentarsi.

———

Jay Ricketts era immobile, nascosto tra i fitti arbusti che circondavano il parcheggio della scuola elementare di Eastlake. Non temeva di essere scoperto. Indossava maglietta e pantaloni mimetici. Inoltre, erano ormai due settimane che si appostava vicino all'area giochi della scuola e nessuno l'aveva mai notato.

Sapeva che non avrebbe dovuto essere lì, ma non poteva farci niente. Fissava la maestra con i capelli rossi che ogni giorno era nell'area giochi con la bambina di colore. La donna aveva appena chiuso una telefonata e riposto il telefonino nella borsa; ora stava spingendo la bambina sull'altalena. Entrambe ridevano e di fronte a quella scena Jay provava quasi un dolore al petto.

Non riusciva a distogliere lo sguardo da quella creatura bellissima.

Era da molto tempo che lui non provava qualcosa del genere per una femmina e lei aveva colpito la sua attenzione quando l'aveva vista un giorno camminare nei pressi della scuola. Era così carina che lo aveva quasi ipnotizzato. Poi l'aveva sentita ridere... ed era bastato.

La voleva.

E Jay si prendeva sempre quello che voleva. Era solo una questione di spiarla e aspettare il momento giusto.

La donna guardò il suo orologio e smise di spingere la bambina. Entrambe si incamminarono verso l'entrata della scuola; anche Jay guardò l'orologio, poi lentamente tirò fuori da una tasca il taccuino che aveva sempre con sé e annotò l'orario.

Di solito le due lasciavano l'area giochi prima. Lui corrucciò il viso. Non gli piacevano i cambi di programma.

Nel parcheggio c'erano solo un paio di macchine e Jay riusciva a vedere senza problemi il cancello dietro all'area giochi. Era rotto. Una notte, era venuto alla scuola alle due e aveva fatto in modo che il cancello si aprisse facilmente senza sembrare manomesso. Aveva forzato il meccanismo della serratura, di modo che il cancello rimanesse accostato senza però essere chiuso.

Il piano doveva essere perfetto e tutto doveva essere calcolato fin nei minimi dettagli, se voleva che lei fosse sua.

Ma il fatto che quella sera si fossero trattenute nell'area giochi un'ora in più del solito lo innervosiva. Doveva essere *sicuro* riguardo alla tempistica. Se doveva rapirla, doveva prendere in considerazione tutte le variabili. Non sarebbe tornato in prigione. Non sarebbe sopravvissuto a un altro periodo chiuso in gabbia. Doveva essere più sveglio degli sbirri, più sveglio di chiunque altro.

Jay rimase esattamente dov'era finché la maestrina non uscì dalla scuola per raggiungere il parcheggio. La osservò guardarsi intorno per assicurarsi che non ci fosse nulla che potesse rappresentare un pericolo. Lei non poteva nemmeno immaginare che lui fosse lì a pochi passi da lei e che, se avesse voluto, avrebbe potuto immobilizzarla nel giro di pochi secondi.

Ma non era il momento giusto. Non ancora.

La donna aprì con il telecomando la sua vecchia Corolla e ci entrò.

Jay aspettò che la macchina fosse sparita da un po' prima di uscire dal suo nascondiglio. Attraversò il piccolo boschetto che portava alla fila di villette a schiera abbandonate, tra cui c'era quella dove si era momentaneamente stabilito. Il suo piano era di portare lì la preda, restare nascosto per un paio di giorni e poi tagliare la corda con la sua nuova sposa.

Gli si contrasse il pene nelle mutande e Jay sorrise.

Facendo attenzione che nessuno lo vedesse, si abbassò per passare sotto l'asse inchiodata alla porta di quella che era diventata la sua dimora temporanea. Evitò le ragnatele che si estendevano nelle stanze al piano terra e raggiunse il seminterrato.

Aveva trovato tra l'immondizia un materasso che non sembrava troppo malridotto e lo aveva portato lì. Controllò le catene che aveva fissato al pavimento e fu soddisfatto quando vide che non cedevano. Le manette sarebbero servite per le caviglie, in modo tale da farla completamente prigioniera. Sarebbe stata sua e ne avrebbe fatto tutto ciò che voleva.

Sdraiato sul materasso che era destinato a rendere la prigionia della sua vittima più confortevole, Jay lasciò che la sua mano gli scivolasse sul pube. L'ultima luce del tramonto penetrava nella stanza dalla piccola finestra che si apriva alta sul muro; lui chiuse gli occhi e cominciò a fantasticare sulla femmina che sarebbe diventata sua.

"Presto," gemette Jay mentre si preparava a godere.

CAPITOLO NOVE

Due settimane. Tanto era passato dal loro primo appuntamento. A Skylar non sembrava vero che fossero trascorsi solo quattordici giorni. Le pareva di conoscere Carson da una vita, probabilmente perché, da quando lui l'aveva portata a pranzo alla tavola calda e le aveva fatto fare il giro della Assistenza Silverstone, avevano parlato ogni giorno.

A volte chiacchieravano solo per una decina di minuti, ma spesso restavano al telefono per almeno un'ora. Lui di solito la chiamava quando lei stava tornando a casa dopo il lavoro, poi continuavano a parlare mentre lei cucinava e cenava, mentre decideva cosa indossare il giorno seguente e anche dopo che si era messa sul divano. Di tanto in tanto la richiamava anche dopo che lei aveva rivisto la lezione programmata per il giorno seguente o persino quando si era già coricata.

Le telefonate quando era già a letto erano quelle che le piacevano di più. Le sembrava che ci fosse qualcosa di molto intimo nel parlargli mentre era raggomitolata sotto le coperte. Una sera, Carson le aveva chiesto di fare una video-chiamata e lei, per quanto all'inizio fosse riluttante, si era lasciata convincere. Aveva usato il cuscino in più come sostegno per il telefono e alla fine si era addormentata mentre stavano ancora parlando. Un'ora più tardi, quando si era svegliata, aveva trovato Carson ancora collegato: l'aveva guardata dormire.

Skylar sapeva che chiunque l'avrebbe ritenuta una cosa inquietante, ma lei non si era sentita a disagio nemmeno un po'. Quando si era svegliata, lui le aveva detto: "Fatico a credere che sia possibile, ma quando dormi sembri ancora più innocente. Non volevo disconnettermi e svegliarti; temevo che ti saresti sentita imbarazzata per esserti addormentata mentre parlavi con me. Ci sentiamo domani, va bene?"

In sole due settimane Carson aveva imparato a conoscerla molto bene. Lei si sarebbe effettivamente sentita in imbarazzo per essersi addormentata.

Parlare quotidianamente aveva permesso loro di stringere un legame forse persino più forte di quello che si sarebbe creato se fossero usciti insieme ognuno di quei quattordici giorni. Spesso parlavano solo del più e del meno, ma lei aveva anche compreso meglio il rapporto che Carson aveva con i suoi amici.

Lui le aveva detto che tutti e quattro erano stati oggetto di un provvedimento disciplinare da parte dell'esercito, che era la ragione per cui ne erano usciti. Non le aveva raccontato i dettagli, spiegandole che erano coperti da segreto, ma le aveva detto che uscire dall'esercito era stata la migliore decisione della loro vita. Skylar sapeva anche che una volta lui e gli altri erano stati rapiti dal nemico e sottoposti a tortura; sentendo quella storia, si era messa a piangere, così Carson l'aveva tranquillizzata dicendole che erano stati salvati dopo pochi giorni e insistendo che lui e gli altri ne erano usciti bene.

Skylar gli aveva descritto il suo primo, terribile anno come maestra. Non era preparata per niente e temeva di fare più male che bene ai bambini che le erano stati affidati. Naturalmente Carson non era d'accordo e aveva cercato di farla sentire meglio dicendole di quanto era stato disastroso il primo anno della Silverstone. Chi prima, chi poi, ma tutti i dipendenti che avevano assunto si erano licenziati durante quell'anno. Lui e gli altri avevano imparato dai loro errori e avevano concluso che erano proprio i dipendenti a costituire la forza dell'azienda, non il fatto che i carroattrezzi fossero il top di gamma o che i proprietari fossero dei veterani di guerra.

Erano usciti insieme nel fine settimana precedente. Carson era passato a prenderla sabato mattina verso le dieci e avevano trascorso insieme l'intera giornata. Avevano pranzato, giocato a carte alla Silverstone e guardato un film in una delle piccole sale relax. Lei si era sdraiata accanto a lui, godendosi la sua vicinanza per tutta la durata del film. Lui l'aveva accompagnata a casa e in macchina si erano baciati a lungo e con passione, prima che lui l'accompagnasse fino alla porta dell'appartamento.

Poi domenica lui le aveva portato cibo cinese da asporto. Non si era fermato, dicendo che voleva solo assicurarsi che facesse un buon pasto, ma che sapeva che i fine settimana le servivano anche per preparare le lezioni e per sbrigare faccende per le quali altrimenti non avrebbe avuto tempo.

Inoltre, quasi ogni giorno le portava qualcosa da mangiare a scuola: a volte un dolce per tutta la classe, altre uno spuntino solo per lei.

Erano passate solo due settimane, ma Skylar era già innamorata di Carson. Sì, le era successo in fretta, ma come avrebbe potuto resistere? Lui sembrava sincero in tutto quello che faceva per lei.

Tuttavia, di tanto in tanto, lei percepiva... qualcosa... nel suo tono di voce. Era come se lui stesse celando una parte di sé per paura che lei, vedendola, avrebbe perso interesse in lui.

Lei non aveva idea del perché uno come Carson avesse

problemi di autostima, ma la cosa non le piaceva per niente. Era un uomo premuroso, paziente, divertente, protettivo e molto intelligente. Aveva degli ottimi amici e alla Silverstone tutti sembravano stimarlo e rispettarlo.

Quel giorno, il venerdì, Carson sarebbe andato a prenderla a scuola. Skylar aveva lasciato le chiavi alla segretaria, di modo che lui potesse arrivare prima e portarle la macchina a casa. Uno dei suoi amici poi lo avrebbe riportato alla Silverstone e da lì lui sarebbe tornato a scuola a prendere Skylar all'orario prestabilito. Dovevano cenare insieme e lei non stava nella pelle. Di norma, se il venerdì sera usciva, preferiva passare a casa per cambiarsi e per farsi bella, ma Carson le aveva assicurato che non era necessario mettersi in ghingheri.

Il padre di Sandra sarebbe passato a prendere la bambina verso le cinque e mezza, dopodiché Skylar sarebbe stata libera per tutto il fine settimana.

Lei e Sandra erano nell'area giochi, come al solito, quando a Skylar parve di vedere qualcosa muoversi tra gli alberi dietro al parcheggio degli insegnanti. L'unica auto parcheggiata era quella della segretaria, visto che la sua era già stata portata a casa da.

Skylar si sporse in avanti con la testa e strinse gli occhi, ma non vide nulla di insolito. Il vento soffiò tra le fronde degli alberi e lei decise che qualcosa del genere doveva averla tratta in inganno poco prima. E sapeva che parlare con Carson la stava rendendo un po' paranoica, visto che lui si raccomandava continuamente che stesse attenta e la metteva sempre in guardia verso potenziali malintenzionati che avrebbero potuto attaccarla in un qualsiasi momento della giornata. Lei aveva persino messo in classe una bomboletta di spray contro le vespe; era su una mensola in alto, fuori dalla portata dei bambini, ma non dalla sua, se ce ne fosse stato bisogno.

Skylar notò un movimento con la coda dell'occhio, si girò e vide la macchina scassata di Shawn entrare nel parcheggio.

"Sandra! Papà è arrivato!"

La bambina saltò giù dalla scala orizzontale e corse verso la sua maestra tanto velocemente quanto le sue gambette le permettevano di fare. Tutte e due rientrarono nell'edificio per prendere lo zainetto di Sandra, lo riempirono di altri libri e snack (Skylar ne aveva già messi dentro diversi) e si diressero all'ufficio per incontrare Shawn.

Vedendo l'entusiasmo con cui Sandra salutò suo padre, Skylar sorrise; la faceva sentire bene la felicità che la bambina provava ogni volta che il padre la veniva a prendere.

"Volevo ringraziarla ancora," disse Shawn.

"Per cosa?" gli chiese Skylar.

"Beh, perché non si lamenta quando arrivo in ritardo."

"Non c'è problema, Shawn. Ne abbiamo già parlato. Non mi lamento perché *davvero* non mi pesa. Mi dà la possibilità di portarmi avanti con il lavoro, così non devo farlo quando torno a casa."

"Sa... volevo anche dirle che fra poco non la disturberò più con questa storia."

"Cosa intende?" chiese Skylar.

"Ho trovato un nuovo lavoro. Un lavoro *buono*," disse Shawn. "Lavorerò dalle otto di mattina alle quattro di pomeriggio, così riuscirò a venire a prendere Sandra in tempo."

"Grandioso!" esclamò Skylar, sinceramente contenta sia per l'uomo che per Sandra.

"E devo ringraziare *lei* per questo."

"Me?" chiese Skylar confusa.

"Già. Lei deve aver messo una buona parola per me con Bull. Quando l'ho conosciuto, un paio di settimane fa, mi ha detto che lei gli aveva parlato bene di me e che aveva una proposta da farmi. Quando poi mi ha illustrato il lavoro, stavo quasi per svenire! Se devo essere onesto, sembrava troppo bello per essere vero. Io non ci capisco nulla di motori, ma a lui non è importato."

Skylar era sbalordita. Carson aveva offerto un lavoro a Shawn? "Che tipo di lavoro?" gli chiese.

Shawn ridacchiò. "Beh, lo stesso che sto facendo... pulire, curare giardini e cucinare." Poi si avvicinò a Skylar e aggiunse a bassa voce: "Ma con alcuni *vantaggi*. Mi pagheranno più di quanto prendo adesso facendo tre lavori! È un miracolo... e devo ringraziare *lei*. Quindi, da parte mia e di Sandy, grazie."

Skylar deglutì con fatica e appoggiò la mano sul petto dell'uomo, stringendo leggermente. Era emozionata per Sandra e per suo padre. *Era* un miracolo per loro e lei si sentì come se il cuore le stesse per scoppiare. "Sono davvero felice per voi."

"Non voglio mollare i lavori che ho senza dare alcun preavviso, quindi per le prossime due settimane continuerò a venire a prendere Sandra con un po' di ritardo, se va bene per lei."

"Nessun problema," lo rassicurò Skylar. "Io e Sandra ce la passiamo insieme e per me è un piacere stare con lei finché non la viene a prendere. Sono felice per lei, Shawn. So che ha lavorato duramente per sua figlia."

"Grazie." Shawn guardò in basso verso la bambina. "Ti va di fermarti a prendere le crocchette di pollo? Stasera si festeggia!"

"Sìì!" disse lei allegramente.

L'uomo fece un cenno di saluto a Skylar e uscì dall'ufficio con la figlia.

"Sapevo che quel tuo ragazzo era un angelo custode, fin dai primi biscotti che ha portato qui," disse la segretaria.

Skylar si voltò verso di lei e sorrise. "È davvero fantastico."

"Si parla del diavolo..." disse l'altra donna, indicando con un cenno del capo la grande finestra dell'ufficio.

Skylar guardò nel corridoio su cui dava la finestra e vide Carson che parlava con Shawn. I due si strinsero la mano, poi

Carson guardò dentro l'ufficio, vide Skylar attraverso il vetro e sorrise.

Lei sentì che quel sorriso l'avrebbe sempre sciolta. Gli restituì il sorriso, salutò la segretaria e uscì dall'ufficio per andare da lui.

"Ehi," esordì lui, ma Skylar non gli diede la possibilità di dire altro. Si alzò sulle punte dei piedi, gli portò una mano dietro alla testa e lo tirò a sé. Lui non pose resistenza e le loro labbra si incontrarono in un bacio impetuoso. Senza preoccuparsi del fatto che fossero in piedi nel mezzo di un corridoio di una scuola elementare, Skylar gli mostrò, senza usare alcuna parola, quanto lui fosse speciale per lei.

Quando si separarono, lei stava ansimando. Lui l'aveva avvolta in un abbraccio, premendola a sé per tutta la lunghezza del corpo. "Per che cos'era?" le chiese. "Non che non mi sia piaciuto, anzi."

Con una risatina, Skylar rispose: "Perché sei fantastico. Ho appena saputo quello che hai fatto per Shawn."

Carson scrollò le spalle. "Hai detto che è un gran lavoratore... e alla Silverstone avevamo bisogno di qualcuno che si occupasse esattamente di quello di cui si occupa lui."

Gli prese le guance tra le mani, incapace di trovare le parole per dirgli quanto fosse felice. Skylar sapeva di essere spacciata, avrebbe fatto con piacere qualsiasi cosa quest'uomo le avesse chiesto. E lo avrebbe fatto senza chiedere spiegazioni.

"Pronta per andare?" le chiese lui.

"Devo solo prendere le mie cose."

Senza aggiungere altro, Carson le avvolse un braccio intorno alla vita e la girò in direzione della sua aula. S'incamminarono lungo il corridoio a braccetto; Skylar non era mai stata così felice.

Entrarono nell'aula e lei fece la serpentina tra i banchi per raggiungere la cattedra. Non vedeva l'ora che la serata con

Carson cominciasse. Adorava parlare con lui al telefono, ma le piaceva ancora di più passare del tempo insieme a lui. Sperava che la specie di vertigine che provava ogni volta che lo vedeva non la abbandonasse mai.

"Sei sicura che vado bene vestita così per il posto dove stiamo andando? Se facciamo una scappata da me, ci metto un attimo a cambiarmi. Non mi ci vorranno più di cinque minuti."

"Sei perfetta così," le disse Carson. "Se per te va bene, pensavo che potremmo andare da me. E ti garantisco che non sto cercando il modo di farti pressioni di nessun genere. Credo solo che dopo una lunga settimana di lavoro, magari hai voglia di rilassarti un po', senza preoccuparti di cosa indossi o della gente che ti sta intorno. Ho ordinato la cena da Mama Carolla. Eagle ha detto che per lui non è un problema passare a prendere da mangiare e portarlo al mio appartamento. So che la cucina italiana è un po' fuori moda, per via di tutti i carboidrati e cose così, ma ti garantisco che non hai mai mangiato cibo italiano più buono di quello che fanno da Mama Carolla."

A Skylar venne l'acquolina in bocca. "Adoro quel ristorante," gli disse, "è una vita che non ci vado."

"Quindi ti va di venire da me? Giuro che non è una strategia per portarti a letto. Possiamo andare fuori a cena, se preferisci."

"Non riesco a pensare a nulla di meglio che starmene comoda e rilassarmi insieme a te," gli disse in tutta sincerità.

Lui ricambiò con un sorriso. "Bene."

"Carson?" lo chiamò lei.

"Sì?"

"Mi sto innamorando di te," disse lei di punto in bianco; notò la sorpresa sul suo viso, ma continuò, temendo di perdere il coraggio di dirglielo. "So che ci vediamo solo da un paio di settimane e che abbiamo passato insieme poco tempo... eppure mi sembra di sapere già tanto di te, attraverso le nostre chiacchierate al telefono. Ma... sono un po' spaventata."

"Da cosa?"

"È che... per favore, non giocare con me. Se mi fai innamorare di te e poi ti metti a maltrattarmi... o se con me stai solo fingendo... mi distruggerebbe."

Carson le mise le mani ai lati del collo e le alzò il viso, di modo che lei non avesse altra scelta che guardarlo negli occhi. "Non sono un violento," le disse serio. "Mi strapperei le mie stesse unghie piuttosto che farti del male. E siamo sulla stessa barca. Sono diventato uno che guarda di continuo l'orologio... Ogni giorno aspetto con impazienza che si facciano le cinque e mezza per sentire di nuovo la tua voce. Non sono perfetto, ma starti vicino mi stimola a essere un uomo migliore; a volte mi fai desiderare di essere più degno di essere il *tuo* uomo. E se tu ti stai innamorando... Sky, io sono già innamorato. Non riesco a credere che tu sia ancora libera, ma peggio per chi avrebbe potuto tenerti con sé e non l'ha fatto, e meglio per me."

"Carson," sussurrò lei; quelle parole le avevano fatto venire la pelle d'oca sulle braccia.

"Io ho dei segreti," ammise lui. "C'è chi direbbe che tu dovresti starmi lontano, molto lontano. Ma ti giuro che niente di quello che ho fatto, né di quello che farò, ti lederà. Con me sei al sicuro."

Skylar non era sicura di cosa lui intendesse; quelle parole e l'intensità con cui le aveva pronunciate la fecero sentire un po' a disagio. Ma ogni disagio sparì con le parole che seguirono.

"Per molto tempo, c'eravamo solo io e mio padre, noi contro il mondo. Lui significava tutto per me, ma l'ho perso. Pensavo che non avrei mai più sentito quel tipo di connessione con un altro essere umano. Poi ho incontrato Eagle,

Smoke e Gramps. Ho trovato una nuova famiglia. Farei qualsiasi cosa per i ragazzi. Ma averti nella mia vita, in queste ultime due settimane, mi ha fatto capire che per quanto loro siano importanti per me... tu lo sei di più. Voglio essere un uomo a cui tu possa guardare con rispetto. Voglio essere *tutto* per te, nello stesso modo in cui stai cominciando a essere tutto per me."

Skylar deglutì, incerta su cosa dire.

"Cazzo, lo so. È troppo presto per questi discorsi. Mi dispiace. Voglio solo che tu sappia che non ti do per scontata. Puoi fidarti di me. Ci sarò, quando hai bisogno. Sempre."

Sotto molti punti di vista, Carson aveva ragione. *Era* troppo presto. Ma nel profondo, gli sembrava giusto dirle quelle cose.

Dopo aver fatto un profondo respiro, lei disse: "Che ne dici se stasera mangiamo italiano e vediamo come evolve la situazione?"

Per un secondo, Carson intensificò la presa sul collo, poi annuì e le sfiorò la guancia con il dorso delle dita. "Affare fatto," le rispose; poi prese il borsone di Skylar, se lo mise a tracolla e uscirono dall'aula insieme, mano nella mano, diretti al parcheggio dei visitatori.

Skylar lo guardò mentre girava intorno alla macchina diretto al posto del guidatore, dopo averla fatta accomodare sul sedile del passeggero; si meravigliò che quell'uomo fosse suo. La loro relazione era partita a tutta velocità, ma lui non le aveva fatto pressioni, come le aveva promesso. Nemmeno una volta. Anzi, Carson le aveva ricordato più di una volta che avrebbero proceduto alla velocità che preferiva lei.

Ma seduta in macchina accanto a lui, mentre la portava da lui, Skylar era certa, più di quanto non lo fosse mai stata, di aver trovato l'uomo che aspettava da una vita. Aveva cominciato a pensare che non esistesse, ma poi era bastato un guasto alla sua auto... ed eccolo lì..

Appoggiando la testa al sedile, Skylar respirò profondamente. Era emozionata all'idea di vedere l'appartamento di Carson. Non sapeva quali segreti potesse avere, ma quanto potevano essere terribili? Gestiva una ditta di carroattrezzi con i suoi amici. I suoi dipendenti lo rispettavano. E lei sapeva per esperienza che era un bravo ragazzo.

Probabilmente era preoccupato per qualcosa che aveva fatto quando era nell'esercito e temeva che lei potesse giudicarlo. Ma lei non lo avrebbe fatto. Essere stato nell'esercito gli faceva onore e se lui pensava che lei lo avrebbe respinto per qualche aspetto del suo passato da soldato, avrebbe scoperto che era fatta di una pasta più dura di quello che lui credeva.

Si sarebbe goduta il tempo insieme a lui, cercando di conoscerlo meglio, finché lui non si fosse sentito pronto a condividere i suoi segreti

---

Quattro ore più tardi, Bull era seduto sul divano e Skylar gli si era rannicchiata su un fianco, insonnolita. Lei gli aveva detto che le piaceva il suo appartamento spazioso. C'erano tre camere da letto e un enorme soggiorno che si apriva sulla cucina. Era moderno e lei aveva commentato tutte le misure di sicurezza che c'erano anche solo per entrare nell'edificio. Bisognava inserire un codice per entrare nel parcheggio e un altro per accedere alla lobby del condominio, dove c'era una guardia di sicurezza che controllava i documenti a chiunque prendesse l'ascensore. Infine, Bull aveva usato una carta magnetica per salire con l'ascensore fino all'ultimo piano, dov'era il suo appartamento.

Naturalmente, c'erano poi diverse serrature da aprire per entrare in casa.

Visto quello che lui e gli altri facevano in segreto, Bull non voleva correre alcun rischio per la sua sicurezza. O per quella di Skylar. Sapeva che per lei tutte quelle precauzioni erano un'esagerazione, ma non gli interessava. Voleva che nessuno potesse farle del male quando era con lui. Nessuno.

Eagle aveva portato loro il cibo ordinato da Mama Carolla poco dopo che erano rientrati. Bull non era sicuro di cosa Skylar avesse voglia di mangiare, così aveva ordinato molto più del necessario; d'altronde, il cibo italiano era persino più buono se consumato il giorno dopo. Si erano fatti una bella scorpacciata di ravioli, scaloppine al marsala, involtini di pollo e, per dolce, tiramisù. Aveva apprezzato che Skylar non avesse smangiucchiato, ma anzi si fosse rivelata una buona forchetta, come se non mangiasse da settimane.

E la conversazione non era mai giunta a un punto morto. Nemmeno una volta. Avevano parlato degli alunni, di cosa avesse pianificato per la settimana del camion che sarebbe cominciata lunedì, di come era andata la settimana lavorativa per lui e del fatto che Archer si apprestava a diventare l'ultimo nuovo assunto alla Assistenza Silverstone.

Poi lui aveva suggerito di guardare un film e lei aveva accettato con piacere. Avevano discusso bonariamente per un po' su cosa guardare, anche se a Bull in realtà non importava affatto. Sedere accanto a Skylar lo rendeva già felice e si meravigliava del fatto stesso che lei fosse lì.

Alla fine, lei aveva optato per *Una spia e mezzo*, con Kevin Hart e Dwayne "The Rock" Johnson. Lui lo aveva visto già diverse volte e gli era piaciuto. Ma gli piaceva ancora di più guardarlo con Skylar, che rideva liberamente e sobbalzava... e che verso la fine del film gli stava praticamente seduta sulle ginocchia.

Erano le dieci di sera ed era chiaro che Skylar era esausta, per quanto si sforzasse di nasconderlo. Bull avrebbe voluto seguire il suo egoismo e continuare a parlare con lei, magari anche mettere su un altro film e aspettare che lei gli si addormentasse addosso. Detestava l'idea di riportarla in quello squallido complesso residenziale, ma sapeva di non avere scelta.

"Sei stanca?" le chiese.

"Mmmmh."

Bull ridacchiò e la baciò sulla testa. "Sarà meglio che ti riporti a casa."

"Carson?"

"Dimmi, dolcezza."

"Ti va di venire con me a casa dei miei genitori, il prossimo fine settimana?"

"E *a te* va che io venga con te dai tuoi genitori, il prossimo fine settimana?" chiese lui.

Lei alzò gli occhi verso di lui e Carson, nonostante la penombra, poté apprezzarne il bellissimo colore verde; in quel momento ci vide le sfumature scure di una foresta, mentre alla luce del sole sembravano di giada luminosa. "A me piacerebbe," gli rispose.

"Allora niente mi fermerà," ribatté lui.

Skylar sorrise e Bull si ripromise di fare tutto ciò che poteva per metterle quel sorriso sul volto il più spesso possibile.

"Non è un'occasione speciale. Solo un pranzo, sabato prossimo. Cerco di andare a Carmel almeno una volta al mese."

"Venerdì prossimo veniamo con i carroattrezzi a scuola, giusto?" chiese lui.

Lei annuì. "Già. I pompieri vengono mercoledì, la polizia giovedì e voi ragazzi chiuderete la settimana."

"Che ne dici di tornare a casa dalla scuola in camion con me anche venerdì prossimo?" suggerì lui. "Riportiamo il carroattrezzi alla Silverstone, passiamo un'altra serata come questa... cena e relax; poi sabato ti passo a prendere per andare a Carmel."

"Sembra un ottimo piano," disse lei, prima di passarsi la lingua sulle labbra.

Quel gesto diede a Bull il colpo di grazia. Si mosse prima ancora di capire cosa stesse facendo. Si fece avanti con la testa e un istante più tardi stava divorando le labbra di Skylar.

Lei gli si concesse immediatamente e Bull sentì la pressione delle sue unghie sulla nuca. Lei gemette e lui la tirò a sé, finché Skylar non gli fu sopra, a cavalcioni.

Bull le mise una mano sulla parte bassa della schiena e se la trascinò contro, di modo che il centro di lei premesse sul suo membro duro; poi inclinò la testa e la baciò come se la sua stessa vita dipendesse da quello. Per un solo secondo, non pensò minimamente a ciò che Skylar potesse volere, concentrandosi invece su quello di cui lui aveva bisogno: lei.

Quando sentì Skylar agitarsi contro il suo corpo, Bull tornò lucido e interruppe il bacio. Lasciò cadere le braccia, imbarazzato per la propria aggressività e preoccupato di averla spaventata.

Bull fece un respiro profondo e si forzò a guardarla.

Ciò che vide gli fece pulsare l'erezione sotto ai jeans.

Skylar si stava leccando con sensualità le labbra rosee e rigonfie. Lei si chinò verso di lui, accarezzandogli il petto e i capelli. Le si vedevano i capezzoli turgidi sotto la camicetta azzurra che indossava e lui era pronto a giurare di percepire il calore che lei aveva tra le cosce; gli sembrava che lo bruciasse vivo.

Lentamente, Bull le risalì le gambe con le mani, fermandole sui fianchi. Si era spaventato: per un secondo, si era preso quello che voleva, senza assicurarsi che anche lei lo volesse. Era un tipo grande e grosso e avrebbe potuto facilmente sopraffare una donna minuta come Skylar.

"È stato meglio di come me l'ero sognato," sussurrò lei timidamente.

Bull emise un gemito e strinse la presa sui fianchi di lei. "Mi hai sognato?" le chiese.

Lei arrossì, ma fece cenno di sì.

"Raccontami," le disse con tono quasi intimidatorio.

Skylar esitò e mentalmente si diede uno schiaffetto in testa.

"Voglio dire... se ti va," le disse, facendo retromarcia.

"Ti rendi conto di essere eccitante, quando cominci a ringhiare e a smaniare, giusto?" gli chiese, invece di accontentare la sua richiesta.

"Non voglio spaventarti," le disse Bull in tutta sincerità. "Non voglio che pensi che potrei mai farti qualcosa che tu non vuoi."

"Lo so," gli disse lei. "E credimi... non mi hai affatto spaventato quando mi hai trascinato su di te e mi hai baciato in quel modo."

Bull tirò un sospiro di sollievo e salì con una mano sul lato del suo corpo, sfiorandole il seno. Sorrise soddisfatto quando i capezzoli di lei tornarono a indurirsi. "Dimmi cos'hai sognato," la spronò ancora, sperando che lei non scherzasse riguardo al fatto che le piaceva il suo lato autoritario.

Skylar aveva ancora le guance arrossate e lui poteva vedere delle chiazze rosa sul suo petto, ma non mollò la presa. Voleva sentire del sogno. *Doveva* sentire.

La stanza era semibuia, schiarita solo dal bagliore proveniente dalla cucina e dall'alone luminescente della TV. Lei gli era seduta in grembo e lui le teneva le braccia intorno. C'era un'atmosfera intima e Carson non aveva mai voluto nessuna come voleva Skylar. Ascoltare le sue fantasie sessuali avrebbe potuto ucciderlo, ma non avrebbe comunque fatto sesso con lei quella sera; la desiderava disperatamente, ma non gli sembrava il momento giusto.

"Eravamo a casa mia. So che tu dentro non l'hai ancora vista, ma visto che quando ho fatto il sogno non avevo ancora visitato il tuo appartamento, è nel mio che ti ho immaginato. Comunque sia, mi hai spinto verso la camera da letto, io camminavo all'indietro. Per qualche ragione, entrambi eravamo già nudi. Poi io sono caduta sul letto e tu sei strisciato tra le mie gambe, me le hai allargate un po' e hai subito cominciato a fare l'amore con me."

"Cazzo," imprecò Bull; le parole di Skylar avevano evocato un'immagine che lo induceva a voler fare esattamente quello che lei stava descrivendo.

Skylar distolse lo sguardo, spostandolo su un punto dietro di lui. "Ero già bagnatissima, quindi non mi hai fatto male per niente. Eri focoso, quasi prepotente, e mi muovevi come volevi, mentre spingevi dentro di me. A nessuno di quelli con cui sono stata a letto è mai veramente importato se quello che facevano mi faceva stare bene; invece tu controllavi di continuo se io stavo provando dolore, se mi stava piacendo. Ho avuto un orgasmo e ho pensato che fosse finita lì, ma tu hai continuato a spingere. Non mi davi tregua. È stato fantastico."

Bull ce l'aveva così duro che gli sembrava sul punto di rompergli i pantaloni. Le mise una mano dietro la testa e si avvolse i suoi capelli attorno al pugno. Le mosse la testa leggermente indietro e aspettò fino a quando lei non lo guardò. "*Amerò* scoparti," le disse con una voce bassa e rimbombante. "Ti farò venire più e più volte, fino a quando non mi supplicherai di smettere."

"Carson," disse lei ansimando.

"Quando lo faremo, sarai tu a venire per prima. Ogni volta. Sempre. Capito? Qualsiasi uomo che non fa in modo che la sua donna goda tra le lenzuola è un idiota. E Skylar... io non sono un idiota."

Lei deglutì e fece cenno di sì.

Stringendole ancora i capelli, Bull le sfregò le nocche sul petto. Il respiro di Skylar accelerò, ma lei non si ritrasse. "Sei molto sensibile e mi piacerà da impazzire scoprirti." mormorò Bull, imponendosi di distogliere lo sguardo dai piccoli capezzoli turgidi di Skylar. "Non avere paura di me," le disse con fermezza. "Quando lo faremo, sarà potente. Forse faremo cose che tu non hai mai fatto prima, ma mi assicurerò sempre che tu stia bene. Ok?"

"Ok," rispose lei senza esitare.

Con una certa riluttanza, Bull le lasciò andare i capelli e le accarezzò la parte posteriore del collo, prima di muovere il palmo della mano sulla sua schiena. "Grazie per avermi raccontato il tuo sogno."

Skylar alzò le spalle. "Mi sembra di poterti dire qualsiasi cosa."

"Bene," ribatté lui soddisfatto, "perché puoi farlo."

"Grazie per non aver reso tutto questo imbarazzante... o più imbarazzante di quanto già non sia."

"Vieni qui," disse Bull con dolcezza, poi la tirò a sé finché lei non si abbandonò completamente sul suo petto. Sentire il peso di quel corpo lo faceva stare bene. I capelli di Skylar gli facevano il solletico sul mento; lei era calda e rilassata e Bull provò una contentezza che prima non aveva mai conosciuto. Non sapeva cosa avesse fatto per meritarsi quel momento. Per meritarsi *lei*.

In quel preciso istante, avrebbe voluto dirle della Silverstone, di quello che lui e i suoi amici facevano veramente. Ma voleva ancora di più che quell'intimità non finisse. Era troppo egoista.

E quell'intimità *sarebbe finita*. Dirle che il suo vero mestiere era uccidere altri esseri umani non sarebbe stato il massimo del romanticismo. L'avrebbe scioccata e disorientata... e lui avrebbe potuto perderla.

Non era pronto per perderla.

Seduto lì sul divano, con Skylar rannicchiata su di lui, Bull perse la percezione del tempo, ma a un certo punto si rese conto che doveva riportarla a casa. Cambiò posizione, poi si alzò tenendola fra le braccia. Lei non fece una piega, il che lo fece sentire un gigante. Skylar si affidava a lui, sapeva che non l'avrebbe lasciata cadere; quell'affidarsi per lui significava tutto.

Forse, solo forse, lei sarebbe stata in grado di accettare quello che lui faceva. Forse l'avrebbe visto come lo vedeva lui: un modo per proteggere il suo paese e il mondo intero dal male che vi si annidava.

"Ci vediamo domani?" chiese lei assonnata mentre lui la portava verso l'entrata dell'appartamento.

Lui la rimise delicatamente in piedi, tenendola comunque accanto a sé nel caso in cui perdesse l'equilibrio. "Tu *vuoi* che ci vediamo, domani?" le chiese.

"Sì."

"Allora sì, ci vediamo domani," le disse.

"E domenica?"

Le labbra di Bull si piegarono in un accenno di sorriso. "Già."

"Bene. Mi manchi durante la settimana. Magari qualche volta puoi venire da me a cena? Voglio dire... parliamo sempre al telefono, quindi tanto vale che ogni tanto chiacchieriamo di persona, giusto?"

Bull sentì che gli si gonfiava il cuore. "Giusto."

Lei gli sorrise. "Carson?"

Adorava quel modo frequente che aveva di rivolgersi a lui: dire il suo nome quasi per chiedergli il permesso di parlargli. Come se lui avesse potuto negarglielo... "Sì, Sky?"

"Sono felice."

Quelle due parole quasi lo fecero fuori. "Anch'io," le disse sinceramente. Non si era reso conto di quanto avesse vissuto per inerzia finché non aveva incontrato Skylar. Non che prima fosse *infelice*, ma nemmeno aveva trovato molto di cui sorridere. Finché non aveva trovato Sky.

Le ci vollero pochi minuti per mettersi le scarpe e raccogliere le sue cose, dopodiché scesero alla lobby e andarono in garage.

Bull la accompagnò fino all'entrata del suo appartamento. Notò che almeno c'erano diversi lampioni nel parcheggio e tutti i vicini di Skylar tenevano accese le luci fuori dalla porta di casa. Lei girò la chiave nella serratura e gli chiese timidamente: "Vuoi entrare?"

Bull sentì una contrazione al pene, ma la ignorò. "No. Non stasera. Hai bisogno di dormire un po', sei esausta; lo vedo dalle tue occhiaie." Le tracciò un semicerchio sotto un occhio.

Lei arricciò il naso. "Grazie per avermele fatte notare," disse con tono lamentoso.

"Sei bellissima, con o senza occhiaie," ribatté Bull in tutta franchezza. Poi le si avvicinò e disse a bassa voce: "La prima volta che andremo a letto insieme saremo entrambi sveglissimi, non stanchi dopo una giornata di lavoro. Voglio vedere casa tua, ma ci sarà tempo per farlo. Non ho intenzione di sparire."

Lei annuì. "Sono stata bene stasera. Grazie di tutto."

"Prego." Si avvicinò ancora un po' e si prese il tempo di darle un bacio di arrivederci. Avrebbe voluto spingerla contro il muro e prenderla come nel sogno che lei gli aveva raccontato, ma si impose di farsi indietro. "Dormi bene."

"Anche tu," ricambiò lei ansimando.

"Ti chiamo domattina, così decidiamo cosa vogliamo fare. Va bene?"

"Ottimo."

Bull la baciò ancora, sulla fronte, poi si costrinse ad allontanarsi da lei. "Entra e chiudi la porta a chiave." Le disse con tono autoritario.

Skylar alzò gli occhi al cielo, ma fece come lui le aveva detto.

Solo allora Bull si avviò lungo il corridoio, diretto alle scale, per poi scenderle e raggiungere il parcheggio.

In auto, tornando a casa, pensò a lungo a cosa di Skylar lo attraesse così. In parte era la sua innocenza, che faceva sì che lui volesse avvolgerla, proteggerla dal mondo; ma in parte era anche l'entusiasmo che lei aveva per la vita. Inoltre, Skylar non esitava mai a dire quello che pensava... Bull non riusciva a credere che gli avesse raccontato quel sogno. Al solo pensiero, gli si induriva di nuovo.

Aveva avuto più erezioni nelle ultime due settimane di quante ne avesse avuto negli ultimi due anni. A eccitarlo erano state semplicemente le *parole* di Skylar. Non riusciva a immaginare come sarebbe stato essere pelle contro pelle con lei. Esserle dentro.

Bull cercò di concentrarsi sulla guida, ma cominciò invece a pensare alla settimana che si avvicinava. Lui e gli altri stavano per ricevere ulteriori informazioni per la missione in Africa, dove sarebbero andati a scovare Mostafa. Se quell'uomo pensava di addestrare terroristi per uccidere la sua stessa gente e cavarsela, si sbagliava di grosso.

Ma Bull avrebbe dovuto dire qualcosa a Skylar per giustificare la sua assenza. Ormai i due erano abituati a parlare tutti i giorni; davvero non poteva prendere su e andare all'estero senza darle nemmeno una spiegazione. Non aveva voluto dirle la verità su quello che faceva perché la loro relazione era appena agli inizi, ma cominciava a pensare di non avere scelta.

Forse sarebbe stato meglio così. Se lei non era disposta ad accettare lui e il suo lavoro, non c'era nessuna possibilità che tra loro nascesse una storia duratura.

Quel pensiero gli fece venire voglia di prendere a pugni qualcosa, ma invece respirò profondamente, mentre parcheggiava l'auto. Il problema principale era che sapeva di volersi impegnare al massimo in quella relazione; avrebbe presto incontrato i suoi genitori e non riusciva a pensare di stare senza parlarle nemmeno un giorno. Temeva di non riprendersi mai più, se lei lo avesse rifiutato per il suo lavoro segreto con la Silverstone.

Constatando di non avere altra scelta che prendere le cose giorno per giorno, Bull scese dall'auto e s'incamminò verso il suo appartamento. L'avrebbe vista il giorno seguente e anche domenica. Dopodiché, visto che lei lo aveva invitato a farlo, sarebbe andato a cena da lei almeno due volte, durante la settimana. Venerdì poi avrebbe trascorso quasi tutta la giornata con lei... e con i suoi alunni... ma la sera sarebbe stata tutta sua. E avrebbe incontrato i suoi genitori, nella speranza di fare loro una buona impressione. Solo allora si sarebbe preoccupato di dirle la verità su di sé e sulla Silverstone.

C'era tempo.

O almeno così lui sperava.

CAPITOLO DIECI

Skylar guardò con affetto i suoi quattordici alunni. Quel giorno erano particolarmente eccitati e iperattivi. Dopo un paio di giorni di lezione sui diversi tipi di camion, mercoledì pomeriggio erano saliti sul camion dei vigili del fuoco, cosa che li aveva entusiasmati; lo stesso giorno avevano potuto sedersi a bordo di un'ambulanza e persino farsi portare in alto sul cestello del camion dei vigili del fuoco. Giovedì avevano avuto l'opportunità di accendere la sirena dell'auto della polizia e di esplorare un furgone delle forze speciali.

Venerdì era il giorno della Assistenza Silverstone. Carson e i suoi amici avrebbero portato a scuola due carroattrezzi, per mostrarli ai bambini. Skylar aveva discusso con Carson riguardo alle attività da svolgere e lui non era sembrato minimamente preoccupato dall'idea di intrattenere una classe di bambini. Lei non sapeva se Carson semplicemente ignorasse quanto turbolenti potessero essere gli alunni o se fosse in effetti *tanto* sicuro di poterli gestire con facilità.

"Bambini, ricordate," Skylar si rivolse alla classe, "non potete toccare niente senza prima chiedere il permesso e ascoltate bene quello che vi viene detto, ok?"

Tutti annuirono e Skylar non poté che sperare che andasse tutto per il meglio.

L'ultima settimana era stata grandiosa. Sabato, Carson era passato a prenderla e insieme erano andati a fare una biciclettata lungo il Monon Trail. Si trattava di una vecchia linea ferroviaria convertita in un percorso da fare a piedi o in bicicletta. Naturalmente Carson era riuscito a scoprire che lei non era un granché come ciclista e così le aveva noleggiato una bici elettrica. Non avrebbe mai pensato che andare in bicicletta le potesse piacere così tanto... ma le era piaciuto anche perché c'era Carson con lei. Dopodiché, erano andati a casa di lei, dove avevano trascorso il resto della giornata parlando, cenando e guardando un altro film.

Skylar era rimasta delusa quando lui se n'era andato dopo averla soltanto baciata, anche se era stata una sessione di baci appassionati durata una buona mezz'ora.

Domenica mattina lui era passato da lei ed erano andati a fare colazione al Rosie's Diner. Poi l'aveva riportata a casa, non senza una certa riluttanza, di modo che lei potesse sbrigare le sue faccende domenicali.

Ma la cosa che l'aveva fatta stare ancora meglio era stata la richiesta di Carson di fermarsi a cena da lei martedì sera. Cena che si era ripetuta anche mercoledì.

Skylar non aveva problemi ad ammettere con sé stessa che era ormai assuefatta a quell'uomo; avrebbe voluto essere sempre insieme a lui e ormai viveva per parlargli al telefono, quando non si potevano vedere di persona.

Lui l'aveva conquistata e lei era completamente cotta... e la cosa non avrebbe potuto renderla più felice.

Fu distratta da una bussata alla porta e girandosi vide Carson, vicino a Eagle, Smoke e Gramps.

"Bambini," chiamò, "ecco i nostri ospiti. Perché non mostrate loro quanto sappiamo essere educati e calorosi?"

"Benvenuti nella nostra classe!" gridarono all'unisono le quattordici vocine.

Skylar si affrettò a raggiungere i quattro uomini. "Venite avanti," disse loro; poi abbassò la voce e scherzò: "Non mordono... almeno non con cattiveria."

Carson e gli altri ridacchiarono e Skylar si rilassò. Sarebbe andata bene.

Lei e i ragazzi si erano accordati in precedenza e insieme avevano deciso che, prima di portare i bambini fuori a vedere i carroattrezzi, i quattro si sarebbero seduti con dei gruppetti di alunni, avrebbero letto loro delle storie e le avrebbero discusse insieme. Skylar aveva trovato qualche libro perfetto per l'occasione. Così Carson si mise a leggere *Il carroattrezzi Joe*, a Eagle toccò *Il carroattrezzi di Sunny salva tutti*, Smoke prese *Il piccolo carroattrezzi verde* e Gramps si dedicò a *Il carroattrezzi che portava i carroattrezzi*.

Skylar sapeva di avere un sorriso sciocco stampato in volto, vedendo quegli uomini grandi e grossi, muscolosi e *molto* virili che leggevano libri per bambini. Senza farsi vedere, scattò anche qualche foto: non voleva dimenticare quel momento.

Sandra, Brodie e Chad erano con Carson e lo ascoltavano con grande attenzione. Lui era molto a suo agio con i bambini e a Skylar sembrò che le stessero per scoppiare le ovaie, il che la scioccava, visto che non aveva mai sentito l'urgenza di avere figli, nonostante immaginasse che, a trentadue anni, il suo orologio biologico *avrebbe dovuto* ticchettare già da un po'. Del resto lei era circondata da bambini quasi ogni giorno ed era ben felice di non averne in giro per casa, quando ci tornava.

A ogni modo, Skylar in quel momento riuscì a immaginarsi Carson nelle vesti di padre: Sandra gli aveva appoggiato la manina sul ginocchio e si era chinata verso di lui, guardandolo dal basso con adorazione e chiaramente pendendo dalle sue labbra.

A quel pensiero, Skylar si sentì ridicola, scosse la testa e cominciò a girare per la classe, ascoltando le discussioni dei quattro gruppi e incoraggiando i suoi alunni a fare domande. Quando le parve che i bambini fossero più che pronti per uscire a vedere i carroattrezzi, li fece alzare e li radunò sul tappeto speciale che tenevano in classe.

"Ok, ascoltatemi tutti. Fra poco andremo fuori a vedere i carroattrezzi da vicino. Ma prima di uscire... chi sa dirmi quando possiamo avere bisogno di chiamare un carroattrezzi?"

Quasi tutti alzarono la mano, cosa che Skylar apprezzò. Voleva che ognuno dei suoi alunni si sentisse sicuro di sé quando rispondeva e che tutti si abituassero a parlare in pubblico, non solo davanti ai compagni di classe, ma anche davanti a degli estranei.

"Ignacio?"

"Quando mamma buca una gomma!"

"Giusto," disse Skylar. "E poi? Gwen?"

"Quando papà si dimentica di mettere la benzina nella macchina e ci fermiamo."

"Giusto. Finire la benzina non è bello. Nessun altro?"

Ci fu qualche altra risposta, poi gli alunni finirono le idee. "Ieri abbiamo parlato con quei simpatici agenti di polizia. Pensate che i nostri ospiti di oggi collaborino con la polizia?"

"Sì!" gridarono tutti.

Skylar annuì e sorrise. "Avete ragione. Quando c'è un incidente, a volte la polizia chiama il carroattrezzi. Vi spaventano gli uomini e le donne che con i loro *grandi* carroattrezzi vengono a portare via le vostre macchine?"

Tutti e quattordici gli alunni fecero cenno di no con la testa.

"Esatto. Vengono per aiutarvi." Skylar abbassò la voce e si

chinò verso i bambini, come per confidare loro un segreto. Loro trattennero il respiro e si sporsero in avanti per sentire meglio. "Ma a volte," disse Skylar parlando piano, "agli adulti non piace quando arriva il carroattrezzi. Sapete perché?"

"Per i soldi," disse Zahir.

"Perché vuol dire che la nostra macchina è distrutta," ribatté Karlee.

"Perché l'autista è grande e fa paura," disse Marisol timidamente.

Skylar annuì. "Avete detto tutti bene. Ma sapete una cosa?"

"Cosa?" chiesero.

"L'autista del carroattrezzi non ha causato l'incidente e anche se la vostra macchina è distrutta, *voi* state bene; abbiamo parlato molto di come l'aspetto di una persona non ci dice nulla di com'è dentro quella persona, vero?"

Tutti annuirono.

"I nostri ospiti... sono grandi e grossi, vero?"

I bambini si girarono verso Carson, Eagle, Smoke e Gramps; tutti concordarono che, in effetti, erano grandi e grossi.

"So per certo che sono tutti e quattro molto simpatici. E non solo: nei loro carroattrezzi tengono dei piccoli regali da dare ai bambini spaventati quando arrivano sulla scena di un incidente." Skylar capì che questo fatto aveva catturato la loro attenzione. Probabilmente non avrebbe dovuto dirglielo, perché ora si sarebbero tutti aspettati un regalo, se e quando i loro genitori avrebbero chiamato un carroattrezzi; ma era troppo tardi per rimangiarsi l'informazione."

"Chi è pronto per vedere un carroattrezzi?"

Tutti e quattordici gli alunni alzarono le mani e Skylar fece una risatina. Poi si alzò e fece allineare i bambini in fila per due di fronte alla porta della classe. Lanciò un'occhiata a Carson e quasi incespicò quando lui ricambiò con uno sguardo pieno di rispetto, ammirazione e... quello che lei interpretò come desiderio.

Il che era bizzarro, visto che lei era consapevole del fatto che i capelli avevano cominciato a fuoriuscire dallo chignon in cui li aveva sistemati quella mattina. Inoltre, non era truccata ed era in piena "modalità maestra".

Ma non c'erano dubbi: negli occhi di Carson aveva visto ardere il desiderio.

Ignorare Carson era impossibile: Skylar sapeva sempre dove lui si trovava; ma faceva il possibile per non pensarci.

Gramps e Smoke si misero in fondo alle due file di alunni, mentre Eagle e Carson raggiunsero Skylar davanti. Il gruppo procedette attraverso il corridoio e uscì dalla scuola in direzione del parcheggio degli insegnanti, dove era stata riservata un'area per i carroattrezzi.

Attraversarono l'area giochi, visto che da lì il percorso era più breve, e raggiunsero il cancello dietro alla grande aiuola. Il cancello si aprì facilmente quando Skylar lo spinse; era rotto da un po' e nessuno lo aveva ancora aggiustato.

Gli alunni non stavano nella pelle e Skylar li capiva. Si erano divertiti un mondo con i camion dei pompieri e i mezzi della polizia e contavano che anche con i carroattrezzi sarebbe stato uno spasso. Nel parcheggio ce n'erano due e vicino alle auto sembravano enormi.

Skylar divise gli studenti in due gruppi: Gramps e Eagle ne presero in carico sette e gli altri sette seguirono Carson e Smoke.

Skylar stette lì per un po', per assicurarsi che i ragazzi avessero la situazione sotto controllo; poi, quando fu chiaro che ce l'avevano, si allontanò e si mise a una certa distanza a guardare i quattro uomini della Silverstone conquistare i suoi alunni.

Naturalmente, i bambini volevano spingere ogni pulsante e vedere i mezzi in azione. Carson convinse Skylar a lasciare che la sua macchina venisse agganciata a uno dei carroattrezzi, di modo che i bambini potessero vedere come funzionava. All'inizio della settimana dei camion, lei non avrebbe mai detto che i carroattrezzi sarebbero diventati l'attrazione principale... anche più dei mezzi della polizia e dei pompieri.

Quando finì la dimostrazione, anche la giornata scolastica volgeva al termine. I bambini erano su di giri e Skylar li riportò in classe, poi li divise in tre gruppi: quelli che aspettavano che i genitori li venissero a prendere, quelli che tornavano a casa con lo scuolabus e quelli che restavano per il doposcuola.

Eagle, Smoke e Gramps se ne andarono con i carroattrezzi, mentre Carson restò con lei. Sandra sarebbe rimasta anche dopo il doposcuola. Sarebbe tornata in classe ad aspettare suo padre.

Skylar tirò un sospiro di sollievo, rinfrancata dal silenzio che regnava in classe dopo che tutti i bambini erano usciti. Poi guardò Carson, che era appoggiato a un muro, con le braccia incrociate... e la fissava con lo stesso sguardo che lei gli aveva visto prima.

Appena lui vide che aveva la sua attenzione, si staccò dal muro e si diresse a grandi passi verso di lei.

Per un secondo, Skylar fu sul punto di allontanarsi, quasi intimorita dall'intensità e dalla possenza del suo uomo; ma mantenne la posizione e anzi alzò la testa per guardarlo mentre la raggiungeva.

Lui non disse nulla, le prese solo il viso tra le mani e si chinò per baciarla. Non fu un bacio lungo, ma lui premette forte le labbra contro quelle di Skylar e non si ritrasse dopo averla baciata; invece la guardò a lungo, prima di dirle: "Sei fantastica."

Skylar pensò che probabilmente stava arrossendo, ma alzò le mani e gli afferrò i polsi: non per tenerlo lontano, ma anzi per sentire con lui una connessione più profonda. "Perché?"

"Perché sei fantastica?" chiese lui. Senza darle il tempo di rispondere, continuò: "Perché stai rendendo bellissimo l'inizio dell'esperienza scolastica di quei bambini. Con loro sei paziente, rispondi a ogni domanda che ti fanno senza mai irritarti; dai loro un affetto incondizionato ed è chiaro che ami quello che fai."

"Faccio solo il mio lavoro," ribatté lei.

"No, non è vero. Da piccolo ho avuto un sacco di insegnanti che facevano solo il minimo indispensabile. L'aspetto burocratico dell'insegnamento li aveva avviliti; ambivano a sopravvivere e basta, tiravano alla fine di ogni giorno di lavoro per portarsi a casa lo stipendio. Sono certo che tu sei sottopagata, magari fai persino fatica a pagarti le bollette... ma non pensare che non abbia notato le scorte di snack che tieni dietro la cattedra per i bambini che non hanno abbastanza soldi per comprarsi la merenda, o i mucchi di adesivi e piccoli giocattoli che, ne sono sicuro, dispensi agli alunni quando fanno un buon lavoro. Senza parlare dei pennarelli, dei libri, dei cartoncini colorati e di tutto il resto, che devi aver pagato di tasca tua, per rendere la tua classe un posto accogliente, un posto in cui i bambini sono felici di passare il loro tempo."

"Carson, ci sono migliaia di insegnanti che fanno esattamente come me," ribatté Skylar. "Tutti quanti compriamo del materiale pagando di tasca nostra, semplicemente perché le scuole non hanno un budget sufficiente."

Lui scosse la testa. "Ma tu *ci tieni*," disse. "Sai cosa mi ha detto Sandra oggi?"

Skylar deglutì e fece cenno di no con la testa. Aveva visto che la bambina e Carson parlavano e sembravano molto a loro agio insieme; ma era molto impegnata e non aveva avuto modo di avvicinarsi per capire di cosa stessero discutendo con tanto coinvolgimento.

Sapeva che Sandra le aveva chiesto la ragione del soprannome di Carson; lei le aveva dato una risposta, ma nonostante questo, non era stupita del fatto che la bambina fosse curiosa di sapere di più. Skylar immaginava anche che Carson avesse minimizzato la storia che stava dietro al suo soprannome: non poteva certo dire a Sandra che era bravo a sparare alla gente. D'altronde non era minimamente preoccupata che lui avesse detto qualcosa di inappropriato. Per lei era stata una meravigliosa sorpresa, ma doveva riconoscere che lui era davvero in gamba con i bambini.

"Mi ha detto che a volte è triste perché non ha la madre, ma quando viene a scuola riesce a fingere che *tu* sia la sua mamma," disse Carson, trascinandola fuori dalle sue meditazioni.

A Skylar si inumidirono gli occhi.

Ma Carson non aveva ancora finito.

"Mi ha anche detto che sa che sei stata tu, in qualche modo, a trovare un lavoro a suo padre. Lui era triste perché non riusciva a passare abbastanza tempo con lei. Lei aveva paura quando la notte rimaneva da sola, ma sapeva che se lo avesse detto a qualcuno, l'avrebbero portata lontano da lui. Ora è contenta che lui lavorerà alla Silverstone, perché il padre potrà restare a casa con lei la notte. E sa che deve ringraziare *te*. Ha detto che tu sei il suo angelo."

Skylar stava piangendo, le lacrime le scendevano sulle guance.

Carson gliele tolse con il pollice.

"Non sono stata io a trovare un lavoro a suo padre... non sapevo nemmeno che la Silverstone stesse assumendo," protestò lei.

"Ma sei stata tu a preoccuparti per Sandra. *E* per suo padre. Anche se non sapevi che lui sarebbe stato perfetto per noi, ti sei presa a cuore la loro situazione e me ne hai parlato. Questa empatia non solo fa di te una brava insegnante; è anche la ragione per cui non sono stato capace di stare alla larga da te. Vorrei poter imbottigliare la tua indole premurosa e portarla con me, per quando incontro il peggio che il mondo ha da offrire."

Il modo in cui Carson pronunciò le ultime parole fece aggrottare le ciglia a Skylar. "I clienti che vi chiamano sono davvero persone tanto orribili?" gli chiese inquieta.

La domanda sembrò estinguere l'intensità del momento che Carson stava vivendo. Lui chiuse gli occhi e respirò profondamente. "Sandra è speciale; lo sono tutti i tuoi studenti. Che loro se ne rendano o meno conto, tu fai la differenza, nelle loro vite. Sei un'insegnante fantastica, Skylar. Spero che tu te ne renda conto.

Sentendosi in leggero imbarazzo per via di quelli che per lei erano complimenti eccessivi, lei scrollò le spalle.

"Cosa posso fare per aiutarti mentre aspettiamo che si facciano le cinque e poi che Archer venga a prendere Sandra?"

Skylar ragionò che rispondere "Baciami fino a togliermi il respiro" sarebbe stato un po' fuori luogo, così sospirò e disse: "Se davvero ti va di aiutarmi, puoi rimettere le sedie sotto i tavoli e pulirle, mentre io scrivo al computer un breve resoconto della settimana per la preside. Vuole includerlo nella relazione mensile che manda al consiglio d'istituto."

"Consideralo fatto," disse lui, senza però allontanarsi da lei.

"Carson?"

"Sì?"

"Mi dovresti lasciare andare, altrimenti non potrò scrivere nulla."

"Lo so," disse, ma continuava a tenerle le braccia.

In tutta onestà, Skylar adorava il fatto che lui non volesse interrompere il contatto fisico. Anche a lei veniva naturale toccarlo.

All'improvviso, lei volle di più. Che lui la toccasse di più. Che la baciasse di più.

Lo voleva tutto.

Fin da quando si erano incontrati, lui si era comportato da perfetto gentiluomo, cosa che lei apprezzava; ma ora si era stufata. Quella stessa notte gli avrebbe fatto capire che era pronta per il passo successivo e desiderosa che lui la smettesse di frenarsi.

"Perché mi guardi così?" le chiese Carson piegando la testa; aveva chiaramente intravisto qualcosa di quello che le passava per la testa.

Skylar sorrise. "Niente."

"Dio salvi l'uomo la cui donna dice 'Niente' con un sorriso del genere," scherzò lui.

Skylar adorava quando lui alludeva al fatto che lei fosse *la sua donna*.

Carson si fece avanti e la baciò di nuovo. Stavolta fu un bacio gentile, più rispettoso. Poi le lasciò le braccia e fece un passo indietro; mantenne il contatto visivo per un istante, prima di voltarsi e sollevare una sedia.

Skylar tornò alla cattedra, si sedette, prese il suo computer portatile e lo aprì. Scrivere il resoconto della settimana era l'ultima cosa che avrebbe voluto fare in quel momento, ma sapeva che, una volta sbrigata quella faccenda, non avrebbe più dovuto preoccuparsene... e avrebbe potuto concentrarsi completamente su Carson.

Così, mentre lui puliva e metteva in ordine la classe, lei scrisse velocemente un brillante ed efficace riassunto della settimana del camion.

———

Poco dopo le cinque, Bull era in piedi fuori dall'area giochi che guardava Sandra scorrazzare lì in giro. Era davvero una bambina radiosa. Guardandola, non si sarebbe mai detto che lei e suo padre praticamente vivevano alle soglie della povertà. Visto che era di colore e viveva in un quartiere degradato di

Indianapolis, Sandra poteva suscitare compassione; ma Bull sentiva che sarebbe diventata una grande donna. Anche se era molto piccola, era già sveglia e capace di provare empatia verso gli altri. Suo padre avrebbe fatto qualsiasi cosa per lei; inoltre, grazie a Skylar, la sua carriera scolastica era cominciata nel migliore dei modi.

"È felice," disse Skylar, che era di fianco a lui. "È una cosa che mi riempie di gioia."

"Sì," concordò Bull. Poi le chiese: "E tu?"

Lei si girò per guardarlo. "E io cosa?"

"Sei felice?"

Anziché rispondere subito, Skylar pensò alla domanda per qualche istante.

"Sì. Faccio un lavoro che mi piace e mi fa guadagnare abbastanza per avere da mangiare e un tetto sulla testa. Ho dei genitori fantastici, che mi hanno educato a vedere il bello nelle persone e che provano per me un amore incondizionato. Ho delle vicine grandiose che mi guardano le spalle; non saremo grandi amiche, ma so che se avessi bisogno di loro potrei chiamarle e loro ci sarebbero." Poi arrossì e continuò: "E ho un ragazzo meraviglioso. Sì, Carson, sono felice. E tu?"

Bull avrebbe dovuto aspettarsi quella domanda, che per qualche ragione lo colse impreparato.

Corrucciò il viso. Era felice? Se gli avessero fatto la stessa domanda un mese prima, avrebbe alzato le spalle, dicendo che era contento della sua vita. Non che in passato fosse *in*felice, ma non si era nemmeno mai sentito traboccare di gioia.

Ma in quel momento? Da un po', ogni giorno si svegliava pieno di energia perché sapeva che avrebbe parlato con Skylar e che, magari, l'avrebbe vista. Nella sua piatta vita, lei era come un raggio di sole. Nemmeno leggere quelle relazioni sulla feccia della società e sulle atrocità che gli esseri umani commettevano gli uni contro gli altri lo colpiva più come prima. E tutto a causa della donna che era lì accanto a lui.

"Sì, Sky," rispose semplicemente.

Un sorriso illuminò il volto di Skylar, che mise la mano dentro quella di Carson. I due restarono lì in piedi a guardare Sandra per un po', poi la bambina gridò: "Signorina Reid, venga a spingermi!"

"Pare che il dovere mi chiami," disse Skylar, sempre sorridendo.

Bull le lasciò la mano, controvoglia. "Ti aspetto qui."

"Ok." Skylar si diresse verso Sandra e l'altalena.

Bull si mise le mani in tasca mentre la guardava allontanarsi. Più tempo passava con Skylar, più se ne innamorava. Lei era così dannatamente perfetta che quasi gli faceva male al cuore.

Lui sapeva che avrebbe dovuto dirle la verità. Altrimenti l'avrebbe contaminata. Non c'erano dubbi su questo. Non poteva nasconderle quel segreto per sempre. Non voleva ritrovarsi in una relazione in cui doveva mentire alla sua donna.

Purtroppo, il momento in cui avrebbe dovuto sedersi e parlare seriamente a Skylar si avvicinava. Non era pronto. Gli sembrava che stessero insieme ancora da troppo poco tempo. C'erano serie possibilità che lei, venendo a sapere cosa facevano in realtà lui e gli altri, lo avrebbe piantato in asso seduta stante.

Era probabile che la settimana seguente la Silverstone sarebbe andata in missione in Africa. Tutte le informazioni erano state confermate. Mostafa *era* lì e c'erano indicazioni che si apprestasse ad addestrare terroristi per un attacco sul suolo americano. Se Bull e gli altri erano nella posizione di poter evitare un altro 11 settembre, lo avrebbero fatto. Non c'era nemmeno da discutere se accettare il compito o meno.

Mentre guardava Skylar spingere Sandra sull'altalena e ascoltava le risa di entrambe, sentì un nodo d'ansia stringergli lo stomaco. Fece del suo meglio per restare calmo, cercando di concentrarsi sul fine settimana che gli si profilava. Sky sarebbe tornata a casa con lui; avrebbero cenato e passato insieme la serata. Poi sarebbe tornato a prenderla la mattina seguente e sarebbero andati insieme a Carmel, per pranzare con i genitori di lei.

Avrebbe passato insieme a lei quasi tutto il weekend. Nella settimana che stava per cominciare, avrebbe dovuto concentrarsi sul tempo passato con lei, anziché sulle pene che lui e i ragazzi avrebbero inflitto a un uomo che, del resto, se le meritava tutte.

———

Jay Ricketts osservava la scena dalla sua posizione vantaggiosa, nascosto tra gli alberi, e aggrottò la fronte. Non sapeva chi fosse l'uomo in piedi vicino alla scuola, ma non gli era piaciuto fin dal primo istante in cui l'aveva visto, perché guardava la sua ragazza con troppo interesse. Rappresentava un'inutile complicazione che Jay non voleva.

Jay lo aveva tenuto d'occhio per tutto il pomeriggio. Aveva visto *tutti* gli uomini della ditta di carroattrezzi insidiare la *sua* ragazza, avvicinarsi a lei, comportarsi come se fossero in intimità con lei. La gelosia lo stava divorando dentro.

Voleva essere *lui* il solo a cui lei sorrideva, il solo che lei guardava.

Uno di quegli uomini era rimasto con lei. Quell'uomo e la maestra erano decisamente in confidenza. Quell'uomo avrebbe potuto mettergli un enorme bastone fra le ruote.

Sapeva che era ora di darsi una mossa e procedere con il piano. Non poteva starsene nascosto per sempre. Doveva agire e doveva farlo in fretta. C'erano ancora dei dettagli da definire, soprattutto riguardo al modo in cui si sarebbe spostato a Chicago con lei; ma appena si fosse deciso anche su questo aspetto, avrebbe fatto la sua mossa.

Aveva pensato che la ragazza non sarebbe mancata a nessuno, ma vedendo quella scena, si rese conto che si era sbagliato. Quando sarebbero stati insieme, lui e la ragazza avrebbero dovuto mantenere un profilo basso per qualche tempo. Ci sarebbe stata una squadra di ricerca, ma lui poteva nascondersi proprio lì sotto ai loro nasi; poi, quando si sarebbero calmate le acque, loro due si sarebbero lasciati Indianapolis alle spalle e avrebbero cominciato una nuova vita a Chicago.

All'inizio, lei sarebbe stata riluttante. Avrebbe pianto e lo avrebbe supplicato di lasciarla andare. Ma lui non lo avrebbe fatto. *Mai*. La prima volta si era fregato così. Aveva creduto alla ragazza quando lei gli aveva promesso che non avrebbe detto a nessuno quello che lui le aveva fatto. Ma non sarebbe tornato più in prigione. Assolutamente no.

Stavolta l'avrebbe tenuta con sé, sarebbe stata sua per sempre. Con il tempo, lei avrebbe accettato di appartenergli, avrebbe ubbidito a ogni suo ordine.

Doveva andarsene, prima che l'uomo lo vedesse; quel tipo si comportava come le guardie in prigione: sempre intento a guardarsi intorno, come se dovesse sventare un pericolo. Ma se Jay si fosse alzato in quel momento, l'avrebbero sicuramente visto. La strategia migliore era di restare lì finché l'area giochi non fosse stata sgombra.

"Lei è mia," ringhiò Jay quando lo sguardo dell'uomo tornò sull'altalena, dove la donna spingeva la bambina. "Tu non puoi averla, l'ho vista prima io."

CAPITOLO UNDICI

Skylar era nervosa. Erano sul divano, a casa di Carson e lei gli stava accoccolata addosso, mentre lui le teneva un braccio sulle ginocchia e le accarezzava la pelle con un pollice mentre la teneva stretta.

Avevano cenato e stavano entrambi fingendo di guardare la TV, ma Skylar riusciva a pensare solo a quanto lo voleva. Convinta che il modo migliore per far procedere la loro relazione fosse dirgli semplicemente quello che voleva, fece un profondo respiro. "Carson?"

Lui accennò un sorriso. Skylar sapeva che a lui divertiva quando lei, per fargli una domanda, si rivolgeva a lui chiamandolo per nome.

"Sì, Sky?"

"Sono pronta," disse bruscamente.

Lui aggrottò le sopracciglia, confuso. "Per cosa?"

Cavoli, era imbarazzante. Skylar si rese conto di essere rossa in viso, ma proseguì. Aveva trentadue anni, non quindici. Erano entrambi adulti e, da adulti, stavano parlando di sesso. Poteva farcela.

"Per fare sesso."

Quelle tre parole sembrarono echeggiare nello spazio intorno a loro e lei ebbe un sussulto.

Ma era decisamente riuscita ad attirare la sua attenzione.

"Voglio dire... è da un po' che parliamo tutti i giorni. Ti conosco meglio di quanto non conoscessi ognuno degli uomini con cui sono andata a letto; non che siano stati tanti... ed è passato un bel po' di tempo dall'ultimo, come sai. Ma tu hai detto che decido io la velocità a cui procediamo e... beh, sono pronta. Sempre che tu sia ancora interessato."

Disse questo standogli appoggiata al fianco, ma un secondo dopo si ritrovò sdraiata sul divano, con il corpo pesante di Carson che le incombeva sopra. Lo fissò con stupore.

"Sei sicura?" le chiese.

Skylar annuì. "Non ne avrei parlato se non lo fossi."

"Se cambi idea, dimmelo," disse Carson serio.

"Non succederà," ribatté lei sicura di sé.

"Precauzioni?" chiese lui.

"Prendo la pillola... per controllare il ciclo; ma pensavo che dovresti metterti un profilattico... mi fido di te, ma..."

"Ci avevo già pensato," la rassicurò.

"Tu... io non ne ho con me," disse Skylar. Parlare di sesso sicuro si stava rivelando più difficile di quanto lei non credesse.

"Ne porto uno con me da pochi giorni dopo che ci siamo conosciuti," la informò Carson con un lieve sorriso.

Skylar lo guardò stupita. "Sì?"

"Già. Ti ho voluta fin dalla prima volta che ti ho accompagnato al tuo squallido appartamento e tu ti sei girata verso di me prima di entrare. Voglio dire... chi fa una cosa del genere? Salutare un tizio appena conosciuto come fosse uno con cui ti vedi da un sacco di tempo."

Skylar alzò le spalle. "A quanto pare io lo faccio."

"Già, dolcezza, tu lo fai. E io lo adoro, cazzo. Ti volevo

allora e ti voglio adesso. Ma se in qualsiasi momento tu dovessi cambiare idea, basta che me lo dici e tutto finirà subito."

Skylar inclinò la testa e scherzò: "Stai cercando di dirmi che hai un pene alieno, con aculei, creste e tutto il resto, e che potrebbe spaventarmi e indurmi a sospendere la missione?"

Carson scoppiò a ridere e Skylar restò a guardarlo. Era comunque un bel ragazzo, ma quando rideva così forte da non riuscire a smettere... era davvero stupendo.

Quando si ricompose, Carson tornò a guardarla, lasciando che lei ammirasse i neri capelli arruffati e gli occhi castani, dentro cui brillava l'allegria. "Mi spiace deluderti, ma il mio uccello è nella norma. Non è mostruosamente grande, ma nemmeno piccolo. Ti alzerai dal mio letto soddisfatta."

"Non siamo nel tuo letto," ribatté lei.

Senza dire una parola, Carson si alzò, poi si chinò e la sollevò dal divano.

Con un gridolino di sorpresa, Skylar gli mise le braccia intorno al collo, tenendosi a lui come se le stesse salvando la vita. Nel giro di pochi secondi, erano nel corridoio, diretti alla camera matrimoniale. Lei l'aveva vista la prima volta che era stata lì, quando lui le aveva fatto fare il giro della casa.

Carson aprì la porta della camera da letto con un colpetto del bacino e raggiunse il letto a grandi passi. Il lenzuolo e il piumino erano ammassati ai piedi del letto, come se lui si fosse appena alzato. Skylar ebbe appena il tempo di notare una pila di libri sul comodino e una cesta strapiena di vestiti, poi lui la appoggiò sul letto senza troppe cerimonie.

Ridacchiando, Skylar lo guardò togliersi la polo della Assistenza Silverstone che aveva indossato tutto il giorno. I loro sguardi si incontrarono e, senza distogliere il suo, Carson si slacciò la cintura e si calò i jeans.

Skylar percorse con gli occhi il suo corpo e sentì il cuore che cominciava a batterle più forte.

Carson "Bull" Rhodes era un distillato di perfezione maschile.

Skylar voleva accarezzare quel petto villoso. I bicipiti di Carson erano gonfi, senza un filo di grasso; non aveva uno di quei fisici da culturista che lei aveva visto alla TV, ma era chiaro che si era tenuto in forma anche dopo aver lasciato l'esercito.

Skylar deglutì con difficoltà quando lo sguardo le finì sulle parti intime di lui. Sapeva che il soprannome di Carson derivava dalle sue doti di tiratore, ma non poté fare a meno di notare che laggiù il ragazzo decisamente aveva qualcosa che le ricordava un toro.

I boxer neri attillati che indossava definivano perfettamente la sagoma del suo pene. I muscoli delle cosce gli si contrassero, poi si sdraiò sul letto accanto a lei. Le si mise sopra, sorreggendosi sugli avambracci. Skylar era ancora vestita, ma si sentì come sovrastata.

Carson si mise a cavalcioni su di lei, all'altezza delle cosce, puntando le mani a lato delle sue spalle, poi si abbassò finché lei non sentì i peli del suo torace sfiorarle il petto. Doveva ammettere che le piaceva stare sotto di lui. Gli afferrò le braccia e aspettò che lui prendesse l'iniziativa. Dopo aver innescato la conversazione sul fare sesso e sulle precauzioni da prendere, le sembrava di avere esaurito le forze.

"Stai bene?"

Skylar annuì.

"Nervosa?"

Annuì ancora. "Un po'."

"Perché?"

"Perché?" gli fece eco lei piuttosto confusa.

"Già.. Perché?" ripeté lui. "Non ti farò male. In realtà, tutto ciò che succederà in questo letto ti farà stare molto bene. Riguardo a cosa sei nervosa, in particolare?"

Improvvisamente lei si sentì vagamente stupida. Abbassò

lo sguardo e si mise a fissargli un lato del collo, dove si vedeva una pulsazione. "Non lo so."

"Guardami," la esortò Carson.

Skylar si leccò le labbra e incontrò il suo sguardo.

"Credo che tu sia bellissima," le disse con dolcezza. "E non si tratta solo di una cosa fisica. Sono attratto da te fin dalla prima volta che ti ho vista. I tuoi capelli rossi sono stupendi, dannazione, vorrei poter catturare in un'immagine il luccichio che si accende nei tuoi occhi quando sei emozionata per qualcosa, per tenerlo sempre con me. Non riesco a smettere di pensare al tuo corpo sensuale, vorrei sempre guardarlo, toccarlo. Ma sono ancora più attratto da te come persona. Sei buona, fino al midollo delle ossa. Sei compassionevole, generosa e premurosa, e non ho il minimo dubbio sul fatto che daresti fino al tuo ultimo dollaro a chi ne ha bisogno. Riesci a far sentire *me* una persona migliore, semplicemente standomi vicino."

"Carson," sussurrò Skylar, come travolta da quelle parole.

"Non devi essere nervosa all'idea di trovarti nuda con me, né devi porti il problema se riuscirai o meno a farmi godere. Soprattutto, non preoccuparti delle mie dimensioni. E se sei agitata perché è un sacco di tempo che non fai l'amore... beh, anch'io non sto con nessuno da un bel po' e sono qui insieme a te."

Le parole di Carson dissiparono tutta l'ansietà di Skylar. Il fatto che lui ammettesse di non essere così sicuro di sé riguardo a quello che stavano per fare la fece sentire meno sola.

Lo guardò in viso e gli sorrise. "Sarà dura fare l'amore con tutti questi vestiti che ho addosso," disse a bassa voce. "Mi sembra di ricordare che dobbiamo essere entrambi nudi perché la cosa funzioni."

Carson si mise all'opera senza dire una parola. Si sedette ancora a cavalcioni su di lei ma senza gravarla con il proprio peso, poi avvicinò la mano all'orlo della sua maglia. Lei inarcò la schiena e alzò le braccia per facilitargli l'operazione; trattenne il respiro mentre lui le sfilava la maglia dall'alto. Senza distogliere lo sguardo dal viso di Skylar, Carson gettò l'indumento a lato del letto.

Lei si era messa il reggiseno di pizzo quasi per capriccio. Di solito preferiva indossare reggiseni di cotone o di materiale sintetico, ma quella mattina, vestendosi per andare al lavoro, pensava che sarebbe tornata a casa con Carson e aveva deciso di fare tutto il possibile per sentirsi sicura di sé, così aveva optato per la biancheria intima più sexy che aveva.

Era davvero contenta di averlo fatto.

Carson le teneva gli occhi incollati sul seno. Lei sapeva che il décolleté faceva più effetto quando non era sdraiata, ma certo non poteva dirsi delusa dalla reazione del suo uomo.

Lui le appoggiò le mani sulla pancia, poi cominciò a muoverle verso l'alto, lentamente, arrivando ai seni per poi accarezzarle le spalle. Si chinò verso di lei e spostò le mani sulla sua schiena; inarcandola di nuovo, lei gli consentì di accedere alla fibbia del reggiseno; nel giro di pochi secondi, Skylar si ritrovò a petto nudo.

Per qualche ragione, forse perché Carson aveva proceduto con estrema cautela fino a quel punto, lei pensava che avrebbe continuato così. Ma si sbagliava. Di grosso. Lei lo stava ancora fissando negli occhi, con le pupille dilatate dal desiderio, quando lui si abbassò di scatto e le prese un capezzolo in bocca, facendola annaspare.

"Carson!" esclamò lei d'un fiato.

Lui sembrò non sentirla nemmeno e continuò a succhiarle il capezzolo. Skylar inarcò la schiena e con una mano gli afferrò i capelli. Lui le strinse il seno che non stava succhiando e cominciò a giocare con il capezzolo, strizzandolo e pizzicandolo mentre si dedicava a farla impazzire con la bocca concentrata sull'altro.

"Santo cielo," disse Skylar, affannata mentre cercava di elaborare quello che stava provando. Quello che lui le stava facendo con la bocca quasi le provocava dolore; ma non si trattava esattamente di dolore. Lei allargò le gambe, per quanto le fosse possibile farlo con lui sopra, e spinse il bacino in alto, vogliosa di avere di più.

Carson tolse la bocca dal capezzolo, producendo un rumoroso schiocco, poi alzò la testa così da poter vedere il viso di Skylar. "Dimmelo, se ti faccio male," le disse con tono quasi intimidatorio e con una voce bassa e roca che lei non aveva mai sentito prima.

Lei scosse la testa. "Non mi fai male."

"Ti voglio di brutto, Sky," ammise lui, strizzandole il seno che aveva ancora in mano.

Skylar non poté fare altro che annuire. Si sentiva la pelle andare a fuoco e lo voleva dentro. Subito.

Con il tacito consenso di Skylar, Carson si rimise a cavalcioni, le sbottonò i jeans e aprì la cerniera; poi, senza cambiare posizione, glieli abbassò poco sotto il bacino, insieme alle mutande.

Skylar lo aiutò, per quanto poteva, facendo del suo meglio per togliersi i jeans senza colpirlo con le gambe; Carson si drizzò sulle ginocchia e veloce come un lampo rotolò di fianco, glieli sfilò e ritorno sopra di lei.

Lei riuscì a malapena a vedere di sfuggita il suo membro duro, prima che lui si abbassasse di nuovo, questa volta scendendole tra le gambe.

"Carson, per favore, ho bisogno di te."

"E mi avrai," disse lui, "ma devo essere sicuro di non farti male."

"Io non... mi mette a disagio."

Sentendo quelle parole, Carson si immobilizzò, restando lì dov'era, tra le sue gambe. "Cosa ti mette a disagio?" le chiese confuso, cercando di interpretare l'espressione di Skylar.

Imbarazzata, Skylar si indicò il punto fra le cosce. "Lo sai... *quello*."

"Il fatto che ti guardi lì? Che ti lecchi? Che ti guardi mentre vieni? Cosa?"

"Sì!" disse lei con tono esasperato. "Tutto quanto."

"Perché?"

"Oddio, ci risiamo..." si lamentò lei.

"Dico sul serio. Perché?" le chiese Carson. "Hai avuto qualche brutta esperienza in passato? Qualcuno ti ha fatto del male?"

"No, niente del genere," disse lei, stendendosi sulla schiena con lo sguardo fisso al soffitto. "È solo che... non l'ho mai fatto. Nessuno degli uomini che ho avuto si è mai preso la briga di... è che mi imbarazza sapere che mi guardi così... da vicino."

"Prima di tutto... potresti evitare di parlarmi dei tuoi ex mentre siamo nel mio letto?" brontolò Carson. "Secondo: devo ammettere che trovo adorabile il tuo imbarazzo. La tua innocenza mi eccita da morire, dannazione."

"Non sono così innocente," protestò Skylar.

"Cazzo se lo sei... e io ti corromperò."

Per un istante, Skylar dubitò di aver capito bene, ma quando elaborò le parole di Carson, non poté fare a meno di fare una risatina. "Davvero? Se mi corrompi, non sarò più innocente," disse lei.

"Sì che lo sarai," ribatté lui. "Ma smanierai per me e *soltanto* per me. Nessuno riuscirà a farti quello che posso farti io."

Sembrava estremamente sicuro di sé, persino presuntuoso, ma Skylar si rese conto che non le importava. Inoltre, con ogni probabilità, lui aveva ragione. Lei già smaniava per lui, anche se fino a quel momento non avevano fatto altro che pomiciare; sapeva bene che, dopo aver fatto l'amore, le cose tra loro sarebbero state diverse, più intense.

Skylar era incerta su cosa dire e non capiva cosa lui stesse aspettando, sdraiato lì tra le sue gambe e intento a sfiorarle l'interno delle cosce con il pollice, guardandola come in attesa che succedesse qualcosa.

Lei si leccò le labbra e gli chiese: "Perché mi guardi così?"

"Aspetto che tu mi dia il permesso di divorarti. Di darti un orgasmo che ti faccia dimenticare tutto tranne il piacere che provi. Se davvero ti mette a disagio, la smetterò. Ma è una cosa che sogno da settimane: averti sotto di me e sentirti gemere mentre ti assaporo."

Come avrebbe potuto dire di no? Non poteva.

"Ok," bisbigliò.

"Ok cosa?" la pressò lui.

Caspita, prendeva davvero sul serio la faccenda del consenso. "Puoi leccarmi, se poi mi lasci fare altrettanto con te."

A quelle parole, lui diede un colpo di reni, come se stesse avendo un amplesso con il materasso. Chiuse gli occhi per un istante, poi li riaprì e la inchiodò al letto con lo sguardo. "Vuoi succhiarmelo?" le chiese.

Sentirglielo dire le fece venire un nodo allo stomaco. Annuì.

"*Cazzo*. Ho fantasticato anche su *questo*," le disse Carson. "Le tue labbra che vanno su e giù, che leccano e succhiano."

Il sesso orale non era la passione di Skylar, ma aveva il presentimento che con Carson sarebbe stata tutta un'altra storia. Proprio come farsela leccare da lui sarebbe stata una nuova esperienza.

Così, senza che nessuno dei due dicesse altro, Carson abbassò la testa. Quando poco prima le aveva succhiato il capezzolo, non si era certo trattenuto e così continuò, senza trattenersi. Chiuse le labbra intorno al clitoride e usò la lingua per stimolare il piccolo grumo di terminazioni nervose.

Sentendosi presa, Skylar si contorse, ma non si stupì

quando lui risalì di qualche centimetro e le posò una mano sul basso ventre per tenerla ferma, mentre continuava a farla impazzire.

Quella lingua le pareva un vibratore e quando lui si mise ad alternare leccate a succhiate e a piccoli morsi, Skylar si sentì traboccante di eccitazione. Era così bagnata che riusciva a sentire l'odore dei suoi stessi umori. Per un secondo, si chiese come sembrassero a Carson quell'odore e quel sapore, ma poi, quando lui usò la mano che aveva libera per perlustrarle le pieghe intime, lei si scordò di tutto tranne che del modo in cui lui la stava facendo sentire.

Rispetto alla lingua e a come lui la muoveva sul clitoride, le sue dita avevano un tocco delicato. Entrò con un dito, poi lo ritrasse e si mise ad accarezzare le pieghe, centimetro per centimetro; dopodiché entrò di nuovo, con due dita.

Gemendo per la sensazione che lui la stesse riempiendo, Skylar spingeva contro quella mano e quella bocca che continuavano a trasportarla verso l'orgasmo.

Skylar non si rese conto di quanto tempo passò mentre lui la teneva appena al di qua del limite. A un certo punto, lei abbassò lo sguardo, sentendo che lui aveva smesso di succhiare. Le dita si muovevano ancora dentro e fuori dal suo corpo e lei spingeva ancora il bacino per incontrarle; Carson la guardava agitarsi sotto ai suoi occhi e sembrava che in vita sua non avesse mai visto nulla di tanto sorprendente.

L'uomo aveva le labbra e il mento che luccicavano, inumiditi dagli umori di lei, e non sembrava avere alcuna intenzione di pulirsi; era come incantato dal corpo di Skylar e da quello che le stava facendo. I loro sguardi si incrociarono per un istante e Skylar non riuscì nemmeno a vedere le sue iridi marroni, tanto gli si erano dilatate le pupille.

Lui tornò a concentrarsi sul punto in mezzo alle sue cosce e abbassò la mano che ancora le teneva sul ventre, fino a posizionare il pollice sul clitoride.

"Oddio!" esclamò lei.

Lui tacque e si leccò le labbra; fu l'ultima cosa che Skylar vide prima che la testa di lui le sprofondasse ancora tra le cosce.

Ricominciò a succhiarle il clitoride, ma era chiaro che non stava solo cercando di eccitarla. Non la stava stuzzicando. Premeva le dita dentro di lei e aveva girato la mano con il palmo verso l'alto. Spingeva sulle pareti interne della vagina, come in cerca...

Quando lui trovò il punto G con la punta delle dita, Skylar ebbe un sussulto, uno scatto quasi violento.

Sentì la bocca di Carson che si piegava in un sorriso contro di lei, ma lui non alzò la testa. La succhiata al clitoride si fece quasi dolorosa, mentre lui le carezzava l'interno del corpo.

L'orgasmo la travolse senza preavviso. Lei stava per spingere via dal suo sesso la testa e le mani di Carson, convinta di non riuscire a sopportare ulteriormente quella tortura erotica; ma poi ogni muscolo del suo corpo andò in tensione e le si piegò la schiena mentre veniva.

Carson non fece marcia indietro. Cominciò a muovere le dita sempre più veloce, spingendo sul punto G a ogni colpo. Skylar si rese conto di assecondare i movimenti di quella mano, quasi stesse avendo un amplesso; le pareva di non averne mai abbastanza.

Alla fine lui alzò la testa, continuando però a lavorare con il pollice, che premeva forte sul clitoride per prolungare l'orgasmo di Skylar; a lei sembrava che il cuore le stesse per uscire dal petto.

Le fremevano le cosce e aveva il respiro affannato. Carson si drizzò sulle ginocchia e si tolse da lei. Lei si rese a malapena conto che lui si era allungato verso i suoi pantaloni, che erano ancora sul bordo del letto, e che stava srotolandosi un profilattico lungo l'uccello imponente. Un secondo dopo, Carson si stava facendo avanti sulle ginocchia, di nuovo tra le gambe di Skylar. Lei le spalancò, ancora più di quanto non avesse fatto prima.

Skylar sapeva che la mattina seguente sarebbe stata indolenzita, visto che era un sacco di tempo che non sforzava così i muscoli; o forse non li aveva mai sforzati tanto. Ma al momento non riusciva a pensare ad altro che a Carson che stava per penetrarla. Sentiva il corpo vuoto senza di lui.

L'aria fresca della stanza le pizzicava contro le pieghe ormai fradice, ma neanche di quello le interessava. Skylar non riusciva a distogliere lo sguardo dal membro di Carson. Visto da quella posizione, con lui sopra di lei che se lo teneva in mano, sembrava enorme.

"Stai bene?" le chiese lui ancora una volta.

"Scopami," bisbigliò lei, desiderando averlo dentro di sé più di quanto avesse mai desiderato qualsiasi altra cosa.

"Non ti ho mai sentita usare certe parole," le disse Carson mentre si inumidiva la punta del pene scorrendola lungo le labbra della vagina. "È eccitante, cazzo."

Skylar gli affondò le unghie nelle cosce e lo implorò: "Ti prego, Carson!"

Nello stesso modo in cui l'aveva approcciata fino a quel momento, si abbassò e la prese senza esitazione. Sprofondò nel suo corpo senza lasciarle il tempo di adattarsi alla sua presenza.

Per quanto lei fosse già bagnatissima, provò comunque una fitta di dolore quando lui arrivò in fondo; ma giunto lì, lui restò immobile, dandole modo di abituarsi alle dimensioni del pene.

Ansimante e aggrappata a lui come se le stesse salvando la vita, Skylar lo guardò negli occhi.

Lui aveva la testa tirata indietro e un intenso tremore alla mandibola. Era lampante che essere dentro Skylar lo mandava in estasi.

Dopodiché, Skylar non sentì più nessun dolore. Avere quell'uomo alla sua mercé era la cosa più inebriante che le fosse mai capitata.

"Sono tua," gli disse dolcemente. "Prendimi."

———

Bull non si era mai sentito così bene come si sentiva dentro a Skylar.

Era al limite fin da quando aveva visto quel seno perfetto. Il pene gli aveva pulsato contro il letto mentre la leccava. Quando Skylar aveva cominciato a sbattersi la mano con cui lui la stava toccando, era stato sul punto di perdere il controllo.

Non le aveva mentito: corromperla era dannatamente eccitante. Senza bisogno di chiederglielo, sapeva che lei non era mai stata tanto elettrizzata come lo era in quel momento. Gli aveva bagnato tutta la mano quando lui aveva trovato il punto G, gli era parso chiaro che nessuno l'aveva mai toccata lì.

Dopo che lei era venuta, lui si era messo il profilattico in fretta e furia.

Quando lei gli aveva detto "Scopami", lui si era reso conto che era la prima volta che sentiva una parolaccia uscire dalla sua bocca. Bull aveva fatto tutto il possibile per distrarsi dal pensiero di quanto in fondo a lei voleva arrivare, ma poi lei glielo aveva chiesto...

Era andata così. Lui le aveva dato molte opportunità di dirgli no, chiedendole se avesse cambiato idea, se non volesse più fare l'amore con lui. Ma lei non era tornata sui suoi passi. Lei gli aveva *chiesto* di scoparla.

Quindi lui non aveva scelta.

Aveva pianificato di andarci piano, ma appena sentì il calore interno di lei chiudersi intorno alla sommità dell'erezione, si sentì spacciato. Si infilò per tutta la sua lunghezza; lo fece detestandosi, ma era ormai incapace di trattenersi.

Skylar fece una smorfia e Bull cercò di disciplinare il proprio desiderio con ogni briciolo di forza mentale che gli era rimasto. Rimase immobile, dandole il tempo di adattarsi a lui, anche se era un po' troppo tardi per farlo; rovesciò la testa indietro, digrignando i denti nel tentativo di recuperare l'autocontrollo che sapeva essergli indispensabile per evitare di fare del male alla preziosa donna che era sotto di lui.

"Sono tua," la sentì dire. "Prendimi."

Lui cominciò a muovere il bacino quasi inconsciamente. Si tirò indietro e poi affondò dentro di lei. Quando vide che lei non gridava di dolore né cercava di respingerlo, lo rifece, più volte.

In quel momento stavano scopando, non stavano facendo l'amore. La stava scopando con tanto vigore che i seni di lei ballonzolavano su e giù al ritmo del movimento. Ma guardando il viso di Skylar, Bull seppe di amarla. Lei si aggrappò alle sue braccia così forte da lasciargli impressi i segni delle unghie.

A ogni colpo, lei gemeva e spingeva verso di lui il bacino, istigandolo e incoraggiandolo.

La consapevolezza di amarla si fece più acuta.

Non aveva mai provato nulla del genere per una donna. Mai. Skylar Reid era fatta per lui.

Abbassò una mano e le afferrò una natica, aprendogliela un po' di più. Lei gemette in estasi.

"Sei *mia*," ringhiò Bull mentre spingeva sempre più forte.

"Tuaaa!" gridò lei.

Bull voleva sentirla venire sul proprio membro. Con un grande sforzo di volontà, smise di spingere e si tirò su, sedendosi sui talloni, poi trascinò a sé Skylar, in modo che gli posasse il bacino sulle cosce. In quella posizione, lei aveva il bacino perfettamente verticale e lui non poteva più penetrarla a fondo, ma al momento Bull voleva vederla e sentirla venire ancora, più di quanto non volesse scoparla.

Infilò il pollice tra di loro, raccolse un po' degli umori di lei e premette forte sul clitoride. Ci mancò poco che quella pressione non la facesse sobbalzare via dalla sua presa.

"Carson!" esclamò lei. "È troppo sensibile."

"Vieni per me, Sky," le disse. "Puoi farlo. Fammi sentire che me lo schiacci."

Lai aveva i capezzoli turgidi e Bull avrebbe voluto avere quattro mani per toccarla dappertutto.

"Non posso!" gridò lei.

"Sì che puoi," insistette lui; non era sicuro al cento per cento che lei *potesse* avere un secondo orgasmo, ma lui ce l'avrebbe messa tutta. Lei era *sua*, era lì perché lui la corrompesse.

Quando i muscoli vaginali di Skylar si contrassero intorno al pene fin quasi a fargli sentire male, Bull emise un lamento; alzò la mano libera e le strizzò brutalmente un capezzolo.

Bastò quello. Skylar esplose con una tale intensità che quasi gli saltò via dal grembo. Bull la afferrò e la strinse a sé, mentre lei faceva del suo meglio per agitarsi e strusciarsi sull'uccello. Per lui fu una sensazione meravigliosa, mai sperimentata prima: riusciva a sentire il piacere che lei stava provando, come se fosse lui a godere.

Poi fu preso dall'urgenza di penetrarla. La fece scendere dal grembo, la afferrò per le gambe e gliele tirò su, tenendole ferme all'altezza delle ginocchia con le braccia, poi si chinò su quel corpo esausto. Lei si ritrovò quasi piegata a metà, ma Bull non si fermò per chiederle se stesse bene; si prese invece quello che voleva.

E quello che voleva era Skylar.

Mentre lui la scopava, i loro corpi producevano rumori così forti che quasi si sovrapponevano alle sensazioni di Bull.

Lo sbattere di pelle contro pelle a ogni colpo delle sue cosce contro le natiche di Skylar intensificava l'esperienza.

Bull sentì che le palle si ritraevano verso di lui e capì che stava per esplodere.

Diede altri due colpi, poi si spinse più in profondità che poteva e scaricò. Venendo, ebbe quasi un capogiro. Pensò che non avrebbe *mai* smesso di venire. Per un brevissimo istante, si chiese se il profilattico sarebbe effettivamente riuscito a contenere tutto il dannato sperma che stava eiaculando, ma poi decise di non porsi il problema.

Appena riprese fiato, si accorse che stava praticamente schiacciando Skylar con il proprio corpo. Si tirò indietro rapidamente e la aiutò ad abbassare le gambe. Ma non uscì da lei. Sapeva che avrebbe dovuto farlo, così da potersi occupare del profilattico. Ma non riuscì a imporselo.

Le si rimise sopra, facendo attenzione a non caricarla di tutto il proprio peso. Appoggiò i gomiti ai lati della sua testa e le accarezzò con i polpastrelli il viso imperlato di sudore. Lei teneva gli occhi chiusi e aveva ancora il respiro molto affannato. Bull riusciva a sentire contro il petto il battito cardiaco di Skylar.

"Sky?" la chiamò.

"Mmmmh?" mugugnò lei in risposta, senza aprire gli occhi.

"Mi dispiace."

Al che, lei spalancò gli occhi e lo fissò confusa.

"Mi dispiace per essere stato così... rude. Volevo fare l'amore con te in modo lento e dolce, era la nostra prima volta."

Skylar fece una specie di sorriso, poi scosse la testa. "L'avevo già fatto in modo lento e dolce. Con te è stato... non l'avevo mai fatto *così* e ora non credo che potrei tornare a farlo come prima. Mi sembra di aver parlato con gli angeli... sono venuta come non mai."

Bull fece una risatina ma non poté fare a meno di sentirsi un gigante. "Quindi... ti ho corrotta?"

"Già, Carson, mi hai decisamente corrotta," ammise lei. "Io non ero... ma è piaciuto anche a te?"

Lui la fissò incredulo. "Stai scherzando? Non vedevo l'ora di esserti dentro e quando sono entrato mi sono reso conto di averti fatto male. Poi sono riuscito a dare solo qualche colpo, perché sentire che venivi su di me è stato sconvolgente... sono venuto praticamente subito. Se mi fosse piaciuto di più, ora sarei morto."

Lei sorrise a quella risposta. Fu un sorriso largo e sincero che quasi ferì Bull al cuore. Non credeva che lei avesse dubitato anche solo per un secondo di avergli dato piacere. Si fece l'appunto mentale di fare in modo, in futuro, che lei sapesse quanto lo faceva godere. Bull trovava inaccettabile che lei non avesse fiducia nella capacità che aveva di eccitarlo.

Skylar sorrise soddisfatta e richiuse gli occhi.

"Devo occuparmi del profilattico. Sarò presto di nuovo da te," disse Bull prima di sfilare lentamente il pene dal corpo di lei.

Sentendo l'attrito della carne che usciva, entrambi emisero un gemito. Skylar si girò di lato e Bull la coprì con un lenzuolo. Poi lui andò in bagno e buttò via il profilattico, per poi tornare in fretta da lei.

Si fermò in mezzo alla stanza e fissò la donna nel suo letto.

Era ancora girata di lato. Lo chignon si era sciolto e i suoi capelli erano sciolti e sparsi sul cuscino. Lui poteva vederle le spalle nude sbucare da sotto il lenzuolo e quella vista gli provocò una vera e propria fitta al cuore. Portandosi una mano al petto, Bull riconobbe che Skylar aveva il potere di ferirlo, più di chiunque altro fosse mai stato nella sua vita.

Non avrebbe mai voluto che questo succedesse. Non prima che lui le dicesse la verità sulla Silverstone. Voleva proteggere sé stesso, così da poter andarsene senza il cuore spezzato, qualora lei non avesse accettato quella verità. Ma era già troppo tardi. E lui c'era già troppo dentro. Era successo tutto in fretta; lei si era intrufolata sotto i suoi scudi troppo velocemente.

Bull fece un profondo respiro e procedette fino al letto.

Si infilò sotto il lenzuolo e Skylar gli si rannicchiò di fianco, appoggiandogli la testa sulla spalla e avvolgendogli al ventre un braccio, mentre piegava una gamba sulla sua coscia. Lui si sentì rivendicato ed era una sensazione fantastica.

"Vuoi che ti riporti a casa, stasera?" le chiese.

Bull si accorse che Skylar si irrigidì prima di chiedergli: "Vuoi che me ne vada?"

"No!" rispose lui immediatamente. "Ma se vuoi andare, non ti costringerò a restare."

"Voglio restare," disse lei, rilassando il corpo, "se per te va bene."

"Per me va benissimo," la rassicurò Bull.

"Avrò bisogno di fermarmi a casa mia domani, prima che andiamo dai miei genitori; così posso farmi una doccia e cambiarmi."

"Puoi fare la doccia qui," le disse Bull. "E sai che ti dico, per non sprecare acqua dovremmo fare la doccia insieme."

Sentì il suo sorriso contro il petto. "Certo," disse lei. "Carson?"

Anche Bull sorrise, come del resto faceva sempre quando lei gli si rivolgeva in quel modo. "Sì?"

"Grazie per essere fantastico. Non solo a letto, ma in tutto. Sei uno degli uomini migliori che io abbia mai conosciuto; a volte penso che tu sia troppo perfetto per essere vero."

A Bull si strinse il cuore. Poco prima, era stato sul punto di dirle tutto della Silverstone. E avrebbe dovuto farlo. Doveva parlarle prima che lui e gli altri partissero per l'Africa. Ma per il momento, per quel momento, non avrebbe fatto altro che godersi la donna rilassata e appagata che aveva tra le braccia... forse per l'ultima volta.

"Dormi, dolcezza," le disse baciandole la fronte.

Lei si addormentò nel giro di pochi secondi, o almeno così parve a lui.

Bull restò sveglio almeno un'altra ora, cercando di escogitare il modo migliore per dirle che lui non era l'uomo che lei credeva. Era un killer. Semplice e chiaro. E nemmeno gli dispiaceva di esserlo.

Ammetterlo sarebbe stata la parte più difficile: dirle che sarebbe stato ben felice di continuare a fare quello che faceva quanto più a lungo possibile, perché rendeva il mondo più sicuro per donne come lei.

Bull strinse a sé Skylar e fece del suo meglio per togliersi dalla testa il discorso che avrebbe dovuto farle. Il giorno seguente avrebbe conosciuto i suoi genitori, il che, lui lo sapeva, la rendeva nervosa. Avevano appena portato la loro relazione a un livello superiore. Non solo erano stati tanto intimi quanto due persone lo potessero essere, ma in quel momento stavano dormendo insieme. *Dormendo*. Poteva contare sulle dita di una mano le donne con cui aveva trascorso una notte intera.

Si sarebbe goduto quel momento e tutto il fine settimana, per quanto possibile, perché sapeva che la felicità e il senso di integrità che provava stando vicino a Skylar potevano essergli strappati via già dalla settimana che sarebbe cominciata di lì a poco.

CAPITOLO DODICI

A Skylar quasi non sembrava vero. Aveva temuto che la mattina seguente si sarebbe sentita a disagio con Carson; ma quando aveva aperto gli occhi, lo aveva trovato già sveglio accanto a lei, intento a guardarla.

"Com'è la tua routine mattutina?" le chiese.

"Cosa intendi?"

"Ti piace fare subito la doccia o ti rilassi un po', prima? Bevi caffè? Guardi le notizie alla TV? So cosa ti piace mangiare di mattina, visto che qualche volta abbiamo fatto colazione insieme, ma per il resto non so nulla della tua routine mattutina."

Era vero. Anche lei sapeva molte cose riguardo a Carson, ma non quelle che lui le aveva appena chiesto. "Di solito, prima di tutto mi faccio una doccia; mi aiuta a svegliarmi. Dormo finché posso, non sono una di quelle che punta la sveglia prima solo per godersi un ulteriore pisolino. Poi, quando mi alzo, mi preparo per andare al lavoro. Dopo la doccia, mi vesto, bevo il caffè, controllo i messaggi... cose così. Non mi piace leggere le notizie o guardarle alla TV, è troppo deprimente."

Skylar non riuscì a interpretare lo sguardo di Carson, ma fu sollevata quando lui annuì. "Anche io mi faccio subito la doccia e, come te, non rimando la sveglia; grazie all'esercito, il più delle volte non ho nemmeno bisogno di puntarla. Mi sveglio quando devo, mi pare. Quindi... pronta per la doccia?"

Skylar fece cenno di sì e cinque minuti più tardi erano sotto la doccia insieme.

Lui la baciò come se fosse la prima volta, poi la fece venire con una mano. Per fortuna lui le era stato vicino, perché durante l'orgasmo le avevano ceduto le ginocchia e sarebbe caduta al suolo se lui non l'avesse sorretta.

Volendogli rendere la cortesia, Skylar si mise in ginocchio e glielo prese in bocca. Carson aveva cercato di dirle che non era tenuta a farlo, ma lei *voleva* farlo. Voleva vederlo perdere il suo proverbiale autocontrollo. Dovette finire usando una mano, ma quando lui le venne sul seno, l'espressione con cui la guardò la ricompensò per il dolore che aveva alle ginocchia e per l'incertezza che aveva provato nel procurargli piacere in quel modo.

Dopo essersi puliti a vicenda e vestiti, Carson preparò la colazione. Poi accompagnò Skylar in macchina al suo appartamento, di modo che potesse cambiarsi. Tiana fece capolino dal suo appartamento e la mise in grande imbarazzo, alludendo al fatto che aveva trascorso la notte fuori e dicendole che era fiera di lei.

Carson si limitò a sorridere durante tutta la loro conversazione. Non sembrava minimamente a disagio, cosa che Skylar adorava. Quasi tutti gli uomini con cui era uscita avrebbero trovato spiacevoli le battutine della sua vicina... come pure il fatto di essere mangiati con gli occhi dalla medesima. Ma Carson aveva semplicemente sorriso con aria soddisfatta, lasciando che Tiana si divertisse a stuzzicarli un po'.

Poco dopo erano in macchina, diretti a Carmel, a nord di Indianapolis.

"Carson?"

Lui sorrise. "Sì?"

In passato, Skylar si era riproposta di smetterla di cominciare ogni domanda con il suo nome, come se dovesse chiedergli il permesso di parlare. Ma da quando sapeva che la cosa lo divertiva, che *lei* lo divertiva, lo faceva apposta.

"Mio padre è piuttosto protettivo. Anche se ora ho più di trent'anni, lui semplicemente non riesce a trattenersi dal trovare un momento e prendere da parte i ragazzi che gli presento, per far sapere loro che, se mi fanno stare male, dovranno vedersela con lui."

Carson non fece una piega. "Quanti ragazzi gli hai presentato finora?"

"Uhm... mi pare tre, prima di te."

In quel momento la guardò. "Solo tre?"

Skylar arrossì. "Già... beh, il primo è stato quando ancora ero alle superiori, quindi non so se conta. Comunque papà gli ha fatto prendere un tale spavento che quasi non mi ha toccato per tutta la sera. Il secondo... pensavo fosse quello giusto. Ci siamo conosciuti al college e l'ho portato dai miei genitori durante le vacanze per il Ringraziamento. A mio padre è sembrato un cretino e io ero distrutta dal fatto che non andassero d'accordo. Mi ha lasciata dopo le vacanze di Natale, dicendomi che sarebbe tornato con la sua ex delle superiori, con la quale aveva trascorso un sacco di tempo durante le vacanze."

"Bastardo," mormorò Carson.

"Il terzo è stato uno che ho conosciuto quattro anni fa. Ci siamo frequentati per circa sei mesi prima che gli presentassi i miei."

"E com'è andata?"

Skylar alzò le spalle. "È piaciuto sia a mia madre che a mio padre. Era un ragazzo simpatico, ma..."

"...ma non piaceva a te," Carson finì la frase per lei.

"In buona sostanza, sì. Era un bravo ragazzo. Davvero bravo. Forse *troppo*. Voglio dire, non voglio stare insieme a uno stronzo, ma non voglio nemmeno essere io a dover prendere tutte le decisioni che riguardano la coppia. Gli chiedevo continuamente quando potevamo vederci e dove preferiva andare. E non è stato solo quello... è solo che io... non importa."

"No, dai... mi interessa," la esortò Carson.

Lei fece un profondo respiro. "E va bene. Non mi sentivo *sicura* con lui. Avevo l'impressione di essere io quella che doveva essere vigile, quando camminavamo al buio in un parcheggio o cose simili. Non mi ha mai accompagnato fino alla porta di casa... credo avesse paura. Un giorno c'erano poliziotti dappertutto nel nostro isolato; una donna su cui pendeva un mandato d'arresto per omicidio aveva abbandonato la sua auto dopo un inseguimento ed era a piede libero. Lui mi ha semplicemente detto di stare attenta e mi ha lasciato nel parcheggio. Ero spaventata a morte."

"Stronzate," sbottò Carson. "Io non farei *mai* una cosa del genere. Se fosse dipeso da me, ti saresti trasferita in un complesso residenziale più sicuro."

Era una dichiarazione audace, ma a Skylar stranamente non dispiacque. D'altronde lui non le aveva imposto di cambiare casa; inoltre, lei certo non negava il fatto di abitare in una delle peggiori aree della città. "Con te mi sento sicura," gli disse. "Fin dal momento in cui ci siamo conosciuti, tu hai insistito sulla mia sicurezza personale... e quando siamo insieme ti preoccupi per me in modo quasi eccessivo."

"È perché tu per me sei importante," ribatté Carson scrollandosi spalle. "Se non sono in grado di proteggere la donna con cui sto, vuol dire che non la merito."

"Non ho bisogno di essere costantemente protetta," sentì il bisogno di dire lei.

"Lo so. Sei adulta e vaccinata e hai dato prova di sapertela cavare da sola. Ma questo non significa che lascerò che ti succeda qualcosa sotto ai miei occhi."

"Sei fatto così," commentò Skylar sicura di sé.

Carson annuì.

"A mio padre piacerai," disse lei sottovoce.

"Bene. Non che la cosa abbia tutta questa importanza per *me*. C'è un sacco di gente a cui non piaccio. Ma ha importanza per te, quindi spero che oggi andrà bene."

Lo sperava anche Skylar. C'erano momenti in cui le sembrava che Carson fosse troppo perfetto. Voleva davvero parlare di lui alla madre, per vedere che impressione faceva *a lei*. In quel momento, Skylar pensò di non essere obiettiva, di riuscire a vedere in lui solo ciò che lo rendeva un uomo fantastico. Doveva avere dei difetti, ma fino ad allora era stato difficile per lei notarli.

Era da un po' che Skylar non tornava dai genitori e quando svoltarono nella strada dov'era casa loro, lei provò gratitudine per aver avuto l'opportunità di crescere lì. Viveva nel suo appartamento da qualche anno ed era ben consapevole dei privilegi di cui godeva in virtù di essere una donna bianca cresciuta a Carmel. Quando entrava in un negozio di alimentari, non riceveva occhiatacce e nessuno la seguiva nel timore che rubasse qualcosa; aveva anche un buon rapporto con la polizia.

Quando poi aveva cominciato a insegnare a Eastlake, le differenze erano diventate ancora più evidenti. Riusciva a trovare con facilità libri per bambini con personaggi bianchi, ma erano pochi quelli con protagonisti ispanici, neri, asiatici arabi o appartenenti ad altre minoranze etniche. Ma più importante ancora era il privilegio di sentirsi al riparo dal dramma quotidiano del razzismo. Nella vita di tutti i giorni, Skylar non doveva preoccuparsi di essere oggetto di discriminazioni o di essere giudicata in base al colore della sua pelle.

Non poteva dire lo stesso dei suoi alunni o dei loro genitori e la cosa per lei era straziante.

Skylar sapeva di non essere perfetta. Ce la metteva tutta per far sì che l'aspetto delle persone non determinasse l'opinione che lei ne aveva, ma a volte si sorprendeva a evitare di proposito qualcuno che vedeva per la strada solo in base alle apparenze.

Crescere a Carmel era stata una fortuna. Una grande fortuna, davvero. Lei amava i suoi genitori e loro avevano lavorato duro per garantirle un'infanzia dorata. Ma a volte tornare da loro la metteva anche a disagio, perché non poteva fare a meno di paragonare quella sua infanzia dorata a quella dei suoi alunni.

"Bella," disse Carson mentre svoltava nel vialetto della casa dove lei era cresciuta.

Skylar annuì. "Sì," concordò.

"Tutto ok?" le chiese lui.

Lei fece un profondo respiro. "Sì. Voglio solo che oggi vada bene."

Carson si tolse la cintura di sicurezza e le appoggiò una mano dietro la testa, poi la tirò a sé. "Andrà alla grande. Vuoi sapere come lo so?"

Lei fece cenno di sì.

"Perché sono i tuoi genitori. Ti hanno cresciuta fino a farti diventare la meravigliosa persona che sei. Come potrei non andare d'accordo con loro?"

Skylar gli sorrise. "Grazie."

Poi Carson la baciò dolcemente. Fu un bacio disinvolto, che espresse più intimità di qualsiasi altra cosa lui avesse potuto fare. A lei piaceva che lui cercasse così spesso il contatto fisico, che non si sentisse a disagio a tenerla per mano, a tirarla a sé in un abbraccio o a baciarla nel vialetto di casa dei suoi genitori.

Carson la guardò negli occhi per un lungo istante. Poi,

avendo evidentemente visto ciò che stava cercando, annuì. "Andiamo. Facciamolo, così dopo puoi rilassarti."

Carson uscì dall'auto e ci girò intorno, la aiutò a scendere e raggiunse l'entrata con passo sicuro. "Bussiamo?" chiese.

La domanda stupì Skylar, che sorridendo allungò una mano verso il pomello della porta. "Nah. Probabilmente mamma si chiederebbe chi diavolo è." Entrarono nella sua casa d'infanzia mano nella mano, poi lei chiamò: "Mamma? Papà? Siamo arrivati!"

Nel giro di pochi secondi, comparvero Dayana e Cory Reid.

Skylar vide lo sguardo del padre finire sulle mani intrecciate di lei e Carson; subito dopo, padre e figlia si stavano abbracciando.

"Ehi, piccolina," gli sussurrò lui in un orecchio.

"Ciao, papà," ricambiò lei. Stare tra le sue braccia la faceva sempre sentire al sicuro. Quando era piccola, lui era stato un padre protettivo; Skylar poteva ricordare ogni abbraccio che lui le aveva dato quando lei era giù.

Si voltò verso sua madre e abbracciò forte anche lei, poi si voltò verso Carson e vide che lui e suo padre si erano appena stretti la mano.

"Mamma, papà, vi presento Carson Rhodes. Carson, ecco i miei genitori: Dayana e Cory Reid."

"Piacere di conoscervi," disse Carson mentre stringeva la mano a Dayana. "Skylar mi ha detto solo cose belle su di voi."

"Allora ti ha mentito," ribatté il padre con un largo sorriso.

"Papà," lo mise in guardia Skylar.

"Che c'è? Non puoi startene lì a raccontare al tuo ragazzo che non sei mai stata arrabbiata con me. Per esempio quella volta che..."

"Possiamo rimandare le storie imbarazzanti almeno a dopo pranzo?" lo interruppe lei, alzando gli occhi al cielo.

"Andiamo," disse la madre, che aveva sempre fatto da

paciera. "Ho preparato qualcosa da stuzzicare mentre aspettiamo che il pranzo sia pronto."

Skylar stava per scuotere la testa. Che senso ha servire stuzzichini prima di pranzo? Ma lasciò perdere e si limitò ad annuire. Sentì che la mano di Carson sfiorava la sua e gliela diede di buon grado. Era felice che lui non temesse di mostrare un po' di affetto nei suoi confronti. Sarebbe stato diverso, in effetti eccessivo, se lui l'avesse tirata a sé e le avesse messo un braccio intorno alle spalle. Ma tenersi per mano la faceva sentire bene... le sembrava giusto.

Due ore più tardi, dopo un pranzo delizioso, successe quello che Skylar aveva prefigurato.

Sua madre le disse: "Cara, è un sacco di tempo che non mi racconti dei tuoi alunni. Perché non lasciamo che tuo padre e Carson parlino un po' e andiamo di là a farci una chiacchierata?"

Era il modo, non certo delicatissimo, con cui sua madre offriva al marito l'occasione di parlare a quattr'occhi con il suo ragazzo. La cosa la seccava un po', ma visto che se lo aspettava, non fece altro che voltarsi verso Carson e inarcare le sopracciglia come per chiedergli il consenso. Non l'avrebbe lasciato da solo con Cory, se lui avesse trovato la situazione imbarazzante.

Ma Carson semplicemente annuì. "Va' pure. Fatevi una bella chiacchierata. Noi staremo bene."

"Sicuro?"

"Certo," rispose Carson con un sorriso. "Hai paura che tuo padre tiri fuori gli album delle foto e mi faccia vedere com'eri da adolescente?"

Skylar fece una smorfia. "Oh... Se lo fa, promettimi che sarai un gentiluomo e ti rifiuterai di vederle."

Carson ridacchiò. "Prometto."

Lei sapeva che lui stava mentendo spudoratamente. Non si sarebbe certo tirato indietro se avesse avuto la possibilità di vedere foto di lei da ragazzina. Skylar si voltò verso il padre. "Comportati bene," lo mise in guardia.

Cory spalancò gli occhi con aria innocente, come per dire: "Chi, io?"

Skylar sospirò e scosse esasperata la testa, ma si alzò dalla sedia e seguì la madre fuori dalla stanza. Si voltò un istante prima di uscire e vide Carson rilassato come lo era stato tutto il giorno, mentre suo padre si chinava verso di lui, pronto a iniziare l'interrogatorio.

Sperando che Carson non le avesse mentito quando le aveva detto che non gli pesava farsi fare il terzo grado da suo padre, Skylar continuò a seguire sua madre.

———

Bull era quasi impaziente di avere quella conversazione con il padre di Skylar. Gli sembrava un po' ridicolo che l'uomo volesse mettere sotto torchio il ragazzo di sua figlia, visto che lei aveva più di trent'anni; d'altronde, sapeva che se *lui stesso* avesse avuto una figlia, si sarebbe comportato nello stesso modo. Quindi non gli pesava che Cory volesse dire la sua. Bull non aveva alcuna intenzione di far soffrire Skylar e lo avrebbe detto al padre senza mezzi termini.

Cory non perse tempo. Appena sentirono una porta chiudersi al piano di sopra, l'uomo si voltò verso Bull. "Prima di tutto, so che mia figlia è una donna adulta e che prende le sue decisioni da sola già da un bel po' di tempo. Ma è ancora la mia bambina. Quindi ti dirò quello che ti devo dire, di modo che possiamo procedere."

"Skylar è sempre stata il tipo di persona che agisce d'istinto. Ha un cuore tenero e a volte non si ferma a pensare ai motivi dietro alle azioni degli altri. Non esita ad aiutare quelli ritiene abbiano bisogno; a volte dà soldi a presunti senzatetto che invece un tetto ce l'hanno, o paga la spesa a gente che dice di aver perso la carta di credito ma che probabilmente ha abbastanza denaro a sufficienza per comprarsi da mangiare.

"Mia figlia dice anche che è felicissima della sua vita libera, da single, ma non è la vita che vuole, nel profondo. Vuole qualcuno che stia al suo fianco. Qualcuno da cui tornare quando finisce di lavorare, qualcuno che ride con lei. A volte penso che sia nata nel secolo sbagliato. Vuole un uomo di cui potersi prendere cura: vuole cucinare per lui, fargli il bucato e in generale fare qualsiasi cosa che possa rendergli la vita più facile. Non sto dicendo che vuole fare la casalinga, visto che un lavoro fuori casa ce l'ha. È dannatamente brava come insegnante e la sua empatia rende inestimabile l'aiuto che dà ai suoi alunni."

"Non mi sta dicendo nulla che io non sappia già," disse Bull quando l'uomo fece una pausa. "Beh, a parte il desiderio di Skylar di trovarsi un uomo; per quanto ho potuto vedere io, lei sta benissimo anche da sola."

Cory scrollò le spalle. "Penso che sia perché ha imparato la lezione anche più del dovuto, per colpa di alcuni bastardi che si sono approfittati della sua natura generosa. Sto solo dicendo che in passato Skylar si è innamorata in fretta degli uomini con cui è uscita, alcuni dei quali non meritavano nemmeno un briciolo del suo tempo e delle sue energie. Ha sofferto e io e sua madre, ogni volta, non abbiamo potuto fare altro che stare a guardare e dirle che da qualche parte c'era l'uomo giusto per lei, che doveva solo essere paziente."

Le parole di Cory indussero Bull a raddrizzare leggermente la schiena. L'idea gli andava a genio. Un bel po'.

"Le diciamo che c'è un uomo che ha bisogno delle qualità che lei ha da offrire, qualcuno che la lascerà essere se stessa... un po' naïf e molto altruista. Se stai con mia figlia solo per andarci a letto o perché pensi che sia una preda facile, puoi uscire da quella porta anche subito. Soffrirà di meno se interrompi la cosa adesso, piuttosto che dopo averle fatto perdere completamente la testa per te. Non sono più disposto a stare a guardare mentre qualcuno si approfitta di lei. Se non sei preparato a essere amato da lei, devi rivalutare la situazione; perché, da padre, posso dirti che lei si sta innamorando perdutamente."

A Bull sembrò che il cuore gli stesse quasi per esplodere. Non riusciva a non ripensare alla notte precedente e alla mattinata che ne era seguita. Com'era stata spensierata e appagata Skylar tra le sue braccia... Era contento di sentire che suo padre pensasse che lei fosse innamorata, perché di certo *lui* lo era.

Bull si piegò in avanti, poggiando i gomiti sulle ginocchia e guardando Cory dritto negli occhi. "Quello che c'è tra me e Skylar non è una cosa da poco," disse misurando le parole. Non voleva dire al padre di Skylar che l'amava, non prima di averlo detto a *lei*. "Concordo con lei che sua figlia sia un po' ingenua. È cresciuta in un ambiente protetto, ma non è una cosa negativa; ha più empatia lei nel suo dito mignolo di quanta ne abbia la maggior parte della gente in tutto il corpo. Lei e sua moglie avete fatto un ottimo lavoro nel crescerla."

Cory scosse la testa. "Non è merito nostro," protestò. "È lei che è fatta così."

Bull acconsentì annuendo, poi continuò. "Io e sua figlia non usciamo insieme da molto tempo e non so cosa ci riserverà il futuro, ma non mi sono mai sentito così appagato in una relazione. Skylar è tutto quello che lei ha appena detto e molto di più. Non voglio cambiarla. Credo che stare da parte a guardarla mentre interagisce con il mondo e proteggerla da quelli che vogliono approfittarsene siano tra le cose più emozionanti e interessanti che mi sono mai capitate. Mi strapperei gli occhi piuttosto che farle del male in qualsiasi modo. Sua figlia è al sicuro con me."

Cory lo guardò a lungo e alla fine annuì. "Uno dei ragazzi che ha avuto al college l'ha colpita."

Bull drizzò la schiena appena sentì quelle parole.

"Con noi non l'ha mai ammesso, ci ha detto che aveva sbattuto in una porta, ma la mia bambina non è maldestra. Per niente. Penso che fosse imbarazzata perché si era spesa così tanto per quello stronzo. Skylar sarà anche naïf, ma non è certo stupida. Non poteva accettare una cosa del genere, nemmeno per un secondo. Ci ha detto che la loro storia non andava bene e che quindi avevano rotto, ma per moltissimo tempo dopo quell'episodio non è stata più la stessa." L'uomo sospirò. "Semplicemente, non voglio che le succeda di nuovo."

"Non alzerò mai le mani su Skylar," gli disse Bull. "Il solo pensiero mi dà il voltastomaco," aggiunse in tutta sincerità. "Non posso promettere che non ci troveremo mai in disaccordo o che sua figlia non si arrabbierà con me, per una ragione o per l'altra; ciò che *posso* promettere è che terrò sempre presente il benessere di Skylar."

I due uomini si guardarono per un lungo momento, poi Cory annuì ancora. "Grazie."

Mentalmente, Bull tirò un sospiro di sollievo. Non doveva per forza ottenere l'approvazione di Cory, ma aveva desiderato averla. Ed era da molto tempo che Bull non aveva cercato l'approvazione di qualcuno. Sapere che il padre di Skylar era d'accordo che loro si frequentassero lo faceva sentire bene. Molto bene.

Sotto molti aspetti, Cory gli ricordava suo padre. Inoltre, Bull decisamente apprezzava l'ardore con cui l'uomo cercava di proteggere la figlia. "Avete una casa bellissima," gli disse, cambiando argomento.

"Grazie."

"Ma non ho potuto fare a meno di notare che ci sono un paio di modifiche che potreste fare, per renderla più sicura."

Cory alzò la testa di scatto. "Sì?"

"Sì."

"Per esempio?"

"I cespugli vicino alle finestre sono enormi. Non mi fraintenda, sono molto belli, ma sono abbastanza grandi da poter fungere da nascondiglio per un uomo alto quanto me. Qualcuno potrebbe nascondersi lì e sopraffare chi si ferma davanti alla porta per aprirla ed entrare." In realtà, Bull non aveva intenzione di dare a Cory delle dritte su come mettere in sicurezza la casa, ma al pensiero che potesse essere *Skylar* quella sopraffatta da un malintenzionato annidato nei cespugli, non aveva potuto non sollevare l'argomento.

"Mmmmh... effettivamente volevo chiamare un giardiniere per farli potare," disse Cory. "Che altro?"

"La tastiera del vostro sistema d'allarme è visibile da una delle finestre del garage," continuò Bull.

"E...?" chiese Cory.

"...e chiunque voglia sapere se l'allarme è attivato non deve fare altro che guardare da quella finestra. Quando abbiamo fatto il giro della casa era disattivato e la grande spia rossa sul dispositivo lo rivela a chiunque guardi dalla finestra."

"Wow... ok, non ci avevo nemmeno pensato," commentò Cory aggrottando la fronte.

"Il cortile sul retro è stupendo, ma il cancello è posizionato di lato alla casa; se invece fosse di fronte, chiunque cercasse di entrare nella proprietà sarebbe più esposto alla vista dei vicini; inoltre, suggerisco che cambiate la serratura del cancello. E poi... c'è una scala infilata sotto il pavimento della veranda sul retro. I ladri usano qualsiasi cosa per facilitarsi il lavoro... perché offrirgli un modo per raggiungere il secondo piano?"

Cory restò in silenzio per un po' e Bull pensò di aver esagerato. A nessun uomo piace ammettere di aver commesso degli errori, o scoprire che la casa che lui riteneva sicura, in realtà non lo è.

Poi il padre di Skylar annuì. "Vedo che la mia Sky è in buone mani," gli disse. "Grazie per i consigli. Vedrò cosa posso fare per quelle modifiche e chiamerò anche qualcuno che ci dica cos'altro possiamo fare per essere più al sicuro."

Dopodiché, si misero a parlare di cose più generali. Cory gli chiese da quanto tempo lavorava alla Silverstone, poi parlarono un po' dell'esercito, fino a quando non tornarono Skylar e Dayana.

Bull si alzò in piedi per salutarle.

"Sei ancora qui," scherzò Skylar con un grande sorriso. "Quindi immagino che papà non abbia avuto tempo di mostrarti le foto di quando ero piccola."

Bull non riuscì a trattenersi dal tirarla al suo fianco e baciarla su una tempia. Lei lo guardò negli occhi e fu come se nella stanza ci fossero solo loro due. "Bella chiacchierata?" gli chiese a bassa voce.

"Certo," rispose lui. "Ho saputo che alle superiori eri nel club del teatro."

Skylar fece una risatina. "Ero una pessima attrice. Non mi hanno mai dato un ruolo da protagonista, nelle recite facevo sempre la 'paesana' o qualche altro personaggio marginale."

Bull adorava imparare nuove cose su Skylar. Anche se sentire che qualcuno con cui usciva aveva alzato le mani su di lei lo aveva fatto arrabbiare, era fiero che lei non avesse giustificato quel tizio e avesse anzi troncato la relazione.

"Scommetto che eri adorabile," le disse Bull.

Skylar scosse la testa e alzò gli occhi al cielo. "Niente affatto, ma grazie. Di cosa avete parlato tu e papà?" gli chiese.

"Faccende da uomini," rispose Cory.

Bull sentì Skylar sussultare accanto a sé, come se il padre l'avesse spaventata. A essere onesto, lui stesso si era quasi dimenticato di essere stato oggetto di un interrogatorio.

Strinse la mano che aveva appoggiato sulle spalle di Skylar e la tenne lì, mentre lei si girava.

"Comunque sia," disse lei rivolgendosi a suo padre. "Almeno dimmi che non hai minacciato Carson con la pistola. Ho dimenticato di informarti che il soprannome di Carson da soldato era Bull, l'abbreviazione di Bullseye... perché aveva un'ottima mira."

Quando vide lo sguardo pieno di rispetto con cui Cory lo guardava, Bull fu sul punto di ridacchiare. Era più che evidente che all'uomo non dispiaceva che lui se la cavasse con le armi... nella misura in cui quell'abilità fosse usata per proteggere la sua bambina.

"Grazie per il servizio che hai reso al paese," disse Dayana.

Bull annuì. In passato, quella frase lo infastidiva. Se la gente avesse saputo cosa avevano fatto lui e i suoi amici come membri delle Delta Force, forse non sarebbero stati tutti così solerti nel ringraziarlo; lo irritava il fatto che quelle persone lo avrebbero guardato in modo del tutto diverso, se avessero saputo quello che facevano veramente alla Silverstone, anche se in sostanza non c'era nessuna differenza rispetto al passato. A ogni modo, negli anni aveva capito che quando le persone lo ringraziavano per il suo servizio, mostravano supporto verso l'esercito, più che verso di lui come persona. La gente non aveva sempre mostrato tutto quel rispetto verso i veterani, così lui aveva imparato ad accettare i ringraziamenti di buon grado. N'

Fece un cenno con la testa alla madre di Skylar.

"Ora noi dobbiamo andare," disse Skylar, interrompendo il punto morto a cui era giunta la conversazione dopo le parole della madre.

"Oh, ma siete appena arrivati," protestò Dayana.

"Mamma, siamo qui da ore," ribatté Skylar ridendo.

"Ma non vi siete fermati abbastanza," si lamentò la madre imbronciata.

Skylar si allontanò da Bull e raggiunse Dayana con un abbraccio. "Torno presto... e sai che possiamo sentirci al telefono quando vuoi."

Abbracciò anche il padre e Bull strinse la mano a entrambi i genitori. "Grazie per aver lasciato che invadessi il tempo che di solito passate con vostra figlia," disse loro.

"Sei sempre il benvenuto," lo salutò Dayana.

"Dopo che ho fatto quelle modifiche che mi hai suggerito, mi piacerebbe se tornassi a dare un'occhiata," disse Cory.

Bull annuì. "Mi faccia solo sapere quando i lavori sono finiti e passerò."

"Quali modifiche?" chiese Skylar.

"La prossima volta preparerò la torta al cioccolato di cui vi ho parlato," disse Dayana con un grande sorriso.

Bull sospinse Skylar verso la porta. Gli erano piaciuti i genitori di lei, ma era impaziente di averla di nuovo tutta per sé. Stava bene quando era con lei. In passato, le uniche persone con cui si era sentito completamente a suo agio erano Eagle, Smoke e Gramps. Sky si era giunta alla lista. Era una delle ragioni per cui era sicuro che la loro relazione non fosse una cosa da poco.

La guardò abbracciare e baciare i genitori ancora una volta, poi si congedarono. La seguì verso la macchina e aspettò che lei si accomodasse sul sedile del passeggero, prima di raggiungere lo sportello dalla parte dell'autista. Mentre uscivano dal vialetto, lui non poté che sorridere di fronte al modo concitato con cui Skylar agitava la mano per salutare i genitori... sembrava che stesse partendo per un lungo viaggio da cui sarebbe tornata chissà quando, anziché tornare a casa sua, a circa un'ora da lì.

"Quali modifiche?" chiese nuovamente lei quando avevano percorso qualche chilometro.

"Niente di che, ho solo dato a tuo padre qualche suggerimento per rendere la casa più sicura."

"Wow. Ok, allora è meglio che ti avverta che papà probabilmente si esalterà un po' e ti chiederà altri consigli in merito," gli disse Skylar.

"Non c'è problema, sarò felice di aiutarlo."

Un piacevole silenzio si fece largo tra i due.

Quando erano a metà strada dalla parte sudoccidentale di Indianapolis, Bull osservò: "Tu e i tuoi genitori avete un bel rapporto."

"Sì," concordò lei. "Non sono mai passata attraverso quella complicata fase adolescenziale in cui i genitori sono i tuoi nemici. Ho sempre saputo che loro avevano a cuore il mio interesse."

"Ti va di dirmi di quel bastardo che ti ha colpita al college?" La domanda uscì dalla bocca di Bull prima che lui potesse valutare se farla o meno.

Ma Skylar non si irritò, si limitò a sospirare. "Papà ne ha parlato a ogni ragazzo che gli ho presentato."

"Si preoccupa per te."

"Lo so, ma, Carson... sono abbastanza cresciuta da potermela cavare da sola. E poi quel tipo mi ha colpita solo una volta, poi l'ho scaricato."

Bull restò impassibile. "Com'è successo?"

"Non hai intenzione di lasciar perdere questa faccenda, vero?"

"Già."

Sky scosse la testa con aria esasperata. "Lui era ubriaco. Eravamo a una festa. Stavo parlando con un mio compagno di corso e il mio ragazzo si è ingelosito come un matto, mi ha afferrato un braccio e in buona sostanza mi ha portata a forza fuori dalla casa. Io mi vergognavo da morire, perché tutti ci stavano guardando; e mi stava anche facendo male al braccio. Ho lasciato che mi portasse fuori in giardino, ma poi mi sono rifiutata di andare oltre."

"Lui ha cominciato a urlarmi contro che ero 'sua' e che lo

avevo umiliato. Ho cercato di spiegargli che io e l'altro eravamo solo amici e che stavamo semplicemente parlando dell'elaborato da consegnare la settimana dopo, ma lui non mi ascoltava nemmeno. Prima che io mi rendessi conto di che intenzioni aveva, lui ha caricato il pugno e ha cercato di colpirmi al viso."

"Io mi sono spostata appena in tempo e fortunatamente mi ha preso alla tempia, anziché al naso, dove aveva mirato. Sono caduta sull'erba e l'ho guardato scioccata, ma lui non sembrava minimamente dispiaciuto per quello che aveva fatto. Era ubriaco ed era ancora furioso. Ha cercato di prendermi a calci, ma per fortuna tre ragazzi che erano alla festa lo hanno bloccato e lo hanno riempito di botte. Il giorno dopo i suoi amici gli hanno raccontato cosa aveva fatto e lui mi ha cercata per scusarsi, ma io mi sono rifiutata di starlo a sentire. Gli ho detto che tra noi era finita e che non volevo parlargli mai più."

Bull strinse la presa sul volante. Avrebbe voluto tornare indietro nel tempo e dare una lezione a quel teppistello; ma si sforzò di sembrare calmo e chiese: "E lui poi se n'è stato alla larga?"

Skylar sospirò. "No. Mi ha supplicato di ascoltarlo, di lasciargli spiegare. Ha sostenuto che la sera prima era ubriaco e non si rendeva conto di quello che faceva, che non mi avrebbe mai fatto del male intenzionalmente. Mi ha detto che ero la cosa più bella che gli fosse successa."

"Tu non gli ha dato una seconda possibilità... perché no?" chiese Bull; era *felice* che Skylar non lo avesse fatto, ma voleva sentire le sue ragioni.

"Il punto è che io sapevo che era ubriaco quando mi ha colpito; ma se davvero fossi stata importante per lui, se davvero fossi stata la 'cosa migliore' che gli era capitata, allora immagino che si sarebbe reso conto di chi ero, magari anche solo inconsciamente. Avrebbe dovuto proteggermi da *altre* persone che potevano farmi del male quando *loro* erano ubriache." Skylar scrollò le spalle. "A ripensarci, sembra un ragionamento stupido."

"Niente affatto," Bull le disse quasi con accanimento. "È sacrosanto. Lui era con te a una festa, una festa dove si beveva forte; non avrebbe dovuto sbronzarsi a tal punto da non sapere quello che faceva. Essere ubriachi non è una scusa per fare del male a qualcuno che si ama. Mai. Hai fatto la cosa giusta e io sono orgoglioso di te per esserti fatta valere."

"A volte sarò anche ingenua e sprovveduta," disse Skylar con un certo rammarico, "ma è come mi hai detto tu una volta: merito di stare con qualcuno che faccia tutto il possibile per proteggermi e farmi sentire al sicuro; non perché sono debole, ma perché sono abbastanza importante, per il mio compagno, perché lui faccia tutto in modo diverso."

Bull si ricordò di quando glielo aveva detto e gli parve di rivedere suo padre, seduto di fronte a lui, intento a spiegargli come un uomo si debba comportare con la sua donna, a dirgli che quando avrebbe incontrato la donna con cui voleva trascorrere il resto della sua vita, l'avrebbe capito.

"E sai che ti dico?" continuò Skylar. "Voglio stare con qualcuno per cui provo le stesse cose. So di essere una donna e gli uomini sono più forti, eccetera eccetera; ma, in una situazione che lo richiede, anch'io farei di tutto per proteggere il mio uomo. Forse non lo farei con i pugni e la forza fisica, ma troverei il modo di farlo. So giocare molto sporco, se serve. So solo che sosterrei il mio compagno, qualsiasi cosa lui voglia fare nella vita."

A Bull venne la pelle d'oca sulle braccia. Le parole di Skylar colsero nel segno, erano tutto ciò che lui avrebbe voluto sentirsi dire. Sapeva di essere un uomo fortunato. Aveva avuto un padre formidabile e i suoi compagni alla Silverstone lo avrebbero seguito fino all'inferno, se lui glielo avesse chiesto. Ma non aveva mai conosciuto una donna con lo stesso livello di fierezza e lealtà.

Non si era reso conto di volere una cosa del genere.

Fino quel momento.

Fino a *lei*.

"E adesso mi sento stupida," disse lei arricciando il naso.

"No!" esclamò Bull. Lui prese fiato, cercando di non sembrarle matto. "È fantastico. Sono fiero di te, perché riesci a vedere quello che vali... e ci riuscivi anche al college. Per la maggior parte delle donne, non è così. Trovano giustificazioni se i loro uomini sono violenti e credono di aver fatto qualche sbaglio per meritare di essere maltrattate. E hai perfettamente ragione: non sei debole. Probabilmente, sei la donna più forte che io abbia mai conosciuto. Vivi la vita che ti sei scelta e non lasci che gli altri ti dicano cosa dovresti pensare o fare. È bellissimo. *Tu* sei bellissima."

Bull sentì l'impulso di tirarla a sé e baciarla selvaggiamente, ma sapeva che un bacio non gli sarebbe bastato. Inoltre, fermarsi lì avrebbe significato ritardare l'arrivo al suo appartamento e nel suo letto. "Devi fare qualcosa mentre andiamo a casa mia?"

"Intendi qualcosa come delle commissioni?"

"Sì."

"No. Voglio che mi porti da te, così potrò mostrati quanto ha significato per me che tu sia venuto a conoscere i miei genitori e che non ti sia spaventato di fronte al discorso di mio padre sul fatto che deve proteggere la sua bambina," disse lei con un bagliore negli occhi.

"Il mio appartamento *è* sicuro," disse Bull con un piccolo sorriso.

"Oddio," sospirò Skylar. "Adoro vedere il tuo sorriso; è davvero sensuale, soprattutto perché non sorridi spesso."

"Non avevo molte ragioni per sorridere, prima di conoscerti," disse Bull; quell'ammissione gli suonò un po' melensa, ma l'espressione deliziata con cui il viso di Skylar la accolse lo convinse che fargliela era valsa la pena, così allungò una mano e intrecciò le sue dita con quelle di lei.

Guidò più veloce del solito per tornare a casa, ma comunque entro i limiti. Lui e i suoi amici erano in buoni rapporti con le forze dell'ordine. Nella polizia c'era chi, pur non sapendo cosa facessero esattamente alla Silverstone a parte guidare carroattrezzi, *era a conoscenza* del fatto che i ragazzi collaboravano con l'FBI e con il Dipartimento di sicurezza nazionale; in passato, i quattro erano persino stati chiamati per intervenire in situazioni in cui c'era un uomo armato in azione. Ma Bull non voleva sfidare la sorte e beccarsi una multa per guida pericolosa.

Lui e Skylar non parlarono molto sulla via del ritorno; ma il silenzio che ne derivò esprimeva anticipazione, non tensione; nell'abitacolo, l'aria si fece spessa di eccitazione e Bull scoprì che quella sensazione gli piaceva.

Entrambi scesero appena Bull ebbe parcheggiato, convergendo davanti all'auto.

"Vai di fretta?" scherzò lui.

"Già," gli rispose Skylar; poi lo prese per mano e lo tirò verso l'entrata del condominio. Bull non dava mai per scontata la sicurezza, ma per una volta desiderò che fosse più facile accedere a casa sua.

L'istante dopo aver chiuso dietro di sé la porta dell'appartamento, si voltò verso Skylar e la prese in braccio.

Lei fece una risatina e si aggrappò con le gambe alla sua vita; Bull, afferrandole il sedere, la portò verso la camera da letto. Lei cominciò a sbottonargli la camicia lungo il tragitto, poi gli pizzicò delicatamente i capezzoli, cosa che lo fece incespicare e sbattere con una spalla contro il muro.

"Fai attenzione," lo stuzzicò lei, chinando il capo per strofinargli il naso sul collo, vicino all'orecchio.

"Cazzo," disse lui sottovoce.

"Già, è proprio quello che voglio," ribatté lei con un sorriso.

Bull aprì la porta con una spinta e si diresse deciso al letto. Quello che lui voleva, invece, era mostrare a quella donna quanto fosse importante per lui.

CAPITOLO TREDICI

Domenica mattina, Skylar si svegliò presto e più riposata di quanto non si sentisse da molto tempo. Si girò e fu sorpresa di trovare Carson ancora addormentato accanto a lei.

La sera prima, una volta rientrati, lui l'aveva presa subito e intensamente, poi aveva baciato ogni centimetro del suo corpo. Era stato tenero e amorevole. Quando finalmente l'aveva penetrata di nuovo, lei non aveva desiderato altro che essere posseduta in modo selvaggio, come la prima volta; invece, lui l'aveva amata con dolcezza, quasi con riverenza.

Dopo essere venuta, aveva pensato che se mai lui l'avesse lasciata, la cosa l'avrebbe distrutta.

Avevano ordinato la pizza e dopo cena avevano guardato metà della terza stagione di *Stranger Things*. Poi lei aveva deciso di far*gli* l'amore e lui, sorprendentemente, glielo aveva permesso, lasciando che glielo succhiasse per un po', senza portarlo all'orgasmo. Dopodiché lei gli era salita sopra a cavalcioni, accogliendolo dentro di sé. Ma entrambi sapevano che non era lei quella che teneva le redini del gioco. Carson le aveva sorretto il bacino, aiutandola a muoversi su e giù sul membro, finché tutti e due non erano esplosi.

Trascorrere la notte a casa di lui le era sembrato naturale. Skylar sapeva che era meglio non abituarcisi, ma non poteva farci molto. Adorava dormirgli accanto.

Carson aveva un aspetto impetuoso anche nel sonno. Era come imbronciato, ma Skylar voleva vederlo sorridere. Lei cambiò lentamente posizione, sorreggendosi su un gomito; lui aprì immediatamente gli occhi e lei sbuffò frustrata.

Fu però ricompensata da un sorriso che si formò lentamente sulle labbra di Carson, i cui occhi luccicavano di felicità.

"...'giorno," disse lui con voce assonnata.

"...'giorno. Lo senti?" gli chiese lei con calma.

Carson aggrottò le sopracciglia mentre ascoltava con attenzione. "Sento cosa?"

"Il silenzio," gli rispose. "Nel mio appartamento non c'è mai questa tranquillità. Ormai mi sono abituata, ma si sentono sempre i clacson, i rumori delle auto e dei camion che passano, i fischi dei treni, gente che urla, bimbi che piangono... giorno e notte, è sempre così. A volte mi fa sentire viva, nel mezzo dell'azione. A volte, invece, mi spaventa un po', come quando sento degli spari. Ma non mi ero mai resa conto di *quanto* è rumoroso, almeno fino a questa mattina, quando, sdraiata qui, mi sono accorta che l'unico rumore che sentivo era quello del tuo respiro.

Non era intenzione di Skylar allarmarlo con quelle parole, ma fu quello l'effetto che ebbero su Carson. "Detesto la zona dove vivi," le disse.

"Lo so." Non c'era molto altro da dire. Sapeva che a lui non piaceva quel posto, come non piaceva ai suoi genitori; ma era quello che lei poteva permettersi, inoltre aveva dei vicini fantastici che Carson e i suoi genitori conoscevano.

Valutando che probabilmente avrebbe fatto meglio a tenere la bocca chiusa, visto che Carson al momento era tutto fuorché rilassato e non accennava a sorridere, Skylar cambiò argomento. "Quali sono i nostri piani per oggi?"

Sul volto di lui riapparve un sorriso. "I nostri piani?"

Lei scrollò le spalle e cercò di dissimulare l'imbarazzo. "Sì, beh... siamo qui insieme e... anche se oggi pomeriggio ho un paio di commissioni, mi stavo chiedendo cosa avremmo fatto stamattina."

"Io devo passare alla Silverstone," le disse Carson. "Devo incontrare Eagle, Smoke e Gramps per vedere se per la prossima settimana è tutto in ordine."

"Tutto cosa?"

"Turni, manutenzione dei carroattrezzi, spesa... quel genere di cose."

"Oh, capisco."

"Posso lasciarti a casa tua prima di andare lì, o puoi venire con me."

"Mi piacerebbe venire con te. Posso tenermi occupata mentre voi sbrigate le vostre faccende di lavoro. Passare un po' di tempo alla Silverstone non è esattamente una tortura," scherzò lei.

"Vero. Abbiamo davvero cercato di renderla accogliente come una casa, un posto dove i dipendenti siano contenti di venire."

"Ci siete riusciti," Skylar gli disse.

"Grazie. Comunque... pensavo che dopo potremmo pranzare insieme, prima che ti riporti a casa tua. So che hai da fare."

"Vuoi..." La voce di Skylar si affievolì. Sarebbe risultata appiccicosa se gli avesse chiesto di stare con lei? Di passare con lei la notte? Sapeva bene che il suo appartamento non era bello e sicuro come quello di Carson, ma non poteva negare di volerlo con sé nel proprio spazio personale, nel proprio letto.

"Cosa?" chiese lui rotolando sul letto fino a ritrovarsi sopra di lei.

A lei piaceva molto quando lui lo faceva. Si sentiva circondata da lui e le sembrava che nessuno potesse mai torcerle un capello finché lui la sovrastava in quel modo. "Volevo chiederti se ti va di restare *da me*, stanotte. Va bene anche se dici di no. Casa mia è piccola, soprattutto se paragonata alla tua, ma è vicino a dove lavoro e non dovrei svegliarmi troppo presto se passassimo la notte lì. Mentre preparo le lezioni per la settimana, tu puoi guardare la TV o fare altro; poi preparerei la cena, o possiamo ordinare qualcosa da asporto." Si rendeva conto di parlare a macchinetta, ma aveva quasi paura di tacere e di dargli così l'opportunità di rifiutare l'invito.

Carson chinò il capo e la baciò per zittirla. Quando si fece indietro, aveva sul volto un accenno di sorriso. "Sarò felice di restare da te. Grazie."

"Porta pure quello che vuoi. Puoi anche lasciare qualcosa da me, se vuoi. La mia doccia non è grande come la tua, ma la caldaia funziona benissimo. C'è acqua calda a volontà."

Carson le studiò il viso per un lungo istante. Poi le passò una mano sui capelli, che lei sospettava essere in completo disordine, e le accarezzò uno zigomo prima di scorrerle un dito lungo le labbra. "La mia Sky è dolcissima," disse a bassa voce.

Lei deglutì a fatica, incerta su cosa dire di fronte a quel complimento.

"Una donna dolce e innocente in pubblico, ma una femmina selvaggia nel mio letto," continuò lui, sempre sorridendo; poi si alzò leggermente e le infilò una mano tra le cosce, mentre con l'altra prese a giocherellare con uno dei suoi capezzoli.

"Carson," sussurrò lei, inarcando la schiena e offrendosi a qualsiasi cosa lui avesse in serbo per lei.

Skylar faticava a credere di aver trovato un uomo tanto

perfetto; un uomo che non avrebbe mai potuto ferirla, per come la vedeva lei; un uomo che sapeva esattamente dove e come toccarla per farle perdere la testa.

———

Arrivarono alla Silverstone un po' in ritardo, a causa dei tre orgasmi che Carson le aveva dato. Skylar entrò alla Silverstone precedendo il suo uomo; le piaceva pensare a lui in quei termini. Fino a quel momento, il fine settimana era stato perfetto e lei si era davvero divertita a trascorrerlo con lui.

"Ehi!" gridò Carson appena entrarono nel salone. Skylar non riusciva a smettere di meravigliarsi che dall'esterno l'edificio sembrasse quasi in rovina, mentre all'interno era tutto bello ed elegante.

Quel giorno faceva una figura ancora più bella, visto che non c'era nulla fuori posto. I cuscini erano sistemati sui divani e sulle sedie, i plaid erano piegati e adagiati in ceste a fianco delle poltrone, i DVD erano ordinatamente riposti sullo scaffale vicino al televisore e non si vedeva un briciolo di polvere.

"Ehi!" echeggiò dalla cucina una voce profonda.

Girandosi, Skylar capì perché l'Assistenza Silverstone era così pulita. In cucina c'era Shawn Archer, con indosso un grembiule, in piedi di fronte ai fornelli. Sandra era con lui.

"Ciao, signorina Reid! Signor Carson!" gridò la bambina, saltando giù dallo sgabello su cui sedeva, accanto al padre, e correndo verso di loro.

Skylar la prese, dandole un forte abbraccio. "Ehi, Sandra. Che fai di bello?"

"Me e papà siamo andati al supermercato!" esclamò.

"*Io* e papà," la corresse Skylar, poi le chiese: "Davvero?"

"Sì. E abbiamo pagato con dei *soldi*," disse Sandra con aria solenne.

Skylar guardò Carson con un'espressione confusa.

"La domenica compriamo la maggior parte delle cose per la settimana. Anche se Archer non è ancora ufficialmente dei nostri, oggi si è offerto volontario per andare al supermercato, visto che Eagle detesta di vero cuore fare la spesa. Archer ha chiesto se poteva portare Sandra con sé e... naturalmente sì. E gli abbiamo dato i contanti per pagare."

A Skylar si strinse il cuore al pensiero che Sandra fosse tanto entusiasta nel vedere suo padre pagare la spesa in contanti anziché con la carta della banca o con buoni spesa.

Skylar si sentì tirare la maglietta e abbassò gli occhi verso Sandra. "Abbiamo comprato *un sacco* di cibo e ora papà sta cucinando!"

"Ho pensato che ai ragazzi non dispiacerà trovare qualcosa di pronto quando tornano dal lavoro," disse Shawn leggermente intimidito.

"Quando ti va di cucinare, fa' pure," gli disse Carson con gratitudine. "Fra una settimana ti avremo qui a tempo pieno."

Shawn annuì. "Già. Ancora una settimana e avrò finito con *tutti* i lavori che sto facendo. Non vedo l'ora di unirmi a voi." Poi guardò Skylar. "Il che significa che questa settimana sarà l'ultima in cui lei dovrà trattenersi a scuola oltre l'orario di lavoro per tenere d'occhio Sandra."

"Mi mancherà passare del tempo sola con lei," gli disse.

"Lo so. Lei è una benedizione divina," ribatté il padre di Sandra. "E... signor Bull, lei non ha idea di cosa significhi per me aver ottenuto questo lavoro. Non manderò all'aria questa opportunità."

"Lo so. Archer, non è necessario che vieni a lavorare nei fine settimana, davvero. Ma non sai quanto siamo contenti di avere qualcuno che cucina e che tenga pulito questo posto. I nostri dipendenti sono bravissimi come autisti ma lasciano a desiderare quando si tratta di mettere in ordine le loro cose. E per quanto noi non vogliamo che la Silverstone attiri l'attenzione della marmaglia che c'è in giro, ci fa piacere se non ha l'aspetto di una discarica."

"Che cos'è la mar-ma-glia?" chiese Sandra, alzando lo sguardo verso la sua maestra.

"Gente cattiva," rispose Skylar alla bambina.

"Oh. Ok. Papà, aspetta! Voglio farlo io!" gridò Sandra, tornando di corsa in cucina, dove risalì sullo sgabello. Shawn le passò il cucchiaio che aveva usato per mescolare il misto di carne e verdure che sarebbe finito nella torta salata che stava preparando.

"Ma ha già cominciato a lavorare qui?" chiese sottovoce Skylar a Carson.

"Non ufficialmente, ma è già il secondo fine settimana che viene di sua spontanea volontà. Va alla grande. Non abbiamo mai mangiato così bene... e poi, seriamente, guardati in giro; è così pulito che mangerei sul pavimento, se dovessi farlo."

Skylar ridacchiò. "Non credo che tu debba arrivare a tanto."

Adorava il modo in cui Carson la guardava: con un misto di dolcezza, desiderio e libidine.

"Ora vado giù a parlare con gli altri. Tu te la caverai, qui?" le chiese.

"Certo. Va' pure. Io mi farò un po' avanti con la preparazione delle lezioni per la settimana," gli disse.

Carson annuì, la baciò sulla fronte e si diresse verso le scale.

Lei fece un giro per la cucina e si sedette su uno degli sgabelli da bar. Non sapeva per quanto tempo Carson sarebbe rimasto a parlare con i suoi amici, ma immaginò di avere tempo a sufficienza per fare quattro chiacchiere e mettersi al lavoro.

"È un brav'uomo," disse Shawn.

"Lo so."

"Lo sono tutti e quattro. Nessuno mi potrà convincere del

contrario, a prescindere da quello che succede dentro quel misterioso bunker."

Lei aggrottò la fronte. "Un bunker? Cosa intendi?"

Shawn guardò Sandra, poi fece un passo verso Skylar. Parlò a bassa voce, di modo che la bambina non lo sentisse. "È la stanza nel seminterrato, quella che ha la porta con la serratura a impronte digitali; le quattro impronte digitali dei proprietari della Silverstone," disse senza alcuna traccia di dubbio. "Il sistema di sicurezza che hanno in questo posto potrebbe proteggere il Presidente degli Stati Uniti. Per non parlare del tempo che passano a guardare le ultime notizie e a discutere tra di loro a porte chiuse. Ascolti, ho lavorato qui solo un paio di fine settimana, ma... non mi sorprenderebbe se quei quattro fossero spie o qualcosa del genere."

I sospetti di Shawn non piacquero a Skylar, che non aveva dato alcuna importanza all'altra stanza nel seminterrato, quella che Carson non le aveva mostrato quando avevano fatto il giro della ditta. "Ci sono un sacco di faccende buro-cratiche da sbrigare per mandare avanti un'attività come questa," ribatté lei in tono difensivo. "Ed è una buona cosa tenersi aggiornati su quello che succede nel mondo. Personal-mente, a me non piace sentire le ultime notizie, le trovo troppo deprimenti; ma non sono tutti così."

Shawn le lanciò una breve occhiata. "Sono certo che lei abbia ragione," le disse.

Skylar assunse un'espressione corrucciata. Detestava quando qualcuno la assecondava. Ed era lampante che il padre di Sandra non credeva a una parola di quello che lei gli aveva appena detto. "Non sono spie," disse con fermezza.

Shawn aprì la bocca per rispondere, ma Sandra lo inter-ruppe. "Papà, ora che si fa?"

Lui annuì a Skylar e si dedicò a sua figlia.

Con un sospiro, Skylar afferrò la sua borsa e andò a sedersi sul divano. Non le piaceva che Shawn parlasse alle spalle di

Carson e dei suoi amici... ma ciò che detestava *sul serio* era che l'uomo l'aveva insospettita su cosa succedesse nel bunker.

Davvero, la cosa *non* le aveva dato da pensare, fino a quel momento. Era veramente un bunker? Come quelli dei film? Ma riflettendoci... perché avrebbero avuto bisogno di un bunker? Sì, a volte Indianapolis veniva colpita da tornado, ma succedeva raramente. E anche se nella zona in cui si trovava la Silverstone certo non mancavano i criminali, quale malvivente poteva avere interesse a puntare a una ditta di carroattrezzi? La Silverstone non aveva un flusso di contanti in entrata tale da giustificare la presenza di importi ingenti in sede.

Che Carson nascondesse *davvero* qualcosa?

Da quando erano entrati in intimità, lei non aveva sempre pensato che lui fosse troppo perfetto per essere vero?

Rendendosi conto di dove l'avevano portata i suoi pensieri, Skylar scosse la testa con aria esasperata.

Perché vedeva sempre il lato peggiore di tutti gli uomini con cui usciva? Forse perché fino a quel momento era sempre rimasta delusa da quegli uomini. Non voleva pensare che Carson le nascondesse qualcosa. Ricordandosi di quanto si era sentita felice quella stessa mattina, Skylar fece del suo meglio per estirpare il seme del dubbio che Shawn aveva inavvertitamente piantato in lei.

Carson era un brav'uomo. Non le stava nascondendo nulla. Era semplicemente comproprietario di una ditta di carroattrezzi. Tutto lì.

Si sforzò di tirare fuori dalla borsa l'agenda e concentrarsi su quello che voleva insegnare ai suoi alunni nella settimana che era appena cominciata.

———

"Quindi siamo sicuri che le informazioni siano accurate al cento per cento?" chiese Smoke agli altri.

I quattro erano seduti intorno al tavolo circolare, nel bunker della Silverstone, stavano leggendo le ultime informazioni che avevano ricevuto dall'FBI e dal Dipartimento di sicurezza nazionale. L'idea iniziale era di attendere fino al giorno seguente per parlarne, ma Gramps aveva insistito perché si riunissero subito.

"Sì," rispose Gramps facendo con un cenno con il capo e uno sguardo cupo in volto. "Mostafa è andato in Somalia ed è partita una nuova sessione di addestramento. Probabilmente resterà lì almeno per tutta la settimana."

A Bull brontolò lo stomaco. Non era nervoso all'idea di andare in Africa a prendere Mostafa, ma era spaventato a morte all'idea di dire a Skylar che sarebbe stato all'estero e cosa sarebbe andato a farci. Sapeva di poterle mentire, dicendole che doveva partecipare a una conferenza o qualcosa del genere; ma non voleva farlo. Non voleva farlo a loro due, come coppia. Voleva essere sincero. Poteva fidarsi di lei, ne era certo.

Ciò di cui non era altrettanto certo era che lei sarebbe stata capace di accettarlo per quello che era.

"E per quanto riguarda Shekau?" domandò Smoke.

"Quello stronzo a capo di Boko Haram?" chiese conferma Eagle.

"Già. L'ultima cosa che abbiamo saputo di lui è che stava pianificando un altro attacco a una scuola. Ci sono novità?" chiarì la domanda Smoke.

"È in sospeso," Gramps li informò. "Alla scuola hanno saputo del piano d'attacco e hanno preso delle misure per ridurre i rischi."

"Quali misure?" Eagle voleva saperne di più.

"Guardie armate, principalmente."

"Questo non fermerà Boko Haram dall'andarsi a prendere le bambine," pressò Eagle.

"Lo so, ma per il momento dobbiamo concentrarci su

altro," disse loro Gramps. "Il piano è di partire martedì mattina per raggiungere il campo di addestramento entro giovedì mattina, fuso orario dell'Africa orientale. Colpiamo nel cuore della notte, eliminiamo Mostafa e ce ne andiamo. Saremo a casa venerdì sera."

Sarebbe stato un lavoro veloce, sempre se rispettavano il piano. Bull valutò che sarebbe stato lontano da Skylar solo per quattro giorni, ma continuava ad avere un brutto presentimento.

"Per qualcuno la tempistica è un problema?" chiese Gramps, guardando Bull.

"Nah," disse Eagle.

"Non per me," aggiunse Smoke.

"Per me va bene," disse Bull ai suoi amici.

"Hai intenzione di dirglielo?" gli chiese Gramps.

Bull si sentì addosso gli occhi di tutti e tre i suoi compagni. Lentamente, fece cenno di sì. "Devo farlo."

"E se a lei non sta bene?" gli chiese Smoke.

"In quel caso, la lascerò andare," rispose Bull; quelle parole gli sembrarono acido nella bocca.

"Così, come niente?" domandò Eagle incredulo.

"Che alternative ho? Non voglio abbandonare la Silverstone. Io sono *fiero* di quello che facciamo. Rendiamo il mondo un posto migliore, per tutti."

"Penso che dovresti lottare per tenerla con te," suggerì Gramps. "Sicuramente sarà scioccata. Non puoi semplicemente sganciare una bomba del tipo 'Ehi, sai, il mio mestiere è ammazzare gente, ti crea problemi?' e aspettarti che lei lo accetti subito."

Bull si passò una mano nei capelli. "È solo che... non voglio ferirla."

"La vita è piena di ferite," sentenziò Smoke. "E sappiamo tutti che preferiresti morire piuttosto che metterla in pericolo."

Già, certo che lo sapevano. Quei tre lo conoscevano meglio di chiunque altro al mondo.

Smoke proseguì. "Skylar ti rende felice. E nessun'altra donna, da quando ci conosciamo, ha avuto su di te lo stesso effetto. Sei più tranquillo, rilassato. Bull, se non lotti per lei, commetti un grosso errore."

Sapeva che il suo amico aveva ragione.

"Se lei accetta quello che fai, se accetta *te*, allora per me significa che tutti noi, forse, abbiamo la possibilità di trovarci una donna," disse Eagle con calma.

Bull annuì.

"E poi noi le piacciamo," disse Gramps con un sorriso. "Quando ne trovi un'altra che sopporta noi tre?"

Tutti sghignazzarono, compreso Bull.

"Domani sera le parlerò," disse lui.

"Se hai bisogno di aiuto, facci sapere," ribatté Bull. "Sai che ti copriamo le spalle."

"Lo apprezzo," disse Bull. Ed era vero: non avrebbe chiesto quell'aiuto a nessuno di loro, ma non aveva dubbi sul fatto che, se li avesse chiamati, loro avrebbero fatto tutto il possibile per lui.

Si misero a parlare di altre cose, fra cui il lavoro che Archer aveva fatto fino a quel momento. Erano tutti entusiasti del nuovo assunto e non vedevano l'ora che cominciasse a lavorare a tempo pieno.

Ma Bull continuava a pensare a Skylar. Per la prima volta in vita sua, aveva paura di andare in missione, non per quello che si immaginava di trovare in Somalia... ma per quello che Skylar avrebbe pensato di lui dopo aver saputo ciò che faceva.

CAPITOLO QUATTORDICI

Per la prima volta da quando insegnava, Skylar non aveva voglia di andare al lavoro. Di solito, adorava i lunedì. Rivedeva i suoi alunni dopo il fine settimana, si assicurava che stessero bene, ascoltava i loro racconti di cosa avevano fatto nei due giorni precedenti e in buona sostanza ristabiliva un contatto con loro.

Ma quel giorno, l'unica cosa che voleva fare era restare a letto con Carson.

Lui era rimasto a casa da lei e le era sembrato come un sogno. Il suo letto era più piccolo di quello di lui, ma la cosa non si era rivelata molto importante, visto che avevano dormito avvinghiati l'uno all'altra.

Erano andati a letto presto e lui le aveva mostrato tutto il suo lato dominante. L'aveva fatta venire più e più volte, finché lei non lo aveva supplicato di prenderla. E quando l'aveva penetrata, lei aveva sentito in lui una sorta di disperazione che non aveva mai avvertito prima. Un po' l'aveva preoccupata... ma lui l'aveva messa carponi e l'aveva presa da dietro, così lei si era convinta che quella sensazione era soltanto il frutto della sua immaginazione.

Quella mattina, lui si era svegliato prima che suonasse la sveglia e aveva preparato la colazione, poi l'aveva svegliata con un bacio delicato e una tazza di caffè bollente.

Lei avrebbe voluto che l'inizio mattinata non finisse mai, ma naturalmente era arrivata per lei l'ora di uscire e andare a scuola.

"Mi piacerebbe tornare qui per cena, se per te va bene," disse Carson.

"Sì! Sei sempre il benvenuto," acconsentì lei; ma ebbe immediatamente l'impressione che lui non fosse tanto entusiasta al prospetto di cenare insieme, almeno non quanto lo era lei. "Che c'è che non va?" gli chiese con voce calma.

Invece di dirle che andava tutto bene, Carson fece un profondo respiro, il che decisamente spaventò Skylar. Che stesse per lasciarla? Che non fosse più interessato a lei, dopo averla portata a letto?

Lei cercò di controllare il panico che le cresceva dentro. Lui non poteva lasciarla così. Non era quel genere di uomo. Era pronta a scommetterci tutto quello che aveva.

"Stasera dovremo fare un discorso serio," le disse, praticamente fermandole il cuore nel petto. "Non agitarti," continuò con voce ferma, essendosi chiaramente accorto della sua angoscia.

"Carson, non succede mai nulla di buono quando una persona dice a un'altra 'dobbiamo parlare'."

Lei ebbe un sussulto quando lui alzò una mano e la prese per la nuca. La tirò a sé e Skylar si lasciò prendere, gettandogli le braccia intorno al busto e intrecciando le dita poco sopra il suo bacino; si appoggiò con una guancia sul suo petto, attraverso cui riusciva a sentire il suo cuore battere forte. Bull le accarezzò i capelli con una mano, mentre con l'altra la strinse a sé con intensità.

"Ti devo dire delle cose su di me," le disse serio. "Ma devi ricordarti che sei al sicuro con me. Sei *sempre* al sicuro con me."

La mente di Skylar si attorcigliò. Non aveva idea di cosa lui dovesse dirle e il non sapere la metteva a disagio. Alzò la testa e la inclinò un po' indietro per guardarlo negli occhi; era più serio di quanto lei non lo avesse mai visto.

"Lo so," disse lei a bassa voce.

"Veramente?" ribatté lui.

Skylar corrucciò il volto e annuì.

"Spero proprio che tu non lo dica tanto per dire," mormorò lui, poi fece un altro profondo respiro e le mise le mani sulle guance, chinandosi per baciarla sulla fronte. Fu un bacio casto e tenero, che fece venire a Skylar voglia di piangere. Lei non sapeva cosa gli passasse per la testa, ma era evidente che era nervoso perché doveva dirle qualcosa.

Mossa dal desiderio di alleviare l'ansia che lo pervadeva, disse: "Non ho mai provato per nessuno quello che provo per te. So che tra di noi tutto è successo in fretta, ma non ho nessun dubbio riguardo al fatto che siamo fatti per stare insieme. Non posso sentirmi così a mio agio e al sicuro con te e non credere che sei entrato nella mia vita per una ragione."

Ma le sembrò che quelle parole, anziché farlo stare meglio, lo avessero agitato ancora di più.

"Carson? Così mi spaventi."

"Non c'è niente di cui spaventarsi," le disse. "Non importa quello che ti dirò stasera... per favore, ricordati che io sono lo stesso uomo che stai conoscendo da un mese a questa parte. Sono lo stesso uomo a cui facevi videochiamate in quelle prime due settimane."

"Non mi dirai che sei sposato e hai famiglia dall'altra parte del paese, vero?" chiese lei.

"Niente del genere. Non ti ho mai mentito. Mai. Ecco perché stasera ho bisogno di parlarti."

Emanava vibrazioni che non le promettevano nulla di buono. "Ok," disse Skylar nervosamente.

"Cazzo," mormorò lui. "Ora ti ho spaventata. Non avrei dovuto dirtelo."

"Va bene così," ribatté lei, avvolgendo le dita ai suoi polsi, quasi per sostenersi. "È solo che detesto vederti così turbato."

Lui fece una specie di risatina, che però non suonò affatto divertita. Poi si chinò ancora e la baciò sulle labbra. "Sono stato bene durante questo fine settimana."

Fu un brusco cambio d'argomento, ma a Skylar non dispiacque. "Anche io."

"E avevi ragione: il tuo appartamento è dannatamente rumoroso."

Lei sorrise. "Io mi ci sono quasi completamente abituata."

"Si sta facendo tardi," disse lui. "Bisogna che ti dai una mossa, così sarai pronta per i tuoi alunni, quando arriveranno a scuola; sai che vorranno tutti parlarti di come hanno passato il weekend."

Carson aveva ragione, ma Skylar non aveva *alcuna* voglia di andarsene in quel momento. Voleva sapere cosa lui dovesse dirle; avrebbe pensato a quello tutto il giorno, trascurando il lavoro. Tirare le sei del pomeriggio sarebbe stata una pena infinita.

Lui si piegò e raccolse il borsone con le sue cose, mentre lei prese la sua borsa con i piani lezione, poi insieme si diressero alla porta. Maria si affacciò dalla porta del suo appartamento per dare loro il buongiorno.

Carson precedette Skylar in direzione della macchina, guardandosi in giro per assicurarsi che non ci fossero potenziali pericoli, anche se a quell'ora del mattino, come lei sapeva, i piantagrane erano per lo più a letto a smaltire la sbornia.

"Sarò qui sulle sei e mezza, se per te va bene," le disse Carson dopo che lei ebbe aperto lo sportello della sua auto.

"Ok. Questa è l'ultima settimana in cui devo restare a scuola fino alle sei. Mi sembrerà strano non dover stare più con Sandra quando finisce il doposcuola. So che sia lei che suo padre sono felicissimi che lui non dovrà più lavorare fino a tardi."

"Anche noi siamo felici di avere Shawn alla Silverstone," disse Carson. "È un gran lavoratore ed è una fortuna che si unisca a noi."

Skylar apprezzava che lui la pensasse così. Carson era un ottimo datore di lavoro ed era chiaro che teneva ai dipendenti.

"Guida con prudenza, ci vediamo stasera," disse Carson.

Poi, invece di darle il solito bacio sulle labbra, Carson le piegò leggermente la testa e la baciò come se fosse l'ultima volta che lo faceva.

Quel bacio la eccitò, ma la mise anche in agitazione.

Chiudendo gli occhi, Skylar lasciò che Carson si prendesse ciò di cui aveva bisogno. Un minuto più tardi, lui si staccò da lei, senza però lasciarla andare. Lei riaprì gli occhi e vide che lui la fissava, quasi stesse cercando di stamparsi nella memoria il suo viso. Ancora una volta, il disagio si fece strada dentro di lei.

"Carson?"

"Mmmh?"

"Andrà tutto bene," gli disse sottovoce.

Quelle parole sembrarono interrompere quella specie di catalessi in cui Carson era piombato, perché dopo averle sentite le lasciò andare le braccia e fece un passo indietro. "Buona giornata, dolcezza."

"Anche a te."

"Ci si vede dopo."

"Ciao." Skylar salì sulla sua auto e chiuse lo sportello. Lo salutò con una mano e lui ricambiò con un cenno del capo, restando poi in piedi dov'era mentre lei faceva manovra e si avviava verso l'uscita. Lei guardò nello specchietto retrovisore appena prima di lasciare il parcheggio; l'ultima cosa che vide fu Carson che si passava una mano tra i capelli, palesemente inquieto.

Skylar si sentì le farfalle svolazzare nello stomaco. C'era qualcosa che decisamente non andava e lei certo non era felice che lui avesse sganciato una bomba del genere sulla loro relazione poco prima che si separassero e che lei andasse al lavoro. Ora si sarebbe arrovellata tutto il giorno su ciò che lui doveva dirle. Avrebbe *davvero* fatto meglio a tenere la bocca chiusa.

Scosse la testa. Uomini. Non si può vivere con loro, ma nemmeno si può vivere senza di loro.

———

Nel tardo pomeriggio, arrivando all'appartamento di Skylar, Bull si colpì la testa per quella che gli sembrò la centesima volta. Non avrebbe dovuto dirle nulla, quella mattina. Di certo Skylar si era preoccupata tutto il giorno riguardo al discorso che lui le stava per fare. Lui stesso non aveva pensato ad altro.

Era convinto che dirle la verità sulla Silverstone fosse la cosa giusta da fare, ma l'idea gli lasciava un sapore amaro in bocca. Eagle, Smoke e Gramps erano altrettanto in ansia per l'esito della discussione.

Ma si trattava di Skylar. Le avrebbe detto che lui e suoi amici stavano facendo esattamente lo stesso lavoro che avevano fatto nell'esercito come membri delle Delta Force. Lei avrebbe capito, avrebbero passato la notte nello stesso letto e il giorno dopo sarebbe partito con la coscienza pulita. E poi, condividere con lei la sua vita segreta li avrebbe resi più uniti.

O almeno così sperava lui.

Salì le scale due scalini alla volta e bussò alla porta di Skylar. Si aprì immediatamente e Bull si rimproverò ancora una volta, perché lei si stava mordicchiando un labbro e sembrava estremamente tesa.

Lui agì senza pensare, tirandola a sé e baciandola come se fossero mesi, non ore, che non la vedeva.

Lei si abbandonò completamente, il che contribuì ad allentargli un po' il nodo allo stomaco. Amava quella donna minuta con tutto il cuore. Lei non se ne rendeva nemmeno conto, ma aveva il potere di distruggerlo.

Bull la sospinse dentro l'appartamento e chiuse la porta dietro di sé.

"Ciao," le disse quando finalmente tolse le labbra da quelle di lei.

"Ciao," ricambiò lei, ancora senza fiato.

"Com'è andata a scuola? I tuoi bambini stanno tutti bene?"

"È andata bene. Giornata movimentata, come tutti i lunedì. C'è voluto un po' per riprendere il ritmo della scuola, ma non è una novità. Stanno tutti bene. Karlee è caduta e si è scorticata un ginocchio, mentre Ignacio durante il fine settimana ha imparato ad andare in bicicletta. Ho il dubbio che Marisol non abbia mangiato abbastanza negli ultimi due giorni, venerdì devo ricordarmi di metterle nello zaino un po' di cibo. A parte questo, direi che tutti hanno avuto un buon weekend."

"Ottimo," le disse Bull. L'affetto che Skylar provava verso i suoi alunni era sempre evidente. Per lei, l'insegnamento non era solo un modo per guadagnarsi da vivere: teneva sinceramente ai suoi alunni e si preoccupava per loro. Bull sapeva che la loro vita insieme sarebbe orbitata intorno ai "suoi bimbi," almeno finché lei continuava a fare la maestra. E l'idea gli piaceva. "Cos'è questo profumino?" le chiese.

"Ho preparato i tacos. Qualcosa di facile e veloce. Vuoi che parliamo prima?"

Il nodo che Bull aveva allo stomaco si strinse di nuovo. No, non voleva parlare prima. Era spaventatissimo e voleva mantenere l'atmosfera rilassata il più a lungo possibile.. "Muoio di fame," mentì. Mandare giù anche solo un boccone sarebbe stata un'impresa per lui. "Per pranzo Archer ha lasciato uno stufato che sembrava delizioso, ma non volevo rovinarmi l'appetito per la cena con te."

Skylar gli sorrise. "Ok, mangiamo allora."

Per tutta la cena, Bull non riuscì a toglierle gli occhi di dosso. Quando era tornata da scuola, si era messa un paio di pantaloni di cotone larghi e una maglietta. I capelli color rame le ricadevano sulle spalle e lui si sentiva l'uomo più fortunato del mondo a essere lì con lei.

Avrebbe voluto allungare la serata e dimenticarsi tutto ciò che le doveva dire, ma dopo cena si spostarono sul divano e... capì che era giunto il momento.

Ripetendosi che sarebbe andato tutto bene e che lei non solo avrebbe capito, ma sarebbe anche stata fiera di lui per quello che faceva, Bull le prese la mano nel momento in cui lei si girò verso di lui.

"Quello che ti sto per dire, non l'ho mai detto a nessun'altra donna con cui sono uscito. E neanche tu puoi dirlo a nessuno, nemmeno ai tuoi genitori e alle tue vicine; a nessuno. È chiaro?"

Skylar assunse un'espressione corrucciata, ma annuì.

"È importante, Sky," disse lui serio. "È una questione di sicurezza nazionale, una questione da cui dipende l'incolumità di un sacco di gente."

Lei spalancò gli occhi. "Non dirò niente a nessuno."

Bull fece un profondo respiro e annuì. "Sai che ero nell'esercito. Io, Eagle, Smoke e Gramps eravamo nelle Delta Force. Sai che cosa sono?"

"Sì, sono squadre speciali, giusto?" gli chiese.

"Esatto. Sono reparti d'élite a cui vengono assegnate missioni troppo pericolose per le unità regolari. Noi eravamo bravi in quello che facevamo. Con la capacità che ha Eagle di ricordare il nome e la faccia di chiunque abbia mai visto o anche solo visto in foto, le doti di negoziatore di Gramps, l'abilità di Smoke di entrare e uscire da qualsiasi posto senza farsi vedere e la mia precisione con le armi da fuoco, eravamo praticamente inarrestabili. Non si è mai parlato di nessuna delle nostre missioni, che ora sono sepolte negli archivi del Pentagono; ma abbiamo servito il nostro paese meglio che potevamo."

"Sono fiera di te," disse Skylar a bassa voce.

Bull annuì, prima di proseguire. "L'ultima missione che abbiamo portata a termine è stata una delle meglio riuscite. Siamo riusciti a eliminare due tra i terroristi più pericolosi del mondo... ma non eravamo stati autorizzati a colpire il secondo dei due. Siamo stati ufficialmente rimproverati e la nostra squadra è stata smobilitata. Hanno deciso di spedirci in quattro diverse unità e ci avrebbero impedito di rinnovare il contratto."

Skylar ebbe un sussulto. "Possono farlo?"

"Già. Possono farlo e l'hanno fatto."

"Mi dispiace," disse lei.

"A noi l'idea non piaceva," continuò Bull. "Ma qualcuno ci ha offerto l'opportunità di restare insieme e di continuare a fare quello per cui siamo stati addestrati. Con i soldi che Smoke ha ereditato da suo zio, siamo venuti a Indianapolis e abbiamo messo in piedi l'Assistenza Silverstone. Dopo un paio d'anni, io, Gramps e Eagle abbiamo comprato le quote per entrare nella società. E siamo fieri del nostro lavoro."

Skylar lo guardò perplessa. "Ma... non è quello per cui siete stati addestrati nell'esercito..."

"Giusto. Teniamo molto alla Assistenza Silverstone, ma

rappresenta solo una parte di quello che facciamo. La Silverstone ci ha anche permesso di continuare a fare quello che facevamo nelle Delta Force. Il tizio che ci ha aiutato a chiudere i nostri rapporti con l'esercito lavora con noi quando andiamo in missione. Ci dà tutte le informazioni di cui abbiamo bisogno e ci facilita le cose quando dobbiamo entrare e uscire da altri paesi in incognito. Ma ci sono dei rischi. Se ci prendono, o se qualcosa va storto, il governo americano non farà nulla per riscattarci. Siamo soli. Quindi, riceviamo assistenza logistica e finanziamenti per le missioni, ma se la situazione si fa critica, possiamo contare solo su di noi. Il che ci va bene, perché io e i ragazzi sappiamo proteggerci a vicenda."

A giudicare dall'espressione confusa sul viso di Skylar, Bull si rese conto di non essersi spiegato molto bene. Stava menando il can per l'aia e ne era consapevole.

"Cosa stai cercando di dirmi ?" chiese Skylar. "Dimmelo e basta."

Quella richiesta di chiarezza non lo sorprese. Così mise le carte in tavola. "La Silverstone non è solo una ditta di carroattrezzi," disse Bull, finendola con i giri di parole. "Io, Eagle, Smoke e Gramps organizziamo ancora missioni per mantenere il mondo un posto sicuro. Andremo in missione anche questa settimana; partiremo domani per andare a scovare un altro criminale. Beh, non lo *scoveremo*, visto che sappiamo già dov'è... lo elimineremo, perché è una minaccia."

Skylar ritrasse le mani da quelle di Bull, che sentì la bile risalirgli in gola dallo stomaco. Lei non la stava prendendo bene.

Merda.

"Tu... tu *uccidi* la gente?" Skylar bisbigliò.

Bull fece una smorfia, ma annuì.

"Vieni *pagato* per uccidere le persone?" chiese ancora Skylar.

Bull annuì una seconda volta.

Lei inspirò profondamente e assunse un'espressione sconvolta che provocò a Bull un dolore al petto.

"Non le arresti, così che vengano processate e paghino secondo la legge per il male che hanno fatto?"

"No," rispose Bull. Avrebbe potuto dire molto di più al riguardo, ma gli pareva di aver già sbagliato tutto con quella sua spiegazione. Non voleva peggiorare ulteriormente le cose.

Skylar si alzò di colpo dal divano e cominciò a camminare su e giù. Era palesemente scossa da quanto aveva appena sentito e Bull non poteva certo biasimarla. Lui cercò di pensare a qualcosa di rassicurante da dirle, ma non gli venne in mente nulla che potesse alleviare il dolore che lei stava provando. Detestava vederla mordicchiarsi il labbro e aggrottare la fronte in quel modo.

E davvero non sopportò il fatto che, quando lui si alzò e le porse la mano, lei lo ignorò.

Lui era innamorato di Skylar. Non sopportava che la donna per cui era pronto a morire non volesse farsi toccare da lui, che non gli facesse altre domande e che si fosse semplicemente isolata da lui.

Bull ebbe l'impressione che il suo stesso corpo stesse diventando freddo. Soffocò il dolore che stava provando e lasciò cadere la mano che aveva teso a Skylar. Non riusciva a pensare ad altro che alla confusione e alla paura sul viso di Skylar. Era stato *lui* a causarle. Aveva promesso che non l'avrebbe ferita e in quel momento gli sembrò di averlo fatto nel peggiore dei modi.

Voleva dirle che gli dispiaceva; che pensava che lei avrebbe capito; che un giorno o l'altro l'avrebbe sposata e che quello che lui faceva non l'avrebbe mai sfiorata... ma non riusciva a dire nemmeno una parola. Era come congelato.

Se lei non era in grado di superare l'ostacolo che si trovavano davanti, lui l'avrebbe persa. Cazzo.

Skylar non credeva alle proprie orecchie.

"Sei un *assassino*?" chiese attonita.

Erano a un passo l'uno dall'altra, ma avrebbero potuto essere distanti centinaia di metri.

"A noi non piace quella parola," le disse con quella che a lei sembrò una voce robotica. Non c'era traccia di espressione sul viso di Bull.

Ma Skylar era troppo scioccata per assorbire appieno le sue parole. Le sembrava impossibile conciliare l'immagine che aveva di quell'uomo con quella di un assassino.

"Voialtri davvero andate in giro a uccidere la gente? Ma è legale? Ecco perché ti sei raccomandato che non lo dicessi a nessuno! Rischio l'arresto ora che so questa storia? Sono una complice?"

"Respira, Sky," disse Carson. "Noi lavoriamo con l'FBI."

Lei notò che lui non aveva risposto alla domanda sulla legalità della loro attività. Non era legale, naturalmente. Skylar si sentì svenire.

"Siediti, se no cadi," la esortò Carson, poi allungò di nuovo la mano verso di lei, ma Skylar la evitò.

"Cazzo," mormorò lui. "Vuoi lasciarmi spiegare?"

Skylar scosse la testa. Non voleva sentire altro. Il fatto che il governo non fosse disposto ad aiutarli nel caso finissero nei pasticci durante una delle loro missioni *doveva* significare che in fin dei conti agivano al di fuori della legalità. Per lei, era un campanello d'allarme assordante. *Tutto* quello che facevano lui e i suoi amici era discutibile.

E all'improvviso il bunker nel seminterrato assunse un significato.

Si lasciò cadere su una delle sedie vicino al tavolino della sala da pranzo. Non sapeva nemmeno come ci era arrivata. Fissò Carson, che l'aveva seguita, pur mantenendosi a una certa distanza. "Avevi detto che non mi avresti mai fatto soffrire," disse con voce fievole. "Io ti avevo creduto, ma ecco che mi ferisci più di quanto non abbia fatto chiunque altro nella mia vita."

Ancora una volta, Skylar notò che Carson era inespressivo; pensò che doveva avere quella faccia durante le sue missioni segrete. Fredda. Dura. Indifferente.

Lei si portò una mano al petto, come per impedire al suo cuore di disintegrarsi in mille pezzi. "Bisogna che ci rifletta su," riuscì a dire. Non voleva piangere davanti a lui, ma sentiva che stava per farlo.

Carson restò immobile, come se stesse cercando di dare un senso logico al fatto che il suo mestiere fosse uccidere persone.

"Carson," mormorò lei. "Ho bisogno di un po' di tempo."

"Non credo di essermi spiegato molto bene," disse lui con voce pacata. "Per favore, fammi restare. Parliamone."

Skylar scosse la testa, con gli occhi ormai pieni di lacrime. "Non sei l'uomo che credevo tu fossi. Quando ci siamo conosciuti, non facevi altro che parlare della mia sicurezza. E più insistevi, più io accettavo che tu fossi così. E adesso... sentire che tu e i tuoi amici andate in giro ad *ammazzare* gente è così incompatibile con l'idea che mi ero fatta di te da non essere nemmeno divertente. Ho bisogno di tempo per metabolizzare tutto questo e decidere cosa fare. Per favore."

Lui fece una smorfia. Fu la sua unica manifestazione emotiva e, incredibilmente, a Skylar dispiacque per lui. Ma tenne le labbra sigillate, rifiutandosi di cedere e dirgli che non le importava quello che faceva quando non lavorava alla Assistenza Silverstone.

Perché invece le importava. Moltissimo.

"Ti darò del tempo... ma non finisce qui, Skylar," disse Carson dopo un istante. "Mi rifiuto di lasciarti andare senza lottare. Sei la cosa più bella che mi è mai successa, dannazione, e non mollerò così facilmente. Ti cercherò appena mi sarà possibile farlo."

Poi fece come lei gli aveva chiesto; si girò e si diresse alla porta.

La prima lacrima cadde dagli occhi di Skylar quando lui mise la mano sul pomello. Senza girarsi, Carson le disse: "Chiudi a chiave dopo che sono uscito." E uscì.

Skylar si alzò in piedi come inebetita e andò a chiudere la porta a chiave. Poi si lasciò cadere al suolo e pianse come non aveva mai pianto in vita sua.

Carson, quell'uomo dolce e protettivo che lei amava con tutto il cuore, era un omicida.

Non riusciva a capacitarsene.

Si era seduto accanto a lei e gliene aveva parlato come se non fosse nulla di importante, come se lui e i suoi amici facessero qualcosa di assolutamente normale.

Ma non era così. Quello che facevano non ci andava neanche vicino, alla normalità.

C'era una parte di lei che voleva concentrarsi sul fatto che lui, almeno, non le aveva mentito. Ma in quel momento Skylar provava solo un grande dolore. L'uomo che lei riteneva assolutamente perfetto non lo era; anzi, a pensare a quanto Carson era lontano dalla perfezione, le venivano le vertigini.

CAPITOLO QUINDICI

Skylar si rigirò nel letto e vide sulla sveglia che erano le quattro e mezza di mattina; non aveva ancora chiuso occhio e si rese conto che avrebbe dovuto darsi malata. Non era in grado di andare a scuola ed essere serena ed estroversa con i suoi alunni. Aveva una pessima cera e riusciva a malapena ad aprire gli occhi, tanto erano gonfi per aver pianto.

Strisciò fuori dal letto, recuperò il computer portatile e mandò un messaggio alla preside, allegando il piano lezione da mettere a disposizione del supplente che sarebbe stato assegnato alla classe. Poi tornò a letto e si raggomitolò in una piccola palla.

Inspirò profondamente; poteva ancora sentire l'odore di Carson nelle lenzuola.

Aveva pensato tutta la notte a quello che le aveva detto Carson. Lui e i suoi amici erano stati nelle Delta Force. Avevano eliminato *terroristi*, senza mai ricevere encomi e riconoscimenti per il loro lavoro.

Ripensò a quando annunciarono che Osama bin Laden era stato ucciso. I Navy SEAL della squadra che aveva compiuto la missione erano stati elogiati e avevano ricevuto ogni sorta di copertura mediatica. Diavolo, se non ricordava male, c'erano pure un libro e un film su quella missione.

Cercò di riportare alla mente un qualche film che aveva visto sulle Delta Force. Ce ne dovevano essere alcuni con Chuck Norris, ma non sapeva se ciò di cui parlavano era basato su eventi reali o inventato di sana pianta. Poi le venne in mente che *Black Hawk Down* era basato su fatti realmente accaduti a Mogadiscio e i protagonisti erano... delle Delta Force. Ricordando il film, il coraggio di quegli uomini la impressionò. Immaginò Carson fare le stesse cose per il bene del paese, per gente come *lei*, e la cosa la terrorizzò e insieme la fece sentire orgogliosa di lui, come non lo era mai stata di nessuno.

Ma lui aveva ammesso che il governo non li avrebbe aiutati se le cose per loro si fossero messe male, quando erano all'estero in missione. Quindi le missioni che avevano fatto dopo essere usciti dall'esercito *dovevano* essere sbagliate... o no?

E Carson aveva detto che stava per partire per una di quelle missioni. Lui e i suoi amici erano a caccia di un altro terrorista.

A quel pensiero, la paura si impossessò di lei.

Non paura *di* Carson, ma paura *per* lui.

Dove stava andando? Avrebbe corso dei pericoli?

Certo che sì!

Oddio! Come poteva un minuto arrabbiata con Carson perché le aveva detto di essere un assassino e un minuto dopo spaventata a morte che potesse succedergli qualcosa durante una di quelle missioni in incognito?

Era esausta per non aver chiuso occhio, le era venuto mal di testa a furia di piangere e le faceva male il cuore per quell'uomo che si era convinta di conoscere.

Si rese conto che, se Carson fosse stato ucciso durante la missione all'estero, lei non lo avrebbe mai saputo, visto che il governo non riconosceva il lavoro che lui e i suoi amici facevano. Sarebbe diventato l'ennesimo "disperso" e nessuno avrebbe saputo da dove cominciare per trovarlo. Poteva essere fatto prigioniero e tenuto in una cella buia per anni e anni.

Skylar sapeva che la sua era una reazione esagerata, ma non poteva farci niente. L'immagine di Carson ferito o sul punto di morire non le avrebbe dato pace.

Doveva parlargli. Aveva bisogno di più informazioni...

Ma era stata lei a dirgli di andarsene. Lo aveva chiamato *assassino*... o no? O forse era successo solo nella sua testa? Non era nemmeno sicura di quello che gli aveva detto la sera prima. La confessione che le aveva fatto l'aveva talmente sopraffatta che tutto ciò che era successo in seguito era come avvolto in una foschia.

C'era un'altra cosa che l'aveva ferita almeno tanto quanto la confessione. Si era abituata a vederlo sorridere; in effetti lui ultimamente sorrideva quasi sempre, quando erano insieme. Ma la sera prima lui aveva sul volto la stessa inespressività che lei gli aveva visto quando si erano riconosciuti. Gli si erano svuotati completamente gli occhi. Era stata *lei* a svuotarglieli, il che la faceva soffrire più di tutto il resto.

Ma lui *uccideva* la gente! Come poteva essere tanto generoso, divertente e premuroso con lei e con chiunque lo circondava, e poi andare in giro ad ammazzare esseri umani?

Tutta quella storia non aveva alcun senso e Skylar era più confusa che mai.

Ed era stremata. Era stanca morta, ma ogni volta che provava chiudere gli occhi vedeva Carson imprigionato in una cella buia, bisognoso d'aiuto ma senza nessuno che potesse darglielo. Skylar sentiva di essere sul punto di impazzire. Completamente.

Le suonò il cellulare, spaventandola tanto da farle emettere un piccolo grido.

Cosciente del fatto che se non avesse reagito avrebbe presto avuto un attacco di cuore, Skylar allungò un braccio per prendere il telefono. Era ancora molto presto. Troppo presto perché si trattasse di un operatore di un call center.

Forse era Carson, forse le avrebbe detto che aveva parlato con i suoi amici e deciso di smetterla, che lei era più importante del suo "lavoro" e che alla fine non sarebbe partito.

Ma sullo schermo del telefonino lesse *numero sconosciuto*.

Pensando che potesse essere una chiamata dal distretto scolastico, rispose. "Pronto?"

"Skylar, sono Gramps."

Le spalle di Skylar si irrigidirono e lei si raggomitolò nuovamente sotto le coperte. Non sapeva cosa dire a quell'uomo; pensava di conoscerlo, ma evidentemente anche lui era un assassino... proprio come il suo ragazzo. O ex ragazzo. In quel momento, non aveva idea di cosa fosse Carson per lei.

Ma lei non dovette dire niente. Gramps cominciò a parlare senza aspettare che lei gli chiedesse come mai le stava telefonando.

"Bull non sa che ti sto chiamando. Mi prenderebbe a calci, se lo sapesse. Ma mancano cinque minuti al nostro volo e io dovevo parlarti. Suppongo che le cose non siano andate benissimo, ieri sera."

Skylar ebbe l'istinto di fare una risata, isterica o sarcastica che fosse; ma non fece altro che restare in ascolto.

"Sai, avevamo detto a Bull che saresti rimasta scioccata quando ti avrebbe detto la verità su di noi. Nessuno pensava che sarebbe filato tutto liscio. Come poteva, del resto? Come potrebbe qualcuno accettare quello che facciamo? Ma lui si è fidato ciecamente di te. Ha detto che vista la connessione che c'è tra di voi, era impossibile che tu non capissi, e che, come minimo, avresti ascoltato le sue ragioni."

"Ma stamattina, appena lo abbiamo visto, abbiamo capito che non era andata come lui sperava. Vedi, Bull è una delle migliori persone che io conosca. L'ho visto *letteralmente* togliersi la maglia per darla a qualcuno che ne aveva più bisogno di lui. Mi ha salvato la vita più di una volta e l'ha salvata anche a Eagle e a Smoke.

"Quando Bull è entrato nell'esercito, non aveva nessuno. Sua madre lo aveva abbandonato e suo padre era morto poco tempo prima. Non aveva famiglia, né amici; era alla ricerca di se stesso. Non mi ha colpito molto quando ci siamo conosciuti, ma più ci entravo in confidenza più capivo che il suo scopo nella vita era servire il prossimo. Alcune persone ce l'hanno nel DNA, vogliono aiutare tutti quelli che incontrano. È un po' scorbutico e a volte non riesce a mostrare quello che prova, ma nel profondo vuole essere amato, come chiunque altro. Con noi ne ha parlato solo una volta, ma il suo più grande desiderio è trovare una donna da amare che lo ami. Noi sappiamo che l'ha trovata in te."

Le parole di Gramps le fecero venire di nuovo le lacrime agli occhi. Ma lui non aveva ancora finito.

"Hai mai sentito parlare di Fazlur Barzan Khatun?"

Skylar deglutì a fatica e disse: "Sì. Chi non ha sentito quel nome? Non guardo il telegiornale ma tutti sanno che era il responsabile dell'uccisione di tanti nostri soldati in Afghanistan."

"Proprio lui. È stato ucciso non troppo tempo fa ed è venuto fuori che stava pianificando un attentato terroristico di vasta scala qui nel nostro paese."

"Mi ricordo," disse Skylar.

"Lo stesso giorno abbiamo ucciso anche il suo braccio destro, Nabeel Ozair Mullah. Ma non avremmo dovuto. Quei maledetti politicanti se la sono fatta sotto perché, ufficialmente, non avremmo nemmeno dovuto essere sul suolo pakistano. Ma sono stati loro a mandarci a prendere Khatun; poi Eagle ha riconosciuto Mullah, così lo abbiamo eliminato. Invece di essere elogiati per aver liberato il mondo da due tra i più pericolosi criminali in circolazione, abbiamo ricevuto un rimprovero e la nostra squadra è stata smobilitata."

Skylar si ricordò che Carson glielo aveva accennato la sera prima, ma non conosceva i dettagli; lei non glieli aveva chiesti, né gli aveva dato l'opportunità di raccontare con più precisione. "Perché mi dici tutto questo? Non dovrebbero essere informazioni riservate?"

"Lo sono," le disse Gramps. "Ma Bull si è fidato di te abbastanza da raccontarti la verità sulla Silverstone, quindi anch'io mi fido di te. Non so cosa vi siete detti ieri sera e non so se Bull ti ha spiegato bene quello che facciamo. E non sto cercando di farti cambiare idea, né di dirti che hai sbagliato a mandarlo a quel paese, ma... beh, *hai* sbagliato," disse Gramps con tono di rimprovero.

In passato, l'uomo era sempre stato simpatico e gentile con lei, ma in quel momento decisamente non lo era.

"Il tizio che è venuto da noi dopo che abbiamo saputo che saremmo stati cacciati dall'esercito lavora per l'FBI e il Dipartimento di sicurezza nazionale. Non siamo una specie di gruppo ribelle che se ne va in giro per il mondo a uccidere a casaccio. Scegliamo come bersagli la feccia della feccia. Terroristi, trafficanti sessuali, serial killer, narcotrafficanti... gente che non merita di respirare la stessa aria che respirano i cittadini innocenti e rispettosi della legge. Noi lavoriamo con il governo, Skylar."

"Ma Carson mi ha detto che il governo non vi aiuterebbe, nel caso in cui veniste catturati."

"È vero. Il dipartimento di giustizia ha a disposizione quelli che chiamano 'fondi sommersi', si tratta di soldi destinati a operazioni segrete; le nostre missioni rientrano in quella categoria. Ciò che facciamo è top secret e non riceviamo mai alcuna forma di riconoscimento; non che quella roba ci interessi."

"Morale della favola: Bull è un cazzo di eroe. Il nostro

lavoro tiene lontano i cattivi. Non ci aspettiamo né ringraziamenti, né qualche fottuta medaglia. Lo facciamo per tenere al sicuro le persone che amiamo, i nostri compatrioti; per far sì che i bambini come quelli a cui tu insegni possano crescere senza temere che la loro scuola venga fatta esplodere da un terrorista. Facciamo quello che facciamo, consapevoli del fatto che, se dovessimo morire durante una missione, non lo saprebbe mai nessuno. La gente non saprà mai quello che abbiamo cercato di fare: proteggere il mondo da una parte del male che vi si annida.

"Bull ti ama, Skylar. Non ha ricevuto molto amore nella sua vita e si farebbe in quattro per il bene delle persone a cui tiene. Ha preso con sé uno come me, un ragazzino ispanico con una scheggia conficcata nella spalla, senza batter ciglio. Farei di tutto per lui e so che lui farebbe lo stesso per me. Ti chiedo solo di pensare a ciò che *davvero* provi per lui. Capisco che quello che fa è difficile da capire o da accettare. Ma se Bull fosse ancora nell'esercito, reagiresti nello stesso modo? Perché, credimi, quello che facciamo ora è identico a quello che ci veniva ordinato quando eravamo militari di professione. Non è cambiato nulla, a parte che non abbiamo più l'uniforme. *Però* siamo sicuri al cento per cento che quelli che eliminiamo sono colpevoli; come membri delle Delta Force, non potevamo dire lo stesso."

"Gramps..." cominciò Skylar, incerta su quello che voleva dire. Il discorso dell'uomo l'aveva toccata nel profondo.

Aveva giudicato Carson troppo duramente. Non gli aveva dato modo di spiegarsi veramente. Ma, parlando con lei, Carson aveva omesso di dire che erano stati reclutati dall'FBI. O forse no... forse la rabbia e l'angoscia che Skylar aveva provato la sera prima le avevano impedito di sentire quello che lui diceva.

"Devo andare," disse Gramps. "Dovremmo essere di ritorno entro venerdì sera, se tutto procede secondo i piani."

Ancora una volta, il pensiero di quello che Gramps, Carson e gli altri andavano a fare la assalì. Stavano correndo incontro al pericolo... e forse non li avrebbe più rivisti.

"State attenti!" disse lei quasi con disperazione; non sapeva se sarebbe stata in grado di accettare quello che Carson faceva, ma di certo non sopportava l'idea che lui fosse ferito o ucciso.

"Stiamo sempre attenti. Sappiamo quello che facciamo," disse Gramps sicuro di sé. "Questo dovrebbe essere un lavoro facile. Entriamo e usciamo. Tu pensa a quello che vuoi veramente," le disse. "Ma lascia che ti dica una cosa: se scegli Bull, non passerai un solo giorno della tua vita senza sapere che sei amata. Sarai sempre al sicuro, protetta. Questo è garantito, dannazione. Non posso immaginare qualcuno che ti ami così intensamente come ti ama lui."

Poi Skylar non sentì più nulla.

"Gramps?" chiamò Skylar.

Nessuna risposta. L'uomo aveva chiuso la telefonata.

Skylar si girò sulla schiena e si mise a fissare il soffitto. Era più confusa di prima.

Era innamorata di Carson? Sì. Non c'erano dubbi.

Poteva convivere con l'idea che lui fosse da qualche parte ad ammazzare un altro essere umano, ergendosi a giudice e a giuria della vita altrui? Un assassino era un assassino, ma il fatto che Bull e gli altri fossero stati reclutati dall'FBI e venissero pagati dal governo bastava a renderle accettabile la cosa?

Erano domande a cui non sapeva dare risposta.

———

Dopo essere finalmente riuscita a dormire almeno per un paio d'ore, Skylar si trascinò giù dal letto e si fece una doccia. Non si sentiva affatto meglio e i cerchi neri che aveva sotto gli occhi mostravano chiaramente che c'era qualcosa che non andava, ma non ce la faceva più a stare a letto. Cercò di lavorare un po', ma trovò impossibile concentrarsi. Si preparò qualcosa da mangiare, ma dopo pochi bocconi si rese conto di non avere fame.

Camminava su e giù per il suo appartamento, cercando di ragionare sull'accaduto, quando sentì Tiana che rideva nel corridoio. Si precipitò verso la porta e l'aprì.

La vicina aveva appena terminato una telefonata; Skylar spalancò la porta tanto improvvisamente che l'amica sobbalzò e si portò le mani al ventre. "Mi hai fatto prendere un colpo," disse Tiana ridendo.

"Posso parlarti?" le chiese Skylar.

Notando subito l'aspetto trasandato e fuori fase di Skylar, Tiana annuì senza esitazione. "Certo. Vuoi venire da me?"

"Sì." Skylar aveva bisogno di uscire dal suo appartamento. Lì dentro, vedeva Carson ovunque. Per quanto fosse entrato nella sua vita solo da poco, il ricordo di lui permeava ogni angolo del suo spazio personale.

Seguì la sua vicina. Non era stata dentro casa di Tiana molte volte, ma l'appartamento era identico al suo. Tiana appoggiò la borsa sul tavolo vicino all'entrata, che era già stracolmo di cianfrusaglie, e indicò il soggiorno. "Siediti lì, io verso un paio di cicchetti."

"Oh, ma io..."

"Nah. Si vede chiaramente che, qualsiasi sia il tuo problema, richiede dell'alcol. E visto che oggi è un giorno lavorativo e tu sei qui anziché a scuola, niente ti impedisce di lasciarti un po' andare. Siediti, ti raggiungo fra un secondo."

Sapendo che quando Tiana si metteva qualcosa in testa poteva diventare incredibilmente testarda, Skylar andò a sedersi sul bordo del divano. Osservando ciò che la circondava, si ricordò di quanto poco conoscesse la sua vicina. La casa era in disordine, ma pulita. Tiana aveva appena passato i cinquanta e aveva dei figli già grandi; viveva da sola, teneva una pistola vicino alla porta d'entrata e lavorava a orari strani... ma Skylar di lei non sapeva altro.

"Prendi," le disse Tiana, porgendole un bicchierino pieno.

Skylar lo prese e arricciò il naso. "Cos'è?"

"Non chiedere. Buttalo giù e basta," la esortò Tiana.

Skylar fece un profondo respiro e ingurgitò il liquore... e ci mancò poco che il bruciore provocato dall'alcol che le scendeva giù per la gola non la facesse soffocare. "Porca miseria," disse con un rantolo.

Tiana rise. Trangugiò il suo cicchetto, poi posò il bicchierino sul tavolo di fronte a loro. "Ok, parla. So che c'è qualcosa che non va, visto che non sei mai a casa il martedì, durante la giornata. Sei malata? Avrei dovuto chiedertelo prima di darti da bere, eh?"

Skylar sorrise all'altra donna. "Non sono malata."

"Già. Quindi comincia a parlare."

Skylar non sapeva da dove cominciare. Anche se era ancora completamente confusa, non voleva tradire la fiducia di Carson. Lui le aveva confidato un segreto. Anche se aveva il bisogno disperato di parlarne con qualcuno, doveva inventarsi un modo per ottenere l'aiuto che cercava senza spifferare la verità sulla Silverstone. "Ieri sera Carson mi ha detto una cosa che mi ha sconvolta," si risolse a dire. "L'immagine che avevo di lui come persona si è disintegrata in mille pezzi."

"Pare che la luna di miele sia finita, eh?" disse Tiana con una risatina.

Skylar non colse l'ironia. "È solo che... lui era un uomo fantastico per me. Generoso con le mance, comprensivo con i suoi dipendenti, sempre e comunque rispettoso con me... ma scoprire questa cosa... non riesco proprio a farmene una ragione."

Tiana si accostò a lei senza più alcuna traccia di ironia in volto. "Prima di tutto, sappi che nessuno è perfetto."

"Lo so," disse Skylar con impazienza.

"Davvero?" controbatté Tiana. "Sai, tu mi piaci. Un sacco. Sei una vicina grandiosa, non cucini roba puzzolente il cui odore attraverserebbe le pareti e mi farebbe venir da vomitare. Tieni pulito... mai visto uno scarafaggio venire dal tuo appartamento al mio. Sei poco rumorosa, educata, porti sempre l'immondizia nei bidoni... ma certe volte sei incredibilmente ingenua.

Skylar aggrottò la fronte. "Sto cercando di migliorare."

Tiana fece una risatina. "Non sforzarti troppo. Francamente, fa parte del tuo fascino. Ti concentri sul lato bello delle persone, il che va bene; ma spesso ignori il lato brutto," le disse Tiana. "Tutta questa fiducia negli altri potrebbe nuocerti. Sei un po' troppo ingenua... è una cosa carina, ma può anche irritare."

Skylar sbuffò. "Perché pensi che concentrarsi sul lato bello delle persone sia una cosa negativa?"

"Non è negativa, ma può metterti nei guai. Ti ricordi il tizio che abitava nell'appartamento 3A qualche tempo fa?"

Skylar annuì. "Sì. Cosa gli è successo?"

"L'hanno arrestato per detenzione e spaccio di stupefacenti," disse Tiana bruscamente.

"Cosa?" chiese Skylar sorpresa. "Ma... con me era sempre carino!"

"Vedi? Intendo esattamente questo. Non riconosceresti un tossicodipendente neanche sforzandoti. Quel tipo era strafatto, Skylar. L'hanno beccato con abbastanza metanfetamine da giustificare l'accusa di spaccio, ma io sono sicura che la roba era tutta per lui. Era carino con te perché cercava di plagiarti. Suppongo che prima o poi ti avrebbe derubata. Ti avrebbe rubato la macchina o si sarebbe introdotto nel tuo appartamento. Magari bussando e chiedendoti una tazza di zucchero, di modo che tu lo facessi entrare."

Skylar era davvero scioccata. "Non l'avrei mai detto."

La voce di Tiana si ingentilì. "Lo so, Sky. Ecco perché io, Maria e Susan ti teniamo d'occhio. Tutti qui in giro sanno che chi se la prende con te se la deve vedere con noi. E credimi... nessuno vuole vedersela con noi."

Skylar deglutì con fatica. "Perché?"

Tiana si alzò in piedi, prese il bicchierino di Skylar e andò in cucina, poi tornò dopo averlo riempito. "Bevi," le disse con tono autoritario.

Stupita del cambio di tono nella voce dell'amica, Skylar eseguì. Il liquore le bruciò ancora in gola, ma meno della prima volta.

"Non sono la dolce signora di una certa età che tu credi," disse Tiana.

"Hai poco più di cinquant'anni," protestò Skylar.

L'altra donna fece una risata nasale. "Giusto... è che mi sento quasi sempre più vecchia. Comunque... Cosa sai del mio passato?"

"Uhm... niente?" disse Skylar con una scrollata di spalle.

"Sono cresciuta nella parte orientale della città e sono entrata nei Vice Lords[1] quando avevo dodici anni," disse Tiana con voce inespressiva. "Non che avessi molte alternative: se non mi fossi unita a loro ne avrei pagato le conseguenze. Non sono andata al college, non ho finito le superiori e non mi sono mai sposata. Ho avuto il primo figlio quando avevo diciassette anni e a diciotto ho ucciso il mio primo uomo."

Skylar guardò sbalordita e con la bocca aperta quella donna che conosceva e rispettava da tempo.

"Ho vissuto in quel modo più a lungo di quanto non sia disposta ad ammettere. Ma alla fine mi sono stancata. Volevo dalla vita qualcosa di più che scappare e cercare di evitare gli sbirri. Mi sono trasferita qui nella parte occidentale di India-napolis e mi sono trovata un lavoro. Non è stato facile... e poi non si esce mai *davvero* dalla vita da strada, ma ho fatto del mio meglio. Sono riuscita a non far fare quella vita ai miei figli, al costo però di estraniarli da me. Non vengono mai a trovarmi, ma va bene così, perché so che sono al sicuro e vivono vite comode e noiose lontano da qui. Tutti sanno che è meglio non cazzeggiare con me, visto che mi basterebbe una telefonata per scatenare la vendetta dei Vice Lords. Non sono più una delinquente, ma ho ancora contatti con chi è nel giro."

A Skylar quasi girava la testa. "Dici sul serio?"

"Mi venisse un colpo," disse Tiana. "Non me ne vado più in giro a sparare alla gente, ma non sono la santarellina che credi tu."

"Non ti ho mai ritenuta una santarellina," ribatté Skylar con aria vagamente difensiva.

Tiana la ignorò. "E Susan? È una cleptomane. Non riesce a smettere: se vede qualcosa che le piace in un negozio, deve averlo. È stata arrestata un paio di volte, ma comunque quasi tutto quello che ha in casa è rubato."

"Per Natale, mi ha regalato una borsetta stupenda," disse Skylar bruscamente.

"Rubata," sentenziò Tiana con un cenno del capo.

"Ma..."

"Sei in possesso di merce rubata," confermò Tiana con una voce completamente priva di empatia. Al tipo che abita al 12B piace mettersi biancheria femminile... ma se la procura legalmente, per quanto ne so. La coppia del 14A rivende gli antidolorifici che la moglie si fa prescrivere per il mal di schiena di cui soffre."

"E Maria?" chiese Skylar, quasi temendo la risposta.

Tiana la guardò con occhi penetranti. "Sua madre faceva la prostituta e una notte è stata uccisa da un cliente. Maria è stata bullizzata a scuola e riesce a malapena a pagare l'affitto, ma si rifiuta di mettersi a fare marchette come la madre."

"Non ne avevo idea," disse Skylar, scuotendo la testa.

"Il punto, mia ingenua amica, è che *nessuno* è perfetto. Puoi vivere in uno sdegno virtuoso e rifiutarti di parlare con chiunque ritieni non alla tua altezza; o puoi *vivere* e basta. E devi chiederti: qualsiasi cosa Carson stia facendo, ti ferisce? Perché, per quel che ho visto io, il ragazzo ha una vera e propria devozione per te. Quando ti riaccompagna a casa, non distoglie lo sguardo finché non hai chiuso a chiave la porta dietro di te. Ti apre sempre la portiera dell'auto ed è sempre vicino a te, pronto a farti scudo con il suo corpo nel caso sia necessario. Tiene d'occhio quelli che vivono qui e se qualcuno ti facesse uno sgarro... cosa che nessuno farebbe, visto che tutti sanno che sei sotto la *mia* protezione... ma, se succedesse, non ho dubbi che lui metterebbe subito in chiaro le cose."

Skylar non riusciva a credere alle proprie orecchie. Non sapeva nulla del passato dei suoi vicini, né delle loro abitudini. Aveva sempre parlato piacevolmente con tutti e tutti le erano sembrati molto... normali.

E Tiana aveva detto bene riguardo a Carson. Skylar sapeva che lui era sempre all'erta quando erano fuori insieme. Invece era molto più rilassato quando era a casa propria o all'Assistenza Silverstone; era meno vigile.

Forse perché era certo di essere al sicuro in quei posti?

La testa di Skylar lavorava.

"Dico solo che, se io avessi un uomo del genere, uno che mi tratta come la cosa migliore che gli sia mai capitata, passerei sopra a un sacco di cose. Te lo ripeto, Skylar: nessuno è perfetto. E suppongo che ciò che ti ha detto sia roba grossa, visto che non resti mai a casa dal lavoro, ami troppo quei bambini... ma è roba tanto grossa da non poterci convivere? Questo è il problema."

E il problema *era* quello.

"Sai chi è Fazlur Barzan Khatun?" chiese Skylar.

"Certo. È quel fottuto terrorista che ha ammazzato tutte quelle persone da qualche parte in Medio Oriente. Tanti saluti. Il bastardo voleva venire qui e organizzare attentati in diverse città contemporaneamente. Ho sentito al telegiornale che, se ci fosse riuscito, le vittime sarebbero state dieci volte quelle dell'attacco alle Torri Gemelle. Chiunque lo abbia ucciso, ha fatto un favore al mondo, senza dubbio. Scusa, parlo troppo. Perché me lo hai chiesto?"

"Così... tanto per chiedere," disse Skylar fiaccamente. Naturalmente Tiana sapeva chi era. Tutti lo sapevano. E *chiunque* si era sentito sollevato alla notizia della sua uccisione.

Ma allora quello che faceva Carson era giusto? Skylar non lo sapeva.

Ovviamente Tiana intuì che c'era una ragione per cui Skylar le aveva fatto quella domanda, ma lasciò perdere. "Le relazioni di coppia non sono mai facili," le disse invece. "Tutti facciamo qualche stupidata. Devi solo decidere cosa sei in grado di perdonare e cosa no. Il tuo uomo è un buono," continuò Tiana senza esitazione. "Prima di scartarlo, ti suggerisco di guardare bene in fondo al tuo cuore per capire se puoi vivere senza di lui."

Skylar annuì. Le sembrava di aver pensato solo a ciò che le aveva detto Carson, eppure si sentiva ancora lontanissima dal prendere una decisione.

"Allora, io e te siamo a posto?" chiese Tiana.

"Perché non dovremmo esserlo?"

"Perché ora mi conosci un po' di più. Ero in una gang; a tutti gli effetti, ci sono ancora. Ho fatto cose brutte. Riesci ad accettarlo?"

Ci riusciva? Skylar rifletté per un momento, poi annuì. "Ti sei sempre comportata bene con me. Mi piace pensare che siamo amiche?"

"E di Susan che mi dici? Ora che sai che ha le mani lunghe, hai un'opinione più bassa di lei?"

Skylar scosse la testa. "No. Sbaglia e credo che lo sappia; ma questo non cambia il fatto che sia un'altruista e che mi aiuti sempre."

"Giusto," disse Tiana. "Tu giudichi le persone in base a come ti trattano, non in base al colore della pelle o al loro passato. È una delle ragioni per cui qui piaci a tutti. Quindi, non posso che chiedermi... perché sei così con noi e non con il tuo ragazzo?"

Skylar sbatté le palpebre, sorpresa della domanda.

Tiana aveva ragione.

Ma... uccidere... era diverso da rubare o drogarsi, o no?

Quasi potesse leggerle nel pensiero, Tiana aggiunse: "Al rischio di rovinare la nostra amicizia, te lo ripeto: io ho *ucciso*. Questo cambia le cose tra di noi?"

Skylar non riusciva nemmeno a immaginare che la donna accanto a lei fosse capace di togliere la vita a qualcuno. Scosse lentamente la testa.

"Bene. Sono solo la tua vicina, ma se riesci a passare sopra a *questo*, scommetto che probabilmente puoi perdonare il tuo ragazzo, qualsiasi cosa abbia fatto."

Skylar si leccò le labbra. Era brilla a causa dei due cicchetti, ma pensava più lucidamente di quanto non avesse fatto da quando Carson le aveva rivelato il suo segreto. "Grazie, Tiana."

"Quando vuoi," ribatté l'amica.

Skylar si alzò in piedi e Tiana fece altrettanto.

"Non ho mai trovato un uomo che mi guardi come Carson guarda te," disse Tiana a bassa voce. "Se l'avessi trovato, non me lo sarei lasciato scappare. E forse la mia vita sarebbe stata diversa. Non essere troppo severa, Skylar."

Dopo aver annuito, Skylar uscì e tornò nel suo appartamento. Si chiuse a chiave dentro, ricordandosi che l'ultima cosa che Carson le aveva detto era di chiudere a chiave la porta. Anche dopo che lei si era isolata da lui e gli aveva chiesto di andarsene, lui si era preoccupato per lei, aveva pensato alla sua sicurezza.

Rivide il viso inespressivo che Carson aveva prima di andarsene. Skylar lo aveva ferito. Gli aveva sempre chiesto di non ferir*la*, ma appena la situazione tra loro si era fatta critica, anche lei lo aveva ferito.

Doveva pensarci su ancora un po', ma aveva capito di aver reagito troppo male a ciò che le aveva detto Carson. Forse lui non aveva scelto il momento giusto per parlarle, o forse avrebbe dovuto sforzarsi di più per convincerla a guardare la situazione da un altro punto di vista. Ma del resto lei non gli aveva dato modo di spiegarsi. Lo aveva tagliato fuori e aveva eretto un muro tra di loro. Voleva, anzi *doveva* parlargli; sperava solo che lui tornasse, così da poterlo affrontare.

Gramps aveva ragione. Se Carson fosse stato ancora nell'esercito, lei non avrebbe avuto problemi ad accettare quello che faceva. Sarebbe stata fiera di lui, fiera del fatto che lui proteggesse il suo paese. Invece non era più nell'esercito, ma perché per lei faceva tanta differenza? E lui e i suoi amici non erano forse stati cacciati solo per aver agito da soldati? Non le sembrava giusto.

A Skylar girava ancora la testa; si sedette sul divano. Avrebbe voluto spegnere il cervello, non pensare a nulla, ma non poteva.

Tiana era stata in una gang, Susan era una cleptomane. La coppia socievole che viveva in fondo al corridoio rivendeva farmaci illegalmente. Il mondo in cui viveva Skylar si era capovolto, eppure... la vita continuava. Lei era ancora la signorina Reid, maestra d'asilo.

Pensò a Shawn e a quanto era contento del suo nuovo lavoro all'Assistenza Silverstone. Pensò alla mancia di cinquanta dollari che Carson aveva lasciato al Rosie's Diner, la prima volta che erano usciti insieme.

"Dobbiamo parlare," bisbigliò Skylar nel suo appartamento vuoto, "torna a casa presto."

Non ci fu alcuna risposta, ma dare voce a quel pensiero la fece sentire meglio. Non sapeva ciò che il futuro avesse in serbo per lei e Carson... ma era pronta a dare un'altra possibilità alla loro relazione.

Forse era la decisione sbagliata. Forse, prendendola, si stava rovinando la vita.

Ma non era disposta a perdere Carson. Lo amava. Amava ogni cosa di lui. Voleva solo che tornasse da lei, offrendole così l'opportunità di dirglielo.

CAPITOLO SEDICI

"Non riesco a credere che tu l'abbia chiamata," disse Bull a Gramps con tono lamentoso; erano sull'aereo che li stava riportando in Indiana.

Avevano trovato Mostafa esattamente dove doveva essere, secondo le informazioni che avevano. Nel mezzo di un dannato campo di addestramento di Al-Shabaab. Lo avevano spiato mentre teneva una lezione sulla cultura americana ad adolescenti e giovani uomini, poi anche mentre insegnava loro come tirare le bombe a mano massimizzandone l'effetto distruttivo.

I quattro avevano poi seguito il piano, intrufolandosi nella sua tenda e uccidendolo con uno dei suoi coltelli.

In quel momento, erano in volo verso Indianapolis. Willis era già stato informato dell'uccisione di Jehad Serwan Mostafa ed era euforico. Negli anni, avevano collaborato bene con Willis e Bull era certo che l'uomo avesse accolto con soddisfazione la notizia che in giro per il mondo c'era un terrorista in meno, per così dire. Ma Bull, di per sé, non provava nulla in particolare riguardo all'esito positivo della missione.

L'unica cosa che provava era il fastidio per quell'interferenza di Gramps nella sua relazione con Skylar.

"Tu eri ridotto a uno schifo, dannazione," ribatté Gramps in un tono di voce privo di qualsiasi traccia di rimorso. "E io ero incazzato. Volevo solo dirle che stava rovinando tutto. E poi io lo so cosa significa avere un rimpianto, rendersi conto di non aver detto a una donna qualcosa che le dovevi dire, sentire di non aver fatto abbastanza per salvare un rapporto."

"Comunque non era affar tuo," tagliò corto Bull.

"Forse, o forse lo era. Ma, in quanto tuo amico, devo sempre coprirti le spalle," disse Gramps, senza alterarsi minimamente. "Se questo implica dire alla tua ragazza che si comporta da stupida, beh, io glielo dico."

"Non chiamarla così," lo ammonì Bull, inferocito.

"Sì, non è una cosa carina da dire," concordò Eagle.

"L'avrei chiamata così anch'*io*, se ci avessi pensato," aggiunse Smoke.

"Cazzo," imprecò Bull, passandosi una mano tra i capelli. "Noi quattro ci eravamo promessi che non avremmo mai lasciato che una donna si mettesse tra di noi. E mi rifiuto di lasciare che la mia relazione con Skylar mandi a puttane il nostro lavoro. Se lei non riesce ad accettare quello che facciamo..." Scrollò le spalle, senza finire la frase.

"Quindi?" chiese Eagle. "Tra di voi è finita?"

Bull sospirò, scuotendo la testa. "No. Non ancora. Entrambi abbiamo avuto un po' di tempo per pensarci e io so bene di non aver gestito la situazione nel migliore dei modi. Non sarei dovuto andarmene senza cercare di spiegarle meglio. Appena sarò a casa, cercherò di convincerla a parlare con me. Andrò da lei domani... vediamo se mi apre la porta. Io la amo. Non sono pronto a gettare la spugna, con lei. Per me, lei è quella giusta, me lo sento fin dentro alle ossa. Ma lei deve trovare un qualche compromesso con quello che faccio."

"Pensi che ne sarà in grado?" chiese Smoke.

"Non lo so."

"Ti ha dato dell'assassino," gli ricordò Gramps.

"Tu non dovresti cercare di salvare la relazione tra me e Skylar?" gli chiese Bull un po' scontrosamente.

"Già, ma quando qualcuno ferisce un mio amico, cambia tutto," rispose Gramps.

Bull guardò i tre uomini seduti vicino a lui sull'aereo. Era maledettamente fortunato ad averli trovati. Quando era entrato nell'esercito, non aveva nessuno. Quei tre erano diventati la sua famiglia e gli avevano dimostrato il loro supporto in innumerevoli occasioni: in battaglia, in sala riunioni e, a quanto pareva, anche quando si trattava della sua storia con Skylar. "Lei significa tutto per me," disse con voce calma. "Non so che influenza avrà questo su di noi come squadra, ma sarei disposto a fare qualsiasi cosa per lei," disse.

"Anche a mollare la Silverstone?" chiese Eagle. Non c'era condanna nel suo tono di voce, solo curiosità.

"Non lo so," rispose Bull in tutta onestà. "Spero di no. Io credo in quello che facciamo. Ricordate quando eravamo a Lima nella villa di Del Rio e dietro ogni porta che aprivamo trovavamo donne e bambini schiavizzati?" chiese Bull.

Tutti annuirono e lui proseguì. "Cosa sarebbe successo se *non* lo avessimo eliminato? Se Rex non ci avesse chiamato per dirci che aveva trovato sua moglie e l'uomo che l'aveva rapita dieci anni prima? Il bastardo sarebbe ancora in giro a rovinare vite. Avrebbe rapito altre donne e venduto altri bambini a depravati che avrebbero fatto loro cose orribili. Ma ora il bastardo è morto e le persone che teneva prigioniere sono libere. Certo, ci saranno altri che cercheranno di prendere il posto di Del Rio e ci sarà sempre qualcuno pronto a guadagnare un dollaro sulla pelle e sulla sofferenza del prossimo, ma io sento che noi abbiamo fatto qualcosa di utile. Almeno nella vita di qualcuno. Per ogni stronzo che facciamo fuori, risparmiamo a qualcuno della sofferenza. In un modo o nell'altro."

"Non voglio smettere. Almeno non ancora. Ma se Skylar mi dice che non può stare con me se sono parte della Silverstone, allora sarò *io* quello che soffrirà. Lei è tutto per me. Anche se la conosco da poco, so che la mia vita sarà incompleta senza di lei. Non credo di essere abbastanza forte da lasciarla andare."

"Anche se questo volesse dire vivere da miserabile?" gli chiese Smoke.

"*Vivrei* da miserabile?" controbatté Bull. "Lei mi rende felice. Non rido mai tanto come quando sono con lei. A volte, la sua ingenuità mi esaspera. Ma lei cerca disperatamente di fare del bene. Mi sento onorato di averla vicino. E poi, se la lascio andare, che le succederà? Come farà se qualcuno si approfitterà del suo buon cuore? Non riuscirei a perdonarmelo se le succedesse qualcosa di brutto mentre non sono lì a proteggerla."

"In buona sostanza, sei fottuto," disse Eagle con una risatina.

"Non se le parlo e riesco a farle capire," disse Bull. "Forse c'è un modo per non perdere né lei né la Silverstone."

"Davvero pensi che sia possibile?" gli chiese Gramps.

"Ci spero," rispose Bull. "Non sono sicuro di sopravvivere senza una delle due."

"Sai che faremmo tutto il possibile per aiutarti," disse Eagle.

"Facci sapere ciò di cui hai bisogno; noi ci saremo," aggiunse Smoke.

"E io sarei felice di chiamarla di nuovo e impegnarmi di più per farla ragionare," intervenne Gramps.

"Grazie, ragazzi. La apprezzo più di quanto non immaginiate. Vorrei che Skylar vi piacesse, che la accettaste."

"Infatti è così," disse Gramps. "Se è tua, è anche nostra. Semplicemente."

A Bull sembrò che gli si gonfiasse il cuore. Voleva bene a

quegli uomini. Non glielo aveva mai detto, né probabilmente lo avrebbe mai fatto, ma il sentimento c'era comunque. "Grazie. Quando arriviamo a Indianapolis, per prima cosa andrò a casa a recuperare un po' di sonno, poi domattina andrò al suo appartamento. Se non mi apre la porta, penserò a come muovermi. Ma conto sul fatto che Sky sarà almeno felice di vedere che sono tornato sano e salvo... se non altro, abbastanza felice da farmi entrare a casa sua. Deciderò cosa dirle in base a come vanno le cose.

"Non è un granché come piano," disse Eagle ridacchiando.

"Aspetta di trovarti una donna *tua*," ribatté Bull. "Vedrai quanto è facile sapere la cosa giusta da dire quando lei è incazzata con te."

"*Touché*," commentò Eagle. "Beh, sai che se hai bisogno, noi ci siamo."

Bull annuì e il quartetto si fece silenzioso. La verità era che lui non aveva alcun piano. Al momento, anche solo farsi aprire da Skylar la porta di casa gli sembrava un ostacolo insormontabile. Ma non aveva mentito: sperava che lei tenesse a lui abbastanza da preoccuparsi per la sua incolumità. Quanto a ciò che le avrebbe detto, avrebbe improvvisato una volta che se la sarebbe trovata davanti.

———

Jay osservava dal limitare del boschetto. Il parcheggio era pressoché vuoto. Era la sua occasione. Al nascondiglio era tutto pronto. Il suo piano era di portarla là e aspettare che arrivassero le squadre di ricerca. Si sarebbe persino unito alle ricerche, se la situazione nel nascondiglio fosse stata sufficientemente tranquilla. Nessuno avrebbe sospettato di lui. Sì, aveva la fedina penale sporca, ma non aveva un domicilio ufficiale, quindi nessuno avrebbe pensato che vivesse vicino alla scuola.

L'avrebbe rapita e avrebbe atteso che le ricerche rallentassero, poi l'avrebbe portata lontano. Avrebbe fatto l'amore con lei. E sarebbero vissuti felici e contenti. Al solo pensiero, il cuore di Jay accelerava. Aspettava quel momento da molto tempo e finalmente era arrivato. Tutte le sue fantasie si sarebbero realizzate.

Fissando la sua preda, si mosse agilmente nel parcheggio. Aveva fatto delle prove la mattina presto. Sapeva esattamente quanto tempo gli serviva per attraversare il parcheggio e raggiungere il cancello rotto. E sapeva esattamente quanto gli ci sarebbe voluto a ripercorrere lo stesso tragitto, passare attraverso il boschetto e raggiungere il nascondiglio che aveva preparato.

Stava per farlo. *Finalmente*.

Il venerdì era arrivato e Skylar era prontissima per il fine settimana. Nonostante il martedì non avesse lavorato, la settimana le era sembrata lunga e faticosa. Non riusciva a non pensare a Carson. Rifletteva su quello che Tiana le aveva detto e sapeva che Carson e gli altri sarebbe tornati dalla missione quel giorno. Non aveva idea di dove fossero andati e di chi fosse il loro bersaglio, ma non riusciva a smettere di preoccuparsi.

Carson le avrebbe detto anche solo che era tornato?

Se avesse chiamato l'Assistenza Silverstone, il centralinista le avrebbe detto se i ragazzi erano già al lavoro?

E se qualcuno di loro durante la missione era stato ferito... o ucciso? Sarebbe mai riuscita a sapere cosa era veramente successo?

Aveva più domande che risposte e le sembrava che le pulsasse la testa. Quel giorno, i suoi alunni erano stati più turbolenti del solito; era decisamente pronta per tornare a casa.

Quello era anche l'ultimo giorno in cui doveva far compagnia a Sandra alla fine del doposcuola. Shawn sarebbe passato a prenderla verso le sei e la settimana seguente avrebbe cominciato a lavorare alla Silverstone, dalle otto di mattina alle quattro del pomeriggio.

Voleva dire che Skylar sarebbe potuta tornare a casa alle cinque. Rimaneva comunque sempre anche durante il programma doposcuola, in caso ci fosse bisogno di lei. Di solito ne approfittava per preparare le lezioni per il giorno successivo, in modo da potersi godere un po' di relax, una volta rientrata a casa.

Skylar era appoggiata al muro esterno della scuola, persa tra i suoi pensieri, quando un movimento repentino catturò la sua attenzione. Si girò verso la scala orizzontale, dove Sandra stava giocando, e... non poté credere ai propri occhi.

Un uomo stava attraversando di corsa l'area giochi con la bambina tra le braccia; le teneva una mano sulla bocca e aveva quasi raggiunto il cancello rotto che portava al parcheggio.

Skylar partì verso di loro, correndo più veloce di quanto non avesse mai fatto. Stava per gridare in cerca di aiuto, ma pensò che lì in giro non c'era nessuno che potesse sentirla, quindi optò per risparmiare il fiato.

Calzava scarpe basse, cosa di cui si rallegrò, anche se, oltrepassato il cancello, lo sbattere dei piedi sul duro asfalto del parcheggio non era certo piacevole.

Non esitò nemmeno a seguire l'uomo e Sandra tra gli alberi. Sbatté con il viso in un ramo, che poi scostò spazientita... e riuscì a malapena a fermarsi prima di correre dritto contro l'uomo.

Lui teneva ancora Sandra stretta in una presa di ferro. La bambina si contorceva, cercando di svincolarsi dalle sue braccia, ma non sembrava creargli alcun problema. Era un uomo alto, almeno quindici centimetri più di Skylar. Ed era *grosso*. Aveva una pancia da birra che si protendeva in modo grottesco da sotto la maglietta che indossava. Aveva i capelli a mezzo collo, marroni e unti, che gli ricadevano sugli occhi; indossava jeans sporchi e la sua carnagione pallida era lucida di sudore.

Anche le dita che coprivano la bocca di Sandra erano sporche e Skylar vide che erano piene di cicatrici; bastava la vista di quelle mani sulla bambina a farle venire la nausea.

"Lasciala andare," ringhiò lei con la voce più minacciosa che aveva.

Ma l'uomo non fece altro che ridere. "Non credo proprio."

Skylar stava facendo tutto il possibile per tenere celata la paura. Fece un passo verso l'uomo, che lasciò cadere il braccio con cui cingeva la vita di Sandra; la bambina riuscì così ad appoggiare i piedi sul suolo erboso del boschetto. Ma l'uomo non la lasciò andare completamente e tirò fuori un sinistro coltello che teneva da qualche parte dietro la schiena; Skylar poté solo supporre che l'uomo avesse una specie di fodero legato alla cintura.

Tenendo ancora con una mano la bocca chiusa alla bambina, con l'altra le avvicinò il coltello alla gola. "Ecco come funziona: se fai il minimo rumore, la apro da qui," disse puntandole il coltello alla gola, "a qui;" abbassò lenta- mente il coltello fino a raggiungere un punto del ventre. "Chiaro?"

Skylar pensò che stesse bluffando. Non si sarebbe preso il disturbo di rapire Sandra se il suo scopo fosse stato solo quello di ferirla... o no?

Ma Skylar non poteva rischiare, c'era di mezzo la vita della bimba.

Senza distogliere lo sguardo da Skylar, l'uomo strinse la presa sulla bocca di Sandra. "E se *tu* fai il minimo rumore, faccio la stessa cosa alla tua bella maestra. Se resti in silenzio e fai come ti dico, non le succederà niente. Se la tua maestra fa lo stesso, non succederà niente a *te*. Hai capito?"

Sandrà annuì freneticamente.

L'uomo tolse lentamente la mano dal viso di Sandra. "Brava bambina. Sapevo che eri sveglia. Io e te andremo d'accordo." Poi cominciò a indietreggiare attraverso gli alberi, continuando a tenere il coltello premuto sulla gola di Sandra.

Sentendosi impotente, Skylar li seguì. Voleva caricarlo frontalmente e liberare Sandra dalla sua presa, ma quel coltello la tratteneva dall'agire in modo avventato. La lama era arrugginita ma seghettata, quindi, anche se il coltello fosse stato poco affilato, avrebbe potuto ferire la bambina a morte.

Skylar valutò l'ipotesi di correre nella direzione opposta a cercare aiuto, ma non vedeva nessuno nelle immediate vicinanze e non era disposta a rischiare che quell'uomo sparisse con Sandra. Lui minacciava la bambina, ma l'effetto era lo stesso che se avesse tenuto una pistola puntata alla testa di Skylar, che non era certo in grado di sopraffarlo, né poteva scappare.

Sapeva che non sarebbe finita bene per lei, ma l'unica opzione che aveva era quella di seguire l'uomo. Facendolo, correva un rischio enorme; ma se non lo avesse fatto, la sorte di Sandra sarebbe stata segnata.

"Vieni qui e cammina davanti a me," le ordinò l'uomo.

Skylar non voleva girargli le spalle, ma sperava che ubbidendo agli ordini avrebbe guadagnato tempo per ragionare sul da farsi.

"Come ti chiami?" chiese l'uomo a Sandra.

Sandra restò in silenzio e Skylar, voltandosi, vide un'espressione frustrata sul viso dell'uomo, che premette la punta del coltello sul collo della bambina, su cui si formò una perla di sangue. "Ti ho fatto una domanda," le disse con voce bassa e cavernosa. "Quando mi rivolgo a te, mi devi rispondere," disse.

"S-Sandra."

"Sandra," mormorò lui. "Un bel nome per una bella bambina." Poi le accarezzò i capelli, guardandole dall'alto il corpo.

Skylar ebbe un conato di vomito e sentì l'adrenalina correrle nelle vene. Non avrebbe lasciato che quel mostro facesse del male alla bambina sotto ai suoi occhi.

"E *tu* come ti chiami?" gli chiese con voce calma.

Lui la guardò, facendola rabbrividire. Negli occhi dell'uomo vide pura malvagità, la chiara intenzione di fare del male. "Io? Io sono Jay, Jay Ricketts," disse, tornando con lo sguardo a Sandra. "Hai sentito, piccola? Io mi chiamo Jay e ora tu sei mia. Mi prenderò cura di te. Ti crescerò. Ti farò stare bene. E il tuo compito è quello di fare ciò che ti dico e di fare stare bene *me*."

Skylar deglutì la bile che le era salita in gola. Memorizzò il nome dell'uomo. Se la situazione fosse davvero degenerata, prima di morire avrebbe fatto sapere a qualcuno il nome dell'uomo che le aveva rapite.

Camminarono finché non uscirono sul lato del boschetto. La speranza che Skylar aveva di vedere qualcuno e attirare l'attenzione si rivelò vana. La strada era deserta. Non avrebbe dovuto esserci più gente in giro, di venerdì pomeriggio?

Passarono accanto a una fila di case fatiscenti e dalle finestre aperte Skylar poté sentire gente che parlava e rideva, ma non osò gridare in cerca di aiuto. Jay teneva Sandra con un braccio, premuta su un fianco, e aveva il coltello nella mano libera; anche se la lama non era più puntata alla gola della bambina, Skylar sapeva che, se la piccola avesse cercato di svincolarsi dalla stretta, l'uomo avrebbe potuto ferirla mortalmente.

Per quanto fosse frustrata e terrorizzata, Skylar cercava disperatamente di restare lucida.

Camminarono per circa altri dieci minuti, finché Jay non

si fermò di fronte alla porta sul retro di una villetta a schiera mezza sfasciata; dalla casa proveniva un fetore ributtante e Skylar dovette sforzarsi per controllare i conati di vomito.

"Fila dentro," disse Jay, dando un colpetto a Skylar con il coltello.

Il dolore la fece sussultare. Si mise una mano dove il coltello l'aveva colpita, poi se la guardò e vide del sangue sul palmo. Anche se sapeva che, una volta entrata in quel dannato edificio, con ogni probabilità non ne sarebbe mai uscita, fece come Jay le aveva ordinato. Non aveva altra scelta.

Appoggiandosi allo stipite della porta, si abbassò per passare sotto l'asse che la bloccava. Jay entrò subito dopo di lei. Poi la pungolò ancora con il coltello, facendole uscire dalla bocca un gridolino.

"Zitta!" sibilò Jay. Skylar si girò e vide che la lama era di nuovo puntata alla gola di Sandra. La bambina aveva gli occhi pieni di lacrime e Skylar si sentì piena di rabbia.

"Starò zitta se la smetti di colpirmi!" ribatté. Sapeva che era meglio non provocarlo, ma fu più forte di lei.

Anziché dare di matto, l'uomo sorrise; per uno strano e brevissimo istante, i suoi denti anneriti le ricordarono il Grinch[1]. "La ragazza ha del fegato," disse Jay, parlando più a se stesso che a Skylar. "Potrebbe essere uno spasso, dopo tutto. Va' di sotto," le ordinò.

Skylar fece un profondo respiro con la bocca, nella speranza di non inalare troppa dell'aria fetida che infestava la stanza.

Con molta attenzione, cominciò a scendere le scale, che sembravano sul punto di crollare. Uno scalino le cedette sotto i piedi e lei rischiò di cadere di testa e rotolare giù dalla scalinata; lo spavento le innescò un urlo che però riuscì a trattenere. L'uomo, dietro di lei, non disse una parola; teneva Sandra in braccio e Skylar pregò che non cadesse trascinando la bambina e lei stessa in una brutta caduta in cui si sarebbero feriti tutti.

Skylar giunse in fondo alla scalinata. Erano nel seminterrato della casa e l'odore, semmai, era persino più nauseante di quello che c'era di sopra. Cercando di non pensare a cosa potesse esserci di morto là sotto, Skylar si voltò verso Jay, che fece un cenno verso una porta sulla destra. Lei si diresse docilmente verso la porta, muovendosi tra vecchi copertoni e mucchi di immondizia ed evitando di calpestare le pozze di indefinito liquido che la circondavano.

Spinse la porta, che però non si aprì.

"Mettici un po' di impegno, puttana," disse Jay con un sogghigno, "non è poi tanto pesante."

Skylar inghiottì la risposta per le rime che aveva già in bocca. Odiava il fatto di dover ubbidire remissivamente a Jay. Avrebbe dovuto urlare come una pazza per attirare l'attenzione di qualcuno; forse avrebbe dovuto correre fuori in cerca di aiuto... ma in entrambi i casi il risultato sarebbe stato quello di perdere di vista Sandra. Erano troppi i casi di bambini rapiti e spariti per sempre. Qualsiasi fossero le conseguenze, la cosa migliore da fare era restare con la piccola e fare tutto il possibile per aiutarla.

Quando riuscì finalmente ad aprire la porta, le si rivoltò lo stomaco. Era chiaro che Jay non aveva agito d'impulso; il rapimento era stato pianificato.

La stanza in cui si trovavano probabilmente un tempo era stata una specie di deposito. C'era una piccola finestra alta sul muro, oltre la quale Skylar non riuscì a vedere altro che erbacce.

Sul pavimento c'era un materasso, coperto da lenzuola sudicie. Ma per il resto, a differenza della stanza da cui provenivano, quella era completamente vuota. Chiaramente, Jay aveva rimosso tutto ciò che potesse facilitare la fuga di Sandra.

"Siediti sul materasso," intimò Jay a Skylar.

Non volendo allontanarsi tanto da Sandra, Skylar gli disse: "Non devi farlo per forza. Non è troppo tardi per uscirne."

Jay rise ancora. Fu una risata sommessa che diede sui nervi a Skylar. "Ma io non voglio uscirne," ribatté lui. "Ho aspettato a lungo per trovare la ragazza perfetta. E quando ho visto la piccola Sandra che giocava, ho capito che sarebbe stata mia. Ora... *siediti*."

La voce dell'uomo si fece crudele e Skylar era sul punto di mettersi a piangere. Camminò lentamente verso il materasso e si sedette.

"Mettiti quello," disse Jay, indicando con un cenno del capo un punto alla sinistra di Skylar.

Lei si voltò e vide qualcosa che spuntava da una coperta grigia di fianco a lei. La sollevò, sobbalzando quando due scarafaggi nascosti scattarono e si misero a scorrazzare per la stanza.

Sotto la coperta vide un ceppo fissato a una catena.

Skylar alzò gli occhi inorriditi verso Jay.

"Mi hai sentito," insistette lui, tirando su il coltello e usando la lama per carezzare un lato del viso di Sandra; la bambina si ritrasse, per quanto poteva, senza però fare alcun rumore.

Skylar esitò, capendo che incatenarsi non solo sarebbe stata la sua condanna a morte ma avrebbe anche dato a Jay l'opportunità di sparire con Sandra senza che lei potesse seguirlo.

"Non andrò via con la bambina," disse Jay, quasi potesse leggerle nel pensiero. "Fa' la brava e mettiti il ceppo alla caviglia; vedrai che tutto andrà bene."

Nulla sarebbe andato bene e Skylar lo sapeva, ma non aveva altra scelta. Quando sollevò la catena, il fragore metallico che produsse la fece trasalire. Ne osservò l'estremità e ipotizzò che il ceppo fosse stato fissato in qualche modo alla catena da Jay.

"Mettitelo alla caviglia," le ordinò lui.

"Mi stringerà troppo," lamentò Skylar.

"Non è un mio problema," disse Jay con aria indifferente. "Non era pensato per un adulto."

A quelle parole, Skylar si sentì gelare il sangue nelle vene; pensare alla povera Sandra incatenata lì le fece venire la nausea.

Muovendosi lentamente, Skylar si mise il ceppo intorno alla caviglia. Forse poteva solo fingere di chiuderlo. Poi, appena Jay l'avesse lasciata sola, sarebbe potuta scappare.

Si guardò la caviglia, ma nell'istante in cui distolse lo sguardo da Jay, lui scattò.

Sempre tenendo Sandra in braccio, si avventò su Skylar e afferrò la fascia di metallo che le cingeva la caviglia. Strinse forte e la serratura si chiuse, facendo affondare il metallo nella carne.

Skylar strillò ancora.

"So a cosa stavi pensando," disse Jay con tono di rimprovero. "Io sono più furbo di te e ho pianificato questa cosa a lungo. Niente e *nessuno* mi rovinerà la festa." Poi, tutto a un tratto, Jay lasciò cadere Sandra, che atterrò con il sedere sul materasso, di fianco a Skylar.

Ignorando il dolore alla caviglia, Skylar si allungò subito verso la bambina. Sandra si rannicchiò tra le sue braccia, appoggiandole la testa sulla spalla; tremava come una foglia, il che provocò ancora la rabbia di Skylar.

"Qual è esattamente il tuo piano?" chiese a Jay con una punta di aggressività, infusale dal fatto che Sandra non era più sotto la minaccia diretta del coltello.

"Beh, suppongo che non ci sia alcun pericolo nel dirtelo, visto che di certo non andrai da nessuna parte," disse Jay con una risata maligna. Si mise a camminare su e giù davanti a lei, giocherellando con il coltello, disegnando cerchi nell'aria con la lama mentre delineava il suo "piano".

"Immagino che comincerà una ricerca. Succede sempre. La mia Sandra doveva essere prelevata da scuola verso le sei. Quando si accorgeranno che non è lì, andranno nel panico. Chiameranno gli sbirri. Entro un'ora, tutta l'area intorno alla scuola pullulerà di gente. Cammineranno sulle tracce che ho lasciato, il che renderà inutile il lavoro delle unità cinofile. Distribuiranno volantini, offriranno ricompense... ma sarà tutto inutile. Magari uscirò e mi unirò anch'io alle ricerche. Ma nel giro di un paio di giorni, non avendo trovato alcuna traccia della povera bimba scomparsa, tutti cominceranno a ritornare alla loro routine quotidiana."

Skylar era terrorizzata. Non tanto per quello che Jay aveva detto, quanto piuttosto perché probabilmente aveva ragione. Lei aveva guardato fin troppi programmi televisivi a tema poliziesco per non sapere che i cani da ricerca tenevano il muso a terra per seguire scie di odori lasciate dagli umani; ma se fosse passato troppo tempo o se l'area fosse stata frequentata da troppi poliziotti, cercatori e altre persone con le migliori intenzioni, i cani non avrebbero potuto svolgere il loro compito.

"E poi che farai?" chiese Skylar, che voleva sapere dove aveva pianificato di portare Sandra. Perché era ovvio che non poteva tenerla lì per sempre. No, Skylar ne era certa: l'uomo aveva in mente una destinazione.

"Sai, è solo colpa tua se sei qui," disse Jay con piglio colloquiale, senza però rispondere alla domanda. "Se invece di seguirmi fossi corsa via in cerca di aiuto, non ti ritroveresti in questa situazione. Qualsiasi cosa succeda a *te*, non sarà colpa mia. Anche se devo ammettere che averti qui si sta rivelando vantaggioso. Mi aspettavo che la mia bambina creasse più problemi, invece è silenziosa come un topolino."

Poi fece uno scatto e afferrò la mano libera di Skylar. Le

puntò il coltello alla base del mignolo e guardò Sandra negli occhi. "Se urli, se fai qualsiasi rumore, taglierò il dito della tua maestra. Lo farò davanti a te e sarà colpa *tua*. Me ne accorgerò anche se non sono in questa stanza. Ho messo delle telecamere fuori e ti riprenderanno se cercherai di attirare l'attenzione di qualcuno fuori. E poi qui vicino nessuno farà caso a qualche urlo; anzi, è più probabile che, se qualcuno ti sente, si volti dall'altra parte. Ho fatto le dovute ricerche e so che questo quartiere fa schifo: a nessuno frega niente di quello che succede agli altri e nessuno alzerà un dito per aiutarti. Potrebbero persino decidere di farti del male. Io invece non ti farò del male, Sandra, se non mi dai una ragione per farlo. Io ti voglio bene."

A Skylar venne da vomitare. Non sapeva nemmeno se la bambina capiva bene quello che Jay diceva; ma *lei* lo capiva. Ed era orribile. Cercò comunque di restare immobile, per quanto possibile, anche se la lama puntata sul suo dito era estremamente minacciosa.

Senza spostare il coltello, Jay si rivolse a Skylar. "E se *tu* fai qualcosa che non mi piace, non userò il coltello su di lei... no, non voglio rovinare il suo bel faccino." Accarezzò la guancia di Sandra con il dorso delle dita; Skylar rabbrividì, disgustata. "Ma mi prenderò quello che voglio da lei proprio qui davanti ai tuoi occhi... e tu non potrai farci niente di niente," minacciò.

Skylar aveva già capito che quello era lo scopo finale di Jay, ma sentirglielo dire la inorridì.

"Non sarò un gentiluomo, non cercherò di rendere la cosa piacevole per lei... sai cosa intendo. Quindi fai la brava e la tua cara alunna non si farà male."

Era malato. Completamente pazzo. Sandra aveva solo *cinque* anni! Quello che Jay diceva era incomprensibile e raccapricciante.

"Non farò nulla," disse Skylar a voce bassa; voleva solo che l'uomo si allontanasse, che la smettesse di toccare lei e soprattutto Sandra.

Jay sorrise e si alzò. "Ricordate: anche quando non sono qui, so cosa succede. Quindi non fate stupidate. Abbi cura della mia Sandra e tutto andrà bene. Tornerò con qualcosa da mangiare per cena."

Con quelle parole di congedo, Jay si avviò verso la porta, la attraversò e la chiuse dietro di sé. Skylar sentì una serratura che si chiudeva e le sembrò che il cuore le si fermasse.

"Fate le brave!" gridò Jay; poi ci fu il suono dei suoi passi che risalivano le scale.

Sandra ricominciò a tremare tra le braccia di Skylar, che strinse la bambina più forte che poteva.

Erano in guai seri e Skylar non aveva idea di come uscirne.

———

Un'ora dopo l'atterraggio, Bull era davanti all'appartamento di Skylar. Aveva cercato di convincere se stesso ad aspettare fino al mattino seguente, ma non c'era riuscito. Sentiva il bisogno di rimettere a posto le cose tra loro due. Non era certo di poterlo fare, ma doveva provarci.

La stanchezza si faceva sentire. Non era mai riuscito a dormire bene in volo, men che meno dopo una missione. Sul suo lavoro con la Silverstone, non aveva mai avuto rammarichi; ma dopo ogni missione ripercorreva mentalmente ogni fase del lavoro, un'analisi che gli serviva a vedere quali aspetti fossero migliorabili, di modo che la volta successiva tutto potesse filare ancora più liscio.

Bull bussò alla porta e ci restò male quando sentì che all'interno dell'appartamento tutto taceva. Guardò l'orologio, erano le otto di sera. Skylar avrebbe dovuto essere a casa, a quell'ora. Gli venne il dubbio atroce che fosse uscita con un altro, ma Bull lo soppresse subito. Non gli avrebbe fatto una cosa simile. Anche se lei avesse pensato che tra loro era finita, a Bull sembrava impossibile che lei si fosse semplicemente voltata dall'altra parte e avesse trovato un altro uomo dopo meno di una settimana dalla loro discussione.

"Cerchi Sky?" disse una voce alla sua sinistra.

Bull sussultò e dentro di sé si rimproverò. Doveva essere davvero stanco per lasciare che qualcuno gli si avvicinasse a sua insaputa in quel modo. Girandosi, vide Tiana sulla soglia dell'appartamento accanto. Aveva la fronte aggrottata e un'aria preoccupata.

"Già. Sai dov'è?" le chiese lui.

Tiana scosse la testa. "Non la vedo da stamattina quando è andata al lavoro; ma non è da lei essere ancora in giro a quest'ora."

"Forse è in giro a fare qualche commissione?" ipotizzò Bull.

Tiana alzò le spalle, ma lui capì che secondo la donna non era così. "Vedi, è tutta la settimana che è scombussolata," disse lei. "So che avete litigato; non mi ha detto riguardo a cosa, ma era tutt'altro che felice. Abbiamo parlato e io ho fatto del mio meglio per risollevarla, ma potrei averla spaventata."

Bull s'irrigidì. "Spaventata?" Non era sua intenzione usare un tono duro, ma odiava il pensiero che Skylar fosse spaventata, specie se a spaventarla era una che lei considerava un'amica.

"Rilassati, Hulk," disse Tiana, senza nessuna traccia di agitazione. "Mi ha detto che aveva scoperto una cosa di te che non le piaceva. Ho cercato di aiutarla dicendole che tutti hanno dei segreti, compresa me. Le ho detto che ho fatto parte dei Vice Lords."

L'espressione di Bull non cambiò, ma mentalmennte l'uomo stava già pensando a come convincere Skylar a trasferirsi altrove.

"Ora ne sono fuori," disse Tiana, abbassando la voce. "O quasi. Ma ho ancora dei contatti. Se è successo qualcosa a Sky, dimmelo e farò in modo che chi le ha fatto del male abbia quel che si merita."

Bull restò sorpreso. "Pensi che le sia successo qualcosa?"

"Sky non è mai in ritardo. Ha orari prevedibili. C'è qualcosa che non va."

Bull era d'accordo e annuì. "Vado a Eastlake a vedere se per caso è ancora là."

Tiana tirò fuori dalla tasca un bigliettino. "È il mio numero. Se hai bisogno di qualsiasi cosa, chiamami. So che i Vice Lords non offrono il tipo di aiuto che in genere la gente vuole, ma ti do la mia parola che faranno tutto quello che serve per trovare Sky... o per far valere la giustizia di strada su chiunque le abbia fatto del male."

Bull prese il numero. Aveva imparato a non rifiutare mai un aiuto, anche se veniva da un ex membro di una gang, il parente esasperato di un terrorista o un civile qualunque che passava per la strada. "Grazie," le disse.

"Non devi ringraziarmi, basta che riporti a casa Sky," ribatté Tiana con voce aspra, prima di girarsi e sbattere la porta.

Preso da un senso di nausea, Bull corse giù per le scale facendo gli scalini a due a due e risalì in macchina. Guidò più veloce che poté verso la scuola dove lavorava Skylar; appena fu a qualche isolato dalla destinazione, si accorse che c'era qualcosa di strano. Spinse il tasto del Bluetooth e chiamò Eagle.

"Ehi, che c'è?" rispose l'amico.

"Non riesco a trovare Sky. Sto arrivando a Eastlake e pare che qui sia successo qualcosa."

"Aspetta," disse Eagle con un tono che Bull riconobbe come tipico della "voce da lavoro" dell'amico.

Bull lo aveva chiamato perché sapeva che Eagle aveva

accesso alle frequenze radio della polizia. Se era successo qualcosa, Eagle poteva ascoltare e capire di cosa si trattava. Bull sentì voci metalliche provenire dalla radio di Eagle, mentre svoltava in uno spiazzo di fronte alla scuola elementare. C'erano macchine parcheggiate ovunque; non aveva mai visto tanta gente nei pressi della scuola, nemmeno in pieno giorno.

Bull vide qualcuno che poteva essere Shawn Archer in piedi di fronte all'entrata della scuola; agguantò il suo telefono e spense il motore della macchina.

"Merda," disse Eagle dall'altra parte del telefono. "È scomparsa una bambina. I poliziotti hanno ricevuto una chiamata dalla scuola verso le sei e un quarto. Un padre è passato a prendere sua figlia ma lei non c'era."

"È Sandra," disse Bull sentendosi male. "Archer è qui." Poi gli venne un sospetto; scendendo dall'auto guardò verso il parcheggio degli insegnanti. "E c'è ancora la macchina di Sky."

"Probabilmente è lì a dare una mano con le ricerche," disse Eagle con calma.

"Sì," ne convenne Bull, ma il nodo che aveva allo stomaco gli si strinse.

"Chiamo gli altri, ci vediamo lì," disse Eagle.

"Grazie." Bull sapeva che i suoi amici, anche se erano stanchi come lo era lui, non avrebbero esitato a unirsi alle ricerche della bambina scomparsa. Anche nel caso in cui non si trattasse di Sandra, il tempo era un fattore essenziale nelle indagini per un rapimento.

Dopo aver chiuso la chiamata, Bull si precipitò da Archer.

Nell'istante in cui il padre di Sandra lo vide, interruppe la conversazione che stava avendo e corse da lui.

"È Sandra?" gli chiese Bull senza giri di parole.

"Sì," disse Archer, la cui voce si ruppe su quella singola

parola. "Quando sono arrivato, Sandra non c'era. La segretaria è andata a vedere in classe, ma non c'era nessuno.."

"Cos'ha detto Skylar?"

Archer era confuso. "Niente. Non è qui."

E quella fu la conferma che il suo brutto presentimento era giustificato.

Bull era certo che chiunque avesse rapito Sandra aveva portato con sé anche Skylar. La sua Sky non avrebbe mai permesso che uno dei suoi alunni fosse semplicemente preso e portato via, non senza lottare o sacrificarsi, consegnandosi volontariamente ai rapitori.

Bull girò su se stesso e cominciò a camminare in direzione della sua macchina. C'era qualcosa che doveva andare a prendere dal veicolo prima di mettersi alla ricerca di Sandra e della sua ragazza; per la precisione, la sua arma.

"Bull!" lo chiamò Archer.

Bull si voltò per vedere l'uomo.

"Sandra è tutto quello che ho," gli disse Archer con una voce disperata e miserevole.

"La troveremo," affermò Bull sicuro di sé; non sapeva come, ma sapeva che non avrebbe mollato finché non avesse portato in salvo sia la bambina che la sua maestra.

Rifiutando di arrendersi all'angoscia, Bull raggiunse la sua auto. Gli altri membri della Silverstone sarebbero arrivati di lì a poco e insieme avrebbero cominciato a cercare. *Nessuno* poteva prendersi ciò che gli apparteneva. Nessuno, maledizione.

———

Era passata la mezzanotte e Skylar, per quanto fosse esausta, non riusciva a dormire. Sandra sonnecchiava di tanto in tanto, ma era troppo spaventata per dormire per più di dieci minuti alla volta. Al minimo rumore, entrambe sussultavano.

"Pensi che qualcuno ci troverà?" bisbigliò Sandra.

Jay era tornato nella stanza una volta, aveva portato Sandra verso la parete opposta e l'aveva obbligata a sederglisi sulle sue ginocchia. Le aveva parlato di come sarebbe stata bella la loro nuova vita insieme. Le aveva accarezzato i capelli e la schiena.

Quando le aveva lasciate nuovamente sole, Skylar si era sentita sollevata come non mai. Lui aveva detto loro che le ricerche erano cominciate e che doveva fare la guardia.

"Sì," rispose Skylar con quanta più fiducia riuscì a recuperare.

Si chiedeva se Carson fosse tornato dalla missione. Le aveva detto che sarebbe rientrato quella sera, ma lei temeva che, se le cose non fossero andate come previsto, avrebbe potuto tornare anche dopo diversi giorni. Cercò di non pensarci.

"Hai sentito cos'ha detto Jay: tutti ti stanno già cercando. Ci troveranno."

"Non mi piace quando mi tocca," disse Sandra con un piagnucolio. "Papà dice sempre che se qualcuno mi tocca e non mi piace, devo urlare e scappare; ma qui non posso, perché quell'uomo ti farebbe male!"

Skylar era scoraggiata. Jay non era così stupido come lei aveva sperato. Con quelle minacce, le aveva praticamente paralizzate entrambe: lei non se la sentiva di scoprire il bluff dell'uomo, che avrebbe potuto fare a Sandra cose indicibili, e la bambina non voleva farlo infuriare, per paura che lui se la prendesse con Skylar.

"Lo so," disse a Sandra. "Perché non provi a chiudere gli occhi e a dormire un altro po', piccola," la esortò, sperando di calmarla, o almeno di sottrarla per un po' all'orrore in cui si erano ritrovate.

"Signorina Reid?"

"Sì, Sandra?"

"Sono contenta che sei qui con me."

"Anch'io, Sandra. Anch'io." Lo era davvero. Il pensiero di quanto sarebbe stata spaventata la bambina se fosse stata lì da sola con Jay era troppo terrificante perché Skylar non lo scacciasse subito.

La donna cambiò posizione e sussultò quando il ceppo le affondò nella carne della caviglia. Le sembrava che quel coso si restringesse ogni volta che lei si muoveva. Jay non lo aveva chiuso completamente, quindi era probabile che stesse *davvero* diventando più stretto. Il piede le aveva formicolato per un po' appena Jay aveva chiuso il ceppo, poi le si era come addormentato e già da un po' non lo sentiva quasi più. Aveva cercato di spezzare la catena, ma il tentativo si era rivelato inutile. Era saldamente fissata a un tubo che usciva dalla parete. Skylar era in trappola.

Ma Sandra no.

Skylar pensò che se fosse riuscita a privare Jay della cosa che lui voleva di più, l'uomo non avrebbe potuto usare la bambina contro di lei. Si guardò intorno e si concentrò sulla piccola finestra in alto sul muro. Era troppo piccola perché lei potesse passarci attraverso, anche nel caso in cui fosse riuscita a liberarsi del ceppo o a rompere la catena. Ma Sandra era minuta; *lei* sì che ci sarebbe passata.

Ma era saggio mandare una bimba di cinque anni in giro per un quartiere pericoloso e a lei poco familiare? Se qualcun altro avesse preso Sandra per sottoporla a chissà quali abusi, Skylar non se lo sarebbe mai perdonato. D'altro canto, visto che erano partite le ricerche, la bambina avrebbe potuto imbattersi in qualcuno che la cercava. Più gente c'era in giro, più alte erano le probabilità che Sandra fosse trovata.

Ma Skylar si era anche resa conto di quanto si fossero allontanate dalla scuola. Sì, non si trattava di tanti chilometri, ma a una bambina di cinque anni poteva sembrare che si trovassero dall'altra parte della città. Né Skylar poteva dare per scontato che i cercatori si fossero mossi nella loro direzione. E poi, Jay non aveva mentito: quella non era una zona sicura. Erano lì solo da poche ore, ma Skylar aveva già sentito diversi spari nelle vicinanze.

Rabbrividendo, decise che al momento erano più al sicuro lì dove si trovavano. Jay aveva detto che intendeva aspettare lì qualche giorno, finché le ricerche non fossero rallentate. Inoltre, veniva a controllarle molto spesso. Per riuscire a scappare dopo essere uscita dalla finestra con l'aiuto di Skylar, Sandra avrebbe avuto bisogno di un buon vantaggio. Se Jay le avesse sorprese durante un tentativo di fuga, o se si fosse accorto troppo presto che Sandra era scappata, avrebbe rimesso le mani sulla bambina. E non era una bella prospettiva.

Quindi, per fare la sua mossa, Skylar doveva aspettare il momento perfetto.

E se il momento perfetto non fosse arrivato... c'era la possibilità che Sandra fosse perduta per sempre.

Stringendo forte la bambina, Skylar chiuse gli occhi e pregò che qualcuno le trovasse prima che Jay potesse procedere con il suo piano di portare Sandra via con sé.

CAPITOLO DICIASSETTE

"Cazzo!" imprecò Bull fermandosi nel mezzo dell'ennesima fila di case nei pressi della scuola elementare di Eastlake.

Eagle, Smoke e Gramps erano vicino a lui e Bull vedeva nei loro visi la stessa frustrazione che provava lui.

Era domenica sera e i quattro erano impegnati nelle ricerche da quarantott'ore, senza sosta.

E non avevano ancora trovato nulla. Era come se Sandra e Skylar fossero scomparse nel nulla.

I cani da ricerca non erano stati in grado di seguire alcuna traccia a causa delle troppe persone che avevano percorso l'area, contaminando così la scena del crimine e rendendo inutili le doti olfattive degli animali.

Per la prima volta, Bull capì cosa aveva provato il suo amico Rex una decina di anni prima, quando sua moglie era stata rapita. Un momento la donna c'era e il momento dopo era semplicemente sparita.

Bull sapeva che le prime quarantott'ore erano fondamentali nelle indagini per i casi di sparizione, ma lui e gli altri non avevano trovato nulla che potesse suggerire cosa fosse successo alle due.

L'unico indizio erano delle orme sull'erba vicino agli alberi, sul lato opposto del parcheggio degli insegnanti. Chiunque avesse rapito Skylar e Sandra le aveva chiaramente osservate da lì. Era un ottimo punto d'osservazione. Accovacciandosi in quel punto, Bull era riuscito a vedere l'area giochi, le porte della scuola e chiunque si muovesse nei paraggi.

Gli andò il sangue alla testa al pensiero che il rapitore avesse potuto nascondersi lì anche quando l'Assistenza Silverstone era stata alla scuola per la settimana dei camion.

Smoke si era ricordato di aver trovato rotto il cancello dell'area giochi e i quattro avevano concluso che quel particolare aveva permesso al rapitore di avvicinarsi a Sandra con più facilità.

Dopo averne parlato, i ragazzi avevano ipotizzato che Sandra fosse stata presa mentre era nell'area giochi; probabilmente, Skylar aveva inseguito il rapitore e la bambina, finendo per essere anch'essa sequestrata.

A Bull non veniva in mente nessun'altra ragione che giustificasse la sparizione simultanea delle due. Skylar si sarebbe ribellata con tutte le sue forze a un tentativo di rapimento; ma, secondo Bull, non avrebbe fatto nulla che potesse peggiorare la posizione di Sandra, perché sapeva che c'era in gioco la vita della bambina.

Ma quell'ipotesi dove li portava?

Da nessuna parte.

"Dobbiamo riorganizzarci," disse Gramps con calma. "Impiegare più mezzi. Girando senza meta non otterremo nulla."

"Sky è qui da qualche parte," disse Bull con fermezza. "Non penso che sia stata portata lontano."

"I cercatori hanno battuto tutta l'area," intervenne Eagle. "Hanno bussato a ogni porta nel raggio di un chilometro. È molto improbabile che lei e Sandra siano ancora da queste parti."

"Invece sono qui vicino," insistette Bull. Guardò gli altri. "So che pensate che io sia pazzo, ma Sky è qui. Aspetta che io la trovi, ma il tempo che ha a disposizione sta scadendo. Lo sento."

"Cosa suggerisci di fare?" gli chiese Gramps.

"Non lo so!" sbottò Bull con aria frustrata.

"Ho un'idea," disse Smoke. "Torniamo alla Silverstone e prendiamo i droni. Li facciamo volare sull'area e vediamo se dall'alto si vede qualcosa di losco." Poi abbassò la voce. "Hai anche detto che la vicina di Skylar si offerta di coinvolgere i Vice Lords... Penso sia il momento giusto per farlo."

Bull annuì. Non gli piaceva l'idea di dovere dei favori a una gang di strada, ma se i Vice Lords erano in grado di trovare qualche informazione su dove fosse Skylar o su cosa le fosse successo, per lui ne valeva la pena. Avrebbe fatto qualsiasi cosa in suo potere per riportare a casa la sua ragazza.

———

Il tempo era scaduto.

Skylar aveva continuato a sperare che qualcuno trovasse lei e Sandra. Ma Jay era entrato nella stanza poco prima vantandosi che era andato tutto come lui aveva previsto: nessuno sapeva dove fossero e le ricerche cominciavano a scemare. Era giunto il momento di passare alla seconda fase del piano: portare Sandra via con sé.

Ma Skylar non glielo avrebbe lasciato fare. Assolutamente no.

Era affamata, più di quanto non lo fosse mai stata in vita sua. Da quando erano finite tra le grinfie di Jay, venerdì sera, aveva mangiato solo qualche boccone di hamburger. Se la sua percezione del tempo era corretta, in quel momento dovevano essere le due o le tre di lunedì mattina.

Sabato mattina, Jay aveva portato a Sandra un Happy

Meal di McDonald's e la bambina aveva voluto condividerlo. "Quando avevo fame, tu mi hai sempre dato da mangiare," le aveva detto Sandra.

Skylar pensò che Jay potesse aver messo qualche narcotico nel cibo, ma aveva troppa fame per preoccuparsi. Aveva dato solo qualche morso all'hamburger; anche se era freddo, le era sembrato una delle cose più buone che avesse mai mangiato.

Non c'era tempo da perdere, doveva portare Sandra fuori da quell'incubo. Non si sentiva un rumore da ore e Skylar capì che o agiva in quel momento o non lo avrebbe fatto mai più.

Scosse con delicatezza la bambina. "Svegliati, Sandra." Nella stanza era buio pesto, il che, per come la vedeva Skylar, rendeva loro le cose un po' più facili; se non altro, la piccola non poteva rendersi conto di quanto fosse spaventata la sua maestra. "Sei sveglia?"

"Sì."

"È ora di vedere se riesci a uscire da quella finestra."

Ne avevano già parlato e avevano concordato che era l'unica possibilità che avevano. Skylar era fiera della sua alunna: per quanto fosse spaventata, era disposta a fare quello che poteva per cercare aiuto. "Ti ricordi cosa devi fare?"

"Correre," disse Sandra a bassa voce. "Restare al buio. Vedere se riesco a trovare un negozio aperto. O un poliziotto. O qualsiasi persona che abbia un'aria amichevole."

"Giusto," confermò Skylar con tono di lode. "E poi lo so che è difficile, ma voglio che ti ricordi dov'è questo posto. Prima di metterti a correre, voltati a guardare la casa. Memorizza i numeri civici che vedi. È molto, *molto* importante."

Sandra annuì. "Perché così i poliziotti possono venire qui a prendere anche te." La voce le si era fatta ancora più bassa. "Vorrei che tu potessi venire con me!" disse piagnucolando.

"Lo vorrei anch'io. Ma credo in te. Sei una bambina intelligente, Sandra, e so che puoi farcela. Ma qualsiasi cosa succeda, tu *non* tornare qui. Hai capito? Non importa cosa senti." La paura più grande che Skylar aveva era che Jay si accorgesse subito della fuga e usasse lei stessa come esca per far tornare la bambina. "Una volta che sarai fuori di qui, continua ad allontanarti."

"Lo farò," promise Sandra.

"E sono certa che la persona che troverai ti aiuterà a chiamare tuo padre e che lui arriverà subito da te. Avanti, facciamolo."

Skylar voleva continuare a mettere in guardia la bambina, ma d'altro canto non voleva spaventarla. Jay l'aveva toccata sempre più spesso negli ultimi due giorni e Skylar era certa che presto quel mostro avrebbe fatto a Sandra qualcosa che le avrebbe lasciato per sempre una cicatrice.

La donna era anche consapevole del fatto che, se Jay fosse sceso nel seminterrato e avesse scoperto che Sandra era scappata, avrebbe ucciso *lei*. Se lo sentiva dentro. La posta in gioco era la sua stessa vita.

Ma la cosa più importante era che Sandra ritrovasse la libertà.

Si alzò in piedi, ignorando il dolore alla caviglia. Ormai non sentiva più il piede; l'ultima volta che lo aveva guardato, prima che facesse buio, aveva visto che le dita le erano diventate blu. Non era certo un buon segno, ma in quel momento il piede era l'ultima delle sue preoccupazioni.

Camminarono insieme verso la finestra. La catena non era abbastanza lunga per consentire a Skylar di raggiungere il muro, ma le dava comunque la possibilità di avvicinarvisi quel tanto che bastava perché Sandra, salendole sulle spalle e inclinandosi, avesse accesso alla finestra. Skylar si accovacciò per permettere a Sandra di salirle sopra; barcollò, ma mantenne l'equilibrio appoggiandosi con una mano al muro. Non voleva certo cadere, anche perché Sandra si sarebbe fatta male.

La cosa positiva era che avevano già fatto qualche prova,

perché al buio Skylar non vedeva niente. "Pronta?" chiese sottovoce alla bambina.

"Pronta," rispose Sandra.

"È come aggrapparsi alla scala orizzontale," la rassicurò Skylar. "Fai scorrere la finestra finché non è aperta, io ti tengo per i piedi e ti aiuto a uscire."

Il cigolio della finestra che si apriva sembrò estremamente rumoroso nel silenzio della notte.

"Prima di andare, guarda fuori. Vedi nessuno?" bisbigliò Skylar, che riteneva piuttosto improbabile che Jay avesse veramente messo delle telecamere all'esterno, come aveva detto loro. Da quando le teneva prigioniere, non si era mai cambiato i vestiti, inoltre puzzava come se non si lavasse da diverse settimane. Se quell'uomo avesse potuto permettersi un sistema di videosorveglianza, avrebbe anche nascosto le sue vittime in un posto più sicuro... e più lontano dalla scuola. O almeno quella era la speranza di Skylar.

"Non c'è nessuno," rispose Sandra, sempre bisbigliando.

"Ok. Sandra, ricorda: cerca un numero civico, poi mettiti a correre più forte che puoi."

"Sono pronta," disse la bambina, sporgendosi per raggiungere la finestra.

Skylar si piegò più in avanti che poteva, cercando comunque di restare in posizione eretta. Trattenne il respiro mentre Sandra si issava per aggrapparsi al davanzale interno della finestra. Della bambina vedeva solo l'ombra, ma il peso che sentiva sulle spalle scomparve nel giro di un secondo.

Una volta uscita, Sandra omise di chiudere dietro di sé la finestra, ma Skylar sapeva che era una dimenticanza da poco. Se Jay fosse entrato nella stanza, si sarebbe accorto immediatamente che la bambina non c'era più; visto che la porta era chiusa a chiave, la finestra era comunque l'unica possibile via di fuga.

Skylar tornò zoppicando al suo giaciglio e cercò di sistemare la coperta per dare l'illusione che sotto ci fosse rannicchiata Sandra. Si sedette sul materasso e mise una mano sulla coperta appallottolata, come se stesse dando conforto alla bambina. Non sapeva quando Jay sarebbe tornato, ma si sarebbe fatta trovare pronta per lui.

Forse i soccorsi sarebbero arrivati prima che Jay entrasse nella stanza e scoprisse che Sandra era fuggita. Skylar poteva solo sperare che le cose andassero così.

———

Sandra era spaventata a morte. Fuori era buio pesto e lei non aveva idea di dove fosse. Ma aveva fatto quello che la signorina Reid le aveva detto di fare; si era voltata e aveva memorizzato l'unico numero che aveva visto.

Quattro, uno, cinque, disse mentalmente. Quattro, uno, cinque. Quattro, uno, cinque. Quattro, uno, cinque.

Non voleva dimenticarlo.

Sapeva di essere piccola, ma suo padre le aveva detto che era la bimba più intelligente del mondo. L'uomo che aveva rapito lei e la sua maestra era *cattivo*. Sapeva anche quello. Lui aveva minacciato di far male alla signorina Reid e la cosa la spaventava a...

D'un tratto, si trovò in volo a mezz'aria.

Era inciampata su qualcosa mentre correva al buio. Atterrò su mani e ginocchia e lanciò un grido di dolore.

Voleva tornare a casa. Voleva il suo papà!

Non si rese conto di quanto a lungo restò lì in terra a piangere, ma visto che nessuno venne in suo aiuto, a tirarla su e a soffiarle sui graffi provocati dalla caduta, fece un profondo respiro.

Quattro, uno, cinque. Quattro, uno, cinque.

Ricominciò a camminare di buon passo, senza però correre come aveva fatto prima. Non voleva cadere ancora. E poi era stanchissima. E aveva paura. Le ombre sembravano mostri che cercavano di acciuffarla. Quando la signorina Reid le aveva detto della corsa, non sembrava ci fosse nulla di cui aver paura. Ma ora era sola e al buio... ed era terrorizzata.

Poi Sandra cominciò a chiedersi se quel tizio di nome Jay si fosse accorto che era scappata. Forse la stava inseguendo! L'avrebbe riportata nella casa e costretta a sedersi ancora sulle sue ginocchia. Non le piaceva. Le piaceva sedere sulle ginocchia di papà, ma Jay le toccava le gambe in un modo che la spaventava. Poi le accarezzava la schiena e le diceva che era bella. Era contenta di essere bella, ma non le piaceva il modo in cui lui la guardava,

Quattro, uno, cinque. Quattro, uno, cinque.

Sandra si era messa a camminare piano, mentre rifletteva su dove andare. Improvvisamente sentì uno sparo fragoroso. Poi un altro. Gli spari sembravano avvicinarsi.

Tremando di paura, si guardò intorno e alla sua destra vide una piccola casa. Senza pensarci su, corse in quella direzione. Si mise carponi, le facevano male i graffi alle mani e alle ginocchia, ma l'unica cosa a cui riusciva a pensare era che doveva trovare un posto sicuro.

Strisciò sotto la veranda della casa e raggiunse l'angolo più lontano dalla strada. Lì nessuno l'avrebbe vista. Se Jay la stava inseguendo, avrebbe sicuramente tirato dritto.

Con le mani sulle ginocchia, Sandra si mise a piangere in silenzio. Era smarrita e spaventata, voleva solo tornare a casa!

Erano le sei di mattina e un uomo portava a passeggio il cane lungo il marciapiede. Aveva letto su internet che la bambina e la maestra che erano scomparse dalla vicina scuola non erano ancora state trovate. Era una vergogna. L'uomo non poteva certo dirsi un santo, anzi, aveva accumulato la sua buona dose di cattive azioni; ma non avrebbe mai fatto del male a un bambino. Era una persona con degli scrupoli.

Di solito, a quell'ora era ancora a letto, ma quella mattina uno dei suoi clienti abituali gli aveva chiesto una dose. Non che gliene fregasse molto delle esigenze dei suoi clienti, ma il tipo era disposto a pagare il triplo, tanto era disperato; così l'uomo aveva accettato di incontrarlo a pochi isolati di distanza.

Le strade erano tranquille a quell'ora. Non che la cosa avesse importanza per lui. Le lacrime che aveva tatuate sul viso bastavano a tenere alla larga i più. Anche il pitbull che teneva al guinzaglio contribuiva a conferirgli un'aria minacciosa. Naturalmente, nessuno sospettava che il cane, con ogni probabilità, avrebbe leccato uno sconosciuto a morte anziché attaccarlo. I suoi latrati in genere avevano semplicemente l'effetto di incoraggiare la gente ad avvicinarsi per fargli le coccole.

Girò l'angolo e uno scoiattolo sfrecciò sul marciapiede, cosa che il cane interpretò come un invito a giocare. Il pitbull scattò, tirandosi dietro il guinzaglio, e prese a rincorrere il piccolo roditore.

Imprecando, l'uomo corse dietro al cane, urlandogli di fermarsi, ma il cane ovviamente lo ignorò. L'animale raggiunse una piccola casa e cominciò a scavare al bordo della veranda, cercando di infilarcisi sotto.

"Cagnaccio," borbottò l'uomo, poi strattonò l'animale tirandolo per il collare; ma il robusto cane reagì tirando con tanto vigore da far perdere l'equilibrio al suo padrone, che cadde a terra sbattendo con il sedere. Spazientito, l'uomo raggiunse l'animale a gattoni, pronto a colpirlo per farlo allontanare dalla veranda.

Ma qualcosa che si muoveva sotto il pavimento di legno catturò la sua attenzione.

L'uomo subito pensò che si trattasse dello scoiattolo che il cane aveva inseguito... finché non vide quello che gli sembrò un battito di ciglia.

"Merda," imprecò l'uomo, avvicinandosi con il viso. "C'è qualcuno?"

"Quattro, uno, cinque," disse una voce di bambina.

"Oh, cazzo!" esclamò lui.

"Quattro, uno, cinque," ripeté la bambina.. "Puoi aiutare la signorina Reid? Quattro, uno, cinque..."

L'uomo aveva visto un servizio televisivo in cui si parlava della bimba scomparsa, Sandra Archer, e il nome della maestra era Skylar Reid.

Il pensiero dell'incontro per vendere la droga sparì dalla sua testa. Capì che il suo cane stava cercando di allargare il piccolo passaggio che probabilmente la bimba aveva usato per infilarsi sotto la veranda. Le tese una mano. "Vieni, piccola. Non ti farò del male. Scommetto che hai paura, vero? Ti aiuterò io."

"Quattro, uno, cinque," ripeté ancora Sandra.

L'uomo inclinò la testa. "Non capisco."

"È il posto dov'è nascosta la signorina Reid. Quattro, uno, cinque."

L'uomo annuì, il cuore gli batteva all'impazzata. "Ok. Quattro, uno, cinque. Capito. Avanti, ti porto a casa tua."

Poi, con grande sollievo dell'uomo, la bambina cominciò lentamente a strisciare verso di lui. Quando fu abbastanza vicina, la vide bene: era coperta di terra e i capelli, che originariamente dovevano essere raccolti in belle trecce, erano completamente arruffati; aveva le guance sporche e rigate dalle scie lasciate dalle lacrime.

Ma a lui parve di non aver mai visto nulla di tanto bello.

Era viva e, per quanto si muovesse lentamente, sembrava illesa. Sì, lui era uno spacciatore, ma detestava chi se la prendeva con i bambini. *Nessuno* dovrebbe far male a un bambino.

Il cane era seduto in silenzio, con la lingua che gli usciva da un lato della bocca.

"Il tuo cane è buono?" chiese la piccola Sandra.

Aveva raggiunto il buco e lasciato che l'uomo la prendesse per le braccia e l'aiutasse a uscire. "Puoi scommetterci," rispose lui, prima di afferrare il guinzaglio dell'animale e camminare più veloce che poteva verso il minimarket dall'altra parte dell'isolato. Non pensò nemmeno per un istante all'antipatia che provava verso i poliziotti. Anzi, sperava di ritrovarsene uno davanti al più presto. Doveva riportare quell'adorabile bimba a casa dal suo papà. Subito.

———

Negli ultimi tre giorni, Bull non aveva dormito che poche ore in tutto. Non ne era stato capace. Ogni volta che si assopiva, aveva incubi in cui vedeva il corpo senza vita e mutilato di Skylar.

Avevano chiesto tutti i favori che potevano, coinvolgendo nelle indagini persino all'FBI e a Willis, che era arrivato in aereo da Washington, dove viveva e lavorava. Ma, fino a quel momento, malgrado l'aiuto dell'uomo e di altri agenti federali del centro operativo di Indianapolis, le indagini non avevano portato a nulla.

Bull cominciava a prepararsi per il peggio: che la sua bella Skylar fosse perduta per sempre.

Lui e i suoi amici stavano andando porta a porta, *ancora*, nelle file di villetta a schiera vicino alla scuola, chiedendo ai residenti se avessero visto qualcosa. Era una ricerca frustrante e scoraggiante, ma Bull non aveva intenzione di mollare. Non avrebbe *mai* mollato.

Gli squillò il telefono.

"Parla Bull."

"Sono Willis. Hanno trovato Sandra."

Bastarono quelle parole a far correre Bull verso la sua auto; di fianco a lui, Gramps fece un gesto verso Eagle e Smoke, che stavano per bussare alla porta dell'abitazione vicina. Tutti e tre si misero a correre dietro a Bull.

"Dov'e?"

"In un minimarket a meno di un chilometro dalla scuola."

"Lo *sapevo* che erano qui vicino," disse Bull con una certa soddisfazione. "Dov'è Skylar?"

"Non è con la bambina, Mi dispiace, Bull," gli disse Willis.

"Cazzo!"

I quattro salirono in macchina, con Gramps al volante, e Bull gli disse a dove andare. Poi mise il telefono in vivavoce e strinse i denti, lasciando che Willis continuasse a parlare.

"Sembra che uno spacciatore l'abbia vista sotto la veranda di una casa. L'uomo dice che stava solo portando a passeggio il cane, ma non credo che in questa parte della città ci sia qualcuno che fa cose come portare a passeggio il cane."

"Non me ne frega niente se quel tizio stava per vendere roba al cazzo di presidente. Voglio solo trovare Skylar. Cos'ha detto Sandra?"

"La riportiamo da suo padre prima di farle domande."

Bull voleva protestare, esigere che Willis facesse parlare Sandra; invece, respirò profondamente. "Saremo lì tra una decina di minuti."

"Vi aspetto," disse Willis prima di chiudere la telefonata.

"Calmati," disse Eagle a Bull con tono imperativo.

"Sono calmo," ribatté Bull, mentendo spudoratamente.

Nessuno disse una parola mentre l'auto andava come una scheggia per le strade quasi deserte di quel mattino, diretta al luogo dove era stata trovata Sandra.

Senza nemmeno aspettare che l'auto si fermasse completamente, Bull saltò giù dal veicolo e raggiunse il minimarket. Intravide Sandra in un ufficio sul retro, seduta sulle ginocchia di Archer. Il padre piangeva a dirotto, ma allo stesso tempo sorrideva. Era chiaramente rasserenato dal fatto che Sandra fosse sana e salva, ma era ancora emotivamente sotto shock.

Un uomo che teneva al guinzaglio un pitbull dall'aria estremamente feroce era in piedi fuori dall'ufficio; lanciava sguardi torvi a tutti i poliziotti che erano nel minimarket, i quali dal canto loro lo stavano decisamente tenendo d'occhio.

Non curandosi minimamente di chi fosse l'uomo o di cosa ci facesse in giro alle sei di mattina, Bull andò verso di lui e gli porse la mano. "Grazie," gli disse senza alcun preambolo.

L'uomo gli diede un'occhiataccia, ma poi gli strinse la mano.

"Skylar Reid è la mia ragazza. Sono strafelice che tu abbia trovato Sandra, ma non mi darò pace finché non troverò Sky."

L'uomo che aveva trovato Sandra assunse immediatamente un atteggiamento empatico. "Mi dispiace, amico... mi sono guardato in giro, ma lì c'era solo la bambina."

"Dove?"

L'uomo gli diede l'indirizzo dell'abitazione dove aveva visto Sandra e Bull annuì, facendosi un appunto mentale. Dopo aver parlato con Sandra, sarebbe andato lì.

Stava per entrare nell'ufficio, ma l'uomo lo trattenne. "Quando l'ho trovata, lei continuava a dire 'Quattro, uno, cinque'. Io non capivo, allora la piccola mi ha detto che è il posto dove si trova la sua maestra."

Bull lo guardò sorpreso. "Sei sicuro?"

"Se sono sicuro che la bimba abbia detto così? Certo, non sono mica sordo, cazzo," disse l'uomo piuttosto bellicosamente. "Vedi, non mi piace quando gli sbirri mi fanno domande, ma resto qui comunque. Ho detto loro tutto quello che sapevo. C'è già una pattuglia che sta perlustrando quell'area... ma questi bastardi restano qui a fare la guardia a *me*." Alzò gli occhi al cielo. "E poi, chiunque faccia del male a un bambino è uno stronzo."

"Concordo," disse Bull. "Grazie per aver fatto la cosa giusta."

"Non l'ho fatto per te," ribatté l'uomo.

"Questo non cambia nulla. Grazie." Bull non aveva altro da chiedergli. Eagle, Smoke e Gramps aspettarono il loro amico fuori dall'ufficio.

Entrò nella stanza a grandi passi e non appena Sandra lo vide, ondeggiò per scendere dalle ginocchia del padre. Archer cercò di tenerla stretta a sé per un istante, poi la lasciò andare con una certa riluttanza. La bimba corse verso Bull, che si mise su un ginocchio per abbracciarla.

"Signor Carson!" gridò Sandra.

"Ciao, piccolina," disse Bull quanto più dolcemente poté. Non si sentiva affatto dolce, in quel momento; ma non voleva fare nulla che spaventasse ulteriormente Sandra. "Stai bene?"

"Avevo tanta, tanta fame, ma mi hanno dato delle merendine!" rispose lei.

"Ottimo. Adesso ho bisogno che tu ti concentri e mi dica tutto quello che ti ricordi su chi ti ha portato via e dove sei stata negli ultimi due giorni," disse Bull con tono pacato.

"Quattro, uno, cinque," recitò Sandra all'istante.

"Che numeri sono?" le chiese Bull, sperando con tutto il cuore che si trattasse del numero civico dove si trovava Skylar.

"I numeri che ho visto prima di cominciare a correre. La signorina Reid stava quasi per cadere dalle scale mentre scendevamo. La casa è tutta rotta e dentro c'è una *gran* puzza! La signorina Reid mi ha detto che dovevo girarmi e guardare se c'erano scritti dei numeri, dopo che ero uscita dalla finestra. Questi sono i soli numeri che ho visto."

Bull non voleva fare altro che uscire di corsa da quel posto e salire in macchina per andare a cercare Skylar, ma si forzò a restare dov'era. "Che altro? Chi ti ha portato via? Come è successo? Ti ricordi?"

Lei alzò gli occhi verso Bull, come se lui le avesse fatto la domanda più sciocca del mondo. "Mi ricordo. Stavo giocando sulla scala orizzontale. Quell'uomo è arrivato all'improvviso. Era grande, la pancia gli arrivava fino a qui." Allungò le braccia davanti a sé. Mi ha preso subito, non sono neanche riuscita a urlare, poi ha cominciato a correre. Mi teneva la mano sulla bocca e quando si è fermato aveva il fiatone. La signorina Reid ci ha inseguiti. Lui ha detto che mi avrebbe fatto male se lei urlava e che se io urlavo avrebbe fatto male alla signorina Reid."

"Tutti e tre abbiamo camminato un sacco, poi siamo arrivati alla casa. Ci ha fatte entrare e siamo scesi nella stanzetta che puzzava. Ha legato la signorina Reid con una catena e ci ha detto che dovevamo restare lì. Una volta mi ha portato un Happy Meal, ma avevamo tutte e due mooooolta fame! E io dovevo fare la pipì in un angolo. Che schifo! Poi mi ha preso sulle ginocchia e mi ha raccontato delle storie, diceva che io e lui saremmo andati via e saremmo stati felicissimi. Io gli ho detto che volevo tornare a casa e lui si è arrabbiato."

"La signorina Reid mi ha detto che dovevo scappare. Mi ha aiutato a salire fino alla finestra. Per lei era troppo piccola, non ci poteva passare... e poi aveva la catena. Così ho dovuto farlo io. E ho corso tantissimo, ma poi ho sentito degli spari e mi sono nascosta. Poi quell'uomo con il cane simpatico mi ha trovata e mi ha portata qui."

"Quattro, uno, cinque," disse ancora una volta con entusiasmo. "Andrai a salvare la signorina Reid dall'uomo cattivo?"

"Sì," rispose Bull. La storia che gli aveva raccontato Sandra aveva abbastanza senso. Avrebbe lasciato ai poliziotti il compito di chiarire i dettagli. Ma doveva fare altre due domande prima di andare a cercare Skylar. "Come si chiama l'uomo cattivo? Te lo ha detto?"

"Jay," disse Sandra senza esitare.

"Ti ricordi anche il cognome?"

"Crickets?" disse Sandra arricciando il naso; non era sicura della risposta.

Decidendo che per il momento il cognome non era importante, Bull chiese quello che *davvero* voleva sapere. "La signorina Reid era ferita quando tu sei scappata?"

Sandra lo fissò con un'aria molto più matura di quella che di solito le conferivano i suoi cinque anni. Fece cenno di sì. "L'uomo cattivo l'ha punzecchiata un paio di volte con il coltello. Le ha fatto male, io ho visto il sangue. Ma la signorina Reid non ha pianto. E poi la catena che ha alla caviglia è molto, molto stretta! La faceva sanguinare. La teneva sotto la coperta quasi sempre, per non farmela vedere. Ma io lo sapevo lo stesso perché lei si lamentava mentre dormiva, quando muoveva la gamba."

Bull dovette impegnarsi con tutto se stesso per restare calmo.

"Ho paura," disse Sandra piagnucolando. "L'uomo ha detto che oggi mi voleva portare via. Ecco perché dovevo scappare. Ho paura che faccia male alla signorina Reid quando scopre che non ci sono più. Lei non doveva nemmeno essere rapita con me!"

Bull mise le mani sulle guance di Sandra, coprendole praticamente entrambi i lati della testolina. La guardò negli occhi e le disse: "Andrò a prendere la signorina Reid. Mi credi?"

Sandra annuì.

"Bene. Ora torna da tuo padre. Era preoccupatissimo perché non riusciva a trovarti. Ha bisogno di più baci e più abbracci."

La bambina si voltò verso il padre e annuì ancora. Bull la baciò sulla testa e si alzò mentre lei salterellava verso Shawn.

Bull uscì dall'ufficio, superando l'uomo che aveva trovato Sandra e la mezza dozzina di poliziotti che erano dentro al negozio; si diresse verso la sua auto, seguito a ruota da Eagle, Smoke e Gramps.

Smoke aveva gli occhi incollati allo schermo del telefonino e appena tutti furono saliti in macchina disse: "Nel raggio di un chilometro ci sono sei indirizzi che contengono le cifre *quattro*, *uno* e *cinque*."

"Ce ne sono che contengono *solo* quelle cifre?" chiese Bull.

"Sai che quelle potrebbero essere le sole cifre che ha visto; che potrebbe non essere l'indirizzo esatto," disse Eagle cautamente.

"No, è l'indirizzo esatto," ribatté Bull con fermezza. "Sandra ha solo cinque anni, ma è sveglia. Se dice di aver visto quattro, uno, cinque, quello è l'indirizzo."

"C'è solo un indirizzo con quel numero," disse Smoke.

"Andiamo lì," concluse Bull.

Senza perdere tempo, Gramps accese il motore e i quattro partirono. Bull pensò che probabilmente avrebbero fatto bene ad aspettare la polizia, ma d'altronde non voleva che Skylar restasse un solo secondo di più nelle mani del rapitore. I suoi amici erano con lui. A meno che quel Jay non si fosse già dileguato, lo avrebbero sicuramente catturato.

Bull sperava solo che Skylar fosse ancora viva. Sapeva che gli uomini disperati fanno cose disperate e pregò che Jay non avesse ucciso Skylar in un accesso d'ira, dopo aver scoperto che l'oggetto del suo desiderio gli era sfuggito di mano.

CAPITOLO DICIOTTO

Skylar sentì un rumore di passi provenire dalle scale e trattenne il respiro. Il momento era giunto. Jay avrebbe scoperto che Sandra era scappata e sarebbe andato su tutte le furie. Fin da quando la bambina era uscita dalla finestra, Skylar aveva pregato di sentire il trambusto delle squadre di ricerca, ma a parte qualche sparo occasionale, la notte e la mattina erano state silenziose.

Era spaventata a morte per Sandra. Cosa le era successo? A quell'ora era al sicuro? O vagava ancora per le strade, smarrita e impaurita? Skylar era sul punto di piangere. Se fosse successo qualcosa alla bambina, lei si sarebbe sentita in colpa per tutta la vita. Ma del resto non aveva avuto scelta. Aiutarla a uscire dalla finestra era l'unica cosa da fare.

Nella stanza non c'era nulla che potesse usare come arma contro Jay, ma non era completamente indifesa. Quando era alle superiori, suo padre le aveva fatto fare un corso di autodifesa e negli anni successivi, di tanto in tanto, aveva continuato a prendere lezioni. La catena alla caviglia l'avrebbe intralciata, ma non si sarebbe arresa senza combattere.

Sentì il rumore della serratura che si apriva e fece un profondo respiro.

Improvvisamente, si sentì calmissima.

Forse sarebbe morta nel giro di pochi minuti; se quello era il suo destino, non ci poteva fare molto. Ma comunque ce l'avrebbe messa tutta per ferire Jay, assicurandosi di graffiarlo, di modo che la polizia le trovasse sotto le unghie le tracce del DNA dell'uomo. Quel bastardo non l'avrebbe passata liscia. Skylar era certa che, altrimenti, Jay avrebbe messo gli occhi su un'altra ragazzina, che magari non avrebbe avuto la fortuna di essere rapita insieme a un adulto.

La porta si aprì. Skylar trovò qualcosa di comico nel modo in cui Jay spalancò gli occhi quando la vide in piedi vicino al materasso. La coperta era ancora appallottolata sotto il lenzuolo; Skylar aveva sperato che lui pensasse che lì sotto c'era Sandra, ma Jay mangiò subito la foglia.

"*Noooooo!*" gridò lui.

Skylar sussultò, ma restò lì in piedi.

"Brutta *puttana!*" inveì Jay con i pugni chiusi. "Dov'è Sandra?"

"A quest'ora, probabilmente è già con suo padre," gli rispose con tono di scherno. Forse poteva spaventarlo a tal punto da convincerlo a fuggire. "È scappata già da diverse ore. Di sicuro sta parlando con i poliziotti, sta dicendo dove era tenuta prigioniera. Se fossi in te, me la darei a gambe prima che arrivino qui e ti sbattano dietro alle sbarre."

Quelle parole, anziché spaventarlo, lo infiammarono ancora di più.

"Ti ucciderò! Poi ritroverò la mia bambina. Non puoi portarmela via!" disse ribollendo di rabbia.

Era la resa dei conti.

Skylar inspirò profondamente e tese ogni muscolo del corpo, pronta a fare tutto quello che poteva per impedirgli di ucciderla; perché il viso dell'uomo, livido d'ira, non lasciava alcun dubbio sul fatto che quello fosse il suo obiettivo.

Jay attraversò la stanza in pochi istanti e le si avventò contro. Lei si fece schermo con un braccio, ma l'uomo glielo afferrò e la colpì al volto.

Skylar sentì male. Molto male. Ma non cadde.

Al contrario, abbassò la testa e si scagliò contro di lui più forte che poteva, dandogli una testata nel petto. L'impatto le fece girare la testa, ma con destrezza allungò le mani verso gli occhi dell'uomo.

Nelle lezioni di autodifesa che aveva frequentato, il consiglio che le avevano dato era di colpire l'assalitore, attirare l'attenzione facendo più rumore possibile e scappare. Ma purtroppo, nella situazione in cui si trovava, poteva fare solo le prime due cose, non la terza. La catena alla caviglia la immobilizzava a tutti gli effetti.

Annaspando, fece del suo meglio per respingere i colpi di Jay. Ma lui era avvantaggiato sotto quasi ogni aspetto. Era più pesante e più alto. Inoltre, era furioso con lei perché aveva aiutato Sandra a scappare.

Ma Skylar non era disposta a mollare. Lo colpiva con pugni, calci e graffi, cercando in ogni modo di farlo cadere.

Alzando lo sguardo, vide che la finestra era ancora aperta, il che le diede un briciolo di speranza. Non sapeva se ci fosse qualcuno nei paraggi, ma, se c'era, lei voleva farsi sentire. Maledizione, avrebbe urlato così forte che l'avrebbero sentita fino in fondo all'isolato.

Aprì la bocca per urlare, ma Jay agì prima che lei potesse emettere un suono.

"Oh, non credo proprio," mormorò mentre le avvolgeva un braccio intorno al collo, girandola su se stessa fino ad averla di spalle contro il petto.

Capendo che in quella posizione era troppo vulnerabile, Skylar cercò di divincolarsi in tutti i modi, ma non ci riuscì.

All'improvviso, vide lo stesso coltello con cui l'aveva pungolata la sera del rapimento.

Non aveva idea di dove Jay lo avesse tenuto nascosto mentre lottavano. Se lo sentì puntare alla gola e cominciò a piagnucolare. L'uomo rise.

"E ora che farai, signorina Reid?" le chiese.

C'era solo una cosa che *poteva* fare.

Ignorando il fatto che lui avrebbe potuto sgozzarla nell'istante in cui lei avesse fatto il minimo rumore, Skylar aprì la bocca e lanciò un urlo fortissimo e straziante.

———

Pochi minuti dopo aver lasciato il minimarket, la macchina con a bordo i membri della Silverstone si fermò davanti al 415 della Quarantaseiesima strada. Era una giornata nuvolosa e il sole del primo mattino non era ancora penetrato attraverso la fitta coltre di nubi. Su tutta l'area sembrava quasi aleggiare una specie di presagio funesto, ma Bull non esitò minimamente. Saltò giù dall'auto e si diresse verso la fila di case decrepite.

Sandra aveva detto che quello era l'unico numero che aveva visto, quindi il posto dove era stata tenuta prigioniera doveva essere lì vicino. Bull cominciò dal civico 415. Camminò radente al muro sul retro dell'edificio, con Gramps che lo seguiva a breve distanza. Non c'era alcun recinto, cosa di cui Bull si rallegrò, perché facilitava molto il loro lavoro.

Esaminò la porta e le finestre della vecchia casa. Non vide nulla che lo inducesse a pensare che la struttura fosse stata frequentata di recente.

Bull guardò Eagle e Smoke, che si erano diretti alla casa vicina, e Eagle lo invitò con un cenno ad andare lì. Nel giro di pochi secondi, Bull e Gramps raggiunsero gli altri due. Videro immediatamente ciò che aveva attirato l'attenzione di Eagle.

Sulla porta c'era un'impronta di mano di colore rosso scuro.

Bull avvicinò una mano alla maniglia, senza toccarla, e capì che l'impronta apparteneva a Skylar: era di una mano piccola, rispetto alle sue, ma non così piccola come quelle di Sandra.

Fece un cenno con il capo ai suoi compagni e prese il comando, infilandosi sotto l'asse larga inchiodata alla porta. Entrò nell'edificio senza fare il minimo rumore. Voleva prendere di sorpresa quel Jay e stenderlo prima che potesse usare Skylar come scudo.

Ricordandosi che Sandra aveva detto di aver sceso delle scale, Bull si diresse al seminterrato. Il loro bersaglio poteva essere ovunque, ma Bull sentiva l'urgenza di trovare Skylar prima di concentrarsi sul rapitore.

Aveva appena cominciato a scendere quelle scale di legno marcio, quando udì il suono più spaventoso che avesse mai sentito in trentasei anni di vita, un urlo che gli fece venire la pelle d'oca.

Era Skylar. Ed era in grossi guai.

Stringendo la presa sulla sua pistola, Bull rinunciò a ogni cautela. Skylar aveva bisogno di lui e lui non avrebbe aspettato un solo maledetto secondo in più per andare da lei.

Uno degli scalini marci si ruppe sotto il suo peso, ma lui non perse l'equilibrio. Nel giro di pochi secondi arrivò in fondo alle scale. Attraversò rapidamente il seminterrato, puntando alla porta in fondo. Un lucchetto penzolava da un'asse di fianco alla porta; senza esitare, Bull aprì la porta con un calcio e irruppe nella stanza.

Dentro c'era un uomo con un braccio avvolto al torace di Skylar. Con l'altra mano stringeva un coltello, che teneva puntato al collo della ragazza. Gli occhi di Bull incontrarono quelli di Skylar, dentro i quali lui scorse il terrore. Vederla in quello stato non fece che esacerbare la rabbia che provava.

Quello sguardo disperato... non doveva essere così. Lui odiava vederla impaurita, odiava pensare che lei fosse stata privata in modo così brutale di un po' dell'innocenza che la caratterizzava.

Eagle, Smoke e Gramps si sparpagliarono per la stanza, bloccando a Jay ogni via di fuga. Ma a Bull non sarebbe importato se l'uomo fosse scappato, voleva solo togliere quella lama dal collo della sua donna.

"Metti giù il coltello!" ordinò Smoke a Jay.

"È finita," aggiunse Eagle.

"Avanti, ragazzo, tu non vuoi che lo facciamo," disse Gramps.

Bull si focalizzò sul suo bersaglio. Conosceva la tattica. L'avevano già utilizzata in passato. Gli altri distraevano il bersaglio, parlandogli, mentre lui si concentrava per eliminare la minaccia.

Purtroppo, però, Jay non era un completo idiota. Si rannicchiò dietro a Skylar, riducendo al minimo le possibilità di essere colpito.

"Levatevi dalla porta!" gridò Jay. "La porto con me. Levatevi!"

"Come fai a portarla con te se ha una catena ai piedi?" chiese Gramps, ragionando. "Metti giù il coltello e parliamo insieme di come uscirne."

"Non c'è niente di cui parlare!" sbraitò Jay. "Lei ha rovinato tutto. *Tutto!* Se si fosse fatta gli affaracci suoi, io e la mia Sandra saremmo già lontani! Non doveva mettermi i bastoni fra le ruote!"

Bull non lo ascoltava nemmeno, era intento a escogitare il modo migliore per porre fine alla minaccia che gravava su Skylar.

La guardò negli occhi per una frazione di secondo e fu molto sorpreso da ciò che vide.

Nello sguardo della ragazza non c'era più il terrore che lui ci aveva trovato pochi istanti prima; anzi, Skylar sembrava quasi calma, era immobile nella stretta di Jay, come in attesa che Bull la togliesse da quella situazione difficile.

Ma *aveva* un coltello puntato alla gola e Bull doveva agire.

Skylar chiamò Bull per nome con il labiale e lo guardò con una fiducia totale e incondizionata. Quello sguardo spaventò Bull, perché lui non aveva idea di quale fosse il piano della ragazza, anche se non c'era dubbio che un piano ce l'avesse.

Eagle aveva appena detto qualcosa a Jay, ma Bull non aveva ascoltato.

Fu allora che la mano di Skylar scivolò giù tra le gambe di Jay.

Visto che l'uomo si era piegato leggermente nel tentativo di ripararsi dietro di lei, Skylar trovò facilmente quello che cercava. Afferrò l'uccello del suo aguzzino e glielo strizzò più forte che poté.

Jay lasciò uscire un urlo acuto e tirò indietro il bacino, cercando di sottrarsi alla presa di Skylar. Spostandosi, tuttavia, le strisciò la lama del coltello sul collo. In corrispondenza del punto dove era passata la lama si formò un rivolo di sangue e Skylar spalancò gli occhi in preda al terrore.

Ma da brava predatrice non mollò la presa, anzi, strinse più forte, tanto che le sue nocche sbiancarono. Jay lanciava urli sempre più acuti.

L'uomo usò tutta la forza che aveva per spingere via Skylar, che sbatté con la testa contro il muro e si afflosciò al suolo, priva di sensi.

La mossa di Skylar era servita a dare a Bull ciò di cui aveva bisogno: una vista senza impedimenti del suo bersaglio.

Due colpi d'arma da fuoco risuonarono nella stanza, facendo fischiare le orecchie a Bull. Non guardò nemmeno se Jay era a terra, era certo che i suoi compagni si sarebbero occupati dell'uomo.

Bull colpiva sempre il bersaglio. Sparando alla mano in cui

Jay stringeva il coltello, aveva posto fine alla minaccia rappresentata dall'uomo.

Mentre si precipitava verso Skylar, rimise la pistola al sicuro nella fondina con un gesto che gli veniva quasi automatico.

Girò Skylar sulla schiena, pregando con più convinzione di quanto non avesse mai fatto. Scaraventandola contro il muro, quel bastardo forse le aveva rotto l'osso del collo. Bull vide tutta la propria vita sfilargli davanti agli occhi nell'istante in cui incontrò lo sguardo di Skylar.

Lei lo guardò con occhi verdi colmi di dolore. "Bersaglio centrato," gli sussurrò.

"Cazzo," disse Bull annaspando. "*Cazzo*." Non gli sembrava di riuscire a dire altro. Scoprire che lei era viva e in grado di parlare gli dava un sollievo immenso.

Dal piccolo taglio che lei aveva sul collo usciva del sangue. Era ovvio che non si trattava di una ferita profonda, ma Bull non sopportava vederla sanguinare.

"Tieni," disse Eagle, avvicinandosi e porgendogli un rotolo di garza, con cui Bull tamponò il taglio; Skylar non ebbe nemmeno un sussulto di dolore.

"Ho chiamato la polizia e l'ambulanza," informò Gramps, rivolgendosi a Bull.

Lui annuì, continuando a premere la garza sul collo di Skylar.

"Sandra?" chiese la ragazza con un filo di voce.

"Sta bene," rispose Bull. "Era spaventata ed è rimasta nascosta sotto una veranda per quasi tutta la notte. Ecco perché ci abbiamo messo tanto a trovarti."

"Ma tu sei qui," gli disse lei, poi gli prese un braccio e lo strinse con un'intensità che lo sorprese. "Mi sono sbagliata," sussurrò ancora, prima di chiudere gli occhi e perdere le forze.

"Cazzo!" imprecò Bull.

"Liberiamole la caviglia, così possiamo portarla fuori di qui," disse Gramps con voce tesa.

Bull vide l'amico inginocchiarsi vicino alle gambe di Skylar. Gramps tirò su la parte bassa dei pantaloni e Bull emise un lamento. La caviglia era messa male. Il ceppo era affondato nella carne, la ferita era sanguinolenta e sembrava aver fatto infezione. Le dita dei piedi erano diventate blu ed era chiaro che il sangue non circolava più nel piede già da un po'.

Senza perdere tempo, Smoke tirò fuori da una tasca una chiave universale per manette.

Quando il ceppo si allentò, Skylar emise un gemito che fece irrigidire ogni muscolo di Bull: doveva essere stato molto doloroso per lei, visto che si era lamentata mentre era ancora priva di conoscenza. Fu solo una mano sulla spalla a trattenerlo dal gettarsi dall'altra parte della stanza e aggredire Jay, che al momento era a terra con le mani legate e si lamentava ancora per il dolore ai testicoli.

Bull aveva finito. Voleva portare fuori Skylar da quel buco schifoso. Fuori da quella casa. Si alzò in piedi, poi si piegò e la sollevò da terra con il gesto più delicato che avesse mai fatto. Smoke camminava al suo fianco, tenendo la benda premuta sul collo della ragazza. Skylar non perdeva sangue dalla testa, ma non significava che la botta contro il muro non le avesse provocato delle lesioni cerebrali. Bull aggirò l'uomo che si contorceva sul pavimento e si diresse verso le scale.

Appena furono fuori dalla casa, Bull respirò profondamente. Libertà. Per esperienza personale, sapeva quanto sembrasse fresca e pulita l'aria dopo un periodo di prigionia. Detestava il fatto che anche Skylar si ritrovasse a provare quella sensazione.

Il suono delle sirene si avvicinava a loro e Bull, cercando di non farsi prendere dal panico, raggiunse a grandi passi il lato opposto della fila di case diroccate. Nell'area circostante si erano formati gruppetti di curiosi; non senza una certa amarezza, Bull si chiese dove fossero quelle persone mentre la sua donna soffriva e urlava in cerca di aiuto.

L'ambulanza si fermò e Bull si precipitò a spalancare gli sportelli sul retro, spaventando a morte l'infermiere che stava per aprire dall'interno.

Entrò nel veicolo e adagiò Skylar sulla barella. Si fece di lato ma restò sull'ambulanza. Nessuno l'avrebbe allontanato da Skylar. Non esisteva proprio.

Vide che anche Jay veniva caricato su un'ambulanza, scortato da due poliziotti. Per un istante si rammaricò di non aver mirato alla testa. Non aveva sparato per uccidere, ma solo per disarmarlo e renderlo innocuo. Aveva colpito la mano che stringeva il coltello con cui l'uomo stava minacciando Skylar, poi gli aveva sparato anche a una coscia, per impedirgli di scappare. Ma mentre guardava l'infermiere rimuovere la garza per esaminare la ferita che Skylar aveva sul collo, pensò che sarebbe stato meglio colpire quello stronzo alle palle e porre fine alla sua vita una volta per tutte.

L'ambulanza su cui erano Bull e Skylar partì dopo pochi secondi, diretta all'ospedale.

Chinandosi e ignorando l'infermiere, che stava facendo del suo meglio per valutare le condizioni di Skylar, Bull la baciò sulla tempia e sussurrò: "Ti amo, Sky, non mi abbandonare."

Lei non reagì.

———

Skylar rivolse lo sguardo verso la porta della sua camera d'ospedale, aveva gli occhi pesanti di stanchezza. Era tardi, il sole era tramontato già da tempo. Si era risvegliata al pronto soccorso, mentre un medico la visitava, assistito da un'infermiera. Aveva una commozione cerebrale e un paio di piccole ferite sulla schiena, ma la lesione peggiore era quella alla caviglia. Il taglio al collo non aveva un bell'aspetto, ma era nulla in confronto all'infezione e alla perdita di circolazione nel piede.

Non aveva perso le dita del piede, anche se il dottore le aveva detto che c'era mancato poco. Se fosse stata soccorsa solo un paio di ore più tardi, avrebbe potuto perdere tutto il piede.

Le avevano detto che sarebbe dovuta rimanere in ospedale per qualche giorno, di modo che i dottori potessero monitorare la situazione, ma era consapevole di essere stata fortunata. Molto fortunata. Jay voleva ucciderla. Era incredibile che fosse ancora viva.

Vedendo Carson che parlava con l'infermiera del turno di notte, quasi si commosse. Poverino. Era stato con lei fin da quando il dottore gli aveva permesso di rientrare nella sala di rianimazione. Lei e Carson non erano riusciti a rimanere soli nemmeno per un momento, visto che c'era stato un viavai di persone tutto il giorno: Smoke, Eagle, Gramps, i poliziotti, i dottori, gli infermieri, i dipendenti della Silverstone, i colleghi della scuola e persino un paio di giornalisti.

I genitori di Skylar si erano presentati subito dopo che era stata portata in ospedale. Erano reduci da giorni di agitazione e frenesia. Appena avevano saputo del rapimento, avevano preso una camera in un albergo poco distante dalla scuola, così da poter dare una mano con le ricerche. Nel vederla, la madre aveva pianto e anche al padre erano venute le lacrime agli occhi. Carson era stato di grande aiuto, rassicurandoli e dicendo loro che sarebbe andato tutto bene. Al momento erano in albergo, ma sarebbero tornati a trovarla l'indomani e probabilmente ogni giorno finché lei non sarebbe stata dimessa. A Skylar non dispiaceva. La amareggiava vederli tanto preoccupati per lei e sapeva che venirla a trovare in ospedale li tranquillizzava.

Ma il momento saliente della sua giornata era stato

quando aveva visto Sandra e l'aveva trovata sana, salva e felice. Tra loro non c'era più solo il tipico rapporto che lega alunna e maestra. Shawn, in lacrime, aveva detto a Skylar che poteva considerarsi un membro della famiglia.

Non era stato difficile raccontare all'ispettore di polizia i dettagli dell'accaduto, ma Skylar si era resa conto che Carson non aveva preso bene la notizia che lei avesse rischiato la vita di sua iniziativa. Si era giustificata dicendo che non poteva lasciare che Sandra finisse da sola nelle mani di Jay Ricketts. Skylar temeva che Carson, a differenza dell'ispettore, non avesse compreso quella decisione.

Lo scatto della porta che si chiuse attirò l'attenzione di Skylar, che si voltò verso Carson. A causa della ferita sul collo e della commozione cerebrale, il movimento le provocò dolore, il che la fece sussultare.

Carson raggiunse il letto in un attimo. "Tutto ok? Vuoi un antidolorifico?"

"Sto bene," rispose lei, "mi sono solo dimenticata per un istante di cosa mi è successo."

Il suo ragazzo, iperprotettivo e sempre vigile, mugugnò.

Skylar gli tese una mano.

Lui gliela fissò, ma invece di prenderla, si chinò e cominciò a slacciarsi gli stivaletti che calzava. Camminò fino al muro e spense la plafoniera sul soffitto, poi andò ad accendere la luce del bagno. Si tolse la maglietta e con grande delicatezza spostò Skylar sul lato del letto, quel tanto che bastava per creare uno spazio sufficiente per lui.

Si adagiò accanto a lei; nel momento in cui la strinse in un abbraccio, Skylar sospirò, appagata. Era stata punzecchiata da aghi ed esaminata per tutto il giorno; un'infermiera molto loquace le aveva fatto delle spugnature; aveva ripetuto a un numero imprecisato di visitatori che stava bene, che era solo preoccupata per Sandra.

In quel momento, nella luce fioca che proveniva dal

bagno, si rilassò completamente per la prima volta da quando aveva ripreso conoscenza.

Appoggiò la testa sul petto di Carson e gli posò un braccio sul ventre. Il collo le faceva male, ma lei lo ignorò: il bisogno di sentire Carson addosso a sé era più importante di quel po' di dolore che aveva al collo. Aveva la caviglia bendata e spostò con cautela la gamba cosicché restasse sul cuscino che la teneva alta in fondo al letto. Ebbe qualche altro sussulto, ma poi sospirò soddisfatta.

"Sei comoda?"

"Sì."

"Hai ancora fame?"

"No." Dopo aver appreso che Skylar dal venerdì precedente non aveva mangiato altro che qualche boccone di hamburger, Carson le aveva procurato frappè e spuntini leggeri per tutta la giornata.

Skylar aveva pensato per ore a ciò che voleva dire a Carson. Approfittando del fatto che finalmente erano rimasti soli, non esitò. "Mi sono sbagliata."

"L'hai detto anche stamattina prima di svenire," disse Carson. "Non ho capito cosa intendessi."

"Davvero l'ho detto?"

"Già."

"Non me ne ricordo, ma ci avevo pensato su molto, anche prima di essere rapita, quindi la cosa non mi stupisce." Mosse la testa leggermente indietro, così da poterlo guardare negli occhi, stando però sempre attenta ai punti che le avevano dato. "Mi sono sbagliata a giudicarti tanto duramente," spiegò. "Ti ho detto cose di cui sono pentita. Hai detto bene: se tu fossi nell'esercito, non mi porrei nemmeno il problema, riguardo a quello che fai. Sarei comunque preoccupata per te, ma probabilmente ti direi solo quanto sono orgogliosa di te."

Carson scosse la testa. "Non ti sei sbagliata. Quello che facciamo non è legale; forse non è nemmeno giusto."

"Sciocchezze," disse Skylar con convinzione. "Non voglio mentirti fingendo che il tuo lavoro non mi spaventi, perché, in tutta onestà, *mi spaventa*. Ma... adesso capisco. Persone come Jay Ricketts non meritano di andare in giro liberi di commettere crimini. Avrebbe fatto a Sandra delle cose orribili, mi viene il voltastomaco solo a pensarci. Sono lieta che tu e i tuoi compagni foste lì a impedirglielo."

Skylar aggrottò la fronte, incapace di interpretare l'espressione sul viso di Carson. "Che c'è?" gli chiese.

"Dolcezza, in una scala del male che va da uno a dieci, Ricketts si attesta più o meno sul tre."

"Dici sul serio?"

"Già. È un malato di mente e rappresenta una minaccia per la società, ma la Silverstone non si occupa dei numeri tre. Noi puntiamo ai nove e ai dieci."

Skylar restò senza fiato. "Se Jay è un tre, non oso immaginare cosa facciano i nove e i dieci."

"Esatto," concordò Carson con voce calma. "Intendo dire che noi non ce ne andiamo in giro ad ammazzare chiunque infranga la legge. Lavoriamo per l'FBI e per il Dipartimento di sicurezza nazionale e i nostri obiettivi sono la feccia della feccia."

"Gente come Fazlur Barzan Khatun," disse Skylar, ricollegando il tutto.

"Proprio così." Poi, dopo una pausa, Carson ammise: "Ma io *volevo* uccidere Ricketts. Ti ha fatto del male. Ti ha tenuta in ostaggio. Ha tormentato te e Sandra. Volevo ucciderlo con tutto me stesso."

"Ma non l'hai fatto," disse Skylar, posandogli una mano sulla guancia, "perché sei un uomo buono."

"Non è vero," insistette lui. "Tu non hai idea di quanto sangue mi abbia macchiato le mani."

Skylar scosse la testa con aria dolce. "Tu e i tuoi amici siete uomini buoni che fanno cose cattive a gente cattiva."

Vide che quelle parole lo avevano toccato nel profondo. "E io ti amo," concluse sottovoce.

Gli occhi di Carson scintillarono e Skylar vi riconobbe l'emozione che aveva cercato invano sul viso dell'uomo l'ultima volta che si erano visti, prima che lui andasse in missione. Poi Carson le fece il più bel regalo che lei avrebbe potuto chiedere: un sorriso.

Un enorme sorriso che gli andava da un orecchio all'altro.

Fu meraviglioso. *Lui* era meraviglioso.

"Ti amo anch'io," ricambiò lui senza alcuna esitazione. "Non saprai mai quanto."

"Posso convivere con il tuo lavoro," disse lei. "Mi fa paura... sarò in apprensione per te... ma sapere che sei là fuori a rendere il mondo più sicuro... posso accettarlo."

Lui chiuse gli occhi e le baciò la fronte. Quando li riaprì, non riusciva più a distogliere lo sguardo. "Prometto che quello che faccio non ti sfiorerà, dolcezza. Mai."

"Ti credo."

"Bene."

A Skylar uscì dalla bocca uno sbadiglio, nonostante avesse cercato di trattenerlo.

Carson sghignazzò e il suono della sua risata le fece venire la pelle d'oca su tutto il corpo. "Dormi, piccola."

"Te ne andrai?" gli chiese.

"Non vado da nessuna parte," la rassicurò.

"Voglio andare a casa," piagnucolò lei. "A casa *tua*," chiarì subito.

"Ci andremo. Appena i dottori ti lasceranno andare," le disse Carson. "Mi piacerebbe che ti trasferissi da me," aggiunse.

"Ok," acconsentì lei, ormai in dormiveglia.

"Ok?" chiese conferma Carson, sorpreso dalla risposta immediata e laconica. "Verrai a vivere con me?"

"Già."

"La considero una promessa," disse lui quasi per metterla in guardia.

Ma Skylar lo sentì a malapena. Era in un letto caldo e comodo, al sicuro e con la pancia piena. Era tra le braccia dell'uomo che amava e che la amava. Pochi secondi dopo, sprofondò nel sonno.

———

Un'ora più tardi, la porta della camera di Skylar si aprì senza fare rumore. Bull pensò che fosse l'infermiera del turno di notte; fu sorpreso di vedere invece entrare Tiana.

L'orario delle visite era passato da tempo e Bull immaginò che, quando si trattava di aiutare un'amica, la vicina di Skylar non fosse una tanto incline a seguire le regole. Tiana prese una sedia e si mise a lato del letto; fissò Skylar per un istante, prima di incrociare lo sguardo di Bull.

"Mi dispiace che i miei contatti non siamo riusciti a trovarla prima che il bastardo la ferisse," sussurrò pianissimo, per non svegliare Skylar.

Bull sapeva che la donna aveva chiesto favori ai Vice Lords. Pareva che non fosse poi così estranea alla gang come aveva detto a Skylar. Per quanto Bull non fosse entusiasta delle relazioni che la donna intratteneva con il mondo criminale, Tania teneva a Skylar, ed era tutto ciò che gli interessava.

E poi, lui stesso era un assassino: chi era per giudicare gli altri?

"Va bene così," le disse.

"Verrò domani a trovare Sky, ma volevo farti sapere che i Vice Lords non hanno intenzione di lasciar perdere con questa storia. Skylar non è una di noi, ma ha accettato me senza remore. Il giorno in cui si è trasferita a Southpoint, ha bussato alla mia porta per dirmi che noi donne dovevamo restare unite e che, per essere al sicuro, bisognava che ci proteggessimo a vicenda. Non sapeva nulla del mio passato. Per lei ero solo una donna di colore più anziana di lei che le abitava a fianco. Cosa mi sai dire di Ricketts?"

"Viene dal Sud Dakota ed è schedato per reati sessuali. Si è fatto due anni dentro per aver molestato una dodicenne. Se n'è andato da Sioux Falls senza registrare un nuovo domicilio e a quanto pare si è appostato vicino a Eastlake in attesa della vittima perfetta. Voleva portare Sandra a Chicago e poi in Alaska, per vivere senza avere più contatti sociali. Il suo piano era di fare a Sandra il lavaggio del cervello per farne la sua amante e compagna."

Tiana si sporse in avanti con un'espressione accigliata. "Non darà più fastidio a te, a Skylar e a nessun'altra bambina."

"Tiana," disse Bull con tono ammonitorio.

La donna alzò la mano. "Sai anche tu che i pedofili non se la passano bene in prigione. C'è un codice d'onore, là dentro. I bambini non si toccano. Ricketts ha infranto questa regola. Non mi sorprenderei se non durasse molto dietro le sbarre."

Bull era sul punto di opporsi. Non voleva ritrovarsi in debito nei confronti dei Vice Lords, ma tenne la bocca chiusa.

"Qui si tratta di *me*: faccio un favore a una persona che mi sta a cuore," disse Tiana. "Sto proteggendo altri bambini, capisci?"

Bull capiva. "Grazie."

"Ti ho detto che Sky è venuta da me per parlarmi," disse Tiana con aria più distesa. "Era arrabbiata perché aveva saputo qualcosa di te che non le piaceva. Non so di cosa si tratti, né voglio saperlo. Io le ho detto che tu sei il tipo di uomo che farebbe di tutto pur di tenerla al sicuro."

"È vero," la interruppe Bull.

"Skylar è una donna fortunata," disse Tiana, "è speciale."

"Si trasferirà da me," se ne uscì lui.

Invece di irritarsi, la donna sorrise. "Bene."

"Tu e Maria potete venire a trovarla... a trovarci quando volete," le disse Bull.

Per un istante, Tiana sembrò sorpresa, poi raddrizzò la schiena. "Anche sapendo quello che sai su di me, sei disposto a invitarmi a casa tua?"

"Facciamo a capirci," chiarì Bull "L'invito è per *te*, non per i tuoi... ehm... collaboratori."

"D'accordo."

"Grazie per preoccuparti per lei," disse lui.

Tiana annuì. "Chi fa lo stronzo con lei se la vedrà con i Vice Lords," ribadì con calma. "Volevo solo farti sapere che quel Ricketts non rappresenterà più un problema."

Anche Bull annuì, sentendosi sollevato, forse più di quanto non avrebbe dovuto.

Allora Tiana si alzò e si diresse alla porta, uscendo dalla stanza senza aggiungere una parola.

Bull si strinse a Skylar e la baciò ancora una volta sulla testa.

Skylar si mosse. "Carson?"

Bull sorrise. Non si sarebbe mai stancato di sentirsi chiamare per nome da Skylar prima che lei gli facesse una domanda. C'era stato un momento, quando Skylar non riusciva ad accettare il lavoro segreto della Silverstone, in cui Bull aveva temuto di aver perso quel qualcosa di prezioso e speciale; poi aveva temuto di averlo perso mentre Ricketts le teneva un coltello puntato alla gola. "Sì, dolcezza?"

"Domani ricordami che devo preparare il piano lezioni. Non voglio che la mia assenza abbia conseguenze negative per i miei alunni."

Bull fece una risatina. La sua Sky pensava sempre agli altri prima che a se stessa. "Lo farò."

"Ti amo," mormorò lei.

Né si sarebbe mai stancato di sentire quelle due parole. "Ti amo anch'io."

EPILOGO

Taylor Cardin strillò per lo spavento, quando una macchina alla sua destra svoltò sgommando per parcheggiare in un posto libero di fronte a lei. Si portò le mani al petto; le ci volle un momento per riprendere fiato. Se fosse stata tre passi più avanti, l'auto l'avrebbe investita.

Prima che riuscisse a rimettersi in equilibrio, un uomo saltò fuori da un'altra macchina e cominciò a urlare contro al tizio che aveva appena parcheggiato.

Un istante più tardi, i due uomini ci stavano dando dentro, scambiandosi pugni e offese.

Taylor indietreggiò e si rese conto che c'erano altri clienti del supermercato che assistevano alla scena.

Tirò un sospiro di sollievo al pensiero che non era l'unica testimone e indietreggiò ancora.

Uno dei due uomini tirò rapidamente fuori un coltello e lei spalancò gli occhi, scioccata.

Stava succedendo davvero.

Sembrava proprio di sì.

Tra gli astanti, qualcuno urlò che aveva chiamato la polizia, ma la notizia non fermò i due combattenti.

"Santo cielo!" urlò una donna poco distante. "È una follia!"

Taylor non poteva che essere d'accordo.

Avrebbe potuto cambiare corsia e procedere verso il supermercato, ma Taylor restò ferma. Non era certo la testimone ideale, inoltre stare lì a guardare non avrebbe fatto altro che affliggerla, ma non riusciva ad andarsene. Le sembrava sbagliato abbandonare la scena del crimine prima che arrivasse la polizia.

Venti minuti dopo, i poliziotti avevano separato i due e medicato le ferite superficiali che si erano procurati; stavano facendo domande a tutti quelli che avevano assistito alla rissa.

"Sono l'agente Nelson, mi può dire cos'ha visto?" le chiese il poliziotto.

Taylor fece un profondo respiro e raccontò, aggiungendo tutti i dettagli che ricordava.

"Grandioso. Le devo chiedere le generalità, così possiamo rintracciarla se ci servirà una testimonianza"

Taylor si guardò in giro e vide che c'erano diversi altri testimoni che attendevano impazientemente il loro turno per parlare con il poliziotto... ma lei doveva dire la verità sulla sua malattia.

"Sono felice di darle tutte le informazioni che vuole, ma non sarò in grado di testimoniare."

Sentendo quelle parole, l'agente Nelson le lanciò un'occhiata penetrante. "Perché no?"

"Soffro di prosopoagnosia, non sono in grado di riconoscere i volti delle persone. Durante il processo non sarei capace di dire chi ha colpito chi. Non riuscirei nemmeno a riconoscere *lei*."

Taylor aspettò... e naturalmente la reazione dell'uomo fu quella che lei si aspettava.

"Quindi... lei è come la donna di *50 volte il primo bacio*? Quella che non sapeva di uscire ogni giorno con lo stesso uomo?

Taylor fece del suo meglio per sopprimere la frustrazione. Anche se era abituata al fatto che le persone si mostrassero insensibili e facessero commenti fuori luogo sulla sua malattia, la cosa la irritava ogni volta. "No. Non funziona così. Non soffro di amnesia. Posso dire a un giudice o a una giuria cosa è successo oggi. Ricorderò il colore delle due macchine e persino come erano vestiti i due uomini; ma non riuscirò a dire chi dei due ha estratto il coltello."

"Cacchio. Effettivamente sarebbe un problema," disse il poliziotto. "Ok, resti nei paraggi mentre parlo con gli altri testimoni. Avrò bisogno di chiedere al mio superiore se sia o meno il caso di usare le sue dichiarazioni. Non se ne vada, d'accordo?"

Taylor si sforzò di non ribattere e annuì. Avrebbe fatto meglio a entrare nel supermercato anziché fare la cosa giusta e restare a guardare la rissa. Immersa nei propri pensieri, guardò il poliziotto che interrogava gli altri testimoni. C'erano due donne e tre uomini. Non che la cosa avesse importanza. Non sarebbe riuscita a riconoscere nemmeno *loro*, dopo che se ne fossero andati. Negli anni, aveva accettato il suo disturbo, ma per lei restava difficile gestire la curiosità che quel problema suscitava nella gente.

Non si rese conto di quanto tempo fosse rimasta lì ad aspettare, ma fu abbastanza da consentire al poliziotto di annotare le dichiarazioni degli altri testimoni e di parlare a lungo con gli altri agenti presenti.

Taylor aspettava in disparte, con le braccia incrociate sulla pancia, sentendosi dimenticata; poi vide un uomo attraversare il parcheggio con passo sicuro e raggiungere l'agente Nelson.

A causa della sua malattia, non era mai stata veramente in grado di dire se un uomo fosse "bello" o meno. Per lei, i tratti somatici tendevano a confondersi. A meno che un viso non avesse davvero qualcosa di distintivo, qualcosa che le restasse impresso nella memoria, era proprio come se tutti avessero lo stesso aspetto. Ma poteva apprezzare un fisico ben definito... e quell'uomo dal passo sicuro era decisamente in gran forma. C'era qualcosa in lui, forse quella sua andatura scevra di ogni timore, che le provocò una fitta di malinconia.

Taylor non si sentiva *mai* tanto sicura di sé. In genere, aveva paura delle persone; si sentiva sempre in balìa di ciò che le succedeva intorno. Nessuno capiva mai cosa significasse convivere con una malattia come la sua e quindi lei odiava ogni forma di confronto.

Quell'uomo si fermò a parlare con l'agente Nelson. Taylor vide che la notò con la coda dell'occhio. Indossava una maglietta con una grande scritta sul retro: *Assistenza Silverstone*.

Taylor s'irrigidì. Lo conosceva? Lui l'aveva riconosciuta? Non ne aveva idea. L'uomo sembrava incuriosito, non irritato.

Per un istante, Taylor desiderò avere un uomo come quello. Un uomo che desse l'impressione di essere al comando. Qualcuno che potesse gestire ogni situazione e tenerla al riparo dagli sguardi indiscreti di chi la compativa e di chi voleva solo impicciarsi troppo.

Ma il destino non aveva in serbo per lei alcun fidanzato. Taylor l'aveva capito sulla sua pelle.

Quando quell'uomo si girò e si diresse verso di lei, Taylor avrebbe voluto scappare via, ma ormai aveva detto al poliziotto che avrebbe aspettato, bisognava decidere cosa fare con le dichiarazioni che lei aveva rilasciato.

Stringendosi le mani al petto, inspirò profondamente e si preparò ad ascoltare ciò che l'uomo aveva da dirle.

Per favore, non fare lo stronzo, pensò, guardandolo negli occhi mentre le si avvicinava.

———

Libro 2, *Fidarsi di Taylor,* Ora disponibili !

NOTE

CAPITOLO UNO

1. *Bullseye* (letteralmente "occhio del toro") indica il centro del bersaglio, per esempio nel tiro con l'arco. [NdT]
2. Il gioco di parole deriva dal fatto che *eagle* significa "aquila." [NdT]
3. *Gramps* significa "nonno" o anche "nonnetto." [NdT]

CAPITOLO QUATTRO

1. *The Story of Ferdinand*, libro per bambini scritto da Munro Leaf e pubblicato nel 1936. [NdT]
2. *Little Blue Truck*, libro per bambini di Alice Schertle, pubblicato nel 2016. [NdT]

CAPITOLO CINQUE

1. Si tratta di un sandwich a base di carne di manzo, cipolla e formaggio fuso, tipico di Philadelphia. [NdT]
2. *Bullseye* indica il centro del bersaglio. [NdT]
3. Uno degli antagonisti principali nella saga *Guerre stellari*. [NdT]
4. *Smoke* in inglese significa 'fumo'. [NdT]

CAPITOLO SEI

1. Programma televisivo americano andato in onda dal 2016 al 2020 che seguiva degli agenti di polizia nello svolgimento del loro lavoro quotidiano. [NdT]

CAPITOLO QUINDICI

1. La *Almighty Vice Lords Nation* è una nota gang a base etnica afroamericana, fondata a Chicago nel 1957. [NdT]

CAPITOLO SEDICI

1. Personaggio maligno e dall'aspetto mostruoso creato dallo scrittore e fumettista americano Theodor Seuss Geisel. Nell'omonimo racconto per bambini del 1957, il Grinch cerca di rubare il Natale. [NdT]

Meritare Ryleigh

Delta Duo

La forza di Gillian
La forza di Kinley
La forza di Aspen
La forza di Jayme
La forza di Riley
La forza di Devyn
La forza di Ember
La forza di Sierra

Armi & Amori: verso il futuro

Soccorrere Caite
Soccorrere Brenae
Soccorrere Sidney
Soccorrere Piper
Soccorrere Zoey
Soccorrere Avery
Soccorrere Kalee
Soccorrere Jane

Mercenari di Montagna

Difendere Allye
Difendere Chloe
Difendere Morgan
Difendere Harlow
Difendere Everly
Difendere Zara
Difendere Raven

Ace Security

Il riscatto di Grace
Il riscatto di Alexis

Il riscatto di Bailey
Il riscatto di Felicity
Il riscatto di Sarah

Forze Speciali alle Hawaii

Trovare Elodie
Trovare Lexie
Trovare Kenna
Trovare Monica
Trovare Carly
Trovare Ashlyn
Trovare Jodelle

Delta Force Heroes

Salvare Rayne
Salvare Emily
Salvare Harley
Il Matrimonio di Emily
Salvare Kassie
Salvare Bryn
Salvare Casey
Salvare Sadie
Salvare Wendy
Salvare Mary
Salvare Macie
Salvare Annie

Armi e Amori

Proteggere Caroline
Proteggere Alabama
Proteggere Fiona
Il Matrimonio di Caroline
Proteggere Summer
Proteggere Cheyenne

Proteggere Jessyka
Proteggere Julie
Proteggere Melody
Proteggere il Futuro
Proteggere Kiera
Proteggere i figli di Alabama
Proteggere Dakota

<u>Una raccolta di storie brevi</u>

Un momento nel tempo

BIOGRAFIA

L'autrice best seller del *New York Times, USA Today,* e *Wall Street Journal,* Susan Stoker ha un cuore grande come lo stato del Texas, dove vive, ma questa tipica ragazza americana ha trascorso gli ultimi quattordici anni vivendo nel Missouri, in California, in Colorado, e nell'Indiana. È sposata con un ex militare dell'esercito, che ora la segue in tutto il Paese.

Ha debuttato con la sua prima serie nel 2014, seguita dalla serie SEAL of Protection, che ha consolidato il suo amore per la scrittura, e la creazione di storie in cui i lettori possono perdersi.

Se ti è piaciuto questo libro, o qualsiasi libro, per favore considera di lasciare una recensione. Gli autori lo apprezzano più di quanto tu possa immaginare.

www.stokeraces.com
susan@stokeraces.com